KERSTIN CANTZ | Wiegenlied

KERSTIN CANTZ

Wiegenlied

Roman

Diana Verlag

Mix
Produktgruppe aus vorbildlich bewirtschafteten
Wäldern und anderen kontrollierten Herkünften
www.fsc.org Zert.-Nr. SGS-COC-001940
© 1996 Forest Stewardship Council
FSC

Verlagsgruppe Random House FSC-DEU-0100
Das für dieses Buch verwendete
FSC-zertifizierte Papier *EOS*
liefert Salzer Papier, St. Pölten, Austria.

Redaktion: Barbara Raschig
Herstellung: Gabriele Kutscha
Satz: C. Schaber Datentechnik, Wels
Druck und Bindung: GGP Media GmbH, Pößneck
Printed in Germany

978-3-453-29086-0

Für Marita Metz-Becker,
die mich mit ihrer Neugierde infiziert hat.

... vielleicht haben wir sogar recht, wenn wir es uns zum Vorwurf machen, etwas so Dummes wie einen Menschen zu zeugen, wenn wir diese Verrichtung schändlich *nennen und wenn wir die dazu benutzten Organe als* Schamteile *bezeichnen.*

MICHEL DE MONTAIGNE

Prolog

Sie war einem verhängnisvollen Irrtum unterlegen, als sie glaubte, der König habe seine Meinung geändert nach vier Jahren ehelicher Enthaltsamkeit. Nie würde sie diesen einen grauenhaften Moment vergessen, als sie begreifen musste, dass es nicht der König gewesen war, dem sie sich in einem gesichtslosen Hinterzimmer des Potsdamer Schlosses hingegeben hatte.

Am Morgen nach dem letzten Maskenball dieses Winters nämlich war der König in ihrem Salon erschienen und hatte um Nachsicht gebeten dafür, dass er wegen einer ärgerlichen Magenverstimmung vorzeitig das Fest verlassen musste.

Offensichtlich hatte sie ihn nicht vermisst, scherzte er und drohte mit erhobenem Finger, denn er habe sie noch ihre dritte Française tanzen sehen.

Der König sah sie ausgesprochen gern tanzen, und da sie ein hingebungsvoller Mensch war, kam sie seinen Wünschen mit Freude nach. In der Potsdamer Ballnacht, nach einer atemraubenden Mazurka, die kaum jemand mit so viel Anmut beherrschte wie sie, hatte sie sich jedoch von den Tanzenden entfernt, um einen Moment der Ruhe zu finden. Indem sie viele wohlgesinnte Verbeugungen und Knickse mit der flüchtigen Neigung ihres schönen Kopfes beantwortet und sich den Weg durch die festliche Hofgesellschaft freigelächelt hatte, war sie in den rückwärtigen, zum Park gelegenen Teil des Schlosses entschwunden, ohne dass ihr zeitweiliges Fehlen bei der Redoute ernstlich bemerkt worden war.

Als sie in jener Nacht zu den hohen Fenstern des nördlichen Traktes gelangte, schien der Park wie fortgesogen. Das Orchester war in diesem Teil des Schlosses nicht mehr zu hören, weder Stimmen noch das entfernteste Rascheln von Seidenkleidern. Die Welt schien versunken hinter den wirbelnden Schneeflocken, die lautlos gegen die Scheiben trieben. Die Stille hatte ihren wilden Herzschlag längst wieder in gemäßigten Rhythmus gebracht. Fast machte es sie traurig. Sie wusste nicht, warum sie hier war.

Erleichtert hatte sie dann die Schritte wahrgenommen, von denen sie annahm, dass sie zu einem der Wachhabenden gehörten, denn es waren die gemessenen Schritte eines Soldaten. Sie hatte sich von den Fenstern abgewandt und der groß gewachsenen Gestalt entgegengesehen, die aus dem Grau der Schatten auf sie zukam.

Als sie der Maske gewahr wurde, erschrak sie. Noch während sie seinen Namen aussprach, legte er ihr den behandschuhten Finger auf die Lippen. Sie schwieg, während er ihre Taille umfasste und sie mit sich zog. Sie schwieg, als sie ihm in ein dunkles, ungeheiztes Zimmer folgte, das sie in den folgenden Monaten oftmals heimlich wiederzufinden suchte.

Sie hatte keine Angst gespürt, nein. Das verschwörerische Klicken seiner Stiefelabsätze auf dem Parkett hatte sie euphorisch gemacht. Als er sie küsste, war sie für den Bruchteil einer Sekunde überwältigt. Erst dann dachte sie, dass sich sein Bart dichter anfühlte und seine Lippen voller. Wie hätte sie misstrauisch werden sollen? Bislang hatte sie seinen Mund nur auf ihrem Handrücken zu spüren bekommen oder auf der Stirn.

Es fiel ihr leicht zu schweigen.

Als dann geschah, was ihr unmöglich zu benennen war, in strenger Stummheit, während sie sich ihres heftigen Atems schämte und auch wieder nicht, weil sie glauben wollte, er habe eine Sehnsucht in sich getragen nach dem, was er jetzt mit ihr tat und worauf sie in der Hochzeitsnacht und in vielen weiteren Nächten der vergangenen Jahre vergeblich gewartet hatte.

Ihr war fremd, was sie nur dieses einzige Mal erleben sollte. Und als die plötzliche Heftigkeit des Geschehens auf der ächzenden Récamiere in einem erstickten Laut ihr Ende fand, dachte sie: Endlich werde ich ein Kind bekommen. Herr im Himmel, lass mich ein Kind haben!

Den Schrecken, der sich seit dem darauffolgenden morgendlichen Besuch des Königs in ihr auszubreiten suchte, beschloss sie mit den Eigenschaften ihres rechtschaffenen Charakters in Schach zu halten.

Eins

FEBRUAR 1828

Die Wolken hatten sich über der Stadt zu einer bleiernen Decke zusammengeschoben. Während der Tag sich übergangslos in die Dunkelheit verabschiedete, brachte ein Fuhrwerk die Hebamme Gesa Heuser zum Gut eines Großbauern, das vier Stunden Fußweg von Marburg entfernt lag. Es war eine ruppige Fahrt mit harten Stößen, die ihr einige blaue Flecken einbringen würden. Zwischen den Äckern sprengten die Wagenräder vereiste Erdklumpen aus den gefrorenen Furchen des Weges, und die Fackeln am Kutschbock stießen ihre unruhigen Flammen in die Kälte. Windböen wirbelten den Schnee wie Zuckerstaub über die Stoppelfelder und trieben Gesa Tränen in die Augen. Sie fragte sich, um wie vieles angenehmer wohl die Fahrt in einem geschlossenen und gefederten Reisecoupé auf den winterlichen Landstraßen sei.

Später in der Nacht lief Gesa ein paar Schritte über den Hof zu den Ställen. Die überhitzte Kammer fliehend, in der die Gebärende einen kurzen, erschöpften Schlummer hielt, stillte sie Hunger und Durst mit einem Krug warmer Milch. Der Himmel war sternenlos, doch sie schenkte ihm keine Beachtung.

Es begann zu schneien, als die Presswehen der Bäuerin einsetzten, und als Gesa im frühen Morgengrau schließlich aus dem Gutshaus trat, in dem die Herdfeuer für Kaffee und das Schmelzen von Gänsefett angefacht wurden, schneite es noch immer.

Sie stieß die Hände in ihre Filzhandschuhe, nahm das Umschlagtuch unter dem Kinn zusammen und lief mit gesenktem Kopf auf den Pferdeschlitten zu, der im Hof auf sie wartete. Sie ließ sich vom Kutscher hinaufhelfen, atmete die klare, kalte Luft ein, bis es schmerzte, und vertrieb damit die menschlichen Nestgerüche nach Blut und Mutterfluss, Schweiß und Hühnersuppe.

Die Leute hatten Gesa eingeladen, sich auszuruhen in einem angewärmten Bett, man wollte sie bewirten nach der Geburt ihres fünften gesunden Kindes, das nach einer Wendung leicht auf die Welt gekommen war. Der Bäuerin wäre es lieb gewesen, die Hebamme noch eine weitere Nacht dazubehalten, wenigstens bis man den Pfarrer zur Taufe im Haus hatte, denn es war zu bezweifeln, dass die Witterung es in diesen frostigen Februartagen zulassen würde, das Kind in die Kirche zu tragen.

Ein ungetauftes Neugeborenes machte die Menschen unruhig, so als könnte seine kleine Seele auf Abwege geraten und das Unglück auf sich ziehen. Wie oft in all den Jahren war Gesa in ähnlichen Fällen ängstlich um eine Nottaufe gebeten worden, die ihr, um der Geistlichkeit nicht ins Gehege zu kommen, nur erlaubt war, wenn ein Kind schwach war und schnell zu sterben drohte.

Für das in dieser Nacht gesund geborene Mädchen bestand indessen keine Gefahr, urplötzlich und lebensbedrohlich zu erkranken. Seine Haut war rosig, die Lungen kräftig, und seine Winzigkeit lag in der Natur der Sache. Weil man Gesa vertraute und sie kein Wort darüber verlor, dass sie es eilig hatte, entließ man sie mit einem guten Sold und zwei

Kiepen Brennholz, die der Kutscher auf dem Schlitten verschnürte, bis er endlich die Zügel aufnahm, den behäbigen Kaltblüter antrieb und ihn durch die Toreinfahrt lenkte.

Die weiße Landschaft wirkte leer, die Wälder waren eins mit den Hügeln, entfernte Höfe lagen verschneit in den eisigen Nebeln der Senken verborgen.

Mit hochgezogenen Schultern grub Gesa sich in die Felldecken ein und tastete mit den Füßen nach den heißen Steinen auf dem Schlittenboden. Zum ersten Mal seit fast dreißig Jahren würde niemand als Lina, ihre Magd, sie zu Hause in der Hofstatt erwarten, wenn sie von einer nächtlichen Geburt kam. Gesa schüttelte sich, um den Anflug von Verzagtheit loszuwerden, und überlegte stattdessen, was zu tun sei, wenn sie die Postkutsche in Marburg nicht erreichen würde. Was, wenn die Passage wegen des Wetters nicht möglich war?

Den Platz hatte sie vorsorglich in der vergangenen Woche bezahlt, seitdem stand ihr gepackter Koffer bereit, ein kalbsledernes Ungetüm mit wuchtigen Beschlägen, das eigentlich Clemens gehörte. Sie selbst war kaum je gereist, wenn man von Wien absah.

Und nun Berlin. Obwohl es näher lag als die Kaiserstadt, kam es ihr, mit allem, was sie dort erwarten würde, vor wie eine Reise zum Mond.

Der Schlitten glitt ruhig durch die Landschaft, und Gesa wurde schläfrig. Von der Hutkrempe des Kutschers brach Schnee und rollte in winzigen Lawinen seinen Umhang hinunter. Während sie die im klingelnden Rhythmus des Schellenbaums wehende Mähne des Pferdes betrachtete, fielen ihr die Augen zu.

*

»Wenn die Oranienburger Straße als eine der freundlichsten Berlins gilt«, sagte Caspar von Siebold, »so haben zu dieser Jahreszeit die beschneiten Linden ihren Anteil daran, finden Sie nicht?«

Helene beobachtete, wie eine dicke Schneeflocke an der Fensterscheibe schmolz. Sie antwortete dem jungen Arzt mit einem Nicken und nahm es in Kauf, für unhöflich gehalten zu werden, solange nur der alte Siebold dies nicht bemerkte. Doch der Professor befand sich in angeregtem Gespräch mit ihrem Vater. Nachdem sie die unter Gelehrten üblichen Höflichkeiten ausgetauscht und einander versichert hatten, die Veröffentlichungen des anderen gelesen zu haben, ging es inzwischen längst um pathologische Fragen der Geburtsmedizin.

Helenes Finger ertasteten den eigenen Puls, während sie unten auf der Straße eine Gruppe junger Männer in langen Mänteln mit Pelzkragen durch das morgendliche Schneegestöber eilen sah. Sie konzentrierte sich darauf, ihren Atem ruhig zu halten. Sie legte sich die Worte zurecht, so wie sie es seit Tagen und Nächten tat, wann immer sie sich genau diesen Moment vorgestellt hatte, den sie jetzt erlebte.

»Beim Ankauf dieses Hauses schätzte man allerdings neben einer freundlichen Lage vor allem die kurzen Wege«, hörte sie Caspar von Siebold sagen. »Die Universität und das chirurgische Klinikum befinden sich in unmittelbarer Nähe, und somit können die Studenten zügig zu den Geburten herbeigerufen werden.«

Er stand jetzt neben ihr am Fenster, ein gut aussehender Mann mit schmaler Oberlippe und vollem Haar. Obwohl seine Stimme angenehm und nicht zu laut war, wünschte Helene, er würde sich nicht fortwährend um Konversation bemühen.

»Sie kennen die Vorgänge sicher aus Marburg von Ihrem verehrten Herrn Vater. Und natürlich aus eigener Erfahrung von Ihrer Ausbildung in Wien.«

Trotz ihrer Ungeduld und Nervosität bemerkte sie die Melancholie in seinem Blick.

»Ich assistiere meinem Vater bei seinem praktischen Unterricht«, sagte sie. »Die Vorgänge sind mir bekannt, mit all ihrer Unruhe und Hast.«

»Sie begleiten Ihren Vater in den Hörsaal? Wie ungewöhnlich. Ist dies der Einfluss der Wiener Schule? In Wien unterrichtet man Hebammen und Ärzte noch immer gemeinsam, nicht wahr?«

»Ich habe es so erlebt«, antwortete Helene, »aber es ist vier Jahre her, dass ich am Wiener Spital war. Doch nachdem man es dort immer schon so gehalten hat …«

»… hat sich vermutlich nichts daran geändert, meinen Sie?« Während Helene verwirrt schwieg, lächelte er ohne den geringsten Anflug von Überheblichkeit, und sie fragte sich, ob Caspar von Siebold mit seinen insistierenden Bemerkungen etwas bezweckte. Nebenher ärgerte es sie, dass sie sich zu dem Kleid aus englischer Wolle entschlossen hatte, da es ihr eigentlich immer zu warm wurde, sobald sie einen geheizten Raum betrat. Doch weil es nonnenhaft schlicht war, hatte sie es dem Anlass entsprechend für angemessen gehalten.

Elsa würde dergleichen nicht unterlaufen, dachte Helene. Elsa würde niemals feststellen müssen, dass sie unpassend gekleidet war.

In Helenes Achselhöhlen begannen sich einige Schweißtropfen auf den Weg zu machen, obwohl sie bei der Morgentoilette reichlich Veilchenwurzelpuder aufgelegt hatte. In diesem Punkt war sie Elsas Rat gefolgt, die ihr zu verstehen gegeben hatte, dass ein weiblicher Mensch hart arbeiten, aber keinesfalls danach riechen dürfe.

»Tatsächlich weiß ich es auch nicht anders, als dass man in Wien dabei geblieben ist«, sagte Siebold. »Aber wollen Sie mir verraten, ob Sie die gemeinsamen Unterweisungen als Vor- oder Nachteil empfanden, Fräulein Heuser?«

»Unbedingt als Vorteil. Ich wusste es zu schätzen, dass man keinen Unterschied machte und nicht meinte, sich einfacher ausdrücken zu müssen, in der Überzeugung, Hebammen hätten weniger Verstand als die Studenten.«

»Ich verstehe. Und ich fürchte, ich habe Sie verärgert.«

»Ganz und gar nicht.« Sie senkte die Stimme. »Sollte ich gereizt klingen, liegt es vermutlich daran, dass ich sehr durstig bin. Wenn ich um eine Tasse Tee bitten dürfte.«

Während Siebold sich zu einem zierlichen Tischchen begab, auf dem man den Samowar, geblümtes Teegeschirr und eine Schale Gebäck angerichtet hatte, suchte Helene den Blick ihres Vaters. In seinem Profil, dessen kantiger Schnitt von dichten grauen Locken gemildert wurde, ließ sich die Stirnfalte erkennen, die seine Konzentration auf das Gespräch mit dem Gastgeber anzeigte.

Tatsächlich verursachte ihr Siebolds Bibliothek, die sich mit staubiger Wucht und Fülle als Teil eines männlichen Kosmos präsentierte, ein trockenes Gefühl auf der Zunge, obwohl ihr eine solche Umgebung keineswegs fremd war. Wann wohl ihr Vater endlich den richtigen Zeitpunkt für gekommen hielt, um sich bei dem Professor für sie zu verwenden?

Vor inzwischen mehr als zwei Stunden hatten Elias und Caspar von Siebold sie am Hauptportal empfangen. Man konnte sie für Brüder halten, beide gleichermaßen schlank und hochgewachsen, mit nahezu römischen Gesichtszügen, wobei sich in denen des Älteren auf den ersten Blick eine alarmierende Arroganz bemerkbar machte.

Bevor sie eingetreten waren, hatte eine Windböe Schneestaub von den goldenen Lettern der lateinischen Inschrift an der Front des großen Gebäudes geweht: »Institutum universitatis litterariae regium Lucinae sacrumperenne in aevum monumentum clementissimi sapientissimi ac justissimi conditoris regis. Friderici Guilelmi III. A. MDCCCXVII«

»Mein Sohn wird es Ihnen gern übersetzen, Fräulein Heuser«, sagte Elias von Siebold, um sich dann mit einem dünnen Lächeln an ihren Vater zu wenden. »Caspar pflegt eine überschwängliche Liebe zur klassischen Philologie. Ich hatte meine liebe Mühe, ihn zum Medizinstudium zu bewegen. Danken Sie Gott, dass man derlei Flausen bei Töchtern nicht Herr werden muss.«

»Königliche Universitätsanstalt, Heiligtum der Lucina, immerwährendes Denkmal des allermildesten, allerweisesten und allergerechtesten Gründers König Friedrich Wilhelm III. Im Jahr 1817«, las Helene.

»Wo haben Sie so gut Latein gelernt?«

»Ich nahm schon mit meinem zehnten Lebensjahr Privatstunden bei Studenten meines Vaters.«

»Sie sehen mich beeindruckt.« Caspar von Siebold deutete eine Verneigung an.

In der Miene ihres Vaters hatte Helene Belustigung aufblitzen sehen, während Professor Elias von Siebold ihre Übersetzungskünste nicht zur Kenntnis genommen oder sie schlichtweg ignoriert hatte. Ihm lag allein daran, den Kollegen aus Marburg durch sein Institut zu führen, wobei sein Sohn an Helenes Seite blieb. Ihr kam es vor, als erteile der Ältere dem Jüngeren hin und wieder das Wort, nur um die eigenen Leistungen preisen zu lassen, ohne selbst in den Ruf von Eitelkeit und Prahlerei zu geraten.

Der Professor hatte allen Grund, auf das Haus in der Oranienburger Straße stolz zu sein. Das gepflegte Gebäude mit seinen ansehnlichen Hinterhäusern, Remisen und Stallungen war vor inzwischen mehr als zehn Jahren einem Kammerherrn abgekauft und nach den Wünschen des Gelehrten umgebaut worden.

Hellblau bemalte Wände und Gardinen in frischem Grün schmückten die großzügigen Wöchnerinnenzimmer, in denen jede ihre eigene Schlafstatt hatte, selbst für die Säuglinge gab es kleine Bettchen. Im himmelblauen Entbindungssaal war das Gebärbett mit weißen Vorhängen abgeschirmt und konnte zu gegebener Zeit von allen Seiten umgangen werden. Kalbslederne Gebärkissen lagen zur Erleichterung der Geburt bereit, und einem lackierten Fässchen an der Wand über dem Wickeltisch konnte Wasser entnommen werden, um die Neugeborenen zu waschen.

Caspar von Siebold hatte für Helene eine der Salbenbüchsen geöffnet, die auf einem Tisch neben dem Gebärbett standen, und sie die Rezeptur des mit Rosenöl versetzten Schweinefetts beschnuppern lassen. Er ließ sie auch hinter die Türen der hohen Wäscheschränke blicken, wohl weil er meinte, dass dies für eine Hebamme von Interesse sein könnte und nicht etwa die umfangreiche Sammlung weiblicher Becken, die sich im obersten Stockwerk neben dem Auditorium befand.

»Als ich unlängst eine auswärtige Gebäranstalt besuchte, sah ich im ganzen Haus nur kohlschwarze Wände«, sagte Caspar von Siebold, während sie hinter den Vätern zurückblieben. »Niemand dort schien dies bemerkenswert zu finden.«

Helene war so höflich, sich in angemessener Weise betroffen zu zeigen. In Wahrheit hatte sie nur zu deutlich das Gebärhaus in Marburg vor Augen, die Lehrstätte ihres Vaters, dessen Direktor er niemals hatte sein wollen.

Zwar war man aus dem Haus am Grün ausgezogen, einem immer schon übel riechend feuchten, heruntergekommenen Gebäude, in dem von Anbeginn seines Daseins als Gebäranstalt drangvolle Enge geherrscht hatte. Es war ein Haus, das, anders als dieses, den ledigen Frauen, die es aufsuchten, um einer Schandstrafe oder der Kirchenbuße zu entgehen, Angst machte. Die Frauen fühlten sich dort noch elender. Es gab keine doppelten Türen wie hier, um die Schreie der Gebärenden von den Schwangeren fernzuhalten, keine Vorhänge, um die Würde der Frauen vor den Blicken der Studenten zu bewahren. Das Auditorium war Gebärsaal, Bibliothek und Instrumentensammlung in einem. Die wehengeplagten Frauen hatten missgestaltete Embryonen in Glasbehältern sehen müssen, Haken, Zangen und Perforationsbestecke in den Schränken. Daran hatte auch Clemens Heuser, ihr Vater, nichts ändern können. Seinem Vorschlag, die Schränke bei anstehenden Geburten mit Tüchern zu verhängen, war man nicht gefolgt.

Trotzdem waren mit den Jahren immer mehr Frauen gekommen, denen man ein Dach über dem Kopf gab und schlechtes Essen. Frauen, die sich von fremden Herren in schwarzen Anzügen vor und während der Niederkunft in ihrem Innersten touchieren lassen mussten. Mägde und Bettlerinnen, Dienstmädchen und Tagelöhnerinnen, junge und ältere, all jene, denen dies zu ertragen lieber war, als ihr Kind heimlich auf einem zugigen Dachboden, auf dem freien Feld oder im Stall ihrer Brotherren zu gebären und dabei in Versuchung zu geraten, das zu töten, was ihnen ihr Leben noch schwerer machen würde.

Indessen war man in das ehemalige Fürstenhaus des Deutschen Ordens umgezogen, was als bessere Lokalität angepriesen wurde, es jedoch wahrhaftig kaum war, da man die Räume mit anderen Fakultäten zu teilen hatte. Daran, dass der Direktor mit seiner Familie im Institut wohnte, wie hier in Berlin, war rein gar nicht zu denken.

Der junge Siebold hatte Helene in die weiträumige Wohnung seines Vaters geleitet, die dieser nach dem Tod von Caspars Mutter mit seiner zweiten Frau und den gemeinsamen Kindern bewohnte.

Friederike Auguste, bildhübsch in ihrem grünen Samtkleid, hatte sie empfangen und über einen langen, nach Bienenwachs duftenden Flur in die Bibliothek geführt. Sie war kaum älter als Helene und musterte sie mit unverhohlener, freundlicher Neugier, während sie ein Bombardement von Fragen abfeuerte.

Ob sie zum ersten Mal in Berlin sei? Wie es ihr gefiele? Ob es nicht überwältigend sei, aus einer Stadt wie Marburg kommend? Ob sie sich vorstellen könne, hier zu leben?

Als das Erscheinen ihres Gatten mit seinem Gast Friederike gebot, sich zurückzuziehen, schien sie es aufrichtig zu bedauern.

Helene hatte ihr nicht mehr antworten können, dass sie kaum etwas mehr wünschte, als in Berlin zu leben, nicht nur wegen Elsa. Dabei war Elsa der wundervollste von mehreren Anlässen ihrer Reise. Vor allem jedoch wünschte man ihren Vater an die Königliche Universität zu holen.

Forschung und Lehre an der Königlichen Entbindungsanstalt sollten vom überragenden Erfahrungsschatz des Professors Clemens Heuser profitieren, der die künstliche Einleitung von Frühgeburten in einem Umfang praktiziert hatte wie niemand sonst. Nur wenige Ärzte hatten sich bislang auf den dünnen Boden dieses Verfahrens gewagt, um Schwangeren mit engen Becken die Niederkunft zu erleichtern und damit ihr Leben und das ihres Kindes zu retten.

»Sie wissen vielleicht, dass mein Sohn sich mit einer öffentlichen Vorlesung über die künstliche Frühgeburt habilitiert hat«, hörte Helene Professor von Siebold in diesem Augenblick zu ihrem Vater sagen. »Selbstredend sind Sie um vieles erfahrener als Arzt und Geburtshelfer. Ganz zu schweigen von Ihrer jahrelangen Forschungstätigkeit, die offenbar wichtiger war, als jemals die Leitung eines Gebärhauses zu übernehmen.«

Clemens lächelte. Dass sein Ruf nach Berlin Elias von Siebold ganz und gar nicht behagte, hatte der Professor und Medizinalrat während der Hausführung nicht gänzlich hinter seinem höflichen Auftreten verbergen können. Clemens wandte sich Caspar von Siebold zu, der ebenso angespannt wirkte wie Helene, deren Ungeduld ihm nur zu gut bekannt war.

»Ich habe Ihren Vortrag gelesen und darf Ihnen meine Anerkennung aussprechen«, sagte Clemens. »Womöglich werden wir Gelegenheit haben, auf diesem Gebiet gemeinsam zu neuen Erkenntnissen zu kommen.«

»Mein Sohn hat einen Eingriff an einer Schwangeren im siebten Mondmonat geschildert, den er unter meiner Leitung ausführte. Ich überließ ihm hierzu meine Aufzeichnungen über die Operation, die ich bereits im Jahre 1811 erstmalig durchführte, damals ...«

»... noch in Würzburg. Ich schrieb Ihnen seinerzeit«, fiel Clemens ihm freundlich ins Wort.

»Ach. Antwortete ich?«

»Vermutlich ließ Ihnen Ihre Arbeit keine Zeit. Und ich ahne, wie es erst hier in Berlin sein muss. Sie werden sich glücklich schätzen, Ihren Sohn als ersten Assistenten an der Seite zu haben, der, wie ich höre, seit dem vergangenen Semester selbst Vorlesungen hält.«

»Er ist zweiter Assistent, eine Position, die ihn hinreichend auf die weitere Universitätslaufbahn vorbereitet, ohne dass ich mich dem Vorwurf der Protektion aussetzen müsste. Mein zweiter Sohn wird ihm in diese Stellung nachfolgen. Er arbeitet derzeit an seiner Dissertation über Fehlgeburten. Ich habe zu diesem Zweck eine größere Anzahl präparierter Embryonen anschaffen lassen, die er beschreiben wird. Sie konnten sie oben im Auditorium sehen.«

»Ich sehe vor allem, verehrter Kollege, dass wir uns in gewissen Grundsätzen unterscheiden. So etwa habe ich nicht die geringste Scheu, meine Tochter zu protegieren. Ich bin von der Qualität ihrer Bildung überzeugt und weiß, was sie zu leisten imstande ist. Es ist dies einer der Gründe, warum ich in Erwägung ziehe, dem Ruf nach Berlin zu folgen.«

Unwillig huschte Siebolds Blick zu Helene, als sei sie ein unerfreulicher Anblick, was keineswegs der Fall war. Clemens nannte sie im Stillen seine strenge Schönheit, denn sie schätzte Komplimente über ihr Äußeres nicht. Hierin ähnelte sie ihrer Mutter, und es unterschied beide ganz und gar von Elsa.

»Ein unpassender Vergleich, würde ich meinen«, sagte Elias von Siebold, »es sei denn, Sie sprechen davon, das Fräulein Tochter gut verheiraten zu wollen. Ansonsten, fürchte ich, kann ich nicht ganz folgen.«

Helene schlug das Herz bis zum Hals. Neben sich hörte sie Caspar von Siebold tief einatmen.

»Ich denke, es ist an der Zeit, für mich selbst zu sprechen«, sagte sie und stellte die Teetasse auf der Fensterbank ab. »Sofern Sie es mir gestatten möchten, Herr Professor.«

»Nun, da Ihr Vater Wert darauf legte, Ihre Leistungen hervorzuheben, nehme ich an, Sie liebäugeln mit der Position der Institutshebamme.«

»Mir würde es viel mehr bedeuten, Ihre Vorlesungen hören zu können«, sagte Helene, »ebenso wie die Ihrer Kollegen der Anatomie und Physiologie. Seit ich die Arbeit meiner Eltern in allem Umfang begriffen habe, ist es mein größter Wunsch, theoretischen und praktischen Unterricht an einer Universität zu nehmen, öffentlich oder privatissime.«

Ihre Stimme war ruhig, und nur Professor Clemens Heuser sah das heftige Pulsieren ihrer Halsschlagader über dem Stehkragen ihres dunklen Kleides. Er bemerkte auch, wie außerordentlich gut dem jungen Caspar die unverfrorene Heiterkeit zu Gesicht stand, mit der dieser seinen Vater im Auge behielt.

Elias von Siebold stand wie vom Donner gerührt.

»Wenn ich Sie richtig verstanden habe, beabsichtigen Sie, Medizin zu studieren?«

»Selbstverständlich weiß ich, dass es Frauen nicht gestattet ist, sich zu immatrikulieren, allerdings weiß ich auch, dass es im Ermessen einzelner Lehrer liegt, Ausnahmen zu machen ...«

»Es beruhigt mich, dass Sie über eines der grundlegenden Universitätsstatuten im Bilde sind«, schnappte der Professor. »Und verzeihen Sie, Kollege Heuser, bei Ihrer Gelassenheit darf ich vermuten, dass Sie den Wunsch Ihrer

Tochter unterstützen? Oder wollen Sie, dass ich sie davon abbringe?«

»Ich nehme an, Vater, dass man bei Ihnen auf Verständnis hofft, da Ihre Nichte Charlotte vor siebzehn Jahren an der Universität in Gießen promovierte«, sagte Caspar, bevor Clemens antworten konnte.

Elias von Siebold sah dicht an seinem Sohn vorbei.

»Charlotte Heiland ist das Mündel meines Bruders und daher keineswegs meine Nichte. Doch welche Frau auch immer, und sei es mein eigen Fleisch und Blut, mit einem derartigen Ansinnen an mich herantritt, wird auf meinen Zuspruch verzichten müssen.«

»Ich darf sagen, dass ich sehr viel von meiner Tante lernen konnte«, fuhr Caspar ungerührt fort, »sie genießt einen ungeheuerlich guten Ruf. Kein Wunder, dass man sie vor Jahren auswählte, in Kensington Palace der Herzogin von Kent bei der Geburt eines Mädchens beizustehen, dem voraussichtlich die Krone zufallen wird. Korrigieren Sie mich, Vater, sollte ich irren. Hieß es nicht Victoria, das Kind?«

Helene hatte Mühe, ihren Zorn zu unterdrücken, doch sie verfolgte nicht ohne Interesse, wie Caspar es sichtlich auskostete, seinen Vater zu provozieren. Vermutlich bot sich ihm nicht oft eine derart passende Gelegenheit. Die barsche Ablehnung des Professors, was ihre Sache anging, verärgerte sie mehr, als dass sie sie kränkte. Wie gern hätte sie ihm selbst eine Antwort gegeben, kühl und beherrscht, doch der Moment dafür war verstrichen.

Elias von Siebold war indessen steingrau geworden vor Wut.

»In meinem Institut werden immatrikulierte Studenten unterrichtet, keine Hebammen, und solange ich diese Entbindungsanstalt der königlichen Universität leite, deren Einrichtung ich zur Bedingung machte, bevor ich vor zwölf Jahren dem Ruf nach Berlin folgte, wird sich daran nichts ändern. Sollten Sie also, Kollege Heuser, es zur Bedingung machen wollen, dass ich dem verwegenen Wunsch Ihrer Tochter nachkomme ...«

»Wenn Sie mich so fragen«, sagte Clemens, während er nach Hut und Handschuhen griff, »ja, es scheint mir eine hervorragende Idee, einige Bedingungen zu stellen. Wir finden allein hinaus. Es war eine erhellende Begegnung. Ich danke Ihnen, meine Herren.«

»Es täte mir leid wenn Sie glaubten, ich hätte Ihnen geschadet, Fräulein Heuser«, sagte Caspar an der Tür, »doch seine Antwort wäre in keinem Fall anders ausgefallen.«

»Sie sind uns keine Rechenschaft schuldig. Bitte bemühen Sie sich nicht.« Helene vermutete, dass seine Augen wieder traurig waren, als er ihnen nachblickte.

Elias von Siebold war indessen grußlos in den angrenzenden Salon verschwunden, wo seine Frau ihn mit ihrer beider Lieblingsgetränk erwartete.

»Nun, mein Bester«, fragte sie munter, »hast du es herausbekommen?«

»Ich weiß nicht, wovon du sprichst«, knurrte er und verbrannte sich am Rumpunsch die Zunge.

»Elsa Heuser, Lieber. Ich hätte zu gern gewusst, ob sie mit ihnen verwandt ist.«

*

Gesa wurde von einem schweren Schlag geweckt. Sie öffnete die Augen und blickte in dichtesten Nebel. Ihr vom Schlaf noch träger Körper flog nach vorn, und vergeblich suchte sie Halt in den Fellen, als sie auf den Schlittenboden rutschte.

Sie sah den leeren Kutschbock, den führungslosen Flug der Zügel. Sie sah, wie der schwere Pferdeleib hoffnungslos gegen die Wucht des kippenden Schlittens kämpfte.

Sie selbst spürte den Aufprall nicht, nur die entsetzliche Kälte des Schnees, der ihr in den Nacken kroch, unter die Röcke, in Nase und Ohren. In ihrem schmerzenden Kopf gellten die Angstschreie des Tieres. Aus dem Nebel stach in unbestimmter Nähe der vordere Schwung einer Schlittenkufe. Es war das Einzige, was sie sehen konnte, denn sie konnte sich nicht bewegen.

*

Später sagte man ihr, sie habe Stunden im Schnee gelegen. Der Kutscher hatte sich mit seinem gebrochenen Bein zu ihr geschleppt, und erst nachdem ihm klar geworden war, dass es nicht gelingen würde, sie ohne Hilfe unter dem Schlitten hervorzuziehen, suchte er sein Gewehr, um das Pferd aus seinem Todeskampf zu erlösen.

Man fand Gesa und den dicht neben ihr sitzenden Kutscher etwa fünf Meilen nördlich von Marburg, eben zu der Stunde, als die Postkutsche nach Berlin die Stadt durch das Barfüßertor verließ.

Erst in ihrem Bett erwachte sie aus der Ohnmacht, und ihre Hand lag in der Doktor Böhmes, der sie zur Ader ließ.

»Der Mann hat Ihnen vermutlich das Leben gerettet«, sagte der Arzt. »Ohne ihn hätten Sie erfrieren können.«

Gesa wollte ihm antworten, doch ein stechender Schmerz ließ sie nach Luft schnappen.

»Ich werde ihm danken, sobald es mir möglich ist«, flüsterte sie. Kraftlos versuchte sie sich aus den Kissenbergen hochzustemmen, in die Lina sie schluchzend gebettet hatte.

Jetzt, da ihre Herrin zu Bewusstsein gekommen war, riss die Magd sich zusammen.

»Sie müssen ruhig liegen, liebe Gesa, und Sie sollten so wenig wie möglich sprechen«, sagte Doktor Böhme sanft. Er war ein ehemaliger Schüler ihres Mannes, der so mutig gewesen war, sich einzugestehen, dass seine Nerven für die Geburtshilfe zu schwach waren, und sich dem jungen Fach der orthopädischen Chirurgie zugewandt hatte.

»Ich befürchte, Sie haben sich eine oder mehrere Rippen gebrochen«, fuhr er fort, während er ihre Hand in der seinen behielt. »Sie selbst kennen sich gut genug in der Anatomie aus, um zu wissen, dass es – nun, dass die Lage nicht ganz unbedenklich ist.«

»Seien Sie so präzise wie möglich, Böhme«, flüsterte Gesa. »Sie sind mir etwas zu sorgenvoll für meinen Geschmack.«

»Wir sollten umgehend Ihren Mann und Ihre Töchter verständigen lassen. Die reitende Post wird zwei Tage brauchen bis Berlin.«

»In zwei Tagen«, sagte Gesa mit rasselndem Atem, »werden Sie mich wieder so weit haben, dass ich selbst in die Kutsche steigen kann, verstehen Sie mich? Und wenn ich die Fahrt von Kopf bis Fuß in Bandagen antreten muss. Keine Depesche nach Berlin! Ich bin entschlossen zu reisen.«

»Dann gestatten Sie mir, Lina mit einigen Rezepten zur Apotheke zu schicken. Ich werde derweil in Ihrer Küche etwas Leinsamen für warme Umschläge ansetzen. Bin ich präzise genug?«

Lächelnd ließ er Gesas Hand los, als sie nickte.

Lina, deren dicke Backen wieder Farbe bekommen hatten, jagte dem Arzt auf den Flur nach und machte ihm ängstliche Zeichen, dem Willen ihrer Herrin keinesfalls nachzugeben.

»Flüstern Sie nicht auf dem Flur, lieber Böhme!«, rief Gesa hustend. »Keine Geheimnisse vor mir in diesem Haus.«

Unten am Küchentisch brachte der Arzt einige Zeilen zu Papier und gab der Magd Anweisungen, ohne dabei zu flüstern. Lina steckte den Brief ins Mieder und warf sich das Umschlagtuch über die Schultern, doch sie konnte nicht anders, als noch einmal die Treppen hinaufzurennen, als sie die Herrin rufen hörte.

»Gib mir den Brief«, sagte Gesa leise, »und sei so gut, Lina, tu gar nicht erst so, als wüsstest du nicht, wovon ich rede.«

Nach Ansicht des Arztes stand es ernst um sie. Während ihrer Bewusstlosigkeit hatte er ihre Atemgeräusche abgehört. Er vermutete eine Perforation des Lungenfells. Er fürchtete, sie könnte innerlich verbluten.

»Unsinn«, sagte Gesa.

Es gelang ihr kaum noch zu sprechen.

»So ein Unsinn, Clemens und die Mädchen derart erschrecken zu wollen.«

Darüber, wie erschrocken sie selber war, verlor sie kein Wort.

*

Während Elsa die Tasse mit heißer Schokolade leerte, versuchte sie ihre Wut zu zügeln, mit der sie am Morgen aufgewacht war. Wie gut doch der Wind zu ihrer Stimmung passte. Seit Tagen und Nächten pfiff er um die Häuser, auf denen der Schnee lag wie ein mondäner Pelz.

Elsa zog die nackten Füße zurück ins Bett, mit denen sie nach den seidenen Pantoffeln getastet hatte, und ließ sich wieder in die warmen Kissen sinken. Doch sobald sie die

Augen schloss, merkte sie, dass ihre Verstimmung zunahm, und sie sprang auf, um sich mit der Suche nach den gestrickten Wollsocken abzulenken. Malvine hatte sie ihr zusammen mit einer Büchse Pomade aus Mandelöl und Hasenfett, die gegen Frostbeulen helfen sollte, geschickt. Zwar war es trotz des harten Winters zu derart schlimmen Verunstaltungen an Elsas Füßen nicht gekommen, da sie in der Stadt nur kurze Wege hatte und man ihr, sofern ihre Anwesenheit im Neuen Palais, in Potsdam oder auf der Pfaueninsel erwünscht war, eine Kutsche schickte, doch Malvine schrieb, die Pomade sei für die Nachwirkungen zahlreicher durchtanzter Nächte ebenso heilsam.

Elsa fischte Socken und Salbe aus einer halb unter das Bett gestoßenen Hutschachtel, zog mit letzter Kraft an der Klingelschnur neben dem Bettpfosten und ließ sich auf dem Sessel neben der Kommode nieder.

Die eisigen Stürme über Berlin hatten der Ballsaison einen überaus frostigen Abschied bereitet. Es schauderte Elsa, wenn sie daran dachte, wie sie sich auf der Fahrt zu der letzten großen Redoute schon in der Equipage beinahe um den Verstand gefroren hatte. Die gesamte Hofgesellschaft hatte es wenig gefreut, dass der König den Maskenball in Potsdam stattfinden ließ, wo die Kälte im Prunksaal bekanntermaßen kaum fortzutanzen war.

Dabei war der König kein ausgesprochener Freund der Maskenbälle, doch er hatte dem Umstand Folge zu leisten, dass *tout* Berlin den Karneval liebte. Mit fliegenden Roben eilte man zu den Tanzfesten ins Opernhaus, zu den Bällen in die Stadtvillen des Adels. Man versuchte sich mit dem Erfinden lebender Bilder erst gegenseitig auszustechen, um sich dann bedingungslos gemeinsam zu amüsieren.

Dem König dagegen verschaffte es allenfalls vagen Genuss, langwierig einstudierten Tänzen zuzusehen, daher schätzte er es ganz und gar nicht, wenn es bei den winterlichen Festen ein Gehusche in die entlegenen Schlossgänge gab, wo Zofen mit angewärmten Pelzen warteten, in die sich ihre Herrinnen minutenlang seufzend schmiegten und aus diesem Grund bei der Quadrille fehlten.

Dergleichen hätte sich Elsa allerdings niemals erlauben können, da es ihr als Teil eines lebenden Bildes so lange verboten war, sich aus dem Prunksaal zu entfernen, bis um Punkt zwölf die Masken fielen und Hofstaat sich unter Hofgesellschaft mischte.

Elsa beendete das Salben ihrer zierlichen Füße und streckte sich wie eine schläfrige Katze. Ein Lächeln zuckte in ihren Mundwinkeln, als sie daran dachte, wie Moritz von Vredow in jener Nacht bewiesen hatte, dass er kostümiert ein ausgelassener Tänzer sein konnte, dass Geist und Körper sich Freiheiten erlaubten, die er sich – so wie sie ihn einschätzte – ansonsten niemals herausgenommen hätte.

Der junge Baron liebte Elsa seitdem noch entschlossener als in den Monaten zuvor. Es machte den Umgang mit ihm nicht einfacher, doch andererseits versicherten seine ernsthaften Empfindungen Elsa der unerschütterlichen Dezenz eines Ehrenmannes. Er würde sie heiraten wollen, wenn sie ihm nur die geringste Andeutung machte. Möglicherweise würde es nötig sein, sich ein wenig von ihm zurückzuziehen.

»Ist Ihnen nicht gut, Demoiselle?«

Das Dienstmädchen blieb knicksend in der Tür stehen. Manchmal, so wie jetzt, stellte Elsa einen aufreizenden Mangel an Empathie bei ihr fest, doch sie war eine unverzichtbare Hilfe, wenn es um die schnelle Reparatur eines Kleides ging, das Pudern einer Perücke im allerletzten Moment oder das Auskleiden mitten in der Nacht. Und niemand wusste ihre Glacéhandschuhe so sorgsam in heißer Milch, Zitronensaft und Seife zu waschen wie sie.

»Du musst mir die Füße massieren, Eveline, ich komme sonst um vor Schmerzen.«

»Aber das ist ausgeschlossen, Demoiselle. Madame verlangt das Frühstück heute *en chambre*, ich muss noch drei Öfen einheizen, und wenn Demoiselle wünschen, dass ich bis heute Mittag die Achselleder aus dem Atlaskleid trenne und frische hineinnähe ...«

Matt winkte Elsa ab. Sie fühlte sich ebenso elend, wie sie zu wirken beabsichtigte. Die Erwähnung des Atlaskleides machte alles nur noch schlimmer.

»Wird es dir möglich sein, mir mein Frühstück bringen zu lassen, oder reicht deine Zeit dafür auch nicht?«, fragte sie.

»Ich tue, was ich kann, Demoiselle.« Eveline ließ sich von der ersterbenden Stimme Elsas nicht beeindrucken und ging. Doch sie schickte den Hausburschen, um Holz im Kachelofen nachzulegen, denn das Personal der Madame Stopfkuchen hatte Anweisung, Elsas Zimmer, das über drei große Fenster verfügte, in einer beständigen Wärme zu halten, die es ihr erlaubte, im seidenen Morgenmantel umherzugehen und ihre Atemübungen zu machen, ohne sich den empfindlichen Hals zu verkühlen.

Ungeduldig nahm Elsa ihre silberne Haarbürste vom Toilettentisch und drehte sie in den Händen, bis der Hausknecht mit hochrotem Kopf wieder aus der Tür stolperte. Dann erst begann sie mit festen Strichen ihre blonden Locken zu bürsten, denn ihr dabei zuzusehen war ein Privileg, das derzeit allein Baron Moritz von Vredow genoss. Durch die geöffnete

Tapetentür zum Kleiderzimmer musterte Elsa ihre Tages- und Promenadentoiletten, die schillernde Reihe der Abend- und Ballkleider, all jene Schätze, für deren Anschaffung sie eigentlich hätte selbst aufkommen müssen, was bei einer Gage von tausend und einem Garderobengeld von lächerlichen zweihundert Talern ganz und gar ausgeschlossen war.

Glücklicherweise kamen aus der Manufaktur ihrer Vermieterin, der reichen Witwe Hersilie Stopfkuchen, die begehrtesten Seidenstoffe Berliner Herstellung, und Frau Direktor liebte es, Elsa damit auszustatten.

»Wenn Sie nur schön sind, mein Kind, dann kann ich auf diese Weise Seiner Majestät eine Freude bereiten, dem armen Mann.« Niemals würde Hersilie Stopfkuchen aufhören, Wilhelm III. einen armen Mann zu nennen. Sie gehörte zu jenen Berlinerinnen, die gemeinsam mit ihm, wie sie meinten, Luise für seine einzige, ewige Liebe hielten, auch wenn nun schon vierzehn Jahre vergangen waren, seit die Königin – tragischerweise viel zu jung – verstorben war. Es waren in der Mehrzahl Frauen, die in dieser Hinsicht ewig gestrig blieben, Frauen, die sich im Alter des Königs befanden, die fünfzig also überschritten hatten, und die, soweit es ihnen möglich war, die Tatsache ignorierten, dass Seine Majestät eine zweite Ehe geschlossen hatte.

Elsa beobachtete Wesensart und Stimmungen des Königs sachlich wie ein Meteorologe das Wetter. Sie kannte seine Vorlieben, wusste, was ihn erheiterte, ermüdete oder gar verärgern konnte. Täglich hatte sie Gelegenheit, ihn zu studieren. Selbstverständlich musste sie abwarten, dass er sie ansprach, doch das zu erreichen gelang ihr mühelos.

Allerdings blieb auch Elsa nicht von der Erfahrung verschont, dass mit dem König nur schwer über Anschaffungen zu reden war. Ihre Verhandlungsversuche wegen neuer Theaterkostüme hatten ihn zwar köstlich amüsiert, waren jedoch bislang ergebnislos geblieben. Sie musste, ob sie nun wollte oder nicht, die Kleider ihrer Vorgängerinnen tragen. Das perlenbestickte Atlaskleid war eines von ihnen.

Es brachte Elsa zur Verzweiflung, dass sie in einem Brautkostüm mit vielmals herausgelassenen und neu eingefassten Nähten auf die Bühne musste. Es ließ sie mitunter alle Dankbarkeit darüber vergessen, dass man Madame Stich, die immer noch einzige Erste Liebhaberin der Berliner Hofbühne, zu einem Gastspiel am russischen Hof hatte reisen lassen und ihr auf diese Weise die Rolle des *Käthchen von Heilbronn* zugefallen war.

Das Klopfen eines der Küchenmädchen, das mit dem Frühstückstablett hereinkam und sich hastig wieder entfernte, riss Elsa aus ihren Gedanken. Sie nahm vor dem Fenster an einem ovalen Tisch aus poliertem Kirschholz Platz, und mit einem Mal erinnerten sie die weißen Musselingardinen an das Schlafzimmer ihrer Eltern.

Als kleines Mädchen hatte sie oftmals am Morgen in der Hofstatt am Fenster gestanden und auf die Rückkehr der Mutter gewartet. Wenn sie endlich kam und müde das Zimmer betrat, war Elsa hinter den Gardinen hervorgesprungen und hatte ein Lied gesungen. Jedes Mal tat die Mutter, als sei sie überrascht von der Anwesenheit ihres kleinen Mädchens, und während sie ihr Kleid aufknöpfte und den Haarknoten löste, bis er in einem langen Zopf zur Taille hinabfiel, lauschte sie der kindlichen Darbietung mit einem Lächeln, nach dem Elsa eine regelrechte Sucht entwickelte.

Das war, noch bevor Helene zur Welt gekommen war.

Vielleicht war sie deshalb Schauspielerin geworden.

Sie riss ein Stück von der vanilleduftenden Waffel ab und schob es sich in den Mund.

Morgen war Generalprobe, und sie würde zum ersten Mal in Berlin das Käthchen spielen. *Und läg ich so, wie ich jetzt vor dir liege, vor meinem eigenen Bewusstsein da ...*

Sie studierte die Rolle seit Wochen, das Textbuch lag zwischen den Kissen in ihrem Bett. Niemals zuvor hatte sie, und sei es bei den ersten Proben, die Hilfe eines Souffleurs in Anspruch nehmen müssen. Doch nun war ihre Mutter am verabredeten Tag nicht in Berlin eingetroffen, und Elsas Konzentration war beim Teufel.

Dass sie rein gar nichts dagegen unternehmen konnte, selbst mit beständigem Lesen, bis ihr nachts die Augen beim Kerzenlicht tränten, verursachte ihr diese beschämende Wut, mit der sie am Morgen aufgewacht war.

Warum nur konnte ihre Mutter nicht pünktlich in Berlin eintreffen, wenn es doch auch dem Vater und Helene gelungen war, die seit vier Tagen im Goldenen Lamm logierten?

Elsa sprang vom Tisch auf, tauchte an der Waschschüssel die Zahnbürste ins Wasser, streute Pulver darauf und begann, sich zornig ihre ebenmäßigen Zähne zu putzen.

Vermutlich hatte sie irgendeine Frau in Kindsnöten nicht abweisen können, vielleicht kam ihr eine ängstliche Erstgebärende, eine achtfache Mutter mit schwacher Konstitution oder ein falsch liegendes Kind wichtiger vor, als ihre Tochter auf der Bühne des Königlichen Theaters zu sehen. Nicht ein einziges Mal hatte sie es fertiggebracht, Marburg zu verlassen, seit Elsa beim Theater war. Nur nach Wien war sie gereist, als Helene ihre Prüfung machte. Helene allerdings sagte, das habe ihre Mutter wegen Elgin getan. Vor vielen Jahren hatte sie mit dieser Frau nach Wien gewollt. Doch Elgin war unter mysteriösen Umständen gestorben, und die Mutter hatte in Marburg ihre Nachfolge angetreten.

Malvine hatte Elsa die ganze Geschichte erzählt, lange bevor es Helene gelang, die Geschehnisse des Jahres 1799 in aller Ausführlichkeit von den Eltern zu erfahren. Nachdem sie alles über Elgin wusste, machte Helene sie zu ihrer Heldin. Sie war kaum dreizehn Jahre alt, da kannte sie das Lehrbuch der Hebamme, die über die Bildung eines Gelehrten verfügt haben musste, nahezu auswendig.

Elsa spülte ihren Mund mit Myrrhetinktur und spuckte aus. Sie verzieh sich ihre Anflüge von Eifersucht gegen Helene nicht. Ihre Schwester nahm aufrichtig Anteil an der bevorstehenden Premiere, trotz ihrer gescheiterten Pläne.

»Lieber Gott«, flüsterte Elsa und faltete die Hände fest vor der Brust, »bitte mach, dass ich, wenn Mutter da ist, spiele wie nie. Zwei Vorhänge mindestens nur für mich – man soll mich göttlich finden, und sie soll es mit ansehen. Die Zeitungen sollen es schreiben, sie soll es lesen und stolz auf mich sein, nur dieses eine Mal.«

*

»Sie müssen nicht hierbleiben, Malvine, am Bett einer schweißnassen alten Frau.«

Gesa versuchte, die schweren Federbetten von sich zu schieben, doch der Schmerz und Malvine geboten ihr Einhalt. Die Frau des vormaligen Bürgermeisters, der vom Landesherrn mit dem Titel eines Geheimen Rates geadelt worden war, verband mit Gesa eine langjährige Bekanntschaft. Diese hatte wegen ihrer gegensätzlichen Temperamente nie in eine Freundschaft münden können, was allerdings keine von ihnen ernstlich beklagte. All die Jahre hatten sie eine Art irritierter Wertschätzung füreinander gehegt, die aus ihrer beider Zuneigung zu Elgin Gottschalk entstanden war. Vor achtundzwanzig Jahren hatte Malvine der eben vereidigten jungen Gesa einige Wege in Marburg geebnet und darauf bestanden, ihre Hochzeitsfeier mit Clemens Heuser im Rathaussaal ausrichten zu lassen. Gesa wiederum hatte Malvine von den beiden letzten ihrer fünf Kinder entbunden und sie die Patenschaft für ihr Erstgeborenes übernehmen lassen, eine Aufgabe, der sie sich bis heute mit Hingabe widmete.

»Ich muss doch sehr bitten«, sagte Malvine von Homberg, »reden Sie mir nicht von alten Frauen – Sie sind immerhin jünger als ich.«

Energisch hinderte sie Lina daran, ein weiteres Mal die Decken aufzuschütteln.

»Hab die Güte und bereite eine Kanne frischen Tee, Lina«, sagte sie leise, »Kamille vielleicht, oder Eisenkraut. Du weißt besser, was sie am liebsten mag, es wird ihr guttun, etwas zu trinken.«

In den bürgerlichen Zirkeln Marburgs neigte man dazu, Malvine für oberflächlich zu halten, zumal sie größten Wert auf eine makellose Erscheinung und elegante Toiletten legte, doch man tat ihr unrecht damit. Wohl kaum jemand ahnte, wie oft sie mit ihren Meinungen, die sich aus unbändiger Neugier auf alles Zwischenmenschliche und hemmungsloser Beobachtungslust speisten, die Entscheidungen ihres Mannes beeinflusst hatte.

Jede geringe Bewegung verursachte Gesa Schmerzen, trotz des Opiats, das der Arzt ihr am Morgen verabreicht hatte. Und das betriebsame Durchschütteln von Kissen und Decken, mit dem Lina, die gute Seele, ihre hilflose Sorge um die Herrin ausdrückte, hatte Gesa vor Anstrengung noch bleicher werden lassen, als sie ohnehin schon war.

Malvine folgte der Magd zur Treppe und trug ihr auf, nach dem Arzt zu schicken. Als sie Lina nachsah, die polternd auf Pantinen hinunter in die Küche rannte, überlegte sie kurz, ob sie es verantworten konnte, mit dem Herbeiholen des Pfarrers zu warten, und befand, diese Entscheidung Doktor Böhme zu überlassen.

»Sie müssen das nicht tun«, sagte Gesa, als Malvine sich über sie beugte, Stirn und Schläfen mit einem parfümierten Tuch abtupfte und ihr Pomade auf die Lippen gab, die vom schweren Atmen trocken geworden waren.

»Haben Sie nicht unterhaltsamere Besuche zu machen?«

»Möglicherweise, aber ich bin nun einmal entschlossen, Sie nicht allein zu lassen.«

Gesa stöhnte leise auf, als sie sich vom Rücken auf die Seite drehte.

»Ist es Ihnen denn vollkommen gleichgültig, ob es mir recht ist?«

»Sie wissen doch, wie starrsinnig ich sein kann.«

»Wie könnte ich das vergessen«, flüsterte Gesa. »Lesen Sie mir vor, wenn Sie schon unbedingt bleiben wollen.«

Malvine half ihr, das Buch, nach dem sie tastete, unter dem Kopfkissen hervorzuziehen.

»Möchten Sie eine bestimmte Passage hören?«

»Eine mit dem Käthchen natürlich. Suchen Sie etwas aus. Sicher kennen Sie das Stück auswendig.«

»Ach, Gesa«, sagte Malvine, »ich habe schon lange mit Ihnen über Elsa sprechen wollen. Um ganz und gar ehrlich zu sein, sollte ich sagen, dass ich vielleicht auch nur mein

Gewissen erleichtern will. Mir macht der Gedanke zu schaffen, dass ich Ihnen Elsa entfremdet haben könnte. Es täte mir unendlich leid, wenn es so wäre. Ich hoffe, Sie glauben mir, dass es nie in meiner Absicht lag.«

Ihre Hand zitterte leicht, als sie über den Einband des Buches strich.

»Und selbst wenn, dann war es doch nur zum Guten für Elsa«, flüsterte Gesa. »Clemens und ich ... Wir haben Helenes Talente gefördert, indem wir sie an unserem Wissen teilhaben ließen. Es war so leicht. Keine große Leistung letztlich. Sie hat sich einfach für alles, was wir taten, interessiert. Aber Sie, Malvine, Sie haben nicht nur Elsas Talent gesehen. Sie haben Elsas Leidenschaft verstanden. Etwas, das ich nicht vermochte.« Sie rang nach Luft.

Ihr war Elsa fremd geworden, als sie vor Jahren vom Darmstädter Hof zurückkam. Natürlich hatte es nicht allein an ihrem veränderten Äußeren gelegen, das dem einer Porzellanpuppe glich. Sie hatte sich manieriert und dünkelhaft gebärdet, die kleine Schwester als gefälliges Publikum benutzt und es vorgezogen, in Malvines Salon Hof zu halten, statt sich im Elternhaus mit den nur fünf Zimmern tödlich zu langweilen. Clemens war es gelungen, besonnen zu bleiben – ihr nicht. Er hatte von einer Zeit jugendlichen Hochmuts gesprochen, die vorübergehen würde. Sie hatte den unverzeihlichen Fehler gemacht, Elsas Auftreten ernst zu nehmen. Sie glaubte ihrer damals neunzehnjährigen Tochter, als sie sagte, sie wünsche sich eine Mutter wie Malvine.

»Es ist gut, dass Elsa Sie hat.«

Malvine nahm Gesas Hand. Es bedeutete ihr viel, dass sie nicht versuchte, sie ihr zu entziehen, und es schnürte ihr den Hals zu, als Gesa unter einem weiteren, schmerzhaften Atemzug die Augen schloss. So begann Malvine laut zu lesen, um ihre schlimme Befürchtung nicht noch deutlicher empfinden zu müssen.

Es fiel Gesa nicht auf, dass Malvine keine begabte Vorleserin von Theaterstücken war. Ihre Stimme war angenehm. Die Worte plätscherten vorüber wie ein kühlendes Gewässer.

Am frühen Abend, als Doktor Böhme ihr mit einer weiteren Gabe Opium die Schmerzen nahm, glitt Gesas Körper in bleierne Müdigkeit, während ihr Geist noch einem Moment wachte, um zu begreifen, dass sie sterben würde.

Nun, da ihr alle Zeit fehlte, wünschte Gesa, sie könnte Clemens noch ein letztes Mal sehen. Sie sehnte sich danach, die Haut ihrer Töchter zu riechen, wenn sie sich zu ihr neigten, um sie zu küssen. Denn obwohl sie so verschieden waren, sah Gesa ihre Töchter immer gemeinsam vor sich. Es tröstete sie, dass sie sich ohne die eine kein Bild von der anderen machen konnte.

Als der letzte Atemzug getan war und Gesas Gesicht so glatt wurde wie das eines jungen Mädchens, öffnete Malvine das Fenster. In den gegenüberliegenden Häusern war es noch dunkel, und so blickte sie hinauf zum Himmel, wo ein nächster kalter Morgen dämmerte.

Zwei

MÄRZ 1828

Von den kahlen Ästen einer Buche flogen Krähen auf, um sich wenig weiter auf dem Wipfel einer alten Tanne niederzulassen. Jemand hatte Märzveilchen in die aufgeworfene Erde gepflanzt, und die beständige Sonne der vergangenen Tage öffnete nun ihre blauvioletten Blüten. Ihren Duft, der im Sommer zierliche, gelbrote Falter anlocken würde, konnte zu dieser Zeit nur wahrnehmen, wer sich dicht über sie beugte.

Jeden Tag seit der Beerdigung, zu der sich unzählige Menschen eingefunden hatten, gingen Elsa und Helene zum Grab ihrer Mutter, denn als sie an jenem windigen, grauen Februartag den Friedhof als Letzte verließen, schien es ihnen unerträglich, sie allein mit all den Toten zurückzulassen.

Elsa war am Friedhofstor stehen geblieben, Helene hatte sich schon umgewandt. Glockengeläut war vom Wind die Hänge hinuntergetragen geworden, und von der Schaufel des Totengräbers flog unablässig schwere, nasse Erde.

»Ich würde mir so gern etwas anderes vorstellen können, als dass sie da unten liegt«, hatte Helene gesagt. Elsa hatte die wund geschnäuzten Nasenflügel ihrer Schwester angestarrt und war zu Hannes Hermann, dem Totengräber, zurückgelaufen. Sie bat ihn, seine Arbeit einzustellen, bis sie mit ihrer Schwester den Friedhof verlassen hätte.

»Wir können sonst nicht gehen«, hatte Elsa gesagt. Hannes steckte sich den Silbergroschen in seine abgewetzte Weste und wartete, bis nicht mehr der kleinste Zipfel ihrer flatternden Umhänge zwischen den Bäumen zu sehen war.

Ihren Vater hatten sie an jenem Tag in seinem Arbeitszimmer vorgefunden, rastlos umhergehend auf dem knarrenden Dielenboden des Dachgeschosses. Seither kam er nur noch zu den gemeinsamen Mahlzeiten herunter. Manchmal hörten sie ihn weinen, dann wieder vergingen Stunden vollkommener Stille. Doch am schlimmsten war es, wenn er mit ihnen am Tisch des kleinen Esszimmers saß, sich gegen sie höflich verhielt wie ein freundlicher Fremder und es vermied, Lina anzusehen, wenn sie unvermittelt in heftiges Schluchzen ausbrach.

»Hast du dir jemals Gedanken darüber gemacht, ob unsere Eltern sich lieben?«, fragte Helene.

Sie beugte sich herab und zerrieb die Blätter einer Veilchenblüte zwischen den Fingern.

»Ich fürchte, ich habe mir mehr Gedanken darüber gemacht, ob unsere Eltern mich lieben«, sagte Elsa.

»Natürlich tun sie das.«

»Woher willst du das so genau wissen?«

»Ach, Elsa. Die Zeitungen mit den Kritiken in Mutters Truhe müssen dir doch Gewissheit verschafft haben.«

»Warum hat es sie nie interessiert, mich auf der Bühne zu sehen? Es wäre so bedeutend für mich gewesen, konnte sie sich das denn nicht vorstellen? Du bist gekommen, Vater ist gekommen, zusammen wart ihr da, sie nicht. Warum?«

Helene nahm Elsas blasses Gesicht zwischen ihre Hände und küsste ihr eine Träne fort.

»Wenn du wüsstest, wie ich dich immer beneidet habe um deine Nähe zu ihr, du würdest mich verabscheuen«, sagte Elsa.

»Was redest du. Du bist meine große Schwester, ich liebe dich, da kannst du machen, was du willst. Ich habe dich vermisst, seit du aus Marburg fortgegangen bist, um zu werden, was du wolltest – liebe Güte, du warst vierzehn! Du hast uns allen gefehlt, gerade weil du so anders bist als der Rest unseres Geburtshelferhaushalts. Meinst du denn wirklich, es ist Mutter leichtgefallen, dich gehen zu lassen? Du bist ihr erstgeborenes Kind!«

»Sofern man das nach ihren vielen verlorenen Kindern sagen kann.«

»Du weißt davon?«

»Malvine hat es mir erzählt.«

»Manchmal sollte Malvine wirklich besser schweigen. Mutter hatte drei Fehlgeburten. Und ja, das sind viele, wenn man den Schmerz darüber bedenkt. Aber sie sagte, ihre Arbeit hätte ihr geholfen, darüber hinwegzukommen.«

»Mit dir hat sie also davon gesprochen.«

»Auch erst, als ich selbst schon Hebamme war. Wir waren bei Elise Ott, der Putzmacherin, als die ihre Zwillinge bekam. Die Wehen hatten ausgesetzt, und sie schlief fast eine ganze Stunde. In unserem Beruf verbringt man sehr viel Zeit mit Warten.«

»Was für mich auch zutrifft.« Wütend und ohne Rücksicht auf ihre feinen ledernen Handschuhe wischte sich Elsa die Tränen von den Wangen. »Es ist scheußlich, ich rede wieder nur über mich.«

Helene hakte ihre Schwester unter und zog sie mit sich den Weg zwischen hoch aufragenden Bäumen entlang.

»Komm, lass uns gehen.«

»Willst du wirklich noch zu den Gärten?«

»Aber ja, ich muss das gute Wetter nutzen, um die Kräuter auszusäen. Außerdem will ich noch Nelkenwurzeln ausgraben. Ich muss die Vorräte in unserer Hausapotheke auffüllen.«

Sie schlugen den Weg an der Stadtmauer entlang ein. Weit über ihnen glitzerten die Rinnsale schmelzenden Schnees vom steilen Dach des Marburger Schlosses.

Elsa tupfte sich die Nase mit einem Spitzentüchlein und zog den schwarzen Schleier ihres Hutes vor das Gesicht. Sie wich einer Pfütze aus und raffte ihr Kleid, obwohl die Säume längst vom durchweichten Boden verschmutzt waren. Neben der eleganten Elsa empfand Helene sich zuweilen plump und ungelenk, wie sonst in niemandes Gegenwart.

Sie passte ihre Schritte den langsameren ihrer Schwester an und schwieg darüber, wie beklommen sie sich fühlte. Als sie am Morgen die Sämereien vom Kontor abgeholt und später den Grabstock vom Kellerbord genommen hatte, war es ihr mit einem Mal erschienen, als tue sie die Dinge wie ihre Mutter. Die Erkenntnis bestärkte sie auf eine verzweifelte Weise in der Befürchtung, ein Leben könnte von ihr Besitz ergreifen, das nicht das ihre war. Nach dem Begräbnis hatte sie dieser quälende Gedanke jede Nacht wach gehalten. Nicht einmal Elsa, der sie jegliche Egozentrik verzeihen konnte, wagte Helene sich anzuvertrauen.

Sie fragte sich, ob Elsas Trauer womöglich tiefer war als die ihre, da sie niemals den Stolz in den Augen ihrer Mutter hatte sehen dürfen, so wie sie es sich wünschte.

Nach der ersten durchweinten Nacht in Berlin und der nicht enden wollenden Kutschfahrt mit ihrem versteinerten

Vater zurück nach Marburg, nach der Ankunft zu Hause in der Hofstatt, wo sie schluchzend die wächsernen, kalten Hände ihrer aufgebahrten Mutter geküsst hatten, von dem Moment an, als sie aus dem eisigen Schlafzimmer ihrer Eltern hinaus in den wärmeren Flur gegangen war, schien eine seltsame Taubheit Helenes Herz befallen zu haben.

Wie oft hatte sie sich seitdem bei dem Gedanken ertappt, dass sie ein ganz und gar gefühlloser Mensch sein musste. Wenn sie über die gelb getigerte Hauskatze lachte, die sich in einem Sonnenstrahl auf dem Küchenboden wälzte, oder wenn sie mit Lina besprach, welche Besorgungen zu erledigen waren. Wenn sie ihren Vater leiden sah und darüber nachdachte, wann er seine Vorlesungen wieder antreten würde und ob sie ihn allein lassen konnte.

Es beschämte sie maßlos, dass ihr größter Wunsch, der ihr ganzes Denken nun schon eine stattliche Weile bestimmte, sich derart erbarmungslos an ihrem Kummer vorbei in den Vordergrund drängte. Statt dass der Verlust ihrer Mutter sie in aller Ausschließlichkeit bewegte, fürchtete sie nichts mehr, als dass sie die eigenen Pläne aufgeben und in Marburg ihren Platz würde einnehmen müssen. Am wenigsten jedoch konnte sie sich verzeihen, dass ihr Bedürfnis, dem Vater zur Seite zu stehen, nicht stärker war als alles andere – ihm, der sie immer und in allem gefördert hatte.

Inzwischen hatten sie die Weggabelung unterhalb der Stadt erreicht, wo sich zum Osten hin die Gärten erstreckten, bedeckt vom modrigen Laub des vergangenen Herbstes und den zu Boden gedrückten Stängeln längst verblühter Stauden. Als Helene am Stand der Sonne auszumachen suchte, wie viel Zeit ihnen noch blieb, spürte sie Elsas Händedruck auf ihrem Arm.

»Ich glaube, da will jemand was von dir.«

Über einen Pfad, der sich aus einem Buchenwäldchen schlängelte, lief winkend ein Junge auf sie zu. Er mochte zehn Jahre alt sein. Der Schlamm war ihm bis zu den aus schmutzigen Hosen ragenden, dünnen Waden gespritzt, und die Holzschuhe erschwerten ihm das schnelle Laufen.

Erst jetzt hörte Helene ihn rufen.

»Wenn ich ihn richtig verstehe, braucht seine Mutter Hilfe«, sagte sie.

Mit einer schlimmen Ahnung blieb Elsa zurück, als Helene dem Jungen mit großen Schritten entgegenlief. Sie wechselte einige knappe Worte mit ihm und fuhr ihm durch die Haare.

»Komm«, rief Helene ihrer Schwester zu, »da will ein Kind auf die Welt.«

Die Frau schrie, wie Elsa noch nie einen Menschen hatte schreien hören. Noch von keinem Lebewesen hatte sie jemals solche Laute vernommen, denn sie war – das wurde ihr schlagartig klar – sehr behütet aufgewachsen. Die zwei kleinen Kinder in der Behausung, wo sich alles in einem einzigen dämmrigen Raum abspielte, schienen mit ganz anderen Wassern gewaschen zu sein. Während ihr großer Bruder sich eilig wieder auf den Weg gemacht hatte, um Holz für das nächtliche Feuer zu sammeln, war das ältere seiner kleinen Geschwister gemeinsam mit einem gefleckten Hündchen auf einem Strohsack eingeschlafen. Das Kleinere, nur mit einem Hemd bekleidet, saß unweit von ihnen auf seinem nackten Hintern und rührte stoisch mit einem Holzlöffel in seinem leer gegessenen Schüsselchen.

Auf Helenes Geheiß hin befand Elsa sich in einer unbequemen Stellung am Herdfeuer, wo sie Wasser erwärmen sollte, während das nun bald Neugeborene noch dabei war, sich seinen Weg aus dem schmerzgeplagten Leib der Mutter zu bahnen.

Es war stickig in der Hütte, und nicht nur der Qualm des blakenden Talglichts neben Helene verursachte Elsa Übelkeit. Es roch nach ranzigem Fett und feuchten Wänden, nach Kohlsuppe und besonders gemein nach Hühnermist, was von der weißen Henne kommen musste, die aufgeplustert unter dem Bett hervorleuchtete. Elsa hatte sie gleich beim Betreten der Hütte entdeckt, noch bevor sie dazu übergegangen war, den Blick unter keinen Umständen auf Helene zu lenken, die auf einem Schemel sitzend zwischen den gespreizten Beinen der Frau ihrer Arbeit nachging.

Jetzt musste Elsa aus den Augenwinkeln bemerken, dass sich das halb nackte Kleinkind zu ihr auf den Weg gemacht hatte. Beunruhigt sah sie ihm entgegen, wie es auf allen vieren über den Lehmboden näher kam. Unwillkürlich wich sie zurück, als es mit seinen schmutzigen Händen in ihr Kleid griff, um sich daran hochzuziehen, und nun, da es fiel und sich sein Hemdchen lüftete, blieb Elsa nichts anderes übrig, als festzustellen, dass es ein Mädchen war.

Durch das empörte Brüllen des Kindes drang die ruhige Stimme Helenes.

»Wenn du die Kleine beruhigen könntest«, sagte sie, »und achte darauf, dass sie nicht zu nah ans Feuer kommt.«

Widerstrebend zupfte Elsa ihr Ridikül auf, entnahm ihm ein weiteres Mal das Spitzentuch, beugte sich zu dem blond zerzausten Mädchen und wischte ihm den Rotz aus dem puterroten Gesicht.

Seine Mutter gab ein lautes Stöhnen von sich.

»Liese«, sagte das Mädchen und griff lachend nach Elsas besticktem Beutel.

Helene, die vergeblich versucht hatte, die Frau aus dem Bett heraus in eine günstigere Gebärstellung zu bringen, konnte indessen die nassen Haare auf dem Schädel des Neuankömmlings fühlen.

»Du musst pressen«, sagte sie zur keuchenden Mutter, »komm nur, halt dich an mir fest.«

Als sich ihr das Köpfchen entgegenschob, strich Helene mit den Fingern über die flache Nase.

»Hast du etwas, das ich ihm anziehen kann?«

Erschöpft nickte die Frau. Helene spürte mit ihr die nächste Wehe kommen, die, wenn sie genug Kraft aufbrachte, die letzte sein würde.

Als vom Bett her ein Quäken kam, zittrig und leise, wagte Elsa es, endlich aufzusehen. In den Händen ihrer Schwester rang ein winziges Wesen seine Gliedmaßen, als müsste es sich gegen etwas wehren.

Helene lächelte Elsa aufmunternd zu und legte den Säugling auf den Bauch seiner Mutter. Während sie sich wieder herabbeugte, nahm Elsa, ohne eine weitere Anweisung abzuwarten, den Kessel vom Feuer, schüttete das dampfende Wasser in den bereitstehenden Bottich und trug ihn zum Bett.

Sie war nicht im Geringsten darauf vorbereitet, mit wie viel Blut und mit welchem Verlust der unsäglichsten Substanzen eine Geburt verbunden war. Und niemals hatte sie dafür Interesse gezeigt, wie ein Menschenkind aussah, wenn es das Licht der Welt erblickte, zerdrückt und zornig, seltsam verschmutzt, als wäre es mit geronnener Milch überzogen. Das Messer auf dem Stuhl neben dem Bett hätte sie vor noch ganz anderen Dingen warnen müssen. Doch wie hätte sie erahnen sollen, dass es eine Nachgeburt gab, die Helene in diesem Augenblick mit den Eihäuten dem Leib der Mutter entwand?

In Elsas Ohren setzte ein hoher Pfeifton ein, als sie sich abwandte, und es war ein Wunder, dass sie dem kleinen Mädchen, das fasziniert die glitzernden Glasperlen auf dem Ridikül besah, nicht auf die Finger trat.

Draußen in der Abenddämmerung kam ihr der Junge mit seiner Holzkiepe vom Wald her entgegen. Sie hastete zurück auf die andere Seite der Hütte und fand Halt an dem schiefen Pfosten der Wäscheleine, wo sie sich unter Krämpfen erbrach.

*

Als Helene unvermittelt erwachte, war es noch tief in der Nacht. Am Fenster kratzte eine Rosenranke, und der Mond beschien einen von Linas Schürze blank geriebenen Apfel auf dem Nachttisch wie ein fremdes Gestirn.

Die schwache Flamme der Öllampe beleuchtete dürftig die grün gestreiften Tapeten, ohne die Bordüre mit dem blühenden Weinlaub unter der Zimmerdecke zu erreichen. Nur über die Ornamente des schlanken Kachelofens huschte zuweilen ein Glanzlicht, wenn von irgendwoher ein Luftzug kam. Auf dem runden Tisch ragte der von Lina hergestellte Bücherstapel empor wie ein Obelisk. Romane und Textbücher von Elsa hatten in ungewohnter Harmonie mit den medizinischen Lehrbüchern Helenes zusammengefunden, Tintenfass und Schreibzeug hatte die Magd kurzerhand in den Fächern des Sekretärs verschwinden lassen.

Helene lauschte. Oben in der Dachstube war es still, und sie hoffte, dass ihr Vater nach den vielen durchwachten Nächten endlich Schlaf gefunden hatte. Sie schob den Bettvorhang zur Seite und roch Elsas allgegenwärtiges Parfüm – den Duft von gestoßenen Mandeln und Rosenöl. Das Bett auf der gegenüberliegenden Seite des Zimmers war leer.

Sie fand ihre Schwester im Schlafzimmer der Eltern, in ihrem viel zu dünnen Nachthemd am Boden kniend, bei Kerzenlicht über ein aufgeschlagenes Buch gebeugt. Helene hatte es als Kind viel zu oft in Händen gehalten, um es nicht auf den ersten Blick zu erkennen.

Sie ließ sich neben Elsa auf den kalten Dielen nieder und berührte die zerlesenen Seiten des alten Hebammenlehrbuchs, das vor vielen Jahren von Elgin Gottschalk verfasst worden war.

»Es war rücksichtslos von mir, dich die Geburt mit ansehen zu lassen«, sagte Helene. »Ich hätte wissen müssen, dass es dich erschrecken wird.«

»Sei doch still«, flüsterte Elsa. »Ich will nicht, dass Vater etwas hört. Oder wenn Lina angerannt kommt, das fehlte mir noch.« Sie schob Helenes Hand beiseite und blätterte weiter. »Was ich bei dieser Frau mit ansehen musste, das war für mich wie ein Blick in die Hölle.«

»So schlimm? Wie kann ich es wiedergutmachen?«, sagte Helene. »Du solltest versuchen, es zu vergessen. Wie wäre es, wenn ich uns ein Glas Wein hole ...«

»Ich kann es nicht einfach vergessen«, unterbrach Elsa sie. »Es verhält sich komplizierter.«

»In jedem Fall würde ich dir vor dem Schlafengehen eine andere Lektüre empfehlen.«

Helene wollte das Buch fortnehmen, doch Elsa hinderte sie daran.

»Du musst mir helfen, Helene. So sieht es aus.«

»Aber ja. Wenn ich es kann ...«

»Sechzig Tage. Beinahe sechs Zoll. Ungefähres Gewicht: zwei Unzen und eine halbe.«

Zwischen ihnen zuckte das Kerzenlicht über den Buchseiten. Die Kupferstiche zeigten winzige Föten in unterschiedlichen Stadien ihres Wachstums. Das Geschriebene kannte Helene auswendig.

»Die Größe im dritten Mond lässt sich mit der eines jungen Maulwurfs vergleichen«, sagte sie.

»Bitte tu etwas, damit es nicht weiterwächst.« Elsa umfing sich selbst und zog fröstelnd die Schultern hoch. »In zwei Tagen muss ich abreisen«, sagte sie. »Am Sonntag spiele ich vor dem Hof im Neuen Palais. Du musst mir helfen, ich flehe dich an. Du glaubst, ich habe erreicht, was ich wollte, weil ich in Berlin vor dem König auftrete, aber in Wirklichkeit stehe ich erst ganz am Anfang.«

»Wer ist der Vater?«

»Es gibt keinen Vater, keine Mutter, kein Kind«, sagte Elsa heftig. »Nur etwas, das so groß wie ein Maulwurf ist.«

Wortlos nahm Helene die Kerze und stand auf. Elgins Buch, sagte sie sich, würde sie morgen holen und es zusammen mit den anderen geburtshilflichen Schriften fortsperren, obwohl sie bezweifelte, dass Elsa weiter in Büchern Antworten auf ihre Frage suchen würde.

Sie streckte die Hand nach ihr aus.

»Komm mit. Sonst weckst du wirklich noch das ganze Haus.«

Während Elsa sich in ihr Federbett wickelte und die Vorhänge ihres Bettes zurückband, wünschte Helene, sie wäre ahnungslos wie der verblassende Mond.

»Was können wir tun?«, fragte Elsa. Mit einem Mal wirkte sie aufgekratzt. »Ich weiß, dass es Kräuter gibt, die das Monatliche wiederherstellen.«

»Natürlich weißt du das«, sagte Helene. »Schließlich bist du die Tochter eines Arztes und einer Hebamme. Schon allein deshalb müsste dir bekannt sein, dass gewisse Dinge andere nach sich ziehen.«

»Wenn dir daran liegt, kleine große Schwester, gebe ich gern zu, dass es Momente gibt, in denen ich nicht nachdenke. Und über das, was jetzt zu tun wäre, reicht mein Wissen von hier bis zum Eckpfosten meines Bettes. Ich habe es mit heißen Sitzbädern versucht, das war alles, was mir einfiel. Ich konnte ja schlecht jemanden fragen.«

Helene nahm ihr wollenes Umschlagtuch vom Bett und lehnte sich an den Kachelofen, denn plötzlich war ihr kalt.

»Wie oft ist das Monatliche ausgeblieben?«, fragte sie.

»Dreimal.« Elsa zupfte unsichtbare Dinge von der Bettdecke.

»Das muss noch gar nichts heißen«, sagte Helene, »es sei denn, du hättest Kindsregungen gespürt.«

»Um Gottes willen, nein. So weit will ich es auch wahrhaftig nicht kommen lassen.«

»Es könnte auch nur eine Stockung des Blutes sein.«

»Was auch immer es ist, tu um Himmels willen etwas dagegen.«

»Das kann ich nicht, solange ich nicht weiß, ob du schwanger bist oder nicht.«

Elsa griff nach einem Salbentiegel auf ihrem Nachttisch.

»Wenn ich es richtig sehe, macht das in der Anwendung der Mittel keinen Unterschied.«

Schweigend beobachtete Helene, wie Elsa mit konzentrierter Sorgfalt Hände und Ellbogen einrieb.

»Ich wüsste zu gern, was du getan hättest, wenn Mutter nach Berlin gekommen wäre.«

»Wie meinst du das?«

»Hättest du sie auch um Hilfe gebeten?«

Elsa legte den Kopf in den Nacken und schloss die Augen. »Natürlich nicht!«, sagte sie.

»Warum fragst du dann mich?«

»Du bist meine Schwester.«

»Aber was ändert das? Hast du überhaupt eine Ahnung, was du da von mir verlangst, gerade weil ich deine Schwester bin? Ich würde dein Leben aufs Spiel setzen – das verstehst du offenbar nicht.«

»Mein Leben, so wie ich es will, wäre zu Ende, wenn ich ein Kind bekomme.«

Elsa sah zu Helene herüber, die ihren Platz am Ofen verlassen hatte und sich an ihren Büchern zu schaffen machte, als wäre es wichtig, sie genau in diesem Moment zu ordnen.

»Und ich glaube, du übertreibst absichtlich, um mir Angst zu machen.«

»Keineswegs«, sagte Helene. »Ich habe Frauen sterben sehen, weil sie nach Hörensagen Mittel genommen hatten, die ihnen gefährlich wurden.«

»Es gibt also Mittel, ich wusste es! Helene! Sag mir einfach nur, wie sie heißen«, flüsterte Elsa aufgebracht. »Lass mich wissen, wie ich sie anwenden muss, dann hast du selbst nichts damit zu tun.«

»Nein.«

»Du willst mir also nicht helfen.«

Ein hölzernes Knacken ließ beide zusammenschrecken. Wie ertappte Kinder lauschten sie nach oben, wo sich unter dem Gebälk des alten Hauses jedoch nun wieder alles still verhielt.

»Du hast mir noch immer nicht gesagt, wer der Mann ist, der dir das angetan hat«, flüsterte Helene.

»Er hat mir nichts angetan«, gab Elsa leise zurück. »Er ist ein Ehrenmann. Ich habe ihn verführt, und damit hast du ein weiteres Geständnis meiner Schuld. Ich fürchte, seine absolute Ehrenhaftigkeit reizte mich.« Gedankenverloren wickelte Elsa eine Haarsträhne um den Finger. »Seine Niederlage war tatsächlich herzergreifend.«

Es ärgerte Helene, sie lächeln zu sehen.

»Dann weiß ich nicht, warum du meinst, in Schwierigkeiten zu stecken«, sagte sie kühl. »Es klingt doch ganz so, als würde dieser Mann dich mit Freuden heiraten wollen. Oder möchtest du eine bessere Partie abwarten?«

Elsa sprang auf. Die Bettdecke lag um ihre Schultern wie ein Krönungsmantel.

»Wie schnell doch deine Liebe für mich am Ende ist«, sagte sie leise. »Ich dachte, die Zeiten, in denen man Schauspielerinnen für Huren hielt, wären vorbei. In meiner Familie offenbar nicht. Aber ja! Sollte dies etwa der Grund sein, warum Mutter keinen Wert darauf legte, mich zu sehen?«

»Oh, hör doch auf!« Helene hatte Mühe, die Stimme zu senken. Sie zitterte vor Wut. »Und bitte tu nicht so, als wäre deine Schwangerschaft ein Theaterstück, das man absetzen kann, wenn es beim Publikum schlecht ankommt.«

Elsa schien zu schweben, so lautlos lief sie im Zimmer umher, nur wie das Federbett über den Boden schleifte, war zu hören, und ihr heftiges Atmen. Fast glaubte Helene ihre Schwester nie schöner gesehen zu haben, und sie fragte sich, wann es eingesetzt hatte, dass sie sich als die Ältere von beiden fühlte. War es, als Elsa in Berlin vor lauter Lampenfieber nur eine fahrige Umarmung für sie übrig hatte, nachdem sie von dem gescheiterten Antrittsbesuch in der Königlichen Gebäranstalt zurückgekommen waren? Oder als sie beschloss, Elsa die Nachricht vom Tod der Mutter erst nach der Premiere so schonend wie möglich zu übermitteln?

Noch während Helene sich angstvoll fragte, ob sie einander fremd wurden in diesem Moment, umschlang Elsa sie mitsamt der Bettdecke und lehnte die schweißfeuchte Stirn an ihre.

»Ich kann nichts anderes sein als eine Schauspielerin«, flüsterte sie. »Wenn ich meinen Beruf für eine Heirat aufgeben müsste, würde ich daran zugrunde gehen. Ich hatte gehofft, du würdest mich verstehen.«

»Elsa, wenn ich täte, was du von mir verlangst, könnte ich Vater nicht mehr unter die Augen treten, in Wahrheit keinem Arzt oder Gelehrten, von dem ich mir erhoffen würde, noch etwas zu lernen.«

»Dann sag mir nicht, dass es dir um mein Leben geht.«

Helene sah kupferne Flecken in Elsas grünen Augen flirren, während in ihren Schläfen heftiger Kopfschmerz zu pochen begann.

»Lass uns morgen weiterreden«, sagte sie. »Wir sollten schlafen. Es wird bald hell.«

Sie wartete, bis Elsa sich widerspruchslos von ihr abwandte. Dann drehte sie das Licht herunter und ging zur Tür.

»Ich will noch nach Vater sehen.«

»Helene?«

Elsas Stimme war jetzt sehr ruhig.

»Wir werden dieses Gespräch nicht fortführen«, sagte sie. »Ich habe dich schon verstanden.«

So hielten sie es. Elsa sorgte dafür.

Als Helene am späten Morgen erwachte, hatte sie das Haus in der Hofstatt schon verlassen. Von Lina, die nach oben kam, um warmes Wasser in die Waschschüssel zu füllen und Helene, ob sie es nun wollte oder nicht, eine Tasse Kaffee zu bringen, erfuhr sie, dass Elsa zu Malvine gegangen war.

Am Tag ihrer Abreise jedoch ertrug Helene es nicht länger, sie wollte es nicht bei dem hölzernen Abschied, den sie im Haus voneinander genommen hatten, belassen. Sobald ihr verstummter Vater sich wieder in sein Dachzimmer zurückgezogen hatte, verließ sie bei grauem Nieselregen die Hofstatt und rannte über den belebten Markt die Gassen hinunter bis zur Poststation.

Sie erreichte die Kutsche gerade, als Elsa sich anschickte einzusteigen, wobei ihr gleich zwei Herren behilflich waren.

»Auf ein Wort«, sagte sie atemlos, »ich bitte dich sehr.«

Elsa nickte den Herren zu und folgte Helene hinter die Kutsche. Unter der weiten Kapuze des Umhangs lag ihr Gesicht im Schatten.

»Willst du immer noch nach Berlin?«, fragte sie eisig.

»Ja natürlich, aber ...«

»Dann lass dir sagen, dass Vater vorhat, an den Direktor der Charité zu schreiben.«

»Deswegen bin ich nicht hier«, sagte Helene und senkte ihre Stimme. »Elsa, was wirst du jetzt tun? Bitte versprich mir, dass du nichts unternimmst, was dir gefährlich werden kann.«

Wortlos wandte Elsa sich ab. Sie ergriff die Hand eines unsichtbaren Herrn aus dem Innern der Kutsche.

»Warte, bis ich komme«, rief Helene, »wir werden eine Lösung finden.«

Der Kutscher klappte das Treppchen hoch und schloss die Tür.

Als die Kutsche sich in Bewegung setzte, lief Helene ihr nach.

»Hast du mich gehört, Elsa? Unternimm nichts allein!«

Einer der Herren hob freundlich die Hand zum Gruß. Elsa lachte, als hätte jemand einen göttlichen Scherz gemacht.

*

BERLIN

Es traf ihn jedes Mal aufs Neue mitten ins Herz. Seit so vielen Jahren schon trieb ihm ihr schlafendes Antlitz nun Tränen in die Augen, ohne dass er sich ihrer jemals geschämt hätte. Bis heute, und so würde es immer sein, weinte er gern und voller Hingabe um sie. Bevor er sich auf den Weg zu ihr machte, steckte er stets ein zweites Schnupftuch in die Tasche seines betressten Leibrocks.

Er konnte kaum mehr die Finger strecken, um mit ihnen an den weißen Wellen ihres Haares entlangzufahren, und so zitterten sie vor Anstrengung, denn er durfte sie nur sehr sanft berühren. Langsam, in kleinen Schritten, die er keineswegs deshalb machte, weil alles andere ihm Schmerzen bereitete, sondern weil ihm allein daran lag, jede Sekunde auszukosten, die er mit ihr verbrachte, bewegte er sich an ihrem ausgestreckten Leib entlang. Dabei hatte er zu vermeiden, dass sein Stock auf dem Marmorboden jenes kalte Klicken verursachte, das ihm seine Einsamkeit zu Gehör brachte. Wenn er sich in ihrer Nähe befand, wollte er sich nicht einsam fühlen, wie sonst sein ganzes Leben lang.

In Memel und Königsberg hatte er damit begonnen, diese Befindlichkeit zu konservieren, wie Anatomen es mit menschlichen Organen konnten. Seit er auf dem Arbeitstisch des königlichen Leibarztes Hufeland ein menschliches Herz gesehen hatte, in dessen Gefäße rotes Wachs injiziert worden war, um es zusätzlich zu einem Bernsteinfirnis haltbar zu machen, hatte er erstmalig darüber nachgedacht, ob er wohl auf ähnliche Weise mit seinen Empfindungen verfahren könnte. Die Jahre im Exil waren für ihn also keineswegs bitter gewesen, sondern unendlich kostbar.

Von draußen konnte er den Wind in den Fichten hören. Er stand dicht bei ihr. Und nun, da er zu ihrem Gesicht aufsah, schlug ihm das Herz bis zum Hals, denn sie sah aus, als würde sie jeden Moment erwachen, so wie das unruhig einfallende Sonnenlicht über ihre geschlossenen Augen zuckte. Fast hätte er seine Hand fortgenommen, obwohl er doch nie, niemals etwas anderes berührte als ihr Haar und die Falten ihres Schlafgewandes.

Die Zeit in ihrer unmittelbaren Nähe hatte aus ihm einen neuen Menschen gemacht. In jeder Begegnung fand sie ohne Anstrengung freundliche Worte und Gesten für ihn. Es hatte sogar Tage gegeben, an denen sie ihn ausdrücklich nach seinem Befinden fragte, während die Hofchargen ihn zu übersehen beliebten. Wobei er dies damals besser ertragen konnte, als die Abscheu in den Mienen der Leute zu entdecken. Heute glitt dergleichen vollkommen an ihm ab.

Die Prinzen allerdings hatten ihm in Königsberg jene schonungslose Grausamkeit in Erinnerung gebracht, die er aus seinen frühesten Jahren kannte. Tatsächlich war er davon überzeugt, dass sein kindliches Denkvermögen an dem Tag eingesetzt hatte, als er hören musste, wie seine Mutter die Frage an Gott richtete, warum er sie mit einem Sohn strafen musste, den sie abstoßend fand. Im Grunde also hatte er das Schlimmste schon hinter sich, als der Kronprinz und sein jüngerer Bruder ihm hinter den Gartenzäunen auflauerten, ihn verhöhnten und mit fauligen Kartoffeln bewarfen. Es war ihm ein Leichtes gewesen, sich damit zu beruhigen, dass sie noch Kinder waren.

Ihr Kopf war jetzt leicht von ihm abgewandt, und er ging auf die Knie, wie jedes Mal, bevor er sie verlassen musste. Die Kälte und die Schmerzen ließen ihn seine Liebe zu ihr mit einer solchen Wucht empfinden, dass es ihn zu einem reinen Wesen machte. Solange er noch so fühlen konnte, wollte er sich aus diesem Leben nicht verabschieden, auch wenn alles andere dafür sprach. Schon bevor er das Erwachsenenalter erreicht hatte, und das war vor langer Zeit in einem anderen Jahrhundert geschehen, hatte er sich die Freiheit genommen, die Selbsttötung als eine Option zu betrachten.

Seine knotigen Finger klammerten sich um den Gehstock. Das Aufstehen war eine mühevolle Angelegenheit, doch am Sarkophag abstützen wollte er sich nicht, es wäre ihm würdelos vorgekommen. Gerade als er ein Ächzen unterdrückte, das in dem Marmorgewölbe einen zweifellos scheußlichen Widerhall erzeugt hätte, hörte er ein leises Schluchzen.

Es kam von einer Frau. Sie näherte sich nahezu geräuschlos, als ob sie auf Zehenspitzen ginge. Obwohl sie flüsterte, erkannte er ihre Stimme sofort. Inzwischen musste sie sich ihm gegenüber befinden, auf der anderen Seite des Sarkophags. Wie konnte sie es wagen? Was wollte sie hier? Er hielt den Atem an. Sein nächster Gedanke machte ihn mit einem Mal ruhig.

Wenn sie ihn entdeckte, würde er sie töten.

*

Elsa hatte sich bei den kleinen Rollen umgesehen und sich schließlich – denn viel Zeit blieb ihr nicht – für die kleine Habermann entschieden, von der man sich erzählte, dass sie in gewissen Häusern verkehrte, da ihre Gage vorne und hinten nicht reichte.

Sie beobachtete das Mädchen zwei Wochen lang, während die Proben für Ifflands Hagestolze begannen. (Offenbar wollte der nervenschwache Intendant die Verlängerung des Gastspiels der Stich in Petersburg dazu nutzen, sie ein weiteres Mal prominent zu besetzen, denn das Käthchen hatte ihnen beiden großes Lob eingebracht.) Ihre Absicht bereitete sie damit vor, dass sie der Habermann hin und wieder freundlich zunickte, wenn sie in den Bühnenkulissen auf einen ihrer wenigen Einsätze wartete – es war ein probates Mittel, um sich ein Bild zu machen, dem sie lange genug selbst ausgesetzt war. Es galt hiermit eine Antwort auf die Frage zu erhalten, wie eine Person sich verhielt, wenn sie unvermutet die Aufmerksamkeit einer höher Gestellten auf sich gerichtet sah. Würde sie figurieren oder sich unterwürfig geben? Würde sie auf ein Bündnis hoffen und vertraulich tun?

Die Habermann, ein dralles Blondchen, an der Elsa ein Talent für das komische Fach bemerkte, tat nichts von alledem. Sie wartete ab, so wie Elsa es nach ersten demütigenden Erfahrungen am Darmstädter Hoftheater auch stets getan hatte, und dass sie immerhin eine Übereinstimmung zwischen sich und jener fremden jungen Frau entdecken konnte, der sie nichts weniger als ihre Zukunft in die Hände legen würde, gab letztendlich den Ausschlag.

Es stellte sich heraus, dass die Habermann Studenten kannte, auch solche der Medizin, von denen sie wusste, dass sie beinahe alles dafür taten, um sich ausprobieren zu dürfen. Sie würde sich umhören, sagte sie und hatte innerhalb einer erstaunlichen Spanne von nur vier Tagen einen Kandidaten. Er studierte in Dresden, hieß es, und war nur zu einem Gastsemester in Berlin, daher habe er weniger Scheu, die gewagte Traktion vorzunehmen.

Seine Anweisungen erhielt Elsa in zwei versiegelten Briefen, was sie sehr abenteuerlich fand. Offensichtlich hatte der Kandidat ebenso wie sie die Befürchtung, erkannt zu werden, denn er bestand auf einer Maskierung. Weder sollte sie sein Gesicht sehen können noch er das ihre. Er wollte auch vermeiden zu sprechen, damit man sich nicht in kompromittierender Weise bei anderer Gelegenheit an der Stimme erkannte. Damit sie sich vorbereiten konnte und nicht in unpassenden Momenten in Angst geraten würde, ließ er sie das nötigste Wissenswerte mit offensichtlich verstellter Schrift in den Briefen wissen, die er durch die Habermann übermitteln ließ.

Ein Hausknecht würde Elsa von der Kirche in der Klosterstraße, wo sie eine Mietdroschke warten lassen sollte, zu dem Haus bringen, dessen Besitzerin sich für alles und jedes bezahlen ließ und sich nicht im Geringsten dafür interessierte, warum verschleierte Personen ein Zimmer für eine Nacht mieteten.

Zur Wahl seiner Mittel, wie der Kandidat es nannte, hatte er von Elsa wissen wollen, wie lange das Monatliche ausgeblieben und ob es ihre erste Schwangerschaft war.

Er wies sie an, von nun an täglich ein lauwarmes Sitzbad zu nehmen, was dazu führte, dass Hersilie Stopfkuchen in größter Sorge wegen Elsas Verkühlung der Bauchorgane war. Am festgelegten Tag sollte sie sich eine Stunde vor ihm in dem betreffenden Zimmer einfinden und maßvoll Alkohol zu sich nehmen, am besten Branntwein. Ihr dürfe keinesfalls übel werden, das Trinken solle ihr nur ermöglichen, eine gewisse Gleichmut zu empfinden. Für die Ausführung der Operation sei diese unbedingt vonnöten.

—

In der Nacht des verabredeten Tages trug Elsa unter ihrem Umhang das einfachste ihrer Kleider, eines aus lose fallendem Kattun, doch allein wegen ihres vollkommen verschleierten Gesichts unter dem sittsamen Schutenhut wäre sie in der ärmlichen Gasse dieses verrufenen Teils von Berlin aufgefallen, wenn die Dunkelheit sie nicht geschützt hätte.

Nach nur wenigen Schritten, die sie, dem Unrat ausweichend, hinter zwei Frauen herging, die am Arm ihrer Begleiter laut schwatzend auf ihre Quartiere zustrebten, ertappte Elsa sich dabei, wie sie ihre Gangart kopierte. Sie konzentrierte sich darauf, das Geschehen wie ein düsteres Bühnenstück wahrzunehmen, in dem das betrunkene Gesindel auf der Gasse, die Männer mit ihren rohen Reden und der hinkende Junge, der mit ihrer geblümten Tasche und einer Laterne in den Händen voranging, nichts als Statisten waren.

In den Fenstern des Hauses, das in einer Reihe von anderen an der alten Stadtmauer lehnte, als müsste es sonst zusammenstürzen, gaben zwei Lampen ein vages Versprechen von Wärme und Geborgenheit. Dann öffnete die Hausherrin die Tür. Es war eine ältliche, grell aufgeputzte Person, deren zerfallene Frisur ein längliches Schafsgesicht umgab, auf dem zwei Flecken Wangenrouge leuchteten, als befände sie sich in nervösem Fieber. Während sie an ihrer Pfeife sog, beäugte sie Elsa von oben bis unten, stieß süßlichen Tabaksqualm vor sich her und forderte ihren halben Silbertaler. Nachdem dieser in einem Beutel an ihrem Rockbund verschwunden war, bedeutete sie Elsa, ihr zu folgen. Oben, am Ende eines kurzen, muffigen Gangs, übergab sie ihr den Schlüssel zu der dortigen Kammer und stellte auf einem von zwei schiefen Stühlen das Licht ab. Als Elsa die zerquetschten Wanzen an der Wand über dem Bett bemerkte, schauderte sie und dankte im Stillen dem Kandidaten, denn er hatte ihr empfohlen, eigene Leintücher mitzubringen.

Für das feuchte Brennholz, mit dem sie den eisernen Ofen befeuerte, nahm die Wirtin ihr drei Groschen ab, und als Elsa um einen Krug Wasser bat, in dem sie Kamillensud ansetzen sollte, dessen Geruch ihr zuwider war, ließ die Frau sich es mit einem Sechser bezahlen und nannte sie fortwährend Mamsellchen.

Der gedrungene Mann, dem Elsa auf sein Klopfen hin wenig später öffnete, reizte sie wegen seines deutlich abgetragenen Hutes, der Augenmaske und dem schwarzen Tuch über Nase und Mund zum Lachen, was er mit einem durchdringenden Blick quittierte.

Später, als sie wieder denken konnte, sagte Elsa sich, dass es vielleicht ein Fehler gewesen war, ihn zu verärgern, zumal sie es wegen des Sprechverbots nicht wiedergutmachen konnte.

Doch zu jenem Zeitpunkt, als dieser fremde Mann ihr mit einer Geste befahl, sich auf den Bettrand zu setzen und mit angehobenen Röcken die in seinem zweiten Brief sachlich beschriebene Haltung einzunehmen, befand sie sich aufgrund des ungewohnten Genusses von einem Quart Marillenbrand in dankenswert gelöster Stimmung. Sie schloss die Augen, als er, ohne den Umhang abzulegen, seine Ledertasche öffnete, und verbot sich, an seinen Bewegungen im Zimmer oder den Geräuschen, die seine Handlungen verursachten, erraten zu wollen, was er gerade tat. Ein schwacher Geruch schien von ihm auszugehen, der eine unbestimmte Erinnerung an ihren Vater weckte, wenn er aus dem Gebärhaus nach Hause gekommen war.

Sie spürte die plötzliche Wärme des Kerzenlichts zwischen den Schenkeln und auch, dass die Hände des Mannes zunächst zitterten. Sie zwang sich weiterzuatmen, während er einen kühlen metallenen Gegenstand in sie schob, der sie offenbar weiten sollte, um anderen Instrumenten Zugang zu verschaffen. Doch als der Kamillensud schmerzhaft wie eine heiße Nadel auf ein Organ in ihrem Innersten traf, für das sie keinen Namen hatte, schossen ihr Tränen in die Augen und ließ sie mit einem leisen Laut nach Luft schnappen.

Auf der Gasse hörte Elsa jemanden singen, dass er nicht um sie weinen würde. Im Haus krachte eine Tür, und im Ofen knackte das brennende Holz. Der Mann blieb, wie abgemacht, stumm.

»In unserem Beruf verbringt man viel Zeit mit Warten«, hatte Helene gesagt.

Der Mann, der in dieser Nacht noch davon überzeugt war, ein angehender Arzt zu sein, bemerkte, dass seine Patientin, die, nach dem, was er von ihr zu sehen bekam, eine sehr schöne Frau sein musste, lautlos zu schluchzen begann. Er befürchtete eine ungünstige Verhärtung der Geburtsteile und griff nach der Flasche, die neben dem Bett stand. Er beugte sich über den ersten gefallenen Engel, den er zu retten gedachte, umfasste ihren Nacken und setzte ihr die Flasche an den von Gaze bedeckten Mund. Nachdem sie einige Schlucke genommen hatte, ohne ihn anzublicken, löste er sein Halstuch und wand es ineinander zu einem festen Strang.

»Haben Sie keine Angst«, flüsterte er, hob ihren Schleier an und schob ihr das Tuch zwischen die Zähne.

Seiner Tasche entnahm er eine dünne gebogene Röhre aus Silber, sieben Zoll lang, von der Stärke eines Gänsekiels. Es war ein von Professor Siebold weiterentwickeltes Instrument, in dem eine Nadel zur Sprengung der Eihäute verborgen lag. Sein Erfinder Wenzel hatte bis hin nach England Anerkennung dafür gefunden. Selbstredend war es für andere Fälle gedacht als diesen. Die Anfertigung bei einem Instrumentenmacher hatte ihn zwei Friedrich d'or gekostet, und mehr hatte er von der Frau nicht verlangt, die sich ihm anvertraute.

Sie hatte sich beruhigt, und er kniete sich wieder zwischen ihre weiß bestrumpften Beine. Er zog den Stuhl mit der Kerze etwas näher und bedauerte, dass ihm niemand assistierte.

Drei

MAI 1828

Am Rande Berlins, im Nordwesten, wo das Spandauer Viertel in Gärten, Äcker und Wiesen überging, notierten Ärzte der Charité die Verbreitung der Krankheiten ebenso akribisch wie den Stand des Barometers, die Temperaturen und Windrichtungen. Damit hofften sie, den Gesetzmäßigkeiten der Ansteckungswege auf die Spur zu kommen. Nach Lage der Dinge deutete in diesem Jahr noch nichts darauf hin, dass eine der gefährlichen Krankheiten sich im Volk massenhaft ausbreiten würde.

Die Ärzte hatten Schnupfen und Halsentzündungen zu kurieren, Scharlachfieber und hartnäckige Lungenentzündungen. Einige ernste Fälle von Mundbräune gaben wegen vermehrter Ansteckung Anlass zur Besorgnis, und der Typhus hatte in diesem noch jungen Jahr 1828 schon zahlreiche Opfer gefordert.

Man zählte die heiteren und trüben Tage oder wie oft am Ende eines Mondes Nebel geherrscht oder die Atmosphäre sich nach wendigen Wettern beruhigt hatte – so wie heute, wo Frühlingswärme den Bäumen endlich erstes Blattgrün entlockte.

Die Betten der Charité waren allerdings auch ohne Epidemie voll mit den Armen der Stadt. Ob sie von Krätze oder Pocken befallen waren, Schwindsucht oder Syphilis, ob schweres Fieber sie quälte oder entzündete Augen – sie litten an den Folgen von Hunger und denen eines langen Winters. Es machte sie anfälliger für jene Krankheiten, denen die Ärzte mit Aderlass und Stärkungsmitteln, Brechmitteln und Blutegeln, Umschlägen und Bädern zu Leibe rückten.

Der imposante Bau des Charité-Krankenhauses wirkte mit seinen zwei Nebenflügeln und drei Stockwerken wie eine kleine Stadt. Ein Papier der Armendirektion galt als Passierschein, um hinter die gelb getünchten Mauern zu gelangen, wo weder Pflege noch Heilung, ja nicht einmal der Tod etwas kosten sollte. Die guten Zeiten aus den Anfängen der Charité allerdings, in denen jeder Kranke ein eigenes Bett und sättigende Mahlzeiten erwarten durfte, waren mit den Jahren drangvoller Enge gewichen. (Das schändliche Jahr, in dem die Charité als Militärhospital der Franzosen dienen musste, hatte das Haus in tiefste Verwahrlosung geführt, wovon es sich nur mühsam erholte.)

Am Ende des südöstlichen Flügels, in einem Bureauzimmer hinter der neuen Abteilung für Gemütskranke, befanden sich der Erste Wundarzt und Accoucheur Professor Urs Hähnlein, gemeinsam mit Geheimrat Felix von Orth, dem medizinischen Direktor der Charité, ratlos. Während durch Gänge und Türen das kindliche Weinen verstörter Menschen in das Bureau gelangte und darüber hinaus ein Kanon monotoner Gesänge aus dem Krankensaal der Gemütskranken zu hören war, behielten die beiden Gelehrten ihr Gegenüber im Auge, jene ehrgeizige junge Frau, deren Vater ihnen geschrieben hatte und den man unbedingt zu gewinnen suchte, wobei ein besonderer Reiz darin lag, Siebold, der ihnen mit seiner eigenen Gebäranstalt ein Dorn im Auge war, ernstlich zu verärgern. Schließlich hatte der Mann dem Ruf der geburtshilflichen Lehre an der Charité empfindlichen Schaden zugefügt. Allein, man überhäufte ihn mit Orden und Ritterkreuzen für seine vorbildliche Anstalt, die Zarenmutter hatte Siebold gerührt einen Brillantring verehrt. Damen von Stand ließen ihn als Geburtshelfer in ihre Häuser holen, und nachdem er der Herzogin von Cumberland bei einer schwierigen Geburt als Retter erschienen war, reiste der Adel aus England an, um sich in Berlin von ihm entbinden zu lassen. Wie sollte man da als Armenarzt eines überfüllten Spitals die Nerven behalten?

Zunächst hatte Hähnlein nicht geglaubt, Hoffnungen in Heuser setzen zu können. Der viel gerühmte Kollege war nach dem Tod seiner Frau vollkommen gebrochen, hörte man. Doch nun schien Heuser bereit, den Weg nach Berlin anzutreten, womöglich um schmerzlichen Erinnerungen zu entkommen, indem er ein neues Leben begann. Wie gern wollte man ihm diesen Weg ebnen! Würde er nur nicht diese Bedingung stellen, die alles zu einer delikaten Angelegenheit machte.

Seine Tochter hatte nicht nur in dem ausführlichen Gespräch mit ihnen Eindruck hinterlassen. Sie mussten feststellen, dass ihr Wissen größer war als das so mancher Studenten fortgeschrittenen Semesters. Und bei ihrem gemeinsamen Gang durch ausnahmslos alle Abteilungen der Charité hatte Fräulein Helene Heuser ihnen gezeigt, dass sie beim Anblick eiternder Wunden oder wegen übler Gerüche, denen man mit qualmenden Räucherpfannen zu begegnen suchte, nicht die Besinnung zu verlieren gedachte. Weder brach sie im Anatomiesaal in Tränen aus, wo ein Student aus dem geöffneten Bauchraum eines Leichnams unter der Anleitung eines Lehrers stinkende Flüssigkeiten schöpfte, noch hatte sie schlimmen Ekel bekämpfen müssen, als die besudelten

Laken der Syphilitischen und Krätzekranken an ihr vorbeigetragen wurden. Nichts von alledem schien neu zu sein für diese junge Frau, die sie mit ihrem Anliegen in außergewöhnliche Schwierigkeiten brachte.

»Selbst wenn wir im Kollegium Einigung darüber finden, Sie studieren zu lassen«, sagte jetzt Professor von Orth, der als ehemaliger Militärarzt und Stabschirurg während seiner gesamten Laufbahn dem Gedanken an eine studierende Frau niemals hatte Raum geben müssen, »wir können Ihnen ohne die Genehmigung des Ministeriums für Medizinal-Angelegenheiten keine Hoffnungen machen. Das haben wir auch Ihrem Vater mitgeteilt.«

»Dann haben Sie von dort noch keine Nachricht?«

Helene wandte sich an Hähnlein, der am geöffneten Fenster seine Pfeife stopfte. »Ich will nicht unverfroren erscheinen, aber ich könnte mich in der Zwischenzeit nützlich machen, Ihnen assistieren oder schlicht den Dienst einer Hebammengehilfin versehen.«

Helene schob eine Haarsträhne zurück unter den Strohhut. Abwartend behielt sie den Gelehrten im Auge, während er auf dem himmelblauen Rock ihres Kleides in Kniehöhe einen Fleck getrockneten Blutes bemerkte, der durch das Husten eines Typhuskranken dorthin gelangt sein musste, für dessen Brustwickel sie sich interessiert hatte.

Hähnlein, der seit einem halben Menschenleben Hebammen unterrichtete und seit neunzehn Jahren gleichsam Medizinstudenten der Militärakademie, war sich im Klaren darüber, dass hier ganz und gar keine bescheidene Person vor ihnen stand, wenngleich die trügerische Sanftheit ihrer schönen Altstimme sie das glauben lassen wollte. Dass ihr Vater sie unterstützte, musste Gründe haben. Keinesfalls würde ein

Gelehrter seines Formats sonst Derartiges wagen und landesweit Hohn und Häme der hyänenhaften Kollegenschaft riskieren.

Jetzt, nachdem er sich einen Eindruck von der jungen Frau hatte verschaffen können, reizte ihn der Schulterschluss mit Heuser, wobei an seinem Interesse, der Freiheit des akademischen Studiums eine Bresche zu schlagen, die Weigerung Siebolds eben nicht gänzlich schuldlos war.

»Ich fürchte, es wäre unklug«, sagte Direktor von Orth, »wenn wir Sie in der Charité, in welcher Weise auch immer, tätig sein ließen, bevor von höherer Stelle eine Entscheidung gefallen ist. Es würde der Sache vermutlich schaden.«

Geheimrat von Orth, selbst Vater dreier gottlob gut verheirateter Töchter, von denen zwei ihn bereits mit Enkeln beschenkt hatten, besah sich Helene nun schon eine Weile, ohne zu einem eindeutigen Urteil zu gelangen. Sie wirkte nicht rebellisch, sondern geradlinig. Sie verfügte neben ihrem Verstand zweifellos über ein wenn nicht schönes, so doch angenehm zu nennendes Äußeres, und so fragte von Orth sich im Stillen, ob eine Frau, die über das Mysterium des Geschlechtsaktes ohne Erröten sprechen konnte, nicht allem sehr kalt gegenüberstehen müsste und damit ihrer Weiblichkeit verlustig ging.

Allerdings war dies nichts, was ihn ernstlich beschäftigen musste. Er hatte sich mit dem Wunsch des alten Hufeland zu befassen, der Professor Clemens Heuser in Berlin lehren sehen wollte. Man musste abwarten und derweil den Eifer der jungen Dame im Zaum halten.

»Versuchen Sie, den Dingen gelassen entgegenzusehen, und versprechen Sie sich nicht zu viel, verehrtes Fräulein«, sagte er. »Es wird Ihnen bewusst sein, dass Ihre Bestrebung eine beträchtliche Gegnerschaft auf den Plan ruft.«

Helene schwieg einen Moment. Sie war erschöpft von der Reise und hatte Elsa nicht finden können. Im Gasthaus war sie die ganze Nacht nicht zur Ruhe gekommen vor Sorge. Doch das gehörte nicht hierher. Sie fühlte die Blicke der Herren auf sich und rief sich zur Ordnung.

»Und Sie, meine Herren? Darf ich Sie als meine Fürsprecher wissen?«

Während von Orth bedächtig seinen Kopf wiegte, klopfte Hähnlein die Pfeife auf dem Fenstersims aus und ließ sie in seiner Rocktasche verschwinden.

»Lassen Sie es mich so sagen: Wir wären schlechte Wissenschaftler, wenn wir uns einem derartigen Experiment verschließen würden.«

*

Moritz von Vredow gab seinem Pferd die Sporen, sobald er sich auf freiem Feld befand. Hinter ihm blieb der Gutshof zurück, der zwischen Pappeln und Weiden am Ende des Sees lag, ein lang gestrecktes Gebäude, das, wer wollte, mit Paretz vergleichen konnte, dem Landsitz des Königs. Tatsächlich hatten die Anwesen mit ihren gelben Mauern und den roten Ziegeldächern eine gewisse Ähnlichkeit in der Schlichtheit ihrer Bauten und Hofanlagen.

Ein bescheidenes Gut, wenn man bedachte, dass es alles war, was von den Ländereien seiner Vorfahren geblieben war, die sie einst als Junker eines ostelbischen Markgrafen erhalten hatten. Durch Misswirtschaften, Lehnschulden und Erbvergleiche zerstrittener Geschwister war der Besitz der von Vredows im Laufe der Jahrhunderte zusammengeschmolzen auf den zu Zeiten des Alten Fritz erbauten Gutshof mit dreißig Morgen Land.

Es war fünf Uhr in der Früh. Die Sonne ging an einem klaren Himmel auf und weckte die Vögel im Schilf. Weit hinter den Birken, die den Weg am See säumten, erstreckte sich am Horizont die Maulbeerplantage, die sein Urgroßvater hatte anlegen lassen, um preußische Seidenmanufakturen mit den Kokons der Maulbeerspinner zu beliefern, ein Geschäft, das sich bis heute rechnete. Auch wenn der Gutsverwalter die Rechnungsbücher nicht anders als sorgenzerfurcht vorlegen konnte, was ihm, Moritz, jedes Mal eine lange Unterredung mit seiner Schwester einbrachte, die darüber beruhigt werden musste, dass sie keineswegs einem Ende im Damenstift entgegensah.

Cecilie und er waren, wenn man von einigen versprengten Nebenlinien absah, die Letzten der von Vredows. Sein Vater, an den er noch immer nicht ohne Bitterkeit denken konnte, war bei einer Treibjagd tödlich getroffen worden, als hätte sich der Allmächtige zu einer sinnfälligen Metapher hinreißen lassen. Seine Mutter konnte es nicht verkraften, sie hatte den ganzen Mann nicht verkraften können, und schließlich hatte der Krebs sich über sie hergemacht. Noch heute, sechs Jahre nach ihrem Tod, konnte Moritz es sich kaum verzeihen, dass es ihm nicht gelungen war, sie wenigstens mit seiner Verehelichung glücklich zu machen. Schon das Schicksal ihrer erstgeborenen Tochter hatte Sophie Baronin von Vredow mutlos gemacht, denn Cecilie verfiel nach dem Tod des Verlobten, der als Rittmeister vor Leipzig sein Leben gelassen hatte, in unsägliche Trauer, die andauerte, bis sie ein ältliches Fräulein geworden war.

Moritz hatte das andere Ende des Sees erreicht und sah hinüber zum Gutshaus, wo Elsa im ehemaligen Schlafzimmer seiner Mutter schlief. Obwohl sie über genügend Gästezimmer verfügten, hatte er gegen Cecilies Willen entschieden, dass sie es bewohnen sollte, da es das schönste im Hause war. Sie dort auf das Angenehmste unterzubringen, war einer seiner vielen hilflosen Versuche gewesen, gegen die lähmende Angst vorzugehen, die ihn befallen hatte, seit er Elsa in Berlin nachts aus einer Mietdroschke gehoben hatte.

Während er sie in seine Wohnung trug und sein Bursche den Kutscher bezahlte, flüsterte sie, Moritz müsse sie fortbringen aus Berlin.

»Wenn du mich liebst«, sagte Elsa, »bringst du mich fort, ohne Fragen zu stellen.«

Mit Schrecken bemerkte er, wie fahl ihre sonst so schöne Haut unter den wirr gelösten Haaren war. Sie sagte, er möge dem Intendanten Nachricht von einer ernsten Erkrankung geben, und dabei spürte er ihren stockenden Atem an seinem Ohr.

Es war keine Träne geflossen in jener Nacht, während sie darauf warteten, dass die Kutsche bereit zur Abfahrt war. Elsa hatte darum gebeten, alle Kerzen und Lampen im Zimmer zu löschen, und sie befanden sich allein im Licht eines hastig angefachten Kaminfeuers, Elsa mit angezogenen Knien auf der Ottomane liegend, Moritz in einem Lehnstuhl bei ihr sitzend, weil sie ihn nahe wissen wollte, und er berührte sie nicht, weil sie es nicht ertrug.

Während die Dienerschaft hin und her geeilt war, um alles Nötige für die überstürzte Abreise ihres Herrn vorzubereiten, fiel Elsa in einen kurzen, unruhigen Schlaf, aus dem sie ihre letzten Kräfte für die Fahrt aufs Land schöpfte.

Die Besinnung verlor sie erst, als ihr auf Gut Vredow das erste weibliche Wesen entgegentrat. Es war Fräulein Schröder, die sich Elsas aus Gründen annahm, die viele Jahre zurücklagen, denn Schröder, wie alle die Hausdame durchaus respektvoll nannten, war schon seit sechsunddreißig Jahren im Dienst der Familie. Sie erkannte die Zeichen, sobald sie mit Elsa allein war und ihr zu Hilfe kam. In den darauffolgenden Stunden ließ Schröder zahllose blutige Laken verschwinden, die sie nachts im Herdfeuer der großen Küche verbrannte.

Auch ohne das Wissen um diese verborgenen Vorgänge hatte Moritz Tage und Nächte in Angst verbracht. Er fürchtete, Elsa würde ihm unter den Händen fortsterben, unsagbar geschwächt von einer Krankheit, über die ihn niemand hatte aufklären wollen.

Der Arzt, den er schon seit seiner Kindheit kannte und der in dem einen langen Jahr, das Baronin Sophie für ihren qualvollen Abschied vom Leben benötigt hatte, ein ständiger Gast auf dem Gut gewesen war, hielt sich über Elsas Leiden bedeckt. Eine Zeit lang vermutete Moritz, Doktor Steinhausen wolle ihn mit der schlimmen Nachricht verschonen, dass die Frau, die er liebte, an der gleichen Krankheit sterben musste wie seine Mutter.

Doch der alte Arzt beruhigte ihn darüber glaubhaft, wohingegen Cecilie gewisse Andeutungen von sich gab, die Moritz sich schon allein deshalb verbat, um nicht in einer Flut von Selbstvorwürfen unterzugehen. Er gab sich ohnehin die alleinige Schuld für das, was sich zwischen Elsa und ihm in seiner Berliner Wohnung ereignet hatte. Er gab sich die Schuld daran, dass er es genossen hatte, obwohl mit Elsa doch alles ganz anders sein sollte.

Moritz schwang ein Bein über die Kruppe seines Trakehners und glitt aus dem Sattel. Er ließ das Pferd grasen und betrat den verwitterten Bootssteg, der, vom Schilf umwachsen, ins Wasser ragte.

Es hatte wahrhaftig haltlose Zeiten gegeben in seinem Leben. Sie verbanden ihn mit Wilhelm, dessen persönlicher Adjutant er gewesen war. Sie hatten Schauspielerinnen und Sängerinnen der Hofbühne besessen, Mädchen vom Chor und vom Ballett. Sie waren ihnen wie Freiwild vor die Flinte gelaufen. Nicht der geringste Skrupel hatte weder Wilhelm, noch ihn oder andere Mitglieder ihrer Jagdgemeinschaft davon abgehalten, ihr flüchtiges Vergnügen zu suchen.

Inzwischen begegneten sie sich nur noch selten. Erst mit Elsas Bekanntschaft verkehrte Moritz wieder öfter bei Hofe, von wo er sich zurückgezogen hatte, seit er Geschmack an der Verantwortung für das Gut gefunden hatte. Jedes Mal, wenn er Wilhelm traf, so zeigte dessen Verhalten gegen ihn etwas von der Wehmut einer gekränkten Geliebten, als hätte Moritz mit seinem Rückzug einen Verrat an ihm begangen. Moritz empfand diese Begegnungen, als blickte er in einen blinden Spiegel, der ihm einen Teil von sich zeigte, den er nicht gern besah.

Im Grunde konnte er es seiner Schwester kaum übel nehmen, dass sie schlecht von Elsa dachte, nur weil sie eine Schauspielerin war, denn sein vormaliges Treiben war ihr bei aller Diskretion nicht gänzlich verborgen geblieben. Im Übrigen jedoch war Cecilie vor allem ein so unglückliches Geschöpf, dachte Moritz, dass man ihrem Urteil über andere Menschen nicht trauen konnte.

Lieber glaubte er den kryptischen Erläuterungen Malvine von Hombergs, die Elsa von Geburt an kannte. Durch Elsas

Mutter, die Moritz zu seinem größten Bedauern nicht hatte kennenlernen dürfen, war Malvine von Homberg in den Besitz eines umfangreichen Wissens über Frauenleiden gelangt, mit dem sie alles erklären konnte, was mit Elsa vorgegangen sein könnte, wobei es ihr gelungen war, nur so weit ins Detail zu gehen, wie ein Mann es ihrer Meinung nach verkraften konnte. In allem war Malvines Anwesenheit ein Glück, und er würde ihr für immer dankbar sein, dass sie es ermöglicht hatte zu kommen, nachdem er, Elsas fiebrigen Bitten folgend, mit einem reitenden Boten ein Schreiben nach Marburg geschickt hatte.

Die Sonne stand jetzt über den Birken und wärmte sein Gesicht. Es war anzunehmen, dass Elsa nicht vor zehn aufstehen würde. Ihr Gesundheitszustand, sagte Cecilie, erlaube es inzwischen längst, sich wecken zu lassen, um den Gesetzen des Anstands zu genügen. Malvine von Homberg hatte es anders ausgedrückt.

»Künstler sind zuweilen in der Kompliziertheit ihres Charakters gefangen«, sagte sie. »Ihnen mit Klarheit und Nachsicht gegenüberzutreten ist durchaus hilfreich, besonders für die Unversehrtheit der eigenen Seele. Von den kleinen Egomanien, die ihre Künstlernatur ausmachen, sollte man sich keinesfalls in die Irre leiten lassen.«

Wie recht Madame von Homberg doch hatte! Moritz verließ den Steg, nahm die Zügel des Trakehners auf, der ihm vom Schilf aus ruhig entgegensah, und stieg in den Sattel. Elsa war die Frau, die er heiraten wollte. Seit sie dem Tod so nahe gewesen war, gab es nicht mehr den geringsten Zweifel daran, dass er sich ohne sie unendlich verloren empfinden musste. Vom Standesdünkel Cecilies würde er sich nicht beeinträchtigen lassen, und ansonsten hatte er sich niemandem gegenüber zu verantworten. Seine Schwester musste lernen, Elsa zu respektieren, denn sie würde die neue Herrin auf Gut Vredow sein.

Es war jetzt wohl gegen halb acht. Moritz lächelte, als er sein Pferd wendete. Er würde Elsa wecken lassen. Sie sollte sich daran gewöhnen, dass eine Baronin von Vredow keine Langschläferin sein durfte.

*

Bereits zum dritten Mal zog Helene an der Klingelschnur neben der Eingangstür des großen, weiß getünchten Hauses mit der Stuckfassade, obwohl ihr bekannt war, dass Frau Direktor Stopfkuchen sich in Bad Pyrmont befand, um ihre strapazierten Nerven zu besänftigen und möglichst vielen Menschen aus Berlin zu begegnen, die dort das Gleiche suchten wie sie, nämlich Erholung und Neuigkeiten aus den heimischen Salons. Davon erhielt Helene Kenntnis durch Eveline, die ihr auch dieses Mal die Tür öffnete.

»Ich kann Ihnen nichts Neues berichten«, sagte Eveline, in deren Aussprache es »Ick« und »nüscht Neuet« hieß, doch daran gewöhnte Helene sich langsam, und, mehr noch, es begann ihr ernstlich zu gefallen. Nach zehn Tagen in Berlin ertappte sie sich bereits dabei, ihre Gedanken in den Dialekt der Residenzstadt zu übersetzen.

»Ich hoffte, Elsa hätte möglicherweise inzwischen geschrieben«, sagte Helene, und sicherlich war es ihr enttäuschtes Seufzen, das Eveline bewog, sie hereinzubitten. Im Übrigen war sie fasziniert davon, wie unterschiedlich Schwestern sein konnten.

»Wenn es Ihnen nichts ausmacht, mir in die Küche zu folgen, Demoiselle Heuser«, sagte Eveline und schloss die Haustür hinter Helene, »... vielleicht möchten Sie eine Tasse Kaffee und etwas dicke Milch?«

»Sie ahnen gar nicht, wie gern«, sagte Helene, die nicht den geringsten Grund sah, sich vor einem Dienstmädchen zu verstellen, das ihre Schwester offenbar sehr gut kannte und des Weiteren einen klaren Blick auf die Dinge zu haben schien.

Die Küche im Souterrain kam Helene groß vor wie ein Ballsaal, obwohl sie noch nie in ihrem Leben einen betreten hatte. Überraschenderweise gab es sogar hohe Fenster hier unten und eine Tür, die in den kleinen Garten auf der Rückseite des Hauses führte, wo sich zwischen den Kräuterbeeten eine schwarze Katze putzte.

Eveline, die eben dabei gewesen war, Kaffee aufzubrühen, belud ein Tablett mit Tassen und Löffeln. Als sie die Türen des Speiseaufzugs öffnete, waren von oben die Stimmen der übrigen Hausdienerschaft zu hören, die dem geschäftigen Rumoren nach in einem der zahlreichen Zimmer die Möbel verschob.

Eveline stellte Helene eine Tasse mit dampfendem Kaffee auf den blank gescheuerten Tisch, und während sie Dickmilch aus einem Kupferkessel in dickwandige Schüsseln schöpfte, äußerte sie ihr Bedauern darüber, dass nun ausgerechnet weder Madame noch Demoiselle in Berlin waren und Helene im Gasthof logieren musste. Frau Direktor hätte das vermutlich nicht zugelassen.

Helene kam es vor, als vermiede Eveline es, sie anzusehen, so geschäftig, wie sie zwischen den Schränken umherging, die runden Hände an der langen, blauen Schürze abwischte, eine ihrer blonden Haarsträhnen zurück unter die Haube schob, die Kaffeekanne mit einer dicken Filzhülle versah und schließlich eine Pfanne mit zerbröckeltem Schwarzbrot aufs Feuer schob.

»Sie vergöttert Demoiselle Elsa schlimmer als ein eigenes Kind«, sagte Eveline, »was kein Wunder ist, weil sie ja selbst keine kriegen konnte. Da soll mir noch einer sagen, die Welt ist gerecht. Dafür hat der olle Stopfkuchen, Gott hab ihn selig, Berlin eine ganze Kompanie Erdenbürger verschafft, man möchte es gar nicht wissen.«

Gewandt schüttelte sie die Pfanne über dem Feuer. Der Duft des gerösteten Brotes erfüllte die Küche und ließ Helene heftigen Hunger verspüren. Nach einem kargen Frühstück im Schwarzen Adler hatte sie bereits Stunden die Stadt durchwandert, wie jeden Tag, seit sie auf Nachricht von Professor Hähnlein wartete. Eveline mengte Zucker unter die Schwarzbrotcroûtons, gab die Mischung über die Dickmilch und schob Helene ein Schüsselchen über den Tisch.

»Ich rede zu viel, gute Güte, das muss daran liegen, dass Sie Hebamme sind. Ansonsten schweige ich wie ein Grab, was die Herrschaften angeht jedenfalls.«

»Bestimmt«, sagte Helene und wünschte, dass Evelines Redefluss anhalten möge. Das Mädchen – in Wahrheit eine junge Frau, die sich im gleichen Alter wie Elsa befinden musste – stellte die Milchspeise zu dem Kaffee in den Speiseaufzug.

»Madame jedenfalls könnte sich das ganze Haus füllen mit Kindern vom ollen Stopfkuchen – da hätten sie's besser als da, wo sie jetzt sind, oder auch nicht«, murmelte sie.

»Vermutlich ist Elsa ihr lieber«, sagte Helene und nahm einen Löffel von der dicken Milch. »Das ist unglaublich gut! So etwas habe ich noch nie gegessen.«

»Dafür rennt ganz Berlin in die Zelte im Tiergarten, als könnte man's nicht auch im Hause haben.«

Eveline schloss die Türen des Aufzugs und zog mit einem scharfen Ruck an der Klingelschnur.

»Dann stört schon keiner«, sagte sie.

Von oben war zu hören, wie jemand die Kurbel betätigte. Mit einem leisen Quietschen setzte sich der Speiseaufzug in seinem Holzgerüst hinter den Mauern in Bewegung.

Während Helene ihre Schüssel leerte, wandte Eveline sich geschäftig einer neuen Tätigkeit zu. Sie setzte einen Topf Milch aufs Feuer, schnitt eine Zitrone auf und drückte sie über einem Holzbottich im Waschstein aus.

»Madame lagen die Nerven blank, als sie so plötzlich verschwunden ist«, sagte sie, »aber dann kam ja der Brief vom Baron.«

»Ja?«

Einem bestickten Wäschebeutel entnahm Eveline mehrere Paare Glacéhandschuhe, die sie über den Waschstein legte, bevor sie die heiße Milch in den Zuber füllte.

»Ein plötzliches Brustübel hat eine schnelle Luftveränderung nötig gemacht, hieß es.«

»Sie können also lesen.«

»Die Gnädigste war beruhigt, dass er sie mit auf seine Latifundien genommen hat. Seit der Baron und Demoiselle Elsa sich hier im Hause zum ersten Mal gesehen haben, ist sie ganz verrückt darauf, die Hochzeit auszurichten. Wer weiß, vielleicht muss sie ja jetzt nicht mehr lange warten.«

»Vielleicht«, sagte Helene, »aber bei Elsa kann man es nicht so genau wissen.«

Eveline ließ die Handschuhe in den Bottich gleiten und drückte sie vorsichtig nach unten. Sie schwieg und schien nachzudenken. Dann hatte sie sich entschieden.

»Wir haben heute die Böden gemacht«, sagte sie. »Gründlich, bis in die letzten Ecken. Ich hab das hier gefunden.«

Sie trocknete ihre geröteten Hände an der Schürze, förderte ein zerknittertes Papier aus ihrem Rockbund zutage und legte es auf den Tisch.

Während Helene las, begann ihr der eigene Herzschlag in den Ohren zu dröhnen, und Schweiß trat ihr aus allen Poren. Was sie in Händen hielt, bestätigte ihre schlimmsten Ahnungen.

»Wurde der Brief von einem Boten gebracht?«, fragte sie leise.

Eveline schüttelte den Kopf.

Helene stand auf und warf den Brief ins Herdfeuer.

»Wenn Sie nicht gekommen wären ...«, sagte Eveline, »... hätte ich es getan.«

*

Das als Erstes, liebste teuerste Malvine, ich habe zwei Friedrich d'or von dir geliehen, ich schwöre, du bekommst es zurück, sobald wir uns wiedersehen, was hoffentlich bald ist, obwohl ich nicht sicher bin, dass du es überhaupt willst, nach dem, was ich dir zumute. Ich habe nächtelang kein Auge zugetan, weil ich darüber nachgrübelte, wie ich mich verhalten soll zwischen all den verwickelten Umständen, weshalb ich aussehe wie eine Hundelotte, besonders nach einem Fußmarsch von staubigen dreieinhalb Stunden.

Du kannst aus dem, was ich dir in aller Hast schreibe, nun sehen, dass ich dich hintergangen habe, weil ich heimliche Pläne fasste, und natürlich habe ich Verrat an Moritz begangen, was du unverzeihlicher finden wirst, das weiß ich.

Er hat mich mit sich genommen, er hat dich kommen lassen, liebste Malvine, ich muss dir nicht aufzählen, was alles er mir Gutes getan hat, ich würde mich nur noch elender fühlen, und du hast es mir oft gesagt, wohl weil du fürchtetest, dass ich ihm vielleicht nicht dankbar sei. Aber das bin ich, und ich flehe dich an, mir zu glauben.

Möglicherweise habe ich Moritz mein Leben zu verdanken, wer will das schon wissen, ich bin in dieser Sache ahnungslos. Vieles habe ich dir nicht gesagt, und manches hast du vermutet, ich habe dich mit Doktor Steinhausen flüstern sehen. Dies alles liegt dunkel in meiner Seele.

Doch die Wahrheit hinter meinem Verhalten ist, dass ich, seit ich wieder denken kann, immer nur das eine denke: Wann kann ich wieder zurück nach Berlin? Wann werde ich wieder spielen können? Meine Angst war, der Intendant könnte schon die Rollen besetzen, während ich noch nicht wieder bei Kräften war. Glaube mir, am glücklichsten empfand ich den Tag, als ich ohne Hilfe das Bett verlassen konnte, wo ich mich wie eine Gefangene fühlte, obwohl alle gut zu mir waren, auch du, meine liebste Tante, und Moritz, dieser herzergreifende Mensch, und besonders Schröder, die so erfrischend sachlich in allem ist. (Hingegen rede ich nicht von Cecilie, die mich zweifellos nicht leiden kann und ich sie schon gar nicht.)

Was ich dir erklären will, damit du es bitte und hoffentlich verstehen wirst, ist, dass mich schlimmste Ahnungen befielen, als Moritz derart ernst und liebevoll ein Gespräch ankündigte, das er mit mir unter vier Augen führen wolle. Bei einem abendlichen Spaziergang am See! Ich weiß, Malvine, dir schlägt das Herz hoch, wenn du das liest, weil es genau das ist, was du dir für mich wünschst. Doch die bittere Wahrheit ist: Ich wünsche es nicht.

Wirst du mich trotzdem weiter lieben?

Ich frage dich das trotz meiner Heimtücke, mit der ich durch scheinheilige Fragen an die Kammerzofe herausfand, dass es im Dorf eine Poststation gibt, an der die Kutsche von Strelitz nach Berlin die Pferde wechselt. Und gestern Abend, als du mit Moritz den Ausflug nach Krebswalde geplant hast, habe ich mich innerlich beglückwünscht und zeigte mich begeistert. Den Rest muss ich dir nicht erklären, oder doch?

Als ich heute früh vom Fenster aus beobachtete, wie Moritz dir in den Landauer half, klingelte ich nach dem Mädchen und ließ meine Unpässlichkeit ausrichten. Ihr wart so gut und seid meinem Wunsch folgend die Partie zu den Seen ohne mich angetreten.

Möglicherweise sah mich Cecilie, als ich mit kleinstem Gepäck das Gut verließ, doch selbst wenn, so konnte ich sicher sein, dass sie mich nicht aufhalten würde.

Wenn Gott will, von Herzen geliebte Malvine, werde ich, was ich in diesen Wochen durchlebte, in eine meiner Rollen tragen können, und wenn es mir gelingt, wirst du der einzige Mensch sein, der weiß, warum.

Ewig deine Elsa.

Auf den flachen Wellen des Sees glitzerte das rötliche Licht des frühen Abends, und die Vögel sangen wie verrückt. Sie klangen aufgeregt, beinahe schrill, aber das kam Malvine, die am offenen Fenster stand, vermutlich nur so vor in Anbetracht dessen, was sie jetzt hinter sich zu bringen hatte, und zwar in einer Weise, die niemandem schaden sollte, vor allem Elsa nicht. Sie biss sich auf die Lippen, wie sie es immer tat, wenn sie angestrengt nachdachte und keinen Fächer zur Hand hatte. Wieder und wieder faltete sie den Brief, der von einem Jungen aus dem Dorf gebracht worden war, und zwar nur dieser eine, sie hatte sich versichert.

Wie gut Elsa daran tat, die Geschicke ihrer Verbindung zu Moritz von Vredow in ihre, Malvines, Hände zu legen! Sie musste der Stimme eines verborgenen Instinkts gefolgt sein. Nicht auszudenken, was sie mit allzu ehrlichen Äußerungen ihres aufgewühlten Gemüts hätte anrichten können. Denn so ausschließlich wie Elsas Streben sich auf das Bühnenleben richtete, konnte sie bedauerlicherweise nicht erkennen, wie grandios sie zu diesem hinreißenden Menschen passte.

Als vehemente Verfechterin der Liebesheirat hatte Malvine die eigenen Töchter dazu erzogen, ihre Herzen den geeigneten Männern zu öffnen, und sie war entschlossen, das Gleiche für Elsa zu erreichen. Daher dachte sie nur ungern an das beunruhigende Gespräch mit Doktor Steinhausen zurück, einem, wie sie fand, ansonsten durchaus angenehmen Mann.

Als sie ihn vor mehr als zwei Wochen zu Elsas heftigen Fiebern befragte, hatte er sie mit der Antwort verstört, dass allein seine langjährige Verbundenheit mit der Familie des Barons ihn davon abhielte, beim Kreisphysikus Meldung zu erstatten, wie es seine Pflicht gewesen wäre. Mit einer leichten Berührung ihres Ellbogens hatte er sie vom Krankenbett zu den Erkerfenstern dirigiert und sie mit gesenkter Stimme wissen lassen, dass an Elsa ein Abort vorgenommen worden war. Es stünde zu vermuten, dass sie in die Hände einer Winkel-Hebamme geraten war, von denen in Berlin – allein schon wegen der Lohnhuren und Mätressen – nicht eben wenige ihr schändliches Handwerk betrieben. Malvine hatte sich setzen müssen, so wie sie sich auch jetzt auf der gepolsterten Erkerbank niederließ.

Einzig die Äußerung Steinhausens, dass weder der Baron noch sonst jemand auf dem Gut das Geringste ahnte, hatte sie die Nerven behalten lassen. Sie hatte dem Arzt eine ernste Unterredung mit Elsa versprochen und diese dann doch nicht führen können. Es war und blieb ihr unmöglich. Am liebsten wollte sie sich nicht einmal in Gedanken damit befassen, was Elsa getan hatte.

Als Malvine aufstand, entdeckte sie unten im Garten Cecilie mit einem Henkelkorb am Arm beim Schneiden erster Rosen. Das passte zu ihr, dass sie Schönes, Blühendes gleich abschneiden musste, damit es ebenso schnell welkte wie sie! Malvine schloss für einen Moment die Augen und besänftigte sich mit einigen tiefen Atemzügen. Sie tat der Sache keinen Gefallen, wenn sie sich Cecilie zur Feindin machte.

Sie musste eine diplomatische List ersinnen, bevor sie das Gut verließ, damit dieses Mensch gewordene Dörrobst die gegenwärtige Lage nicht nutzte, um bei ihrem Bruder mit freudlosen Anmerkungen zu Elsas Charakter Zweifel zu säen.

Malvine ließ Elsas Brief im Ärmel ihres Kleides aus indischem Musselin verschwinden, für das sie in Frankfurt ein Vermögen ausgegeben hatte, und ging hinüber zum Toilettentisch. Bevor sie irgendetwas anderes tat oder auch nur plante, musste sie eiligst Moritz von Vredow zu sich bitten.

Aus einem ihrer Flakons, dessen besonderer Inhalt mit einer zierlichen grünen Quaste kenntlich gemacht war, nahm sie einen angemessenen Schluck Jamaika-Rum. Erst nachdem sie sich einige Sekunden gestattet hatte, den wunderbar weichen Geschmack zu genießen, gurgelte sie mit Kölnisch Wasser, betupfte ihre Lippen mit ein wenig Pomade und klingelte nach der Kammerzofe.

*

Finlay Gordon liebte die konzentrierte Atmosphäre großer Bibliotheken. Die Königliche Sammlung in Berlin war unstreitig eine der bedeutendsten Europas, und ihm war bekannt geworden, dass man in jüngster Zeit den umfangreichen Literaturbesitz eines verstorbenen preußischen Medizinalrates aufgekauft hatte, der durch eine seltene Vollständigkeit selbst neuester Ausgaben von sich reden machte.

Von Professor Siebold hatte Finlay erfahren, dass die eben erworbenen Werke im Journal-Lesezimmer für Akademie-Mitglieder zur Ansicht ausgelegt waren, und er hatte auch die Güte besessen, ein Schreiben auszustellen, das ihn, den Besucher aus London, bei den Bibliothekaren als berechtigten Leser auswies. Die Hilfsbereitschaft des renommierten Kollegen hatte ihn in die glückliche Lage versetzt, sich tagelang zwischen drei und fünf durch die medizinischen Denkwürdigkeiten deutscher Geburtshelfer arbeiten zu können.

Es gab zahlreiche Werke, die er aus Übersetzungen ins Englische kannte, und andere, neueren Datums, die wiederum vom Englischen ins Deutsche übersetzt worden waren. Seine eigene Veröffentlichung war ebenfalls darunter, und es hatte ihn mit nahezu kindlichem Stolz erfüllt, als er den einhundertdreiundsiebzig Seiten umfassenden Band in den Räumen dieses imposanten Hauses unvermutet in Händen hielt.

Enttäuschend war, dass er bislang auf nichts Neues gestoßen war. Alle Mutmaßungen über die Verbreitung jener fatalen Krankheit, die schon Hippokrates geschildert hatte, deren epidemische Ausmaße allerdings eine noch junge Geschichte schrieben, waren Doktor Finlay Gordon bekannt. Er befasste sich seit Jahren damit.

Vom Opernplatz war Pferdegetrappel auf dem Straßenpflaster zu hören, begleitet vom metallischen Sirren der Kutschenräder. Noch immer kam Sonnenlicht durch das hellgrüne Blattwerk des Baumes vor dem hohen Sprossenfenster und tanzte über die dunklen Tische im Lesezimmer. Finlay, der allein war und sich mit einem Mal kläglich fehl am Platze fühlte, beschloss, dass es Zeit war zu gehen.

Draußen empfingen ihn angenehme Temperaturen und der erfreuliche Anblick gut gelaunter Spaziergänger. Gemächlich wie Boote auf einem Gewässer zogen hier und da Wagen über den Platz, aus dem Leute einander grüßten oder auch nicht.

Noch während Finlay überlegte, in welche Richtung er sich zum Tiergarten begeben musste, sah er aus dem benachbarten Amtshaus der Bibliothekare, das, wie er wusste, ein öffentliches Lesezimmer beherbergte, eine junge Frau auf die Straße treten. Im Gehen schloss sie die Bänder ihres Hutes unter dem Kinn, was er ungewöhnlich fand, wobei es ungewöhnlich genug war, sie aus diesem Gebäude kommen zu sehen. Er selbst konnte sich nicht erinnern, jemals eine Frau in einer Bibliothek angetroffen zu haben.

Klare, helle Augen fielen ihm auf, die von dunklen, sehr geraden Brauen betont wurden. Ein ernstes Gesicht, nachdenklich.

Es befremdete ihn, als er merkte, dass er ihr folgte, doch lassen konnte er es nicht. Sie ging zügig, ohne zu hasten, sie ging sehr aufrecht und doch keineswegs steif. Ihre Bewegungen waren harmonisch, ihr Gang zielgerichtet. Er fragte sich, ob sie vielleicht einen Roman gelesen hatte, der ihr zu Hause verboten war. Es gab genügend Anhänger der Meinung, dass beliebiges Lesen für Frauen schädlich war. Ob sie so jemanden zum Mann hatte?

Der Opernplatz lag längst hinter ihnen, und der Tiergarten, mitsamt seinen Kaffeezelten, von denen Finlay eines hatte aufsuchen wollen, entfernte sich stetig. Hätte sich nicht ereignet, was er später als Glücksfall bezeichnen würde, wäre er an der Spreebrücke, hinter der zwischen eng stehenden Häusern zwei alte Kirchen aufragten, womöglich umgekehrt, denn was er tat, kam ihm inzwischen zunehmend absurd vor.

Während Finlay den Kopf in den Nacken legte und zur schiefernen Turmspitze der größeren von beiden Kirchen hinaufsah, entstand ein plötzlicher Tumult am gegenüberliegenden Ufer. Vor einem Haus, an dem ein Schild mit einem grünen Hecht schaukelnd in Bewegung geriet, waren einige junge Männer mit den Fäusten aufeinander losgegangen. Immer mehr Rauflustige drängten aus der Tür des kleinen Wirtshauses auf die Gasse, junge Herren in schwarzen Gehröcken und in Uniformen. Sie beschimpften einander in verbissener Wut, während ihnen in wildestem Getümmel die Hüte von den Köpfen flogen.

Die junge Frau war spurlos verschwunden. Finlay rannte über die Brücke, da traf ihn ein Faustschlag an der Schulter. Kurz empfand er heftigen Zorn, doch dann sah er das blitzende Blau ihres Kleides am Ende der Gasse aufleuchten.

»Gestatten Sie mir, Sie zu begleiten«, sagte er, als er sie atemlos erreichte. »Mir scheint, hier ist es nicht sehr sicher.«

Ihre Augen hatten die Farbe eines kühlen Himmels, und sie dachte nicht daran, den Blick zu senken oder Ähnliches, was es ihm ermöglicht hätte, sich weniger durchschaubar zu fühlen.

»Es ist nur ein Streit unter Studenten«, sagte sie mit ihrer sehr schönen Stimme. »Medizinstudenten der Universität gegen angehende Militärärzte. Sie können einander nicht leiden, wie man sieht. Und ich habe es nicht mehr weit.«

»Ach, warum?«, fragte Finlay. »Ich meine, was bringt die Herren so auf, dass sie sich auf offener Straße prügeln?«

»Sie neiden einander den praktischen Unterricht an der Charité«, sagte sie.

Er nahm an, da sie ihren Weg fortsetzte und im Gehen weitersprach, konnte sie nichts dagegen haben, dass er sie begleitete.

»Sie kennen die Charité, das größte Hospital Berlins? Es war einmal ausschließlich zur Ausbildung von Militärärzten und Hebammen gedacht, aber seit Bestehen der Universität absolvieren dort auch die anderen Studenten ihre praktischen Studien, sofern es nicht schon eigene Institute gibt.«

»Sie sind außerordentlich gut im Bilde«, sagte Finlay und dachte, dass sie sich keinesfalls mit dem Lesen romantischer Romane aufzuhalten schien.

»Verzeihen Sie, dass ich mich noch nicht vorgestellt habe«, sagte er, nannte ihr seinen Namen und lüftete im Gehen den Hut.

»Sie sprechen unsere Sprache sehr gut.« Ihr lockiges, beinahe krauses Haar kam unter dem Schutenhut hervor, als wäre es kurz geschnitten. »Sie sind Engländer?«

»Schotte, um genau zu sein. Ich habe ein Jahr in Göttingen studiert. Mein Deutsch ist alles andere als gut, aber danke, dass Sie mich loben.«

Sie war offenbar schon wieder in Gedanken. Ihre Brauen fanden in einer beinahe durchgehenden Linie zusammen.

Inzwischen waren sie in eine weitere Gasse eingebogen, und Finlay kam es vor, als durchwanderte er mit der fremden, jungen Frau ein lange vergangenes Jahrhundert. Das Viertel diesseits der Spree schien eines der ältesten Berlins zu sein. Die Gerüche hier waren ländlich, so wie er es aus manchen Teilen Aberdeens kannte.

Er schwieg unentschlossen, derweil sie auf die zweite der Kirchen zuliefen, deren Giebelwand von zwei hölzernen Türmen eingefasst war. Als sie vor einem Haus mit blauen Läden stehen blieb, hätte er gern nach ihrem Namen gefragt, ohne aufdringlich zu wirken.

»Es war freundlich, dass Sie mich begleitet haben«, sagte sie, »auch wenn es nicht unbedingt nötig war.«

Die Tür des Gasthauses wurde aufgerissen, bevor Finlay die Gelegenheit hatte, sich in aller Form von ihr zu verabschieden. Hinter einer Frau mit flinken Wieselaugen, in der wegen ihrer brennenden Neugier die Wirtin zu vermuten war, trat ein uniformierter Kurier auf die Gasse.

»Demoiselle Heuser?«, sagte er. »Eine Depesche für Sie.«

Es überraschte Finlay, dass sie den Brief vor seinen Augen aufriss.

»Schlimme Nachrichten?«, fragte er leise, als er sie blass werden sah.

Regungslos starrte sie ihn an.

»Nein«, sagte sie.

*

Statt auf einem der gestreiften Fauteuils saß der König auf einem einfachen, ungepolsterten Stuhl. Den Rücken hielt er gerade, die Hände auf einen Stock mit Silberknauf gestützt, der zwischen seinen Beinen stand, von denen er das linke leicht ausgestreckt hatte. Er trug einen schlichten schwarzen Gehrock und helle Pantalons. Die Knöpfe seiner Weste spannten ein wenig über der Mitte, doch den Kopf wusste er so zu halten, dass der hochgebundene Kragen ihm nicht in die weiche Kinnpartie schnitt. Pomade bändigte seine dunklen Locken, die vom seitlichen Scheitel aus flach gekämmt Stirn und Schläfen schmückten. Der Oberlippenbart war akkurat konturiert und in der schnurgeraden Mulde zwischen Nase und Mund unterbrochen.

Er wirkte müde, fand Helene. Nachdem ihr Vortrag beendet war, hatte man ihr bedeutet, auf einem kleinen Sofa ihm gegenüber Platz zu nehmen.

Der Leibarzt des Königs, Professor Hufeland, ein schmaler Mann mit schulterlangem weißem Haar und großen, müden Augen, war neben ihm in einem bequemeren Sitzmöbel versunken und hielt fortwährend die Hand hinter das Ohr. Obwohl er nahezu erblindet war, nahm er weiterhin seine Verpflichtungen als Staatsrat und Leibarzt des Königshauses wahr und lehrte Pathologie an der Medizinischen Fakultät.

Es erschütterte Helene, diesen berühmten Mann, vor dem sie im Grunde eine weitaus tiefere Ehrfurcht empfand als vor dem König, als zerbrechlichen Menschen zu sehen, den die Geißeln des Alters zu früh heimsuchten.

Der Staatsminister für Medizinalangelegenheiten hingegen war ein säuerlicher, in einem fort beleidigt wirkender Mann, der sich weigerte, Helene Beachtung zu schenken. Auch während ihrer kurzen Rede hatte er sie keines Blickes gewürdigt und mit zusammengekniffenen Lippen laut durch die Nase geatmet. Erst ein Räuspern des Königs konnte ihn zur Räson bringen.

Seine Majestät wolle nur zuhören, hatte man ihr gesagt. Hähnlein und von Orth hatten sie mit dem Wagen vom Gasthaus abgeholt und die Wegstrecke zum Königlichen Palais genutzt, um sie auf das Kommende einzuschwören. Seit Helene Hähnleins Depesche erreicht hatte, war es ihr schwergefallen, den Zustand geistiger Agonie, der sie von da an ergriffen hatte, zu unterbrechen. Fast eine Woche lang musste sie sich zu kurzen Spaziergängen zwingen, Lesen war ihr unmöglich, und nicht einmal nach Elsa hatte sie mehr gefragt.

»Fassen Sie sich vor allem kurz«, hatte Hähnlein in der Kutsche gesagt, »und werden Sie nicht gefühlig.«

»Aber nein.«

»Man kann nie wissen.«

»Sie scheinen einen Fürsprecher zu haben, sonst wären wir nicht hier«, raunte von Orth, als sie die Treppenhalle des königlichen Palais betraten.

Erst später sollte Helene erfahren, dass ihre Unterredung in einem ehemaligen Zimmer der legendären Hofdame Gräfin Voß stattgefunden hatte, die bis zu ihrem Tod eine enge Vertraute und Beraterin der königlichen Familie gewesen war. Ein Kammerherr hatte sie in diesen Raum von beruhigender Schlichtheit geführt, wo Damasttapeten und Intarsienparkett dem Kenner verhaltene Hinweise auf mögliche Kostbarkeiten seiner Ausstattung gaben. An den Wänden befanden sich Porträts der königlichen Kinder Luises und eines von der Königin selbst, auf dem sie im Reitkleid zu sehen war.

»Verbeugen Sie sich, wenn der König den Raum betritt, und verbleiben Sie so, bis er Sie begrüßt. Sie sprechen nur nach Aufforderung. Die korrekte Anrede ist Eure Majestät.«

Was die Wahl des Zimmers vielleicht hatte vermeiden sollen, nämlich Helene bis zur Sprachlosigkeit einzuschüchtern, war von Orth mit seinen hastig gemurmelten Anweisungen gründlich gelungen. Es hatte zur Folge, dass Übelkeit ihr einen Moment lang die Kehle verschloss, als der Kammerherr den König und Hufeland ankündigte, die in Begleitung des Ministers kamen.

»Also Sie ist die junge Frau mit den befremdlichen Talenten?«

Väterliche Strenge begegnete ihr im Gesicht des Königs, als sie es endlich wagte, den Blick zu heben.

»Ich bin Helene Heuser aus Marburg, Eure Majestät.«

»Hörte, sie kann überzeugen«, sagte er. »Wollen sehen.«

Helene erinnerte sich daran, wie Elsa einmal bei Tisch die abgehackte Redeweise Friedrich Wilhelms III. parodiert hatte, und so bediente sie sich erstmals des ungewohnten Mittels, ihre Lage wie ein Bühnenstück zu betrachten, in dem sie als eine Darstellerin unter mehreren ihren Beitrag zu leisten hatte.

Als hätte all dies nichts mit ihr selbst zu tun, gelang es ihr, in wenigen Minuten lebhaft, doch ohne Überschwang ihren Herzenswunsch vorzutragen, während Hufeland sich in seinem Sessel vorbeugte und der König, neben dem Whisttisch der Voß sitzend, die Stiefelspitze am Fuß seines gestreckten Beins betrachtete. Zum Ende ihres Vortrags signalisierte er mit einem Nicken, dass er ihr zugehört hatte, und Hufeland lehnte sich wieder zurück. Seitdem befanden sich Hähnlein und von Orth mit dem Minister für Medizinalangelegenheiten im Disput.

»Eine Frau zur Universität zuzulassen – und sei es nur in der Bewilligung einer Ausnahme – halte ich für gefährlich«, ließ der Minister soeben hören. »In dieser Sache nachzugeben könnte eine Mode einreißen lassen. Was für ein Gedanke, wer noch alles plötzlich die Berufung zum Studium in sich zu fühlen glaubt!«

»Ich bin der Überzeugung, dass es unter den Frauen so manche gibt, die zu einem akademischen Studium befähigt sind«, sagte Professor Hähnlein bedächtig. »Ich möchte sogar so weit gehen zu behaupten, dass man ihnen auf Dauer nicht das Recht absprechen können wird, an einer Universität zu studieren.«

Der Minister umklammerte die Lehne des Armstuhls, als müsse er sich beherrschen, nicht aufzuspringen.

»Ist Ihnen denn nicht klar, meine Herren, wie sehr wir das Niveau des akademischen Studiums gefährden, wenn wir unsere Universitäten den Frauen öffnen!«, rief er aufgebracht in die Runde. »Wir sollten uns mit aller Entschiedenheit dagegen verwahren, anstatt solcherlei Einflüssen auch noch eigenhändig den Boden zu bereiten!«

»Diese heraufbeschworenen Gefahren scheinen mir doch mitunter etwas rätselhaft«, sagte von Orth, als spräche er mit einem verängstigten Kind. »Denken Sie nur an die Astronomin Maria Kirch, verehrter Herr Staatsminister, falls Sie sich ihrer erinnern möchten. Weil man sie zum Studium nicht zulassen wollte, war sie an der königlichen Akademie zuerst Assistentin ihres Mannes und nach seinem Tode die ihres Sohnes. Anno 1702 entdeckte sie einen bis dahin unbekannten Kometen. Kein Geringerer als Leibniz war ein glühender Verehrer ihres brillanten Geistes.«

Professor Hähnlein berührte flüchtig seine Rocktasche, in der sich vermutlich seine Pfeife befand, die er zu entzünden sich sehnte. Vielleicht fragte er sich, ob die süffisante Belehrung seines Kollegen, der zweifellos in den Aktensammlungen der Universität nach Präzedenzfällen gesucht haben musste, zum gewünschten Ziel führen würde.

»Man hätte durchaus keinen Niedergang des Niveaus zu befürchten, wenn Frauen die gesetzlich bestimmten Vorbedingungen erfüllen wie jeder andere Student«, sagte er. »Bei Fräulein Heuser konnten wir uns davon überzeugen, dass dies der Fall ist.«

Helene sah den reservierten Blick des Königs auf sich gerichtet, während von Orth sich ein weiteres Mal an den eisig schweigenden Staatsminister wandte.

»Wer weiß, ob nicht der Einfluss gebildeter Damen auf das Benehmen unserer Studenten ein durchaus vorteilhafter sein kann? Und ja, ich kann bestätigen, dass Fräulein Heusers Vorbildung und Praxis allen Anforderungen mehr als genügt.«

»Sollte eine Frau naturgemäß nicht andere Interessen haben?«

Der König richtete seine grüblerische Frage an Hufeland.

»Sollte sie nicht ausschließlich Gehilfin des Mannes sein?«

»Nun, wir wissen von dieser jungen Dame, dass sie sich

als Gehilfin ihres Vaters durchaus verdient gemacht hat«, sagte Hufeland. Er setzte sich auf, was ihm Schmerzen zu verursachen schien, und schlug ein Bein über das andere, sodass er ausschließlich dem König zugewandt war.

»Ihre Interessen sind, jenseits dessen, was die Natur ihr zugeschrieben hat, davon geprägt worden, dass sie Mutter und Vater eine gelehrige Tochter war.«

»Warum es nicht dabei belassen?«, fragte der König.

Es herrschte vollkommene Stille, als die Professoren Hähnlein und von Orth sowie der Minister für Medizinalangelegenheiten begriffen, dass der König, der offenbar seine Rolle als Hörer aufzugeben gedachte und dessen Entscheidungsunfreudigkeit vielfach in wahrhaftig bedeutenderen Fällen zum Tragen gekommen war, sich auf das Votum seines Leibarztes verlassen würde.

Helene sah Hufeland dabei zu, wie er, seine Antwort vorbereitend, den Kopf hin und her wiegte.

»Wie können wir wissen, was die Bestimmung eines einzelnen Menschen ist, der sich in so vielem von einem anderen unterscheidet? In Geist und Gemüt, in Temperament und Charakter? Was, wenn man dieser Frau aufgrund ihrer Begabung die einmalige Gelegenheit eines akademischen Studiums eröffnen würde, um sich selbst zu prüfen?«

»Was bedeutet?«

»Man ließe sie studieren ohne Immatrikulation. Sie wird sich zu absoluter Dezenz verpflichten. Privaten Unterricht von Lehrern erhalten, die sich bereit dazu finden. Sie wird den Dienst einer Hebamme an der Charité versehen und die übliche Studiengebühr entrichten. Promovieren, warum nicht, wenn man sie für fähig hält. Ihr wird nicht gestattet sein, den Titel eines Doktors der Medizin zu tragen. Den Beruf des Arztes wird sie nicht ausüben. In ihrem Wirken also bleibt sie de facto, was sie ist.«

»Fraglich, wofür das alles, fraglich in der Tat.« Der König wirkte unzufrieden. »Mir scheinen die verderblichen Effekte zu überwiegen.«

»Wir haben die Zusage ihres geschätzten Vaters, als Lehrer und Arzt an die Charité zu kommen, Eure Majestät. Sie wird sich stetig unter seiner Aufsicht befinden«, sagte Hufeland sanft.

Der Kammerherr gab an der Tür ein Hüsteln von sich, das den König aufmerken ließ. Er erhob sich und mit ihm alle anderen.

»Verlasse mich drauf, meine Herren, dass dem Fräulein nichts geschenkt wird«, sagte er.

Bevor der König endgültig ging, um mit seiner jungen Frau eine Fahrt durch den Tierpark zu unternehmen, wandte er sich noch einmal um und sah zu Helene, die sich mit Hähnlein und von Orth vor ihm verneigte.

»Tränen, schon jetzt?«, sagte er. »Sie braucht stärkere Nerven für das, was sie vorhat. Empfehlung an das Fräulein Schwester. Hoffe, sie bald wieder auf der Bühne zu sehen.«

Vier

JULI 1828

Der umhertreibende Perückenpuder verursachte Elsa Husten. Es war ein guter Grund, vom Hoffmann'schen Geist zu nehmen, den die Stopfkuchen ihr zur Nervenstärkung aufgedrängt hatte, so abscheulich er auch schmeckte. Elsa schüttelte sich, entnahm einer Lackdose das angefeuchtete Schwämmchen und begann, weiße Schminke aufzutragen.

Eveline wusste das Weiß inzwischen besser herzustellen als jeder Apotheker, und sie benutzte schon lange kein Bleiweiß mehr, da Hufeland Elsa davon abgeraten hatte. Es verdarb die Haut bei längerer Anwendung, sagte er, sogar die Zähne konnten einem ausfallen davon. Stattdessen also mischte Eveline nun Schlämmkreide mit Rosenwasser und gab eine Winzigkeit *Rouge végétal* dazu, damit das Weiß im Gesicht aufgetragen weniger maskenhaft wirkte.

Im Spiegel überprüfte Elsa die Übergänge zur Perücke und sah sich dann suchend nach einer Haarnadel um. Voreilig hatte die Ankleidefrau das Kästchen mit Hunderten davon fortgenommen. Jede Bewegung wurde in der engen Garderobenkammer zum Wagnis, besonders nahe der Kerzen auf dem Toilettentisch. Bloß nicht zu guter Letzt noch Brandflecken auf den elfenbeinhellen Ärmeln! Gerade heute würde sie sich nicht trösten können darüber, denn das Kostüm war eine wesentliche Ursache ihrer inzwischen ins Nervöse treibenden Euphorie.

Auf dem Boden schließlich fand sich eine Haarnadel. Elsa hielt sie ins Kerzenlicht, bis sie schwarz angelaufen war, fuhr mit ruhiger Hand dem Bogen ihrer Augenbrauen nach, schwärzte die Nadel erneut, folgte der Lidlinie ihrer Wimper und betrachtete zufrieden die Wirkung. Eveline hatte den Farbton der Bühnenschminke so gut getroffen, dass es das Augenweiß nicht überstrahlte. Die Augen dominierten das vollkommene Oval des Gesichts. Die Lippen wollte Elsa heute nur sparsam zur Geltung bringen, doch das hatte keinesfalls etwas damit zu tun, dass sie sich monatlich für das *Rouge de theatre* aus Paris ruinierte und ihr nicht einfiel, sich mit billigem Zinnoberrot abzugeben, was dem Chor und den Statisten überlassen war. Die Rolle erforderte einen zurückhaltend geschminkten Mund, wenn sie nicht auf derbe Weise burlesk wirken wollte. Mit penibler Sorgfalt pinselte sie die Lippen aus, machte sie mit einer Spur weißer Pomade geschmeidig und gab dann das Rougepulver mit einem Schminkbüschel auf die Wangen.

Sie lauschte, ob von draußen bekannte Stimmen zu hören waren. Es wurde Zeit, wenn sie vor den anderen da sein wollte. Die kleine Habermann, der sie hatte sagen wollen, sie möge dem Kandidaten aus Dresden nie wieder eine Frau in Nöten nahelegen, fehlte im Übrigen seit Längerem schon ohne Erklärung.

Zügig reinigte sie ihre Finger mit einem weichen Tuch, klopfte sich die Reste des Perückenpuders von der safrangelben Weste und zupfte das Halstuch zurecht. Dann trat sie einen Schritt zurück. Sie lachte leise, als sie sich im Ganzen sah. Kaum jemals hatte sie sich in einem Kostüm so enthusiastisch gefühlt. Mit erhobenem Kinn salutierte sie vor ihrem Spiegelbild und verließ eilig das Ankleidezimmer.

Auf leisen Füßen huschte sie im Korridor an den übrigen Garderoben vorbei, als soeben Fräulein Wuttig, die Ankleidefrau der Stich, in verzweifelter Hast mit einer wehenden Auswahl hauchdünner Brusttücher gelaufen kam. Elsa verschwand hinter einem Kostümgestell und verließ ihr Versteck, sobald sich die Tür hinter der Wuttig schloss.

Die ungeordneten Klänge der Instrumente und das Raunen gedämpfter Stimmen empfingen sie in vertrauter Weise auf der dunklen Bühne, während draußen, im Lichterglanz der Kronleuchter, die Damen in ihren Seidenroben changierten. Diamantschmuck blitzte angriffslustig von Händen und Hälsen, aus Dekolletés und gescheitelten Frisuren. Die Herren in ihren schwarzen Fräcken dagegen wirkten strenger, als sie es in ihrem Urteil sein würden. Noch tauschte man Artigkeiten aus und wartete, an den Plätzen stehend, auf den König.

Elsa wich von ihrem Beobachtungsposten an einem der Gucklöcher des Vorhangs zurück. Unbemerkt hatten sich zu ihren Füßen die Taftschirme aus dem Innern der Rampe in Bewegung gesetzt, die zur Veränderung der Lichtstimmung dienten. Leise fuhren sie nun hoch und wieder herunter, während es stetig heller wurde. Die bald vollständig entzündeten Beleuchtungsflammen würden mit dem Hebewerk aus dem Podium aufsteigen und die Bühne illuminieren. An den blinkenden Brillengläsern im Souffleurkasten erkannte Elsa, dass es Herr Wolff war, der für die Lichtprobe der verschiedenen Stimmungen die Hebel der bunten Taftschirme bediente. Sie nickte ihm freundlich zu, kreuzte die Finger hinter dem Rücken und schwor sich, nicht auf die Einflüsterungen des Souffleurs zurückgreifen zu müssen. Das Publikum verzieh dergleichen nicht, und niemanden interessierte dabei, wie wenig Zeit sie zur Vorbereitung ihrer Rolle hatte.

Unter der Schminke spürte Elsa die Hitze vom Hals zu den Wangen steigen. Sie legte den Kopf in den Nacken und zwang sich, ruhig zu atmen. Aus den Kulissen kamen jetzt die Männer und Knaben des Chors, um auf der Bühne Aufstellung zu nehmen, und während Elsa hinter einen der Dekorationsflügel auswich, sagte sie im Stillen eine zungenbrecherische Textpassage vor sich her, die ihr beim Memorieren größte Schwierigkeiten bereitet hatte. Jedes Mal, wenn sie sich aufs Neue verhaspelte, war sie in derart unbeherrschten Zorn geraten, dass Madame Stopfkuchen schließlich nach Hopfentee rufen ließ.

Tagelang hatte Hersilie auf Whistspiele mit ihren Damen verzichtet, auf Soupers, Spazierfahrten und die Oper. Selbst ihren Mittagsschlaf opferte sie, um mit dem Textbuch als Stichwortgeberin zur Verfügung zu stehen, wann immer Elsa sie benötigte. Und obwohl sie ausführlich beklagte, dass die Salons heutzutage nicht mehr mit den früheren zu vergleichen waren, hatte Madame Stopfkuchen sich zu einer literarischen Abendgesellschaft begeben, weil sie wusste, dass die Stich ebenfalls eingeladen war.

»Wenn Sie mich fragen, mein Kind, Berlin hat ihr die Sache noch immer nicht verziehen, und sie weiß es. Wie sie als Abgöttin der Königlichen Bühne figuriert, das hat ja schon etwas Verzweifeltes.«

Doch Hersilies wohlmeinende Schmähungen hatten Elsa keinen Frieden verschafft, denn durch die Rückkehr der Stich aus Petersburg war sie zurück in die Niederungen der Hosenrollen geworfen worden. Die »Sache« war im Übrigen ein Dolchstoß, den ein gräflicher Verehrer der Stich ihrem armen Gatten versetzt hatte, woran dieser zwar nicht auf der Stelle starb, aber eben doch wenige Monate später, was Folgen für die Erste Liebhaberin der Königlichen Bühne mit dem nun äußerst fatal mehrdeutigen Namen hatte. Nach Lage der Dinge bei ihrer Rückkunft vom Gastspiel hatte die Stich sich den Intendanten im Höllenfeuer markerschütternden Gezeters gefügig gemacht.

»Man feierte mich in Petersburg, mein Bester! Bei Hofe erhob man sich, wenn ich die Bühne betrat! Und Sie besetzen hinter meinem Rücken eine Soubrette als Käthchen!«

Das gesamte Ensemble war durch mehrere Wände hindurch Ohrenzeuge ihres furiosen Auftritts geworden. Und der Intendant, ein schwacher Mensch, den die nervtötenden Streitigkeiten am Theater nur immer weiter entkräfteten, gab nach. Der König, das hatte er zu bedenken, war ein treuer Anhänger der Stich und sah sie ausnehmend gern, solange sie in Lustspielen auftrat. Als Lady Macbeth, Mary Stuart und Iphigenie, Rollen, in denen sie fraglos brillierte, musste der Rest von Berlin sie bewundern, was tatsächlich, trotz aller Nebenrede, noch immer hinlänglich geschah.

Die Rache der Stich für Elsas gelobtes Käthchen war die Rolle des Pagen in einem zweimal wöchentlich aufgeführten Ritterspiel, was bedeutete, in abgetragenen Trikothosen und matt gewetztem Wams dem Bühnenritter das Barett hinterherzutragen.

Die Wendung kam für Elsa völlig unverhofft, als ihr während einer Aufführung der Kampfergeruch des verhassten Kostüms in die Nase stieg und sie auf offener Bühne nieste. Es brachte das Publikum zum Lachen und den Intendanten auf eine vage Idee, die ungewöhnlich schnell zum Tragen kam, denn der König wünschte sich bald darauf zur Aufführung in seinem persönlichen Theater eine Posse.

Elsa lächelte, als sie an das ergebene Seufzen des Ensembles bei Erhalt dieser Nachricht dachte. Die Schauspieler verabscheuten die altbackenen Lustspielchen mit gleicher Inbrunst, wie der König sie liebte, da es sie zwang, in schlichten Verwechslungsgeschichten grelle Spaßigkeiten aufzusagen. Jedoch, es galt als hohe Auszeichnung, in den privaten Aufführungen vor dem König und seinen Gästen aufzutreten. So besetzte der Intendant in offenbarer Gleichmut seinen blonden Schützling, wie er Elsa heimlich nannte, als Schneidergesellen Krispin in der Posse *Die Schwestern von Prag*.

Es hatte nur zwei Proben gegeben für das Stück, in denen Elsa die Kälte der Stich mit der unbefangenen Freundlichkeit einer Naiven abzufangen wusste. Daheim im Tanzsaal der Stopfkuchen probierte sie zum Ausgleich einige selbst erdachte Schrittfolgen. Es hatte sich gelohnt, dass sie bei ihrer Gymnastik nie auf den Ausfallschritt früher Fechtübungen verzichtete, um die Kontur ihrer Beine straff zu halten.

Elsa strich die Strümpfe über den Waden glatt, obwohl sie nicht die winzigste Falte warfen, und die Arme bewegte sie, als gäbe es etwas Lästiges abzuschütteln. Die gefältelten Ärmel ihres Hemdes fielen, wie sie fallen sollten.

Und dann, mit einem Mal, war es still im Zuschauerraum. Lautlos schlüpfte Elsa zurück an den Vorhang. Sie wollte sehen, wie der König seine Loge betrat. Alle blickten zu ihm auf. Er war in Begleitung der Fürstin, seiner bildschönen Frau, deren Toilette auch heute, wie es stets der Fall war, alle Aufmerksamkeit auf sich ziehen würde. Manche tadelten und andere begrüßten es, dass mit ihr endlich wieder Glanz und Prunk an den preußischen Hof gekommen war.

Gerade als Elsa ein Stoßgebet in die Draperien des Bühnenhimmels schickte, dass ihr gelingen möge, alle, die da draußen mit den verschiedensten Befindlichkeiten befasst waren, zu fesseln und nur für sich zu gewinnen, spürte sie eine kühle Hand in ihrem Nacken.

»Lampenfieber?«, flüsterte Auguste Stich.

Gern hätte Elsa sich ihr zugewendet, um ihr mit einem forschen Nein ins Gesicht zu lügen, doch die Stich hielt sie am Nacken wie ein Karnickel.

»Nun, Sie haben allen Grund dazu, liebes Fräulein. Und nicht nur, weil Sie Ihren ersten Auftritt im Kronprinzenpalais vor sich haben«, flüsterte sie weiter, so nah, dass Elsa ihren Veilchenpastillenatem riechen konnte. »Von heute an stehen wir uns als Gegnerinnen gegenüber, das haben Sie vermutlich einkalkuliert, ohne zu wissen, was es für Sie bedeutet. Sie sind jung, Sie verlassen sich auf Ihre Schönheit und Ihr Talent, obwohl Sie lange genug auf der Bühne sind, um zu wissen, wie viel Beharrlichkeit, Fleiß und Entbehrungen es bedeutet, ja und auch wie viele Demütigungen zu ertragen sind, bis man ein Ansehen erreicht wie meines. Ich werde dafür sorgen, dass Sie Ihre Schule durchmachen, kleine Demoiselle.«

Unten im Orchestergraben ließ der Taktstock des Kapellmeisters die Instrumente verstummen, und der Theaterdiener versuchte gestikulierend, auf sich aufmerksam zu machen, ohne die Stich noch weiter zu reizen. Sie griff in das feine Nackenhaar Elsas, das sie unter dem Perückenzopf erwischte.

»Sie sind mir in jedem Fach gefährlich, begreifen Sie das! Nicht die kleinste Rolle werde ich Ihnen freiwillig überlassen.«

Als die Ouvertüre einsetzte, war die Stich im Dunkel des Korridors verschwunden. Rebenstein, der den Kaspar spielte, trat vor Elsa an die weiße Markierung am Zutritt zur Bühne.

Von der oberen Maschinerie ließ sich ein Theaterarbeiter mit dem Zugseil des Vorhangs auf die Bühne fallen, sodass der schwere rote Samt gemächlich nach oben glitt.

Mit zitternden Fingern ertastete Elsa den Sitz ihrer Perücke. Während das nervöse Wispern unter den Schauspielern erstarb, huschte plötzlich die Wuttig mit einem Handspiegel heran. Trotz der miserablen Verhältnisse, was die Sicht im Halbdunkel anging, konnte Elsa sich noch einmal ihrer Schönheit und der Makellosigkeit ihres Kostüms versichern. Hersilies Schneiderin hatte eine Meisterleistung vollbracht.

In ihrem vom Schrecken getrübten Gedächtnis fischte Elsa nach den ersten Sätzen ihres Textes, und als sie diese parat hatte, fiel alles von ihr ab, so als hätte sie vor diesem Moment kein anderes Leben gehabt.

*

Da er ein geübtes Schattendasein führte, hatte er einem Gespräch des Königs lauschen können, das dieser im chinesischen Zimmer geführt hatte. Wem er sich anvertraute, wusste er nicht, denn er erkannte die Stimme nicht, und er hatte das Feld räumen müssen, bevor der Mann das Zimmer verließ. Normalerweise ging er den Dingen auf den Grund, bis er jedes Detail kannte, auch wenn es eine zeitraubende Angelegenheit war. Doch in diesem Fall zählte allein die Botschaft.

Seit er das triumphale Wissen mit sich trug, dass der König die Ehe mit der zweiten Frau nicht vollzog, hatte sich das brüchige Bündnis mit dem Monarchen wieder erneuert. Er hatte weinen müssen wie sonst nur in Charlottenburg, als er den König sagen hörte, dass sich jedes Mal das lebendige Bild Luises zwischen ihn und die andere schob, womit die Sache unterblieb.

Er sah hinaus auf die Straße Unter den Linden. Dieses Volk, wie es ahnungslos in der Sommersonne flanierte, zu den Zimmern Seiner Majestät hinaufblickend in der Hoffnung, ihn anzutreffen, wenn er das Palais verließ. Man liebte den König dafür, wenn er, im Aufbruch zu einem Spaziergang oder einer Fahrt im offenen Wagen befindlich, leutselig grüßte, seine kurzen Sätze sprach, mit Straßenharfenisten und Leierkastenspielern launige Vereinbarungen traf, wann es ihm genehm war, dass sie unter seinen Fenstern spielten. Von einem seiner Diener erhielten sie stets acht Groschen dafür.

Nur ein höfisches Fossil wie er selbst – und neben ihm die alte verstorbene Voß – wusste aus eigenem Erleben, wie sehr die Königin den König zu dem milden Menschen gemacht hatte, der er bis heute war.

Sein rettungslos verdüstertes Gemüt drängte ihm die Frage auf, ob Seiner Majestät die Freiheit des Gedenkens, ob ihm die Stille einsamen Kummers überhaupt noch gegeben war. Was blieb dem Monarchen, wenn er nach Charlottenburg ging, seiner Königin Blumen in die weißen Hände legte, den Tränen nachtrauerte, die er nicht mehr zu weinen vermochte, und sich des Verlusts von Erinnerungen bezichtigte? Wenn er die Wahrhaftigkeit ihrer Abbildung zu ertragen hatte und die Verzweiflung, sie weder mit einer Berührung noch mit einem seiner trostlosen Küsse zum Leben erwecken zu können?

Wie sollte der König sich seinem heiligen Schmerz hingeben, wenn die Person ihn im Prinzessinnenpalais zum Tee erwartete? Es widerte ihn an, sehen zu müssen, wie sie sich mühte, ihn für sich einzunehmen. Zweifellos schlug mit dem Treppensturz des Königs im vergangenen Jahr, der Seiner Majestät einen komplizierten Beinbruch einbrachte, ihre Stunde, denn so hatte sie die Gelegenheit, vor aller Augen die hingebungsvolle *sœur de la charité* zu geben, bis selbst die Skeptiker der Hofgesellschaft angesichts ihrer sanften Gutartigkeit und demütigen Pflege die Segel strichen und bereit waren, sie endlich, endlich zu achten.

Geflüster vom Ende des Ganges ließ ihn zusammenschrecken. Unterdrücktes Gelächter, welches ihm bekanntermaßen ankündigte, dass man ihn gesehen hatte. Er wandte sich ab und wartete, bis die Schritte sich entfernten und schließlich auch das Lachen verebbte.

Herkunft und Erziehung hatten ihn gelehrt, dem preußischen König zu dienen. Hingabe an sein Amt hatte ihn die Königin gelehrt. Er tastete nach dem eisernen Schmuckkreuz, in dessen Mitte sich ihr golden gefasstes Bildnis befand. Er trug es Tag und Nacht. Vor anderen Menschen verbarg er es in der Brusttasche seiner Weste, die der livrierte Gehrock seiner höfischen Kleidung bedeckte. Er glaubte daran, dass dieses Stück Eisen ihn mit dem Mut ausstattete, der ihr selbst eigen gewesen war. Wer wollte je vergessen, wie sie sich dem Wunsch ihres Königs beugte und Napoleon in Tilsit entgegengetreten war, ihn um die preußischen Provinzen anzubetteln?

Schön wie eine Eisblüte hatte sie zwischen dem Kaiser Frankreichs und dem russischen Zaren beim Diner gesessen, umgeben von Generälen und Staatsministern, die ihr das

Schicksal Preußens in die Hände gelegt hatten. (Mit eigenen Augen hatte er es nicht sehen können – das Tagebuch der alten Hofdame Voß allerdings. Aus dem Gedächtnis hatte er sich Notizen gemacht, bis es ihm so vorkam, er wäre anstelle der Voß in Tilsit gewesen.)

Ein warmer Windstoß fuhr durch eines der geöffneten Fenster und erinnerte ihn an das unablässige Reißen in seinen Gliedern. Im Gehen versuchte er sich aufzurichten, streckte den alten verknöcherten Rücken, soweit es ihm möglich war, und betrat das Arbeitskabinett der Königin.

Hier hatte man heute noch nicht gelüftet, was ihn für einen Moment friedlich stimmte. Mit der Gier eines Opiumrauchers sog er die besondere Note des unbelebten Zimmers ein, die sich mit dem Parfüm getrockneten Lavendels anreicherte. Bis heute wurden die Räuchergefäße mit den Blütenähren gefüllt, deren Duft die Königin an den großmütterlichen Garten erinnert hatte.

Er schloss die Tür hinter sich und begann das Oval des Zimmers abzuschreiten. Die stickige Wärme empfand er, als käme sie von den blutrot tapezierten Wänden, dabei hatte natürlich die Julisonne ihre Hitze durch die zwei Fenster geschickt.

Er bog den steifen Oberkörper zurück, um nach den goldenen Sternen im Blau der gewölbten Decke zu sehen. Erst dann setzte er seinen Weg fort.

Würde ihn jetzt jemand entdecken, wie er mit behandschuhten Fingern über den zierlichen Schreibtisch strich, dann fände man ihn lediglich bei einer Inspektion. Niemand könnte behaupten, dass er sich damit etwas Ungebührliches herausnahm, sich einer Anmaßung schuldig machte. Weder würde er sich auf einem der Sessel und erst recht nicht auf der Chaiselongue neben der Ofennische niederlassen. Dagegen rückte er wie selbstverständlich das Schreibzeug der Königin zurecht, die schwarze Holzkonsole für das gefüllte Tintenfass und ein zweites mit Sand. Ihre zuletzt verwendeten Schreibfedern ordnete er akkurat der Größe nach. Sein Herzschlag veränderte mit einem Mal den Rhythmus. Das Blut raste in seinen Adern.

Er dachte an die banalen Briefe der unaussprechlichen Person, dieser menschlichen Bagatelle. Wie sie an die Freundinnen in Dresden schrieb, von denen sie eine »Kaninchen« nannte – es konnte ihn in unbeherrschte Affekte versetzen, denen bereits zwei seiner besten Gehstöcke zum Opfer gefallen waren.

Zuerst waren ihm die Schilderungen ihrer alltäglichen Vertraulichkeiten mit dem König unerträglich gewesen. Jedes Mal, wenn er einen ihrer Briefe erwischen konnte und in seinem Zimmer das Siegel löste, fürchtete er, auf eine unverzeihliche Nachricht zu stoßen.

Sie schrieb von bestickten Ofenschirmen, von Körbchen für die Wollreste ihrer Tapisseriearbeiten, von Blumen, die sie aus Glanzpapier fertigte und zu Bouquets arrangierte. Seit Neuestem fand sie Freude am Ausschneiden von Figuren, mit denen sie alles, was ihr unter die Finger kam, beklebte.

Sie war des Königs grausamster Irrtum. Er empfand sie wie ein schleichendes Gift.

Die davoneilende Sonne streifte flimmernd eine unvollendete Stickerei der Königin, die in den Rahmen gespannt auf dem Nähtischchen stetig verblich. Er trat an das Fenster, um das Sonnenlicht abzuschirmen. Mit der Wärme, die auf seinen Rücken traf, breitete sich plötzlich eine Idee in ihm aus.

Was, wenn die Einfältigkeit ihrer Briefe nur die Farbe einer Fassade war, hinter der sie den Plan vorantrieb, den König seinem vornehmlichsten Prinzip zu entfremden?

Unverzeihlich, dass er erst jetzt darauf kam.

Vom Hof hörte er das Kläffen eines Hundes. Ihr Rufen, und selbst durch das geschlossene Fenster erkannte er, dass es ihre Stimme war, ließ ihn die Fäuste ballen, bis es schmerzte.

Im Gegensatz zum König mangelte es ihm nicht an Tatkraft. Er musste sie aufhalten. Mit einem Ruck setzte er sich in Bewegung und verschwand durch die Tapetentür zu den Treppen.

*

Helene nahm die Haube ab und schob ihre Haarfülle aus dem Nacken. Mit dem abnehmenden Mond, der in einer verschwommenen Korona über den Wiesen aufgetaucht war, kühlte sich endlich der Wind ab, der den ganzen Tag über Heustaub in die Hebammenkammer getragen hatte.

Erschöpft nahm sie einen Apfel vom Bord über ihrem Feldbett und setzte sich ans Fenster. Eine Brise strich freundlich um ihren Nacken, als ihr ein Bild einfiel, das sie im Königlichen Museum am Lustgarten gesehen hatte. Es war das Selbstporträt einer französischen Malerin, deren kinnlang geschnittenes Haar ihr gefallen hatte. Wie angenehm es sein musste, sich nicht mehr mit Frisuren und Haarklammern aufzuhalten! Erst heute früh wieder hätte sie vor Wut schreien wollen, als sie sich in zeitraubender Weise damit abgeben musste.

Im Schlafsaal wurde es plötzlich laut, als wäre ein Kampf im Gange.

»Willst du die Hände von mir nehmen, du Kröte!«, gellte die Stimme einer Frau.

Helene zog die Haube über und warf den Apfelrest aus dem Fenster. Sie erreichte gerade die Tür, als diese aufflog und ihre Schläfe traf.

»Was in Gottes Namen …«

Sie taumelte benommen zurück, während Boltz, ein Krankenwärter der Nebenabteilung, eine Frau ins Zimmer stieß, die er am Arm gepackt hatte.

»Na, guck hin, was du angerichtet hast!«

»Ich lass mich nicht von einem, der die Krätze hat, anfassen! Weg! Weg!«

Aus dem Schlafsaal der Schwangeren kam schläfriges Schimpfen, während die junge, hochschwangere Frau in ihrem dottergelben Kleid fauchte und spuckte, bis Helene dazwischenging.

»Wollen Sie jetzt wohl beide ruhig sein! Boltz, schließen Sie die Tür, und bleiben Sie, wo Sie sind.«

Mürrisch folgte der Krankenwärter Helenes Anweisungen, während er die Schwangere nicht aus den geröteten Augen ließ.

»Ich hab nur meine Arbeit gemacht.«

Tatsächlich hatte Boltz die Krätze, und da er, ein Korbflechter in mittleren Jahren, die Charité in diesem Leben niemals mehr geheilt verlassen würde, diente er seine Zeit als Krankenwärter bei den Geisteskranken ab, was ihn keineswegs bewog, auf seine leibliche Sauberkeit oder die seiner fadenscheinigen Kleider zu achten. Es ging ein Gestank von ihm aus, der trotz des geöffneten Fensters im Zimmer stand wie ein benutztes Nachtgeschirr.

»Sie hatten den Auftrag, diese Frau hierherzubringen?«, fragte Helene ungläubig. »Von wem?«

Boltz zuckte die Schultern und machte einen krummen Rücken. Die Wärme musste ihm schlimmstes Jucken verschaffen. Hinter Helene spuckte die Schwangere geräuschvoll aus dem Fenster.

»Von 'nem Doktor eben«, maulte Boltz und rieb seinen Nacken am Kragen seiner Jacke. »Hat gesagt, ich soll aufpassen, dass sie nicht wegrennt, sie wär bald so weit.«

»Wüsste nicht, was dich das angeht«, blaffte die Frau am Fenster. Im Stillen stimmte Helene ihr zu.

Von draußen hörte sie jemanden ihren Namen rufen.

Erstaunlich behände sprang Boltz auf die Seite, als Doktor Novak, Stabsarzt der Militärakademie und Erster Assistent Hähnleins, die Tür mit einem Ruck öffnete.

»Was hat diese Unruhe zu bedeuten?«, herrschte er Helene an. Hinter ihr fluchte leise die junge Frau.

»Der Krankenwärter behauptet, er sei von einem Arzt angewiesen worden, die Schwangere hier abzuliefern.«

»Ich hör hier immer behauptet ...«, nervös pulte Boltz an einer Schorfrinde seiner linken Hand, »... als ob die mir vom Himmel vor die Beine gefallen wär.«

»Halten Sie den Mund, Mann, und verschwinden Sie auf der Stelle!«

Ärgerlich rückte der Arzt seinen Rock zurecht, den er beim Verlassen seiner Dienstwohnung am Ende des Westflügels hastig übergeworfen hatte, während Boltz sich aus der Tür drückte.

»Hier hat niemand irgendetwas angewiesen, damit das klar ist«, schnarrte Novak, der selbst in verschlafenem Zustand eine beachtliche Arroganz aufbrachte. »Allerdings ist das Fräulein durchaus richtig hier. Sie gehört, wenn ich mich recht erinnere, zu den verlässlichen Einzahlerinnen der Hurenheilungskasse. Hatten zuletzt die Ehre auf der Venerischen, war es nicht so?«

Die Schwangere stemmte die Hände in die Seiten und blies sich eine Strähne ihrer ramponierten Frisur aus dem Gesicht.

»Ein unbestätigter Verdacht, Herr Doktor, wenn ich Ihnen mal auf die Sprünge helfen darf.«

»Verschonen Sie mich, Verehrteste«, näselte Novak. »Hier springt niemand mehr irgendwohin. Heuser, Sie nehmen die Schöne der Nacht auf, wenn ich bitten darf. Und da der Professor so große Stücke auf Sie hält, empfehle ich mich und überlasse Ihnen die erste Visitation.«

Er unterdrückte ein Gähnen.

»Die Damen?«

Beide horchten sie seinen sich entfernenden Schritten nach.

»Lassen Sie mich gehen«, sagte die Schwangere leise.

»Das kann ich nicht.« Helene griff nach einem Apfel auf dem Wandbord und gab ihn ihr.

»Erzählen Sie mir, wie es kommt, dass Sie gegen Ihren Willen hier sind«, sagte sie.

Sidonie, die eigentlich Henriette Oesterling hieß, war eine Hure. Helene erfuhr, dass es in Berlin üblich war, in den Bordellen nach Schwangeren zu suchen, um sie in die Charité einzuweisen, damit sie der Wissenschaft dienten. Denn wer außer ihnen sollte sich finden, über Wochen, bevorzugt gleich etliche Monate vor der Niederkunft, auf der Entbindungsstation auszuharren, um sich von Ärzten und Studenten der Medizin touchieren zu lassen? Die Gelehrten der Geburtsmedizin an der Charité schätzten die Huren als lebende Schwangerschaftskalender, an denen sie protokollieren konnten, was ihnen sonst selten möglich war.

Helene lauschte hinaus in den Schlafsaal. Nur wenige Frauen befanden sich dort in den Betten. Das bekannte Phänomen leerer Gebärhäuser im Sommer betraf auch die Entbindungsabteilung der Charité. Ließ man deshalb abends in den Bordellen nach Schwangeren suchen? Sidonie nannte es Huren-Fischen. Man kannte die betreffenden Herren und warnte einander, wenn sie in den Gassen nahe der alten Stadtmauer auftauchten. Manchmal gab es einen Neuen, dann konnte es sie unerwartet erwischen, so wie Sidonie heute.

Helene zog die Öllampe näher und tauchte die Feder ins Tintenfass. Der warme Wind strich noch immer über die gemähten Wiesen. Die Flamme unter dem Glaskolben flackerte leicht, und es war in diesem Augenblick vollkommen still. Niemand wimmerte traumgeplagt in den klumpigen Kissen seines Spitalbettes, und Helene war glücklich, dass sie genau an diesem Ort sein durfte. Sie schrieb.

Aufnahmeprotokoll Oesterling, Henriette

Den 29ten Juli 1828 abends eingetroffen, nach äußerer Besichtigung durch einen physikus forensis, im Bordell der Frau Roon, Königsmauer No 27.

Einundzwanzig Jahre, Lohnhure. Erste Schwangerschaft. Menstruation erschien erstmalig im 16. Jahr und ohne Beschwerden.

Schlanker Wuchs, mittlere Größe. Einschnürungen unter der Brust, ansonsten bis auf eine Vielzahl blauer Flecken an den Schenkeln gesund und in Maßen gut genährt. Tastuntersuchung ergibt Kindslage auf dem Fuße. Muttermund fest geschlossen. Dichte Membranen. Die äußeren Geburtsteile straff und leicht gerötet.

Helene legte die Feder fort und streckte sich, bevor sie aufstand. Sie musste nach der Wöchnerin sehen, die Professor Hähnlein am Morgen des eben vergangenen Tages in Anwesenheit Novaks und zweier Eleven der Militärakademie unter Zuhilfenahme der Zange von Zwillingen entbunden hatte. Von sechsundzwanzig Geburten in diesem Jahr war es die erste Zwillingsgeburt an der Charité. Noch lebten beide Kinder. Das Erstgeborene, ein Mädchen, hatte schon an der Brust getrunken, doch der Knabe war sehr schwach. Der Mutter verabreichte man am frühen Abend zur Stärkung eine Gabe Hirschhornsalz und setzte ihr fünfzehn Blutegel.

Vor einer halben Stunde, nachdem Sidonie, wenn auch unter fortgesetztem Protest, endlich eingeschlafen war, hatte Helene zuletzt nach ihnen gesehen. An den Wänden des Schlafsaales brannten langsam die Lichter herunter. Eine der Frauen warf sich herum, als Helene vorüberging.

Im Zimmer der Wöchnerin schlug ihr stickige Luft entgegen. Die Frau schlief tief und fest, das Haar klebte ihr an den schweißnassen Schläfen. Erst nachdem Helene das Fenster geöffnet hatte, bemerkte sie, dass die Augen des neugeborenen Mädchens sich suchend dem Licht zuwandten, das sie auf dem Nachttisch abstellte.

»Guten Morgen, kleine Freundin«, flüsterte Helene. »Wie geht es deinem Bruder?«

*

Hersilie Stopfkuchen verabscheute Temperaturen, die sie echauffierten, bevor der Tag überhaupt begonnen hatte, und sie hoffte inständig, der restliche Hochsommer würde sich nicht wie diese Juliwochen gestalten. Obwohl es noch früher Morgen war und die Fenster geschlossen, wurde einem bereits die Zeitung in den Händen weich, und so ließ Hersilie die neueste Ausgabe der *Berliner Schnellpost* mit spitzen Fingern zu Boden fallen, um weder sich noch das bestickte Tischtuch von Druckerschwärze beschmutzen zu lassen.

Außerdem stand nichts über das Kind darinnen.

Hersilie schenkte sich Tee nach. Seufzend sah sie zu, wie sich die Sahne im tiefen Braun des Darjeeling zu einer hellen Blüte entfaltete.

Sie hatte zwei anstrengende Wochen hinter sich, und das ausgerechnet zu einer Zeit, die sie normalerweise in Teplitz verbrachte, da hielt sie es mit dem König. Doch sie hatte das Kind nicht schon wieder in einer schweren Zeit allein lassen können, zumal auch Malvine von Homberg derzeit nicht abkömmlich war; wer wollte ihr das verübeln? Hersilie hatte ihr alle zwei Tage geschrieben. Dergleichen war man einander doch schuldig. Leider hatte sich Malvine im Gegenzug nicht dazu geäußert, wie es um Elsas Verbindung zu Moritz von Vredow stand, der sich nun ganz und gar nicht mehr blicken ließ. Und das Kind selbst zu fragen, daran war überhaupt nicht zu denken, bei dem derzeit so angegriffenen

Gemüt. Evelines indolente Art, sich unwissend zu geben, ließ Schlimmstes befürchten.

Hersilie zog die Schleife ihrer Spitzenhaube auf, mit der sie ihr Kinn unter Kontrolle zu halten pflegte. Erlöst vom Kneifen der Chiffonbänder, beugte sie sich vor und löffelte Johannisbeergelee auf eine der frischen Schrippen. Sie musste darüber nachdenken, ob sie eine Gesellschaft geben sollte. Diese Frage bereitete ihr unendliches Kopfzerbrechen, denn taktische Winkelzüge waren wahrhaftig nicht ihre Stärke.

Leidenschaftlichste Schilderungen darüber, wie Elsa im Kronprinzenpalais über die Bühne geflogen war, durchzogen nämlich noch immer die Berliner Gesellschaft, wobei mittlerweile vor allem jene darüber sprachen, die nicht dabei gewesen waren, mit anderen Worten – die ganze Stadt. Beinahe fünfzehn Tage nach der ungewöhnlichen Aufführung vor dem König beschäftigte die Damen noch immer, wie Demoiselle Heusers auf den Leib geschneidertes Kostüm einige Arabesken, den *pas de chat* und die ungewöhnlich raumgreifenden Posen überstanden hatte, ohne von ihr abzuplatzen. Von Salon zu Salon variierten die Details des Kostüms, wobei man sich im Ganzen darüber einig war, dass es aus einer Kniebundhose, einem gefältelten Batisthemd und einer taillierten Samtweste bestanden hatte.

Sobald sie bei ihren Zigarren unter sich waren, interessierte die Herren an der Raffinesse des Kostüms allein, wie deutlich die Konturen der elfenhaften Gestalt Demoiselle Heusers zu erkennen gewesen waren. Elfenhaft! Keinesfalls unschicklich! Hier gingen die Meinungen der Herren zu denen einiger – doch beileibe nicht aller – Damen auseinander. Denn, und das war das Überraschende am gewagten

Debüt der Heuser als Schneidergeselle: Es herrschte Einigkeit über ihr Talent zur großen Kunst.

Und der Mut des Intendanten! Man bewunderte ihn für sein persönliches Heldenstück, mit der jungen Schauspielerin am gesträubten Fell der Stich vorbei die Hauptrolle zu besetzen. Hingegen musste man sich nicht lange nach den Gründen für seine ernste Erkrankung fragen, die den Grafen zwang, auf Usedom ausgiebig zu kuren.

Die Stich, in ihrem bekanntermaßen mittleren Alter, hatte in den *Schwestern von Prag* ein Mädchen von siebzehn Jahren gespielt. Es hatte ihr grausame Häme eingebracht, die sich selbstredend erst am Tag danach in den Salons Bahn brechen konnte.

Hersilies Haus in der Französischen Straße glich an Tag zwei nach dem Bühnenabend einem Taubenschlag, bis sie wegen Elsa niemanden mehr empfing. Man hatte sich kaum retten können vor Einladungen, von denen Hersilie nur die unausweichlichen annahm, um dann offene Debatten darüber ertragen zu müssen, ob die Heuser beim König in Ungnade gefallen war oder nicht. Dabei erübrigte sich die Frage, denn sie spielte wieder. Kleine Rollen, Mägde und dergleichen, aber mit einer zauberhaften Präsenz, die ihr niemand absprechen wollte.

Sie vernahm die Glocke an der Haustür. Unerhört, kamen die Leute jetzt schon vor neun? Erdreistete sich ein Lieferant, den Vordereingang zu benutzen? Wer wusste schon, was während ihres Pyrmont-Aufenthaltes an Unartigkeiten eingerissen sein mochte. Wenn man nur nicht so abhängig von der Dienerschaft wäre!

Hersilie ertastete auf der Kommode hinter sich einen mit Seide bezogenen Kasten, der eine Sammlung von Zeitungsausschnitten enthielt, und es gelang ihr, ihn auf den Schoß zu ziehen, ohne aufstehen zu müssen. Schon war es wieder so weit, dass man von jeder Bewegung ins Schwitzen gebracht wurde – entsetzlich.

Im *Merkur* schrieb man der Stich nach dem Munde, in der *Vossischen* allein dem Hof, was die Berliner Kultur noch langweiliger machte, als sie es ohnehin schon war. Und Saphir in seiner *Schnellpost* schrieb nach einem einzigen Artikel gar nichts mehr zu der Sache. Es war ihm zu dumm, sagte man.

Elsa, das arme Kind, schwor nach wie vor Stein und Bein, wenn sie allabendlich das Geschehen noch einmal besprachen, dass der König beim Abendessen, welches im Anschluss an die Aufführung im großen Speisesaal des Kronprinzenpalais für alle Gäste gegeben worden war, sich ausnehmend freundlich gegen sie verhalten hatte. Nach dem Dessert war der König wie immer an den Tisch der Schauspieler gekommen, Elsa hatte ihr genau geschildert, wie das vor sich gegangen war.

Erst hatte er der Stich freundliches Lob ausgesprochen. »*Formidable* in der kleinsten Rolle! Ich bin immer ein großer Freund Ihrer Kunst, Madame!«

Wie klug, wollte man meinen, erst diese Natter in vollständigen Sätzen zu besänftigen, gute Güte, wenn man bedachte, wie sie dem Kind gedroht hatte!

Hersilie nahm einen Windbeutel vom Silberteller. Puderzucker bestäubte ihr bebendes Kinn. Gut also, dann hatte sich der König an Elsa gewandt, die in ihrem Kleid anbetungswürdig ausgesehen haben musste.

»Sie hat gut gespielt in ihrem fatalen Kostüm.«

Waren das etwa Worte eines indignierten Monarchen?

Auch wenn er ihr mit dem Finger gedroht hatte – es gab keine Spur von Verärgerung. Hersilie glaubte Elsas Einschätzung voll und ganz.

Nachdem sich die Einzelheiten des überraschenden Theaterabends herumgesprochen hatten, und dergleichen ging sehr schnell, wenn die richtigen Personen am Werk waren, wollte ganz Berlin Demoiselle Heuser in ihrer Hosenrolle sehen. Doch daraus wurde nichts. Als der Intendant das Stück auf den Plan des Königlichen Theaters zur öffentlichen Aufführung setzen wollte, kam ... das Verbot!

Keine weitere Aufführung des Stückes in dieser Besetzung, lautete die Weisung des Königs, der sich jede Woche vom Intendanten den Spielplan vorlegen ließ. Und dass Saphir, der jüdische Kritiker, mit spitzer Feder in der *Schnellpost* des übernächsten Tages schrieb, in Preußen würde die Kunst vom Mittelmaß zu Grabe getragen, machte es wahrhaftig nicht besser.

»Einem großen Talent geht es wie einem papiernen Drachen«, war des Weiteren in der gleichen Ausgabe zu lesen gewesen, »je höher es sich erhebt, desto mehr Straßenjungen laufen zusammen, um es herunterzuziehen.« Wie recht der Mann hatte! Glatt würde sie das Bonmot Saphirs auf Leinen sticken, wenn es nur nicht so mühsam wäre.

Wäre es nicht klug, das Gerede über Elsas Bühnenzukunft in die richtigen Bahnen zu lenken, damit es dem Kind nicht die Reputation verdarb? Zum wiederholten Mal stellte Hersilie sich ergebnislos diese Frage. Es war einer der seltenen Momente, in denen sie wünschte, sie könnte sich mit dem Direktor, Gott hab ihn selig, beraten. Er war immer so eindeutig gewesen in diesen Dingen.

Ach, das arme untröstliche Kind. Mit den Hoffmann'schen Tropfen war nicht mehr weiterzukommen. Jeden Abend musste sie Eveline mit Likör schicken, damit Elsa schlafen konnte, und doch sah man sie morgens stets mit verweinten Augen.

Dass aber auch von Vredow nicht in der Stadt war! Sie hätte ihm längst schreiben müssen – mit ihrer *gênanten* Zurückhaltung hatte sie es längst überzogen.

»Madame?«

Der Kasten mit den Zeitungen glitt von Hersilies Schoß, den ein Herrenmorgenmantel aus chinesischer Seide bedeckte – eine letzte schöne Erinnerung an den Direktor –, als Eveline plötzlicher, als es in Wahrheit der Fall war, vor ihr am Frühstückstisch stand.

»Bist du von Sinnen, dich derart anzuschleichen? So etwas kann eine Frau meines Alters das Leben kosten!«

»Verzeihen Sie, Madame, es ist nur, weil Sie mich letztens angewiesen haben, Ihnen jeden Besuch für Demoiselle Elsa bekannt zu geben.«

»Um diese Zeit? Ausgeschlossen. Egal, wer es ist, es sei denn ...«

Sie beugte sich hinunter zu Eveline, die vor ihren Füßen die Zeitungen einsammelte. »Oder ist es von Vredow?«, flüsterte sie.

Eveline stand auf und stellte den Kasten zurück auf die Kommode.

»Es ist Demoiselles Schwester«, sagte sie. »Sie kommt gerade vom Nachtdienst in der Charité.«

Als sich die Zimmertür öffnete und Elsa das Knarzen des Parketts hörte, das immer zu hören war, wenn jemand beim

Betreten des Zimmers die dritte Reihe des Fischgrätmusters traf, zog sie sich das große Federkissen über den Kopf. Der optimistische Duft frisch gebrühten Kaffees brachte sie augenblicklich zum Weinen. Das Tablett wurde auf dem Tisch abgestellt, Gardinen und Fenster geöffnet, Wasser plätscherte in die Waschschüssel. Da alles ohne die gewohnte Nachfrage geschah, ob es ihr recht sei, hob Elsa schniefend das Kissen an, um Eveline der Rücksichtslosigkeit anzuklagen.

Am Waschtisch wusch Helene sich ausgiebig die Hände.

»Guten Morgen, Elsa«, sagte sie. »Wirst du mit mir frühstücken?«

»Nein.« Elsa drehte sich auf die andere Seite und versuchte das Zittern in ihrer Stimme zu unterdrücken. »Bitte geh.«

»Ich werde mich setzen und eine Tasse Kaffee trinken, sonst kippe ich aus den Pantinen. Oh, und ich muss, fürchte ich, auch eine von den Schrippen nehmen, ich merke gerade, dass ich einen unanständigen Hunger habe.«

Überwältigt von der Erkenntnis, dass sie Helene vermisst hatte wie noch nie zuvor in ihrem Leben, liefen Elsas Tränen einfach immer weiter. Sie schob den Zipfel ihrer Decke zwischen die Zähne, um nicht laut aufzuschluchzen.

»Um halb zwölf muss ich bei Professor Hähnlein sein. Pathologische Anatomie und Frauenkrankheiten, immer montags und mittwochs. Donnerstags Arzneimittellehre bei Professor Fried. Einige der Lehrer sind zurzeit an der See oder wandern im Lausitzer Gebirge, das Semester beginnt ja erst im Oktober. Schülerinnen sind auch gerade keine auf der Entbindungsabteilung. Trotzdem gibt es nicht gerade wenig zu tun.«

Helene lachte und schenkte sich eine zweite Tasse Kaffee ein.

»Ich kam denen gerade recht, weißt du, meine Vorgängerin im Nachtdienst haben sie beim Stehlen von Leinzeug erwischt. Von acht Uhr abends bis um acht in der Früh findest du mich jetzt in der Charité. Ich kann selbst kaum glauben, wie schnell die ersten Wochen vorübergegangen sind.«

Sie schob den Stuhl zurück und sprach – unglaublich, wenn man Helene kannte – mit vollem Mund weiter.

»Wenn ich mich beeile, schaffe ich es noch, mich umzukleiden, die Gerüche ... Ach, entschuldige«, unterbrach sie sich, »man sollte keinen Menschen auf nüchternen Magen mit anschaulichen Schilderungen aus der Charité behelligen. Meinst du, ich kann mir einen von den Windbeuteln mitnehmen? Sie sehen himmlisch aus.«

Und plötzlich war sie auf der anderen Seite des Bettes.

Mitsamt ihren staubigen Schnürstiefeln rutschte sie neben Elsa auf die Steppdecken. Helene schloss ihre Schwester so eng in die Arme, dass die anstrengende Nacht in der Charité und ihr Kaffeeatem mit einer Note Johannisbeergelee zu riechen waren.

»Ich habe dir viel zu verdanken, Elsa«, sagte sie. »Obwohl ich nicht weiß, was genau du getan hast. Wie du wohl erreicht hast, dass der König sich persönlich ein Bild von mir machen wollte? Hast du Seine Majestät höchstselbst becirct?«

Elsa musste lachen.

»Hufeland«, sagte sie und zog die Nase hoch. »Ich lese ihm manchmal vor, der Arme ist fast blind. Wir gehen dann zusammen in den Tiergarten. Humboldts *Ansichten der Natur* bekommen durch meine Stimme eine ganz andere Dimension, sagt er.«

»Ich bin beeindruckt und glaube ihm aufs Wort.«

Ihre Nasenspitzen berührten sich, als die Schwestern einander in die Augen sahen.

»Wie hast du deiner Schwangerschaft ein Ende gesetzt?«, fragte Helene leise.

»Das werde ich dir nicht sagen.«

»Wer hat dir geholfen? War es ein Mann oder eine Frau?«

»Das spielt doch nun wirklich die geringste Rolle«, sagte Elsa. Sie versuchte sich aus der Umarmung zu lösen, doch Helene hielt sie fest. Im letzten Moment bevor sie die Frage stellte, die sie beschäftigte, seit Eveline ihr den Brief gezeigt hatte, fiel ihr ein, dass sie nicht die Rede darauf bringen konnte, ohne das Dienstmädchen in Schwierigkeiten zu bringen.

»Nun, wenn es eine Frau war, ist es womöglich eine Hebamme gewesen«, sagte sie. »Was hat man dir gegeben? Weißt du es? Es muss dir schlecht gegangen sein, du warst lange fort aus Berlin. Hattest du starke Blutungen?«

»Es ist vorbei, und ich habe es überlebt, wie du siehst. Ich will nicht mehr darüber reden.« Elsa zog die Nase kraus. »Du solltest wirklich deine Kleider wechseln«, sagte sie und lächelte endlich. »Wo wohnst du?«

Helene ließ Elsa los und setzte sich auf.

»In der Georgenstraße. Ich habe ein Zimmer bei der Witwe eines Professors für Augenheilkunde.« Sie schnüffelte an ihren Achseln. »Ich wohne unterm Dach und habe einen hübschen Blick auf die Spree.«

Elsa war schon am Tisch, schenkte sich Kaffee ein und biss in eine gebutterte Schrippe. »Das schaffst du nicht mehr«, sagte sie kauend. »Ich gebe dir etwas von mir.« Sie deutete auf den Klingelzug. »Eveline bringt frisches Wasser, und ich glaube, ich sollte sie nach Kornblumenessenz in die Apotheke schicken. Nichts hilft besser gegen rote Augen. Die hab nämlich nicht nur ich.«

Vor Elsas Toilettentisch beugte sich Helene zum Spiegel.

»Komm, ich bürste dir die Haare«, sagte Elsa. »Du siehst aus wie eine Hundelotte.«

»Würdest du sie mir abschneiden?«

»Abschneiden? Willst du jetzt ganz und gar eine Nonne werden?«

»Na gut«, sagte Helene. »Ich frage die Köchin von der ollen Köpke.«

»Das kommt überhaupt nicht infrage. Und fang nicht an zu berlinern. Setz dich hierher.«

Helene nahm vor dem Toilettentisch Platz und zog die letzten verbliebenen Nadeln aus ihrem verrutschten Knoten.

Elsa hielt bereits eine Schere in der Hand. Ihre Blicke trafen sich im Spiegel.

»Bis zum Kinn«, sagte Helene.

Fünf

AUGUST 1828

Marburg, 13ter August 1828

Es hebt mir das Herz, meine liebsten Töchter, dass Ihr oft beisammen sein könnt, wenn auch nur für eine kurze Zeit des Tages. So kann ich meinen letzten Brief aus Marburg an Euch gemeinsam richten, was Euch einen ersten Hinweis darauf geben mag, wann Ihr mich in Berlin erwarten könnt: sehr bald!

Für das Haus habe ich einen Mieter gefunden, der mir angenehmer ist als jeder sonst, es ist Doktor Böhme, der Eurer Mutter zuletzt ein so guter Arzt war. Seine Frau erwartet das erste Kind, und ihm überlasse ich das Haus gern, so kann auch Lina bleiben.

Malvine Homberg, die mir in treuester Sorge einen wöchentlichen Besuch abstattet, und das, obwohl ich oftmals ein so wortkarger Gast in ihrem Hause war, ist mir in vielem behilflich, was meine bevorstehende Abreise angeht. Ihr kennt sie besser als ich und wisst, dass sie sich von ihren eigenwilligen Beschlüssen nicht abbringen lässt. Fast habe ich den Verdacht, sie hält die männliche Spezies für unvollständig entwickelt. Aber wer weiß, ob sie nicht möglicherweise recht damit hat, denn seit ich allein hier in der Hofstatt lebe, bin ich so manchen Umständen ausgesetzt, mit denen ich mich nie befassen musste, und wenn, dann liegt es so lange zurück, dass ich es vergessen habe.

Nun, da Malvine Homberg es sich zur Aufgabe macht, darüber Sorge zu tragen, dass ich in einer Ausstattung reise, mit der ich mich in Berlin nicht blamiere, ordne ich meine Wissenschaft in Kisten, wobei es mir schwerfällt, etwas auszusortieren, besonders vom Geschriebenen. Bei den Instrumenten ist es mir um vieles leichter, mich zu beschränken. Heute früh verstaute ich die Beckenzirkel, mein Sektionsbesteck und einiges wenige, das ich mit Rücksicht auf Elsa an dieser Stelle unerwähnt lasse.

Seit ich entschieden habe, die Beckensammlung bis auf vier der anschaulichsten Exemplare (um die Hähnlein mich inständig bat) im Gebärhaus zu belassen, gibt Direktor Busch sich leidlich Mühe, seine Kränkung zu überspielen, dass man mich nach Berlin berufen hat und nicht ihn. Ich vermute, ihn tröstet derzeit allein, dass ich keine leitende Stellung übernehmen werde, ein Umstand, den zu verstehen ihm ebenso schwerfällt wie wohl einigen meiner gelehrten Kollegen.

Ihr seht also, dass ich mich auf eine längere Zeit der Abwesenheit von Marburg einrichte. Ich habe mir sogar neues Reisegepäck gekauft. Tröstet Euch dieses Zeichen von verhaltenem Optimismus?

Und erinnert Ihr Euch noch an meine alte kalbslederne Tasche? Früher, wenn ich auf Reisen ging und die alte Marthe sie vom Speicher holte, musste stets eine von Euch hineinklettern, an Packen war erst einmal gar nicht zu denken, es sollte Eure Postkutsche sein. (Wenn ich mich recht entsinne, saß meistens Elsa in dem alten Ungetüm, und Helene spielte den Kutscher.)

Dabei fällt mir ein, vor einigen Tagen hatten wir im Gebärhaus Besuch von einem jungen Kollegen aus Schottland. Er ist Arzt in London am Guy's Hospital und hat ein Sabbatical genommen, um Gebärhäuser in ganz Europa aufzusuchen; er erinnerte mich so sehr an meine frühen Jahre. Wir hatten ein angeregtes Gespräch, wofür ich ihm danke, denn es erfüllt mich mit den besten Gedanken für den Aufbruch nach Berlin.

Doktor Finlay Gordon befasst sich mit der Erforschung des Kindbettfiebers, ein wahrhaftig ehrgeiziges Unterfangen. Welch ein großer Schritt würde gelingen, wenn dem Geheimnis dieser Geißel auf die Spur zu kommen wäre! Man hat außerhalb eines Gebärhauses keine Frau daran sterben sehen. Eure Mutter hat mir auch niemals einen solchen Fall geschildert. Gordon erzählte mir ausführlich von seinen Beobachtungen bei einem gemeinsamen Abendessen, das wir in der Goldenen Sonne einnahmen (worüber Professor Busch, der ihn etwas schroff behandelte, wiederum recht beleidigt war).

Doch was ich eigentlich berichten will, ist, dass erst, als wir beinahe schon auseinandergingen, sich herausstellte, dass er Helene in Berlin begegnet sein muss. Es war mir, als hättest Du Eindruck auf ihn gemacht, was mich nicht wundert. Ich habe ihn eingeweiht, was Du mir hoffentlich nicht übel nehmen wirst, aber er schien mir so ganz und gar integer. Jetzt ist er, glaube ich, in Wien.

So gehe ich nun in den Stuben von Westen nach Osten und dann von Norden nach Süden, um von Eurer Mutter zu empfinden, was noch von ihrem Geist im Hause ist, damit ich es mit mir nehmen kann nach Berlin. Ich hatte das Privileg, in meiner Ehe glücklich zu sein, es tröstet mich inzwischen mehr und mehr, dass wir diese vielen guten Jahre miteinander hatten und unsere Töchter.

Ich schließe nun und küsse Euch. Wir sehen uns bald, was mich glücklich macht. Empfehlt mich bis dahin der guten Madame Stopfkuchen.

Ich bin ganz der Eure.

Ankomme mit der Postkutsche am 23. August. Logis nehmen werde ich in einer Dienstwohnung der Charité. (Schreibe gesondert an Hähnlein und von Orth.)

*

Helene dachte an den Brief des Vaters und den zuversichtlichen Ton, der in seinen Zeilen mitschwang, während sie im Schwangerenschlafsaal das letzte der zwei leeren Betten bezog. Elsa hatte sich selbstredend sofort auf den schottischen Arzt kapriziert, Finlay Gordon, den sie tatsächlich komplett vergessen hatte.

»War es ein junger Arzt? Ein schöner? Nun sag schon, hatte er Charakter, Humor? War er charmant oder inakzeptabel? Du hattest Zeit genug, das festzustellen, wenn er dich von der Nikolaikirche bis zur Klosterstraße begleitet hat.«

»Na, was gibt's zu feixen im Wäscheschrank, Heuser?«, fragte Sidonie von ihrem bevorzugten Platz, dem Fenster, aus.

»Ich freue mich auf meinen Vater, er kommt morgen nach Berlin.«

»Der Vater! Verstehe schon, ich kann schweigen.«

»Schweigen Sie nur, Sidonie, wenn Ihnen danach ist.«

»Heuser, ich werde nicht schlau aus Ihnen. Immer voller Verständnis, aber doch nicht genug, um mich türmen zu lassen.«

»Ich glaube, Sie wären längst getürmt, wenn Sie es drauf angelegt hätten. Die Charité ist kein Zuchthaus.«

»Das seh ich anders.«

Sidonie lehnte sich erneut mit verschränkten Armen ins Fenster. Der Beobachtungsposten verschaffte ihrem hochschwangeren Leib eine bequeme Haltung.

Helene schloss den Schrank, in dem nun jedes Wäschestück, das gestern Nachmittag von der Bleiche auf den Wiesen geholt worden war, sauber gefaltet, den Kanten zu ausgerichtet lag, so fadenscheinig es auch sein mochte. Mit der ächzenden Hebamme Pusche, einer behäbigen Frau mittleren Alters, hatte sie Böden geschrubbt und Matratzen gelüftet (was wenig Effekt hatte), während die Frauen angewiesen waren, sich gegenseitig die Haare zu waschen.

Vor Aufregung hatte die Näherin Jette Wigorsky in der Nacht Wehen bekommen, die sich zum Morgen hin wieder abschwächten, und als Doktor Novak eben verschwunden war, um hastig sein Blondhaar mit Pomade nachzukämmen, hatte Helene den Bitten der Schwangeren nachgegeben und ihnen erlaubt, am Feld Blumen zu pflücken, wenn sie nur schnell genug wieder zurück sein würden.

Sidonie war freiwillig bei Helene geblieben, was hinsichtlich ihres Freiheitsdrangs erstaunlich war. Bislang war sie aus ihr noch wenig schlau geworden, was zum einen daran liegen mochte, dass ihre Welten so verschieden waren, oder aber daran, dass beide etwas zu verschweigen hatten. Allerdings hatte Helene die junge Hure von einer anderen als ihrer kaltschnäuzigen Seite kennengelernt, nämlich als die Zwillingsmutter nach dem Tod ihres Söhnchens ins kalte Fieber gefallen war. Während man um das Leben der Mutter kämpfte, deren Kräfte zusehends schwanden, kümmerte sich Sidonie um das kleine Mädchen, trug es mit sich und schlief bei ihr im Wöchnerinnenzimmer, nachdem Professor Hähnlein und Doktor Novak dies für unbedenklich hielten.

Ein letztes Mal inspizierte Helene Schlafsaal und Hebammenzimmer, wo die Pusche mit dem Eingangsbuch wie festgewachsen am Tisch saß und schlief. Helene hingegen bemerkte an sich, nun, da alles getan war, erste Anzeichen steigender Nervosität. Sie strich ihre Schürze glatt und besah sich im Fensterglas. Die Haube bedeckte die gekürzten Haare verlässlich gut, allerdings traten in ihrem nackten Gesicht nun verstärkt die Schatten unter den Augen hervor.

Hähnleins Aufforderung, an diesem besonderen Tag in der Charité zu bleiben, war Helene trotz aller Erschöpfung mit einigem Stolz gefolgt, zeigte es ihr doch, dass sie ihn bislang nicht enttäuscht hatte. Gemeinsam mit von Orth und zwei Stabsärzten der Militärakademie bildete der Professor das Empfangskomitee unten am Portal der Charité, während Doktor Novak die Stellung in der Entbindungsabteilung zu halten hatte. Die Militärärzte trugen Uniform.

Sie alle warteten auf die Zarin.

Auch das Wöchnerinnenzimmer war rechtzeitig für den hohen Besuch wieder belegt. Die Tanzdirne Maria Papen (sie selbst nannte sich auf der Straße Aurora) hatte zwei Tage zuvor ohne Zuhilfenahme künstlicher Mittel einen gesunden Jungen geboren.

»Da sind sie, die Durchlauchten!«, schrie Sidonie.

Vom Gang scheuchte Doktor Novak die zurückkehrenden Frauen mit ihren Blumen vor sich her in den Schlafsaal. Alle drängten sich an die Fenster, selbst der Stabsarzt vergaß für einen Moment seine Arroganz.

»Mich laust der Affe«, sagte Sidonie ernstlich ergriffen, »vier Kutschen mit dem königlichen Wappen! Rücken die hier mit dem ganzen Hofstaat an?«

Zarin Alexandra Fjodorowna, geborene Charlotte Prinzessin von Preußen, älteste Tochter des Königs und Frau des Zaren Nikolaus, sprach mit sehr leiser Stimme, die alle zwang, sich um sie zu drängen und dabei doch auf angemessenen Abstand zu achten.

Der lange, schlanke Zarinnenhals trug den zierlichen Kopf mit einer solchen Haltung, dass es ihr Krampfschmerzen verursachen musste, zumal das Haar straff gescheitelt in einem aberwitzig hohen Knoten zusammenfand, der ihr Hinterhaupt krönte. Sie trug ein beinahe schmuckloses Kleid aus heller Seide mit hauchzart gebauschten Ärmeln. An einer langen Kette schwang im Takt ihrer grazilen Schritte ein handtellergroßes Kreuz mit dem in Gold gefassten Miniaturbildnis ihrer Mutter.

Umgeben von ihren Hofdamen und einem Oberstleutnant, ließ sie sich von Professor Hähnlein das neue Geburtsbett erläutern, dessen Anwendung in der Charité seit seiner Anschaffung mit dem des Stuhls konkurrierte. Sie prüfte die Matratzenteile und Rollen, die Rosshaar- und Federkissen, welche dazu dienten, der Gebärenden veränderte Haltungen in den verschiedenen Geburtsperioden zu ermöglichen, und selbst den Blechkasten zu begutachten, der Geburtswässer und Blut auffangen sollte, scheute sich Ihre Kaiserliche Majestät keineswegs. Besorgt fragte sie nach, ob jener Rost, auf dem der Säugling landen sollte, nicht ein zu harter Gegenstand sei, und ließ sich von der Erläuterung beruhigen, dass eine Schicht gewärmter Windeln den Neugeborenen einen weichen Empfang bereitete.

Von Besuchen wie diesen erwartete man zu Recht viel an der Charité. Schon die alte Zarin hatte sich bei einem zurückliegenden Aufenthalt in Berlin die Entbindungabteilung zeigen lassen, was eine Zuwendung von erfreulichem Umfang nach sich zog, die es erlaubte, nicht nur neue Bettstellen anzuschaffen, sondern auch Instrumente sowie Wachsmodelle für den Unterricht von Hebammen und Studenten. Daher setzte man Hoffnungen darauf, dass die Fjodorowna sich der Entbindungsabteilung der Charité mit dem gleichen aufrichtigen Interesse zuwenden würde wie ihre Schwiegermutter, zumal sie selbst sieben Kinder geboren hatte.

Sobald die junge Zarin den Schlafsaal betrat, bat sie die Schwangeren, sich zu setzen, anstatt in anstrengender Weise neben den Betten Spalier zu stehen. Freundlich nahm sie die Blumen entgegen, erkundigte sich nach dem Befinden der Frauen, und während die Hofdamen ihr die Sträuße abnahmen, behielt sie die Wiesenblumen der Jette Wigorsky in der Hand, was diese heftig bewegte.

Helene beobachtete die Näherin, bis die Zarin vor sie trat.

»Nun, wie ergeht es Ihnen an der Charité, Mademoiselle?«

Die blauen Augen taxierten sie forschend, und Helene fragte sich, was sie wusste.

»Da ich wirklich gern hier bin, Eure Kaiserliche Majestät, sehr gut«, sagte sie.

»Hat sie ausschließlich in Instituten und Spitälern gearbeitet? Professor Hähnlein unterrichtete mich, Sie assistierten Ihrem Vater im Gebärhaus zu Marburg?«

»Wie meine Mutter, die auch Hebamme war, bin ich meinem Beruf ebenso in privaten Häusern nachgegangen, Eure Majestät.«

»Sie ist erst kürzlich von uns gegangen, Ihre Mutter, hörte ich. Sie haben mein ganzes Mitgefühl.«

Helene spürte eine flüchtige Berührung auf ihrem Handgelenk, während die Zarin noch immer ihren Blick festhielt.

»Ehren Sie ihr Andenken mit allem, was Sie tun.« Sie umfasste das Luisenkreuz und drückte es an sich. »Ich selbst werde es mein Leben lang so halten.«

Im bestürzten Schweigen der Umstehenden hatten ihre Worte das Gewicht zu Boden prasselnder Perlen. Sie trafen Helene ins Herz. Sie senkte den Blick, um ihre Tränen zurückzuhalten, denn im Zuspruch der Zarin fand sich eine verwirrende Kühle.

»Alsdann, zeigen Sie sich weiterhin fleißig, Mademoiselle. Vielleicht möchte ich Sie eines Tages abwerben?«, sagte die Fjodorowna. »Denken Sie darüber nach, ob Sie nach Petersburg kommen wollen, wenn ich zu gegebener Zeit nach Ihnen schicke.«

Die Zarin wandte sich ab und verließ, gefolgt vom Tross ihrer Begleiter, den Schlafsaal. Nur wenige Schritte hinter ihnen blieb eine der Damen zurück, eine auffallend schöne junge Frau mit glänzend dunklem Haar, das ähnlich und doch weit weniger exzentrisch frisiert war als das der Zarin.

Die Eleganz ihrer Toilette hob sie von den der Fjodorowna nacheilenden Hofdamen ab. Sie hob eine Wiesenblume auf, die zu Boden gefallen war, und nickte Doktor Novak zu, der an der Tür wartend strammstand.

Kaum war sie aus dem Zimmer, begannen die Frauen zu tuscheln, und bei Jette Wigorsky setzten mit aller Wucht die Wehen ein.

*

Sobald die Zarin in der Charité eingetroffen war, hatte niemand mehr auf Sidonie geachtet. Die Krankenwärter hatten alle Hände voll zu tun, die Leute in den Zimmern zu halten, damit sie der Majestät nicht zu nahe kamen. Alle waren wie wild, sie leibhaftig zu sehen. Die Säle mit den Verrückten hatte man ganz und gar abgesperrt, was für Sidonie allein wegen Boltz, dem es gefiel, ihr überall aufzulauern, eine gute Sache war.

Sie hatte noch die junge Frau des Königs aus der letzten Equipage steigen sehen. Sidonie kannte ihren Anblick von Weitem aus dem Tiergarten, wo die Fürstin gern ausritt. Jedes Mal zog es ein Gerede über ihr Äußeres nach sich, wobei das Urteil meistens zu ihrem Besten ausfiel, aber das wusste Sidonie nun auch wieder nicht so genau, denn dafür erlebte sie es zu selten mit.

Die Tage nämlich, an denen sie nach Besorgungen für die Roon im Tiergarten herumspaziert war, wo alle spazierten, und an denen sie in einem Kaffeezelt zwei Groschen für eine Schale Dickmilch geopfert hatte, waren gleichfalls selten. Die Tage, an denen sie für eine Weile in der Gesellschaft sein konnte, in die sie aufzusteigen hoffte, konnte sie genauso an den Fingern abzählen wie jene, an denen sie sich wie ein Mensch fühlte. Das passierte, wenn sie ein neues Kleid anschaffen konnte, wie das gelbe, das jetzt, nach den Tagen in der Charité, voll und ganz hinüber war.

Die Fürstin in ihren schönen Roben aus Stoffen, die Sidonie wenigstens gern einmal angefasst hätte, fühlte sich bestimmt jeden Tag wie ein Mensch, und in der Nacht ohnehin. Allein die Anmut, mit der sie sich zu bewegen wusste, bewunderte Sidonie mit ganzer Seele. Selbst in kürzesten Momenten wie heute, als sie ihr beim Schreiten zugesehen hatte und sich kaum losreißen konnte. Um sich endlich davonzumachen, zurück zu Perdita Roon, der sie auf lange Sicht zu entkommen gedachte.

Noch während Sidonie die leeren Flure entlanglief, um durch den Westflügel zu entfliehen, nahm sie sich fest vor, alles zu ändern, wenn erst das Kind geboren war. Die Mädchen in den Bordellen – und da unterschieden sich jene an der Königsmauer nicht von denen aus den feineren Häusern in der Friedrichstraße – sie versuchten mit allen Mitteln ihr Monatliches zu unterdrücken, um an jedem Tag ihre Besucher empfangen zu können. Wenn es dann anders kam als gedacht und der Stockung des Blutes nur noch eine einzige Bedeutung zufiel, versuchten sie, mit allen Mitteln das Monatliche wiederherzustellen. Keine von ihnen konnte ein Kind gebrauchen, solange nicht das Herz eines Mannes oder auch ein weniger edles Organ den Sieg über Stolz und Vorurteile davontrug, wofür der Beweis mit einer Heirat anzutreten war.

Sidonie verlangsamte ihre Schritte, als sie sich dem Viertel näherte, das sie im nächsten Moment wieder schlucken würde. An der sonnenwarmen Mauer der Spreebrücke spürte sie, wie ihr gewölbter Leib sich unter den Händen spannte.

Zu früh, dachte sie. Sechs Wochen zu früh, nach dem, was Heuser und die Ärzte gesagt hatten. Ob ihre Flucht inzwischen aufgefallen war? Es tat ihr leid wegen der Heuser, an die sie sich gewöhnt hatte. Sie würde Ärger kriegen, mit Novak, dem Lackaffen. Mit dem Professor wohl genauso, auch wenn der ansonsten väterlich im Umgang war, und zwar im besten Sinne, nicht so wie Sidonie es von zu Hause kannte, wo es Dresche gegeben hatte und jeden Tag elendiges Gebrüll.

Wenn ihre kleinen Geschwister heulend vor Hunger auf dem blanken Boden herumgekrochen waren, während ihre Mutter eine dünne Suppe aus Knochen kochte, die sie dem Schlachter abgeschwatzt hatte, wie sie sagte. Bis Sidonie diejenige war, die das übernehmen musste, und eine Schweineschulter mit ihrer Unschuld bezahlte, schon damals hatte sie sich mit trotzigen Träumen von einem besseren Leben über Wasser gehalten.

Allerdings kam es mit dem Schuldenabzahlen zu keinem Ende, seit sie unter dem schweren Körper des Maxe Spiller zu einem öffentlichen Mädchen geworden war; das eine zog das andere nach sich sozusagen. Sidonies erster Kuppler war ihr Vater, Weißbinder seines Zeichens und Würfelspieler mit mäßigem Talent. Von ihrem vierzehnten Jahr an hatte sie für seine Spielschulden aufkommen müssen.

Sidonie spuckte in die Spree und bildete sich ein, die Schaumkrone ihres Speichels davonfließen zu sehen. Sie wandte sich ab, überlegte, ob sie den Weg über den Neuen Markt nehmen sollte, und entschied sich dagegen. Den Hökerweibern, bei denen sie Äpfel kaufte, wollte sie den Anblick ihrer glanzlosen Erscheinung nicht gönnen. Noch nie war sie unfrisiert auf dem Platz erschienen, um ihre Einkäufe zu machen. Der Gedanke an Lula, an ihre freundlichen Hände, die nach exakt vierhundert Bürstenstrichen mit der Geschmeidigkeit ihrer dicken Finger kühne Gebilde auf ihrem Kopf entstehen ließen, von denen die elegantesten Mätressen Berlins nur träumen konnten, stimmte Sidonie mit einem Mal hoffnungsvoll, obwohl die Seife der Charité so ziemlich alles verdorben hatte, was Lula an ihr Freude machte. Sidonie sehnte sich nach ihrem entrüsteten Aufschrei.

Jetzt hatte die Königsmauer sie wieder. Die enge Gasse mit ihren zweiundfünfzig Häusern, von denen mehr als die Hälfte Bordelle und Absteigen waren, empfing sie mit ihrem verkommenen, vertrauten Gesicht. Im Schatten der Wäsche auf den Leinen vor den Fenstern hechelten Hunde in der Mittagshitze oder sprangen kreischenden Kindern davon. Hinter den offen stehenden Fenstern stritten die Leute oder dämmerten träge vor sich hin. Es roch nach Mensch und Vieh, nach ihren Exkrementen und der Enge, in der sie zusammenlebten. Die Luft stand zwischen den Häusern wie Ofenhitze.

Sie würde ein neues Kleid kaufen müssen. Den Gedanken, sich bei der Schottischen Marie eines zu leihen, schloss Sidonie sofort wieder aus, während sie weiterlief. Für ein Salonkleid aus Kattun verlangte die Alte zehn Silbergroschen die Woche, ein seidenes kostete doppelt so viel, und außerdem hatte sie einen billigen Geschmack. Sie würde ein weiteres Mal Geld borgen müssen bei Perdita Roon, der sie nahezu alles schuldete, was sie war und besaß.

Sie war Sidonie wie ein rettender Engel erschienen, als die väterliche Faust soeben ihre siebzehnjährige Nase demoliert hatte. Hätte die Roon sie nicht mit einem beherzten Griff wieder ins Lot gebracht an jenem Novembermorgen, wäre die Nase für das Einkommen eine Katastrophe gewesen.

Perdita, die ein untrügliches Auge für profitable Mädchen hatte, nahm Sidonie mit in ihr Haus, ließ sie ausruhen, bis das Gesicht die ursprüngliche Schönheit wiedererlangt hatte, und gab ihr ein Zimmer mit grünen Tapeten. Zur Würfelbude der blonden Guste am Schützenplatz, wo Sidonies Vater verlässlich spielte, entsandte sie eine Abordnung von Männern, die so viel Charakter hatten, ihn versuchsweise in der Spree zu versenken, was er nur knapp und mit dem Verlust seines Gedächtnisses überlebte.

Das Zimmer mit den grünen Tapeten bewohnte Sidonie bis heute. Es war ein gutes Zimmer mit Samtgardinen und einem breiten, weichen Bett. Das Holz der Kommode glänzte, wenn man es polierte, und anstatt einer verbeulten Schüssel gab es ein Waschgeschirr mit rosa Rand.

Perdita hatte neben der Köchin und zwei Wäscherinnen gleichsam Hausmädchen und Magd in Brot und Lohn, die den Bewohnerinnen das Gefühl verschafften, dass es Tätigkeiten gab, zu denen sie sich nicht herablassen mussten. Es gab viele Gründe, warum Sidonie bis heute nicht wegkam von der Roon.

Zu spät bemerkte sie den süßen Tabakqualm, der sie hätte warnen müssen, und bevor sie die Straßenseite wechseln konnte, hatte die kalte Pauline sie am Wickel.

»Na, lange nicht gesehen, Mamsellchen, und der Bauch ist immer noch dick. Komische Welt, dass der Chirurgus nur dich eingefangen hat.«

Pauline, das eifrigste Schandmaul an der Königsmauer, stand schief in der Tür ihres schmalen Hauses. Im Sonnenlicht schimmerten kahle Stellen durch das dünne Haar, die sie vom vielen Anbringen falscher Zöpfe hatte, und über dem fleckigen Wangenrot blitzten dunkle Vogelaugen. Sie sog an ihrer Pfeife und paffte Sidonie ins Gesicht.

»Hast du dich mal gefragt, ob dich eine verpfiffen hat?«

»Wenn du was weißt, dann sag's mir doch einfach.«

Pauline bleckte ihre vom Tabak verfärbten Zähne.

»Was willst du denn mit dem Gör machen, wenn's erst mal da ist? Teilst du mit ihm den grünen Salon?«

»Ich werd's gleich auf offener Straße kriegen, wenn du mich nicht vorbeilässt.«

Flink wie eine Ratte huschte Pauline ihr in den Weg, als Sidonie weitergehen wollte.

»Perdita ist verliebt, Mamsellchen. Mach dich auf was gefasst. Die schönen Zeiten als Augenstern von der ollen Roon sind vorbei.«

Sie stieß die Alte zur Seite und ließ sie mitsamt ihrem heiseren Lachen hinter sich. Fürs Erste beschloss Sidonie, ihr kein Wort zu glauben.

*

Trotz des Stimmengewirrs auf dem Theaterplatz, durch die späten Gesänge der Vögel und über das Hufgeklapper der Droschkenpferde hinweg, trug der Abendwind ihr die Worte so deutlich zu, als wäre ein jedes an sie persönlich gerichtet. Vergeblich versuchte Elsa die beunruhigenden Gedanken abzuschütteln, während sie den anderen Schauspielern über den Gendarmenmarkt folgte. Warum konnte die Stich nicht endlich aufhören zu reden?

Schon vor der Aufführung hatte sie alle mit der besorgniserregenden Neuigkeit über die kleine Habermann um sich geschart, und die Theaterleute fragten sich jetzt, da sie seit Wochen fehlte, warum niemand auf die Idee gekommen war, Nachforschungen anzustellen. Es fiel Elsa schwer, sich ihr eigenes schlechtes Gewissen einzugestehen. Sie hatte Fanny Habermann nicht mehr gesehen, seit diese ihr an der Garderobentür verschworen den ersten Zettel zugesteckt und geflüstert hatte: »Viel Glück.«

Sie hatte so getan, als hätte es Fanny Habermann unversehens und in völliger Ordnung an einen anderen Ort verschlagen. Sie hatte nicht darüber nachdenken wollen, ob sie an jenem Ort glücklich war, ob sie sich freiwillig dort befand oder nicht. Keine Frage, kein Zweifel, nicht der zaghafteste Anflug von Besorgnis in dieser Hinsicht hatte sich nach Elsas Willen Bedeutung verschaffen sollen. Es war ihr gelungen, sich selbst etwas vorzuspielen, so lange, bis Fannys Bruder den Intendanten am heutigen Mittag in größter Sorge aufgesucht hatte. Familie Habermann in Meyenburg war seit Wochen ohne Brief und Nachricht geblieben, was man zunächst ungewöhnlich, dann beängstigend fand, denn Fanny hatte beinahe täglich geschrieben von allem, was in Berlin vor sich ging und was sie bewegte.

Die Stich hatte sich zum Zeitpunkt des aufwühlenden Besuches im Bureau der Intendanz befunden – so wie nahezu täglich gegen Mittag, denn sie bestand auf einer Tasse China-Tee mit dem Intendanten. Heute hatte es ihr die Gelegenheit verschafft, wie ein Staubkorn im Auge des Orkans zu kreisen, sich von den heftigen Empfindungen des jungen Amtskopisten Habermann berühren zu lassen und ihm die tiefe Betroffenheit des gesamten Ensembles mitzuteilen. Man wollte doch nicht herzlos und teilnahmslos erscheinen! Im Namen aller, die mit wehenden Kleidern und Röcken neben und hinter der Stich zum Königlichen Palais eilten, hatte sie Bestürzung und Fassungslosigkeit geäußert, man musste ihr dankbar sein.

Es war entsetzlich, dass niemand etwas von der kleinen Habermann wusste. Sie war spurlos verschwunden. Niemand konnte etwas tun, und auch ihr, Elsa, blieb nichts, was sie hätte tun können, ohne ihr eigenes Verbrechen zu offenbaren. Und wer wusste schon, ob das eine mit dem anderen überhaupt in Zusammenhang stand?

Am liebsten hätte Elsa sich geschüttelt, um die verstörenden Gedanken an Fanny Habermann loszuwerden, und noch lieber wäre sie gleich hier in die Französische Straße abgebogen, um nach Hause zu gehen, doch sie hatte, wie alle, der Einladung des Geheimen Cammeriers Timm zu folgen. Sie tastete nach ihrem hochfrisierten Haaransatz im Nacken und zog die langen Handschuhe über den Ellbogen straff, während die Absätze ihrer neuen Atlasschuhe im Rhythmus ihrer schnellen Schritte über das Pflaster klackerten. Obwohl sie wusste, welchen Effekt das puderhelle Musselin ihres Kleides bei untergehender Sonne auf ihrer Haut machte, waren die neugierigen Blicke der Flaneure ihr heute lästig, sosehr sie es ansonsten liebte, von den Leuten erkannt zu werden.

Wenn der liebenswürdige Timm nach dem Theater einlud, bedeutete dies, dass der König sich zu einem ungezwungenen Geplänkel einzustellen gedachte. Es bedeutete, dass der König ein Bedürfnis nach leutseligen Begegnungen hatte, dem die meisten seiner Hofschauspieler nachzukommen wussten, sodass eine gelöste Stimmung herrschte. Fast fühlte Elsa Widerwillen. Doch es galt, die Dinge wieder in die Hand zu nehmen, und dafür bot sich kaum eine bessere Gelegenheit als ein solcher Abend, an dem der König jenseits der höfischen Etikette im natürlichen Fluss angeregter Gespräche unterhalten werden wollte. Eine angemessene Frist von Demut und Bescheidenheit war nun verstrichen, fand Elsa. Es war an der Zeit, den König wieder für sich einzunehmen, und dies in einer Weise, die unter den Argusaugen der Stich kein Misstrauen erregte.

Sie betraten das Palais durch den hinteren Hofeingang, und schon während sie von livrierten Dienern zum kleinen Speisesaal geleitet wurden, begann Elsa eine seltsame Erregung zu spüren, so als stünde ein außergewöhnliches Ereignis bevor.

❋

Es war überwältigend schmerzhaft, als sie ihn bemerkte, die Röte überflutete ihre Wangen, und ihre Augen weiteten sich.

»Sie ist entzückend«, sagte Wilhelm neben ihm. »Warum ist sie mir bis jetzt noch nicht aufgefallen?«

Man hatte den Prinzen und seinen Gast bei ihrem Eintreffen wissen lassen, dass der König mit seinen Gästen nach dem Diner ins chinesische Kabinett übergewechselt war, da Madame Stich die gestickten Seidentapeten so gern hatte sehen wollen. Umgeben von seinen Schauspielern, die auf zierlichen Sofas, ihre Moccatassen balancierend, plauderten, befand sich der König in seinem grauen Militärrock wie ein Prachtfink unter Pfauen.

Das Kerzenlicht von den Wandleuchtern schien sich indessen allein in Elsas Augen zu fangen. Sie saß auf einem geschnitzten Hocker zu Füßen des Königs. Noch während die Schauspieler sich erhoben und der König seinen zweitgeborenen Sohn begrüßte, blieb sie, wo sie war, und hielt Moritz' Blick stand.

Wäre die Fürstin nicht just in diesem Augenblick eingetroffen und mit ihr ein absurd hässliches Hündchen, das die ganze Runde in Bewegung brachte, Moritz hätte nicht gewusst, wie er auf die Schnelle seiner aufgewühlten Empfindungen hätte Herr werden sollen. Als das Tier Elsas Lockrufen folgte und sie es nach ihrem Handschuh, den sie vom Arm gestreift hatte, jagen ließ, was den König ebenso wie seine junge Frau erheiterte, bemerkte Moritz, wie Wilhelm Ludwig sich abwandte. Angeregt parlierte der Prinz mit den männlichen Schauspielern, sagte der Stich Galanterien, wohingegen er Elsa keines Blickes mehr würdigte, was, wie Moritz wusste, ein sicheres Zeichen seines Interesses war. Wenn er sich jetzt nicht bekannte, würde noch am heutigen späten Abend bei Elsa ein Billett eintreffen, nur wenige Minuten, nachdem sie selbst ihre Wohnung erreicht hatte. Bei der Abendtoilette möglicherweise würde es ihr vom Mädchen mit dem letzten Becher Honigmilch vor dem Zubettgehen auf dem Silbertablett überbracht, damit der Gedanke an ein Rendezvous mit dem Prinzen sie in süßesten Schlaf wiegen sollte.

Moritz nahm das Geschehen um sich wahr wie ein Schattenspiel. Er hörte sich höfliche Antworten geben und Konversation machen. Sein Geist befand sich indessen in Abwesenheit, sein Herz in gestrecktem Galopp.

Die Einladung nach Potsdam war für Moritz ebenso plötzlich wie gelegen gekommen. Er hatte umgehend geantwortet und zugesagt, auch wenn seine Anwesenheit auf dem Gut zum Ende der Kornernte, inmitten aller Unwägbarkeiten, die diese Periode mit sich brachte, nahezu unerlässlich war, so schien es ihm, als müsse der sehr persönliche Brief Wilhelm Ludwigs als schicksalhafter Ruf zu verstehen sein. Er habe ihm etwas anzuvertrauen, was schwer auf seinem Gewissen laste, hatte der Prinz geschrieben, etwas, das er allein bei ihm, Moritz, dem geliebten, wenn auch inzwischen fernen Freund, in Sicherheit wähne.

Er war mit Wilhelm Ludwig von Potsdam nach Berlin geritten, und obwohl es bislang noch zu keinem wahrhaftig vertraulichen Gespräch gekommen war, hatte Moritz sich ihm während des mehrstündigen Ritts mit einem Mal wieder nahe gefühlt. Inzwischen allerdings, nach einem gemeinsamen Abendessen in Charlottenburg, gestand er sich ein, dass allein seine diffusen Erwartungen hinsichtlich eines Wiedersehens mit Elsa eine Welle zärtlichen Empfindens ausgelöst haben mussten, die den ahnungslosen Wilhelm mit eingeschlossen hatte. Elsa hatte ihn mit ihrer heimlichen Abreise gekränkt, sosehr Malvine von Homberg sich auch bemüht hatte, ihm ihre Flucht zu erklären.

»In Elsas Leben geht es zum ersten Mal um große Gefühle, lieber Moritz, und das erschreckt sie zu Tode«, hatte sie gesagt. »Im Grunde ist sie ein Hasenherz. Warum, meinen Sie, ist Elsa Schauspielerin geworden? Wenn sie das Fell sträubt, dann nur, um darunter ihre weiche Seele in Schutz zu nehmen.«

Noch nie hatte sich eine Frau von ihm zurückziehen wollen. Sollte er allein aus Eitelkeit Malvines Worten so gern geglaubt haben? Er hatte sich bisher noch zu keiner Handlung durchringen können. Nachdem Madame von Homberg abgereist war, hatte sich Elsas Bild täglich mehr verflüchtigt, was ihn zutiefst unglücklich machte. Er empfand dieses Phänomen als Versagen.

Cecilie verlor kein einziges Wort über Elsa, womit ihm selbst die Möglichkeit, sie zu verteidigen, genommen worden war. Nur Schröders nachdenklichen Blick hatte er manchmal auf sich gespürt, doch selbstredend stand es außer Frage, sich einer Hausdame anzuvertrauen, was er in manchen Momenten sehr bedauerte.

Während Moritz sich fragte, wie er dem Ganzen entkommen sollte, verfing sich das Hündchen in der duftigen Menge an Chiffonschals, welche die Fürstin kunstvoll drapiert zu tragen wusste, und Elsa kam ihr zu Hilfe, es unter dem Gelächter der anderen zu befreien.

»Lass uns gehen, alter Knabe«, sagte Wilhelm Ludwig, ohne den zappelnden Hund aus den Augen zu lassen, der aus Elsas Armen in die der Fürstin gereicht wurde.

»Ich möchte Mademoiselle Heuser nach Hause begleiten. Entlässt du mich aus der Pflicht für heute Abend? Selbstverständlich nur, wenn dir nichts Bedeutendes am Herzen liegt.«

»Du kennst sie?«

»Ich liebe sie.«

»Ah, *bon.*« Wilhelm ließ sich seine Überraschung nicht anmerken.

»Weiß sie es schon?«

*

Sie lief an seiner Hand durch die Gänge des Königlichen Palais, die heitere Gesellschaft zurücklassend, ohne dass jemand die Pikanterie ihres Wiedersehens bemerkt hätte, glaubte Elsa, doch im Grunde war sie außerstande, einen klaren Gedanken zu fassen, seit Moritz an der Seite des

Prinzen das chinesische Kabinett betreten hatte. Auch schien niemand Anstoß daran zu nehmen, dass Baron von Vredow sich anerbot, Mademoiselle Heuser Geleit zu geben, nachdem plötzlicher Kopfschmerz sie heftig ergriffen hatte. Der König verabschiedete sie launig aus der Runde des Schauspielers Devrient, und die Fürstin ließ ihren Mops die Pfote geben.

»Nein, diese Mädchen heutzutage!«, hatte Devrient ihnen mit jubelnder Falsettstimme nachgerufen. »Sie sehen ihren Liebhabern starr in die Augen und sprechen von einer Verlobung wie von einem Rezept zu einer Mandeltorte! Schwören Sie, dass Sie wenigstens ein wenig in Ohnmacht fallen, liebes Kind!« (Womit er sich keineswegs hellsichtig zeigte, sondern nur aus Kotzebues deutschen Kleinstädtern zitierte, was Moritz nicht wissen konnte, doch Elsa beschwichtigte ihn mit einer zärtlichen Geste.)

Weit ausschreitend mit seinen langen Beinen, zog Moritz Elsa nun hinter sich her. Sie fühlte sich wie ein Papierdrachen, dem es unmöglich war, vom Boden abzuheben, so schnell war er, nur um sie nicht zu Wort und außer Atem kommen zu lassen. Nachdem sie vor dem Eintritt ins kerzenbeleuchtete Treppenhaus einen Hofbeamten übersehen und beinahe umgerannt hatten, trug Moritz sie kurzerhand die Stufen hinunter, um sie unten im Hof auf sein Pferd zu heben, das von einem Marstall-Burschen bereitgehalten wurde.

Sie ritten, nun in gemächlichem Tempo, Unter den Linden entlang durch die von den ersten Gaslaternen der Stadt erhellte Nacht. Der Tierpark empfing sie mit Stille. Nur hin und wieder fuhr eine leise Brise durch die Baumkronen. Sie lehnte an seiner Brust, hörte sein Herz schlagen und wünschte, sie könnte sich mit diesem Moment zufriedengeben, in dem sie wahrhaftig glücklich war und in seiner unmissverständlichen Kraft tief geborgen. Wenn sie doch immer nur weiter durch die Zeit treiben könnte mit ihm, wenn er nur nicht anhalten würde und zu reden beginnen. Aber natürlich tat er es doch.

»Ich liebe dich«, sagte er. »Ich wünsche mir, dass du meine Frau wirst, Elsa.« Er küsste ihren feuchten Nacken. Er ließ sich aus dem Sattel gleiten und sah zu ihr auf.

Elsa senkte den Blick unter seinem. Sie holte Atem und suchte nach Worten, die sie aussprechen konnte, ohne ihn zu kränken, möglichst ohne überhaupt irgendeine Antwort zu geben. In allen Theaterstücken, die sie jemals gespielt hatte, in jedem Roman, gleichgültig welcher Epoche er entstammte, ob es ein guter oder schlechter war, wollte jede Frau immer geheiratet werden und fieberte dem kostbaren Augenblick dieser Frage entgegen. Sie hatte keine Textzeile parat, auf die sie hätte zurückgreifen können.

»Ich ... Wie willst du wissen, dass ausgerechnet ich die Richtige bin?«, sagte sie.

»Ich weiß es. Die Frage, die es zu beantworten gibt, Elsa, ist, ob du mich liebst.«

Sie war kurz davor zu weinen, dabei wusste sie ganz und gar nicht, was sie so schmerzhaft empfand, was sie derart traurig machte. Es war das Einzige, was sie ihm sagen konnte.

»Ich weiß es nicht«, flüsterte sie, sehr leise, sodass er gezwungen war nachzufragen.

»Was willst du?«

Wie gern hätte sie ihm etwas erwidert, das ihn glücklich machte, denn so viel, das wusste sie wahrhaftig, lag ihr an ihm, dass sie ihn nicht unglücklich sehen wollte, weder traurig und schon gar nicht entmutigt, doch um dies zu bewerkstelligen, fehlten Elsa die Redegewandtheit und eine gewisse Freiheit des Herzens.

»Wäre es schlimm, wenn ich mir eine Bedenkzeit ausbitten müsste?«

Moritz nahm seine Hände fort, die leicht auf Elsas Beinen gelegen hatten, um sie bei einer plötzlichen Bewegung des Pferdes halten zu können.

»Vielleicht bis Weihnachten?«, fragte sie schüchtern. Sie glaubte, ihre Zähne müssten aufeinanderschlagen wie an einem Herbsttag ohne Mantel.

»Du hast mir eine Antwort gegeben«, sagte er, »mehr wollte ich nicht.«

Er führte das Pferd zurück zur Chaussee, wo er eine Mietdroschke anhielt. Der Kutscher freute sich über einen schnell verdienten Silbertaler für die kurze Fahrt bis zur Französischen Straße. Dort angekommen, wartete er weisungsgemäß, bis Elsa das Haus betreten hatte.

Eveline erwartete sie bereits. Sie half Elsa beim Entkleiden, weil sie so traurig wirkte, und hoffte, dass der versiegelte Brief, den sie ihr mit der warmen Honigmilch ans Bett bringen würde, sie aufmuntern würde.

*

Im kühlen Licht des frühen Tages hatte die Welt sehr klare Konturen. Selbst die Gerüche, so schien es Helene, nahmen in dieser Stunde Gestalt an. Der Leichengeruch war wie ein graues, speckiges Laken. Der Tisch, auf dem der tote Körper lag, schien diesen in sich aufnehmen zu wollen. Wie die wachsbleiche Haut über den Knochen einsank, so schien sich die seelenlose Hülle der toten Frau in die Holzmaserungen zu schmiegen. Ihr vom Anatomiediener bereits geschorener Kopf, der auf einem Holzklotz ruhte, erinnerte an den eines nackten Vogelkindes, mit Augen tief in den Höhlen liegend, bedeckt von papierdünnen Lidern.

Die Frau war am Abend zuvor gestorben. Helene hatte die Krankengeschichte der Amalie Penk in ihrem Diario beschrieben. Sie war nicht mehr in ihrer Wohnung gewesen, sondern in der Charité geblieben, seit sich abgezeichnet hatte, dass es keinen guten Ausgang nehmen würde. Es hatte damit begonnen, dass Amalie Penk, zweiundzwanzig Jahre alt und erstgeschwängert, nach heftigem Fieber die von Milch strotzenden Brüste welkten, was sich in der Nacht zum dritten Tage nach der Geburt ihres Sohnes ereignete. Professor Hähnlein verordnete zwölf Blutegel, die Gabe von Extrakten des Lorbeerkrautes und Sandriedgrases. Dem geschwollenen Unterleib sollte mit Kräuterkissen Linderung verschafft werden, und dringlich empfahl Hähnlein, außer dem eigenen auch fremde Kinder anzulegen. Man vermutete die Übernahme der Milchsekretion durch die Unterleibsorgane und versuchte mit jenen Mitteln, sie wieder den Brüsten zuzuleiten.

Allein, Amalie Penk verhielt sich trotz ihres Fiebers und zunehmender Schwäche widerspenstig gegen alle Vorschriften, sie stieß die Kinder von sich, eines so heftig, dass es zu Boden fiel. Sie hatte weder Liebe zu Gott noch zu den Menschen, am wenigsten zu ihrem Sohn. Der Unterleib schwoll weiter, sie schlief nicht und geriet zunehmend in zänkische Stimmung. Am Mittag des siebten Tages kam sie in große Unruhe. Erneut setzte man ihr zwölf Blutegel und verabreichte Pulver des Roten Fingerhuts sowie homöopathischen Kampfer. Zum Abend hin wurde der Puls weich, die Augen blau unterlaufen, die Nase spitz. Man versuchte mit Wadenwickeln das hitzige Fieber zu senken, doch vergeblich. Um halb sieben am achten Tag nach der Entbindung verschied sie, in mildem Delirium leise singend.

Ob ihre Seele wahrhaftig entkommen war? Hatte sie sich, wie der Mensch es so gern glauben wollte, bald oder auch weniger zügig nach dem Tode in die Lüfte erhoben und davongemacht? War die Seele Amalies jetzt frei?

Über den Körper hinweg sah Helene Professor Hähnlein an. Er wusste genau, was sie dachte, er ahnte wohl recht präzise, was sie empfand. Das Lederetui mit seinem persönlichen Sezierbesteck lag in seiner ruhig ausgestreckten Hand.

»Sie müssen es nicht tun«, sagte er. »Darin liegt der Vorteil Ihrer besonderen Lage.«

»Ich will es unbedingt«, sagte sie.

Helene hatte unzählige Tote gesehen, Neugeborene vor allem und Frauen. Sie hatte Sektionen beigewohnt, viele Male. Jedoch war selbst ihr Vater, der sich stets bereitgefunden hatte, sie zu unterrichten, davor zurückgeschreckt, sie eine eigene Sektion durchführen zu lassen.

Sie nahm das Messer von mittlerer Stärke und setzte den Zeigefinger auf den Messerrücken, bevor sie die Spitze über der eingefallenen Bauchdecke absenkte, um den ersten Schnitt zu machen. Die Haut öffnete sich ohne Widerstand, die Klinge fuhr durch die dünne Fettschicht und traf auf das rote Muskelgewebe. Es gab keinen Moment des Zögerns, bevor sie den Druck leicht verstärkte und das Messer bis zum Schambein in gerader Linie durchzog. Professor

Hähnlein reichte ihr die Haken. Sie hatte den Bauchraum geöffnet.

Der Anatomiediener – der seiner Arbeit in einer Schürze aus gewachster Leinwand nachkam und, wie Helene es zuvor noch nicht gesehen hatte, aber zutiefst verständlich fand, mit einem schwarzen Tuch vor Mund und Nase – stellte eine Zinnschale neben dem Leichnam ab und rückte das Bänkchen zum Ablegen der Instrumente neben die knochigen Schenkel der Toten. Das Sonnenlicht traf indessen durch die schmalen Sprossenfenster des Charité-Totenhauses exakt auf die Mitte des Tisches. Wie Helene hatte Hähnlein inzwischen die Ärmel aufgekrempelt und eine lange Schürze angelegt. Sie würden das Innere der Bauchhöhle ohne Talglicht untersuchen können.

Nachdem der Professor die Darmschlingen beiseitegeschoben hatte, fanden sie, was ein übler Geruch hatte ahnen lassen. Das kleine Becken war angefüllt mit einer milchigen, flockigen Flüssigkeit.

Beinahe zögernd übergab der Anatomiediener eines der Schöpfgefäße vom Wandbord an die unerschrockene Privatschülerin des Professors, als dieser ihn darum bat. Das hastige Klappern von Holzpantinen unterbrach Hähnleins lautes Nachdenken darüber, ob es tatsächlich Milch war, was sich in der Bauchhöhle Amalie Penks befand.

Unwillig sah Hähnlein auf, als Boltz, der Krankenwärter, seinen Namen haspelte.

»Doktor Novak lässt Sie in das Geburtszimmer bitten, Herr Professor.«

Keuchend verblieb Boltz an der Tür, durch die er nicht einen Schritt zu setzen gedachte. Striemen von heftigem Kratzen leuchteten wie Feuermale in seinem Gesicht.

»Und da schickt er Sie?«

»War gerade keiner da von den Hausknechten, und irgendwas ist anders, als es sein soll, bei der Pahlke ihrer Niederkunft.«

»Dorothea Pahlke? Seltsam, also …«

»Möchten Sie, dass ich mitkomme?«, fragte Helene, während sie Hähnlein half, die Schürze abzunehmen. Der Anatomiediener reichte dem Professor ein Leintuch, an dem dieser sich hastig die Hände abwischte, damit er Boltz, dessen klappernde Schritte bereits wieder auf dem Hof zu hören waren, folgen konnte.

»Schöpfen Sie den Bauchraum aus, Fräulein Heuser, und bringen Sie die Flüssigkeit dem Apotheker, dann werden wir sehen, ob wir Ihre Assistenz tatsächlich noch benötigen.«

»Werden wir die Sektion fortsetzen?«

Professor Hähnlein lächelte.

»Ich denke, etwas Schlaf würde Ihnen zuvor guttun, meinen Sie nicht?«

Die kindskopfgroße Geschwulst am rechten Ovarium der Toten entdeckte Helene, während der Anatomiediener das Glas mit der Flüssigkeit aus der Bauchhöhle verschloss. Sie würde warten müssen, Hähnlein davon Mitteilung zu machen.

Dankend nahm sie dem Mann das Glas ab, und da er ihr kein Tuch anbot, um sich reinigen zu können, nahm sie einen Umweg zum Brunnen im Hof, bevor sie in das Charité-Gebäude zurückkehrte. Eine der Mägde überließ ihr einen Eimer, wich jedoch zurück, als Helene sich die Hände bis zu den Ellbogen hinauf mit dem sauberen Teil ihrer Schürze schrubbte. Mochte es an dem Geruch liegen, der an ihr haften blieb oder sich aus dem Glas drängte, Helene dachte nicht einen Moment lang darüber nach und vergaß es mit dem, was die kommenden Stunden bereithielten, gänzlich.

*

Sobald das Hecheln des widerwärtigen kleinen Hundes nicht mehr zu hören war, trat er aus dem Schatten des Torbogens und folgte der Kammerzofe über den Hof. Sie befand sich auf dem Weg zum Waschhaus, das, von dichten Hecken umgeben, im Garten des Prinzessinnenpalais versteckt lag, und sie war in Begleitung des unsäglichen Tieres, das den Namen Männchen trug.

Dem jungen Ding nachzulaufen, schnell und auch wieder langsam genug, sodass sie ihn nicht bemerkte, er aber auch nichts verpasste, wenn sie den schweren Wäschesack bei den Waschweibern abliefern und sich fraglos mit Geschwätz aufhalten würde, bereitete ihm Mühe und Schmerz.

Obwohl er die Umgebung des Waschhauses bereits Tage zuvor erkundet hatte, wusste er noch nicht in Gänze, wie er es bewerkstelligen sollte, Einblick in das Geschehen zu bekommen, ohne dabei aufzufallen. Bei Unterfangen dieser Art gereichte es ihm auf fatale Weise zum Nachteil, dass er nicht mehr jung und wendig war. Er hätte sich sonst unterhalb der Fenster ducken können, die im Sommer offen standen. Doch derartige Körperhaltungen einzunehmen war ihm vollkommen unmöglich. Er hoffte, an die rückwärtige Hausmauer zu gelangen, um sich dort zwischen den blühenden Spiräen zu verbergen, die ihn ohne Weiteres überragen würden. Zudem setzte er darauf, dass die Waschweiber ihrem Ruf gerecht wurden und einander viel zu erzählen wussten.

Als hätten die schlimmsten Befürchtungen sich aus seinem Innern davongemacht, um in der Wirklichkeit Gestalt anzunehmen, hielten sich hartnäckige Gerüchte am Hof, die zweite Frau des Königs sei schwanger. Noch wollte er es nicht glauben. Die Hofschranzen vermochten eine Unmenge heißer Luft zu verblasen, besonders im Sommer, wenn sich in der Stadt wegen der Abwesenheit vieler Charaktere, die gemeinhin für Gesprächsstoff sorgten, kaum etwas tat. Unablässig war man auf der Suche nach Skandälchen und selbst den minderwertigsten Neuigkeiten.

Die Person indessen gab ihre Vorliebe eines täglichen Ausritts nicht auf, was gegen das Gerücht sprach. Nie würde sie, da war er sicher, wenn sie mit einem Nachkommen des Königs trächtig wäre, das Leben dieses Kindes gefährden, auch wenn ihm in der Thron- und Erbfolge kein Platz zustand.

Und doch: Sie sah wohl aus, und obgleich er in Belangen der weiblichen Schönheit gänzlich unbewandert war, zumal es für ihn nur einen einzigen schönen Menschen auf Erden gegeben hatte, meinte er feststellen zu müssen, dass die schmalen Gesichtszüge der Person rundlicher geworden waren und das dunkle Haar glänzender. Man sagte doch dergleichen von schwangeren Weibern. Er hatte es in der Bibliothek der Hofapotheke nachgelesen und bestätigt gefunden.

Die Zofe war hinter dem Rundbogen des Heckenportals verschwunden. Er blieb stehen, um die Gartenknechte mit den geschulterten Gerätschaften vorbeizulassen. Ihre kräftigen, gesunden Körper, die Unverdrossenheit, mit der sie sich ihrem Tagwerk zuwandten, machten ihn mit einem Mal tieftraurig. Einen einsamen Moment lang hätte er alles darum gegeben, einer von ihnen zu sein. Er wartete, bis sie zum Rondell des Rosengartens abbogen. Dann ging er weiter.

Wie das Gegacker aufgeregten Federviehs drangen die Stimmen der Frauen aus Fenstern und Türen des Waschhauses. Das Klatschen von nassen Wäschestücken auf den Waschsteinen, Gelächter und laut vorgebrachte Schamlosigkeiten bereiteten seinem Empfinden nach den richtigen Nährboden für das, worauf er aus war. Als kleiner Junge hatte er sich manchmal in der Küche seines Elternhauses versteckt, um die Geschichten der Frauen mit anzuhören, die etwas Anrüchiges zu haben schienen und die, wie er glaubte, voller dunkler Geheimnisse waren, da so viel geflüstert, gekichert oder mit erstickter Stimme gesprochen wurde, was ihm Hitze bereitet hatte, besonders wenn Tränen flossen. Auch jetzt war ihm heiß unter der Livree. Nur mühsam widerstand er dem Verlangen, das Halstuch zu lockern, während er, in die Schatten der hohen Hecken gedrängt, an der Längsseite des Waschhauses entlangging, weder geduckt noch schleichend, damit, sollte eines der Weiber oder sonst jemand ihn entdecken, er nicht den Eindruck erweckte, er wolle sich heimlich nähern.

Doch er hatte nichts zu befürchten. Die Frauen hatten sich sogleich der eintretenden Zofe zugewandt, dankbar für jede Unterbrechung ihrer schweißtreibenden Arbeit. Während das Mädchen den Wäschesack auf einen langen Tisch in der Mitte des Raumes wuchtete, kamen sie heran, eine nach der anderen, die Hände an den Schürzen abtrocknend, Schläfen und Stirnen betupfend. Sie verstellten ihm den Blick mit ihren breiten Rücken, den in die Seiten gestemmten Fäusten. Die Zofe entnahm die Stücke einzeln, vielleicht mit Bedacht, vielleicht, um die anderen neugierig zu machen, sie auf die Folter zu spannen, unerträglich für ihn, der nichts erkennen konnte. Die Weiber griffen nach der Wäsche, begutachteten sie, schwatzten durcheinander, Hemden, Strümpfe, Tücher, Nachtgewänder und Hauben, lange und kurze Hosen, Seidenes, Spitze und Taft, alles wurde von einer zur anderen gereicht, flog zwischen ihnen umher, flatterte über ihren dummen Köpfen. Möglicherweise sortierten sie die Dinge nach der Art, wie sie zu waschen waren. Woher sollte er wissen, was sie taten?

Was sahen sie?

Er zuckte zusammen, als er den Mops hecheln hörte. Er musste sich beherrschen, nicht mit dem Stock nach ihm zu schlagen, und als wüsste das elende Geschöpf, dass er zur Untätigkeit verdammt war, hob es das Bein und entleerte sich gegen seinen Schuh. Warmer Urin durchtränkte seine Strümpfe, während ihm schwarz vor Augen wurde vor Wut. Der Hund hob ihm das zerdrückte Gesicht entgegen. Nun war ihm alles gleich. Er musste sich nicht verstecken. Er hatte das Recht, überall auf dem Grund des Königlichen Palais zu sein, es ließe sich behaupten, dass er auch hier im Waschhaus seinen Pflichten nachkam.

Sie verstummten schlagartig, als er durch die Tür trat. Unter den Wasserkesseln prasselten die Holzfeuer, und die von den Bottichen aufsteigenden Dampfschwaden trieben ihm den Schweiß vom Innersten nach außen. Das Haar klebte ihm an den Schläfen, die Luft fuhr ihm heiß in seine Atemwege und ließ ihm die Zunge im Mund anschwellen. Die schweren Plätteisen kamen ihm vor wie wartende Wurfgeschosse, selbst das in den hölzernen Walzen der Wringmaschine gefangene Wäschestück erschien ihm als stumme Warnung.

Der Hund trippelte an ihm vorbei. Eines der Mädchen bückte sich und nahm ihn hastig auf den Arm, als gelte es, das Tier vor ihm zu schützen. Schulter an Schulter standen sie vor der Zofe, der Wäsche, dem Tisch. An einem der Zuber rutschte ein Stück Seife vom Waschbrett und fiel glucksend ins Wasser.

Wie aufgeplusterte Gänse verharrten sie mit ihren schneeweißen Hauben, den roten, verstockten Gesichtern. Sie fürchteten ihn nicht. Sie würden ihm nichts von Bedeutung sagen.

Sechs

SEPTEMBER 1828

Helene reichte ihrem Vater einige letzte Bücher, die er, seiner undurchschaubaren Ordnung folgend, in eines der Wandregale zwischen den kleinen, zu den Charité-Gärten hinausgehenden Fenstern sortierte. Aus einer Kiste, die seine Kleider enthielt, lud sie sich eine Reihe Hemden auf den Arm.

»Ich werde sie in die Kommode räumen, bevor du dir einen merkwürdigen Aufenthaltsort für sie ausdenkst.«

»Du solltest dich ausruhen, nachdem du eine Vollmondnacht mit zwei Geburten hinter dir hast«, rief er ihr ins angrenzende Schlafzimmer nach.

»Soll doch Novak sich ausschlafen«, rief sie zurück. »Er hat zwei Zangengeburten daraus gemacht, wobei eine unnötig war.«

Es war kaum mehr als ein Kämmerchen, wo ihr Vater schlief, denn man hatte den Professor, widerstrebend zwar, aber auf seinen ausdrücklichen Wunsch hin dann doch, im Dachgeschoss der Charité untergebracht, da er, so hatte er an die Direktion geschrieben, an dieser Gewohnheit hing.

»Ich hoffe, dein vorwitziger Ton bleibt unter uns«, hörte sie ihn besorgt sagen. »Es wäre in deiner Lage unklug, Hähnleins ersten Assistenten gegen dich aufzubringen.«

Als sie von der Kommode zurücktrat, um zu prüfen, wie ernst sie seine Ermahnung nehmen sollte, sah sie ihn ein Porträt ihrer Mutter aufhängen. Es war eine Rötelzeichnung, mit der ein junger Künstler die Entbindung seines Kindes bezahlt hatte. Helene kannte das Bild, seit sie denken konnte. Auf den blauen Wänden des Wohnzimmers in der Hofstatt musste sein Verschwinden einen hellen Fleck hinterlassen haben. Es war das einzige Bild, das ihr Vater nach Berlin mitgebracht hatte.

Plötzlich bekümmerte sie die Vorstellung, das Elternhaus von fremden Menschen bewohnt zu wissen. Deutlicher noch als mit dem Tod ihrer Mutter schien dadurch ein Teil ihres Lebens für immer verloren. Der Gedanke versetzte ihr einen Stich, obwohl sie sich doch von Marburg fort und ihren Vater hierhergesehnt hatte. Der Tag seiner Ankunft war der glücklichste Tag seit Langem gewesen.

Seitdem hatte er jede Nacht mit ihr in der Gebärabteilung zugebracht, bis ihn die Müdigkeit übermannte, was nach den Anstrengungen der Reise und seiner Übersiedlung früher der Fall war, als sie es von ihm kannte. Zudem hatte er es fertiggebracht, drei Besuche im Theater zu absolvieren, um Elsa in verschiedenen Rollen zu sehen. Die Rezensionen Saphirs in der *Schnellpost* studierte er ebenso aufmerksam wie Helenes Diario, denn jetzt, da sie nur noch ihn hatten, achtete er sehr genau darauf, die Aufmerksamkeit für seine Töchter gerecht zu verteilen.

»Ich möchte dem Apotheker meine Aufwartung machen«, sagte Clemens, während er den Rock von der Lehne seines Schreibtischstuhls nahm. »Wenn du schon nicht dem ärztlichen Rat deines alten Vaters folgen willst, dann könntest du mich mit ihm bekannt machen. Hähnlein ist in der Stadt zur Visitation seiner privaten Patientinnen.«

Klemm, den Apotheker, hatte Helene zuletzt nach der Sektion der Frau gesehen, als sie ihm die Flüssigkeit zur Analyse überbrachte. Er war ein spreewassergetaufter Bürger Berlins, dem sie stundenlang hätte zuhören können, da er sein Erfahrungswissen in schönstem Dialekt zu übermitteln pflegte. Am Abend vor dem Eintreffen ihres Vaters hatte Hähnlein in Helenes Anwesenheit auf diese unwiderstehliche Weise von dem hageren Mann mit dem fliehenden Kinn und der zurückweichenden Haarpracht, die ihm brünett bis auf die Schultern reichte, das Ergebnis der chemischen Analyse empfangen.

Kaum hatten sie die Offizin der Charité-Apotheke betreten, belegte Klemm den neuen »Herrn Professa« mit Beschlag und entführte ihn bramarbasierend in das Laboratorium. Helene, die, zurückbleibend, erstmals an diesem Morgen Müdigkeit verspürte, fuhr zusammen, als jemand sie am Ärmel zupfte.

»Bist du eine Hebammenschülerin? Wo kommst du denn her? Aus Potsdam oder Berlin?«

Vor ihr stand eine zusammengezurrte kleine Person. Aus dem alten Gesicht, das von einer dunklen Haube umrahmt war, sahen wache Mausaugen zu Helene auf.

»Na, was ist, hat's dir die Sprache verschlagen, Kind?«

»Ich bin Hebamme hier in der Charité«, sagte Helene überrascht. »Entschuldigen Sie, aber ich habe Sie hier noch nie gesehen.«

Sie nannte ihren Namen, während die Alte eine Dose mit getrockneten Kräutern auf dem Schubladenschrank abstellte, die sie offenbar zuvor befüllt hatte. Vor den bis zur Decke aufragenden dunklen Regalen wirkte sie geradezu winzig. Die Porzellandose, aus der sie nun ein Pulver entnahm, um es in Papier zu falten, hatte sie mit beiden Händen umfassen müssen, bevor sie sie auf dem Arbeitstisch abstellte.

»Ich bin Rosalie Klemm«, sagte sie. »Manchmal arbeite ich noch mit meinem Sohn. Dich habe ich auch noch nicht gesehen.«

Behände faltete und beschriftete sie die Pulverbriefchen mit den abgewogenen Mengen, die sie aus einer Liste ablas.

»Meine Augen sind besser als seine, aber das hört er nicht gern.«

Sie unterbrach ihre Arbeit und beäugte Helene mit seitlich geneigtem Kopf. »Aber gehört hab ich schon von dir«, sagte sie. »Gelehrtentratsch.« Sie kicherte. »Ja, ja, die Herren Doktoren machen sich so ihre Gedanken.«

»Ich hoffe doch, keine schlechten.«

»Du bist ihnen unheimlich.« Rosalie schloss die Dose und stellte sie zurück an ihren Platz.

»Meinem Sohn bin ich auch manchmal unheimlich«, sagte sie. »Ich kenne das.«

Sie kam näher, griff nach Helenes Hand und blickte zu ihr auf.

»Ich will dir etwas sagen. Ich glaube, du bist die Richtige dafür, und ich habe nicht mehr viel Zeit.«

»Mutter?«

Die alte Rosalie verdrehte die Augen, als sie ihren Sohn aus dem Laboratorium kommen hörte.

Helene beugte sich zu ihr herab. »Was wollen Sie mir denn sagen?«

»Nicht jetzt«, wisperte die Alte. Sie nickte Clemens zu und verschwand zwischen den Regalen in den hinteren Räumen.

»Mein liebes Fräulein, das riecht mir danach, als hätte sie Ihnen eine von ihren Geschichten erzählt.«

Klemm zog eine Schublade auf und steckte Helene eine Schachtel Pfefferminzpastillen zu.

»Sie sollten ihr nicht alles glauben«, sagte er. »Die Fantasie meiner Mutter spielt gern ins Absurde.«

Schon am Nachmittag, als Helene zu ihrer Lehrstunde bei Professor Hähnlein ging, hatte sie Rosalie Klemm vergessen. Sie dachte an Sidonie und wollte Hähnlein fragen, wie oft der *chirurgus forensis* seine Inspektion der Bordelle vornahm.

»Es kommt mir so vor, als verfolgten Sie bereits wieder eine Ihrer verwegenen Ideen«, sagte Professor Hähnlein. Er bedeutete ihr, an seinem Schreibtisch Platz zu nehmen, und klappte das Tintenfass auf.

»Wenn Sie stattdessen Ihre Aufmerksamkeit der Eingeweidelehre zuwenden wollen. Ich möchte Sie bitten, für mich eine kleine Niederschrift aus dem Geiste anzufertigen.«

Er wandte sich dem Bücherschrank zu und fuhr mit dem Zeigefinger über die Rücken einer Reihe von Büchern, bevor er eines herauszog.

»Sagen wir ... die Betrachtung des Bauchfells im Ganzen, der Netze im Besonderen.«

Er ließ sich in einem Sessel am Fenster nieder und schlug das Buch auf.

»Damit Sie es gleich wissen, Helene Heuser, ich verweigere jede Debatte über verwegene Ideen, bevor Sie nicht das Diner meiner Frau in einem hübschen Kleid absolviert haben.«

Noch am selben Abend kam ihr Vater auf Finlay Gordon zu sprechen, als er ihr vor dem Schlafengehen einen Besuch abstattete.

»Ich hörte, er war zu einem Gespräch mit Hähnlein in der Charité«, sagte Clemens. »Offensichtlich seid ihr einander nicht begegnet.«

»Nein«, sagte sie und fuhr damit fort, die Lichter im Schlafsaal der Schwangeren zu löschen.

*

Wenn Perdita Roon die Süße eines Schäferstündchens mit ihrem neuen Galan genoss und ihre Klagelaute durch die Beletage des Hauses zogen, dann wünschte sich Sidonie mit stummer Wut zurück in das Zimmer mit den grünen Tapeten. Doch es würde kein Zurück mehr geben dorthin, denn mit Friedo von Trapp war auch Celestine ins Haus eingezogen. Die als Sklavenkind in Guadeloupe geborene Mulattin hatte Haut, so dunkel und weich wie ein Maulwurffell, tiefschwarze Augen und krauses Haar, das sie in grellbunte Turbane wickelte. Celestine war die Attraktion an der Königsmauer, und in Friedo glaubte Perdita indessen ihr vollkommenes Glück zu finden.

Sidonie, die mit hochgelegten Füßen vor dem offenen Fenster des Zimmerchens saß, das Perdita ihr zugewiesen hatte, ließ den Kopf nach hinten in Lulas Hände fallen und schloss die Augen, als ihre Fingerspitzen sanft kreisend über ihre Schläfen zu streichen begannen. Obwohl an Lula rein gar nichts mehr zu verdienen war, hatte Perdita ihre dienstälteste Hure im Haus behalten. Als Frisiermamsell bemutterte sie die jungen Dinger, wozu Perdita weder Lust noch Talent hatte, wohingegen sie über einen Instinkt verfügte, der ihr sagte, dass sie den Mädchen einen Anstrich von Zuhause geben musste, damit sie gut arbeiteten.

»Wie von Sinnen, die olle Roon«, schnaubte Lula, als Perdita ihr finales Seufzen dieses Nachmittags hören ließ. »Kaum hat er sie ein paar Mal in die Matratzen gedrückt, glaubt sie wieder an die wahre Liebe.«

»Soll sie doch von Sinnen sein, das stimmt sie gnädig«, sagte Sidonie. Sie drehte die Haarbürste in den Händen und beobachtete über dem Dach des gegenüberliegenden Hauses einige Schwalben, die in den bleigrauen Berliner Himmel stießen.

»Seit die Negerin im Haus ist, bin ich verdammich darauf angewiesen, dass Perdita weichhäutig ist.«

Lulas Finger gruben sich sanft in Sidonies offenes Haar, um mit leichtem Druck die Kopfhaut zu massieren, was nun auch Sidonie ein Seufzen entlockte und Lula glücklich machte.

»Aber wer weiß schon, ob es in Wirklichkeit nicht mit meinem dicken Bauch zu tun hat, dass mir die Kundschaft abhandenkommt.«

Getragen von Lulas Händen, ließ Sidonie ihren Gedanken freien Lauf. »Ob es sie abstößt, was meinst du? Oder macht es ihnen Angst?«

»Woher soll ich denn wissen, was in den dussligen Köpfen von diesen Schubiacken vor sich geht? Wenig bis gar nichts, wenn sie zu einer Hure gehen, würd ich doch meinen. Und was die Negerin angeht, Kindchen, du solltest dir keinen Kopf machen deswegen. Wenn die eine Weile hier ist, ist sie auch von gestern. Es kommt alles wieder in Ordnung.«

»Weißt du, das glaub ich nicht, Lula. Sie kann mit Geistern sprechen, sagt Perdita. Die Tische wackeln unter ihren Händen, deshalb hat sie das grüne Zimmer gekriegt.«

»Bis jetzt hab ich sie nur mit ihrem schwarzen Hintern wackeln sehen«, brummte Lula, die gute Seele. »Insofern macht sie nichts anderes als alle von uns, nur eben ausländischer.«

Sie griff nach der Bürste in Sidonies Händen, wobei ihre schweren Brüste mit Sidonies Hinterkopf in Berührung kamen, was weniger beiläufig geschah, als es den Anschein hatte, denn mit Lula verhielt es sich so, dass sie Frauen liebte. Sidonie schätzte die Gewandtheit ihrer Hände, sofern sie sich darauf beschränkten, ihr Haar zu bürsten, ihren Nacken zu kitzeln und, seit das Gewicht des Kindes ihr das Kreuz stauchte, ihr kräftig den Rücken durchzuwalken, während sie im Hemd auf der Seite lag. So weit konnte sie es allerdings nur kommen lassen, wenn Lula noch keinen Branntwein intus hatte, der nämlich beförderte ihre Leidenschaften, denn Lula liebte im Besonderen Sidonie. Sie musste sich aber mit der mageren Wanda begnügen, einer ehemaligen Modistin, die immer Blut spuckte vor Kummer, wenn Lula zu Sidonie ging. Doch davon hatte Sidonie keinen Schimmer, sonst hätte sie sich Lula längst abgewöhnt.

Ein Windstoß stieß die Fenster weiter auf und ließ das Hemd über Sidonies prallem Bauch flattern. Erste schwere Tropfen gingen auf die Gasse nieder, als Sidonie daran denken musste, wie Perdita ihr zugeredet hatte, sich um eine Pflegestelle für das Kind zu kümmern, denn Friedo versenkte sich nicht nur körperlich in Perdita Roon, sondern bepflanzte sie auch mit seinen Ideen.

»Wir suchen eine Wohnung in einer besseren Gegend«, hatte Perdita gesagt, nur ihr, ganz im Vertrauen. »In der Friedrichsgracht, wenn du weißt, was ich meine, Sidonie, mit dir, wenn du willst, und Celestine. Ansonsten neue Mädchen, die einen Anstrich von Bildung haben, verstehst du mich?«

»Es wird ein schönes Kind, wenn es nach dir kommt«, sagte Lula, als hätte sie ihren Gedanken zugehört. »Was wirst du damit machen?«

Ein Blitz ließ beide zusammenzucken. Fünf Atemzüge dauerte es bis zum Krachen des Donners.

»Ich glaube, ich will es nicht weggeben«, sagte Sidonie. »Genaueres weiß ich noch nicht.«

»Ich würde ja drauf aufpassen«, sagte Lula und begann einen weichen Zopf aus Sidonies Haaren zu flechten, »aber die Roon wird dir den Marsch blasen, die will hier verdammich keinen Schreihals im Haus haben, ist ja auch nicht grade brillant fürs Geschäft.«

Sie knotete ein blaues Band um das Zopfende, bevor sie es losließ. »Vor den Greifern kannst du's auch nicht lange verstecken – denk nur mal an die dicke Jeanette.«

Sidonie stand auf und schloss vor dem jetzt heftig einsetzenden Regen das Fenster. Sie wollte lieber nicht an den Tag denken, als die Gendarmen der dicken Jeanette das Kind fortgenommen hatten, damit es aus dem Bordell der Majorin, einem der verrufensten Häuser hinter der Königsmauer – was in diesen Winkeln Berlins eine Empfehlung war –, zu einer Pflegefrau kam. Jeanette hatte getobt, als hätte der Leibhaftige sie besprungen, ihre grellen Schreie waren über den Häusern eingeschlagen wie ebenjene Blitze, die jetzt den Himmel zerteilten. Mit dem Likör aus den persönlichen Beständen der Majorin war es gelungen, sie friedlich zu stimmen, so sehr, dass man glauben konnte, sie würde das Kind vergessen und wieder ihre Arbeit verrichten, denn die Männer verlangten in Jeanettes pommerschem Leib Aufnahme zu finden. Jeanette machte ihre Arbeit gut in jener Nacht. Die Mädchen sprachen von siebzehn gezählten Kerlen, davon einige Spreefischer, die lange ihre Groschen gespart hatten für ein viertelstündiges Glück zwischen Jeanettes mehlweißen Schenkeln.

Am Tag danach allerdings war sie verschwunden, und Sidonie fror, als sie daran dachte, wie die kalte Pauline es einen weiteren Tag genossen hatte, sich im Besitz einer haarsträubenden Neuigkeit zu wissen. Jeanette war an der Nikolaikirche zu einem Freier in eine Droschke gestiegen, dort hatte man sie zum letzten Mal lebend gesehen, denn sie war an einen Unerbittlichen geraten. Ihre Leiche hatte ein Milchkutscher auf den Wiesen hinter dem Schönhauser Tor mit einer Hundepeitsche um den Hals zwischen zwei Haselsträuchern entdeckt.

»Ich wollte dir keine Angst machen«, sagte Lula hinter ihr. Sidonie widerstand dem Wunsch, sich an ihren weichen Körper zu lehnen.

»Schon gut, Lula«, sagte sie. »Lass mich allein. Du musst den anderen die Haare frisieren.«

Lula ging mit einem kummervollen Seufzen. Der Regen prasselte gegen das Fenster und traf auf die Pflastersteine der Gasse. In der plötzlichen Dämmerung des frühherbstlichen Abends glommen erste Lichter hinter den Fenstern der buckligen Häuser auf. Dem Wetter trotzend, machten sich ihre Bewohnerinnen bereit für eine gut besuchte Nacht, so wie Perditas Mädchen, zu denen Sidonie nicht mehr gehörte, seit sie aus der Charité zurückgekehrt war.

Sie konnte sie auf der Treppe hören, wie sie aus dem Salon kamen, wo sie den Nachmittag mit Kartenspielen verbracht hatten und wohin sie frisiert, gewaschen und parfümiert zurückkehren würden, damit die Kundschaft unter Perditas wachsamen Augen die Auswahl hatte.

Sidonie war für die Roon, was Jeanette für die Generalin gewesen war, eine gefragte Ware. Besonders Sidonies ins Kupferne spielendes hüftlanges Haar schien die Männer in den Bann zu ziehen, darüber hinaus fiel ihre Biegsamkeit ins Gewicht, die etwas Akrobatisches hatte, wie die wenigen Connaisseure im Bordell der Roon es nannten. Zu ihnen gehörte Saphir, der, wie Sidonie wusste, ohne jemals zu begreifen, was es bedeutete, über das Theater in Berlin für eine Zeitung schrieb. Nicht oft, aber doch hin und wieder tauchte er an der Königsmauer auf, um bedienen zu lassen, wonach der abgründige Teil seines Charakters verlangte. Hingegen fand Sidonie Saphirs Wünsche niemals wirklich verdorben – da kannte sie andere Kandidaten. Und im Übrigen hatte sie ihn gern, weil er stets das Gespräch mit ihr suchte. (Und nie hatte er nach einer Stiefeldirne verlangt, die für das rohe Geschäft zuständig war. Perdita hielt nur eine von ihnen im Haus, um nicht die falschen Gäste anzulocken.)

In der Nacht bevor der *chirurgus* sie aufgegriffen hatte, war Saphir Gast im grünen Zimmer gewesen, jedoch ohne dass es zu dem gekommen wäre, was für gewöhnlich ausgiebig stattfand, wenn er sie aufsuchte. Herr Saphir hatte Bedenken geäußert. Er nannte es eine Hemmung vor der Verletzbarkeit des werdenden Lebens. Sidonie fuhr mit dem Finger über die beschlagene Fensterscheibe und malte ein Herz, weil ihr nichts anderes einfiel.

Seit Stunden goss es in Strömen, als Friedo von Trapp im Salon dem Wunsch widerstand, seine langen Beine von sich zu strecken, doch er wollte sich vor Perdita und den Mädchen nicht gehen lassen. Wanda spielte auf dem verstimmten Klavier, und Ponny malträtierte die Mandoline. Sie machten Musik wie am Schwanz zusammengeklammerte Katzen, doch das störte niemanden. Von den sieben Mädchen im Haus – die Schwangere und Celestine zählte er nicht mit – tanzten vier zu Paaren, die geschminkten Wangen aneinandergelegt, fast melancholisch.

Kerzenlicht verbarg die Schäbigkeiten, und der Qualm aus Friedos Zigarre stank gegen den modrigen Geruch der feuchten Wände an. Die Mädchen kicherten, wenn sie dicht an ihm vorüberschoben; sie mochten ihn und hielten Abstand, um Perdita nicht in Wallung zu bringen, denn Perdita liebte ihn, das wussten nach dem knappen Monat, den er hier war, alle, die es anging, und auch jeder sonst. Perdita lächelte ihm zu. In ihren schwarz ummalten Augen strahlte der Triumph einer stolzen Besitzerin, und als er das Lächeln erwiderte, hob und senkte sich ihr Busen in aufgebrachter Erinnerung an den Nachmittag über dem geschnürten Mieder des dunkelroten Seidenkleides.

Während Friedo den Rauch in Kringeln ausstieß, dachte er, wie gut er daran getan hatte, sich Celestines Entscheidung anzuvertrauen und nach Berlin statt nach Hamburg zu gehen. Hier war Perdita ihm in den Schoß gefallen, mitsamt ihren Ersparnissen, von denen sie ihm erzählt hatte, und Friedo wusste eine Frau im heiklen Alter glücklich zu machen, das war die leichteste seiner Übungen. Ihn unterschied von den hergelaufenen Galanen und sogar von den besseren Zylinderluden, dass er sich formvollendet benehmen konnte. Er hatte dies in seinen besten Zeiten als Hausdiener eines exzentrischen Herrn in Wien gelernt und sich in den schlechten Zeiten nicht wieder abgewöhnt.

Von jenem Herrn, mit dem er inspirierende achteinhalb Jahre in einer hochherrschaftlichen Wohnung an der Donau verbrachte, hatte er sich nach seinem Niedergang, der einer fatalen Spielsucht geschuldet war, das »von« im Namen gestohlen sowie einige passende Kleidungsstücke. Beides hatte Friedo, im Zusammenspiel mit seinen tadellosen Manieren, Zutritt zu den vornehmeren der Wiener Bordelle verschafft, bis er sich auch hier Zuneigungen und private Kredite verspielt hatte und langsam in die dunklen Winkel der Stadt abstieg. Es endete schließlich in der Porzellangasse, im Haus der Madame Peltzig. Sie hatte den Ruf, mit den jüngsten Dirnen Wiens ihr Geld zu machen. Davon besaß sie eine Menge. Geld, das Friedo haben wollte, um sich ein Leben zu leisten, von dem er keine Ahnung hatte, aber eine tiefe Sehnsucht danach.

Doch was Friedo immer wieder vorwärtsgebracht hatte, das konnte ihn in entscheidenden Momenten seines Lebens gleichsam behindern: Er war ein sentimentaler Mensch. Und so hatte er dem Drängen Miezis nachgegeben, einem siebzehnjährigen Neuerwerb Madame Peltzigs. Er deflorierte sie freundlich und rücksichtsvoll, wie Miezi es von ihm erbeten hatte, damit es nicht ein x-beliebiger zahlender Kunde tat, womöglich auf eine sehr rohe Weise. Bedauerlicherweise hatte die Peltzig sie beide in flagranti erwischt. Zwar empfand sie das Geschehen nicht als Kränkung, jedoch hinsichtlich der Tatsache, dass er ihr das Geschäft mit einer Jungfrau verdorben hatte, als unverzeihlich.

Zusammen mit Celestine, die sie gleich mit hinauswarf, weil sie Madame Peltzigs unerschütterlicher Überzeugung nach nichts als Unglück brachte, fand sich Friedo in den mittleren Augusttagen auf einer heißen, staubigen Landstraße vor Linz. Er hatte die Namen Hamburgs und Berlins mit einem Haselzweig in den Sand geschrieben und Celestine die Entscheidung überlassen, denn sie verfügte seiner unerschütterlichen Meinung nach über das zweite Gesicht.

Nun also waren sie hier, und er verkaufte sie teuer. Deshalb saß er zu Beginn jeden Abends in einem Sessel gegenüber den schäbigen Sofas der Mädchen und handelte mit dem ersten Kunden für Celestine den Preis aus, an den sich alle folgenden zu halten hatten, denn in diesem Punkt traute er Perdita nicht. Es konnte ihr bei aller Liebe nicht von Nutzen sein, dass die eigenen Mädchen neben der schwarzen, geheimnisvollen Celestine als zweite Wahl galten, zumal sie Sidonie, die hübscheste von allen, nicht mehr anbot, womit sie einen Fehler machte, denn es gab Kundschaft, die für eine Schwangere gute Preise zahlten. Nicht hier an der Königsmauer, sagte Perdita; das ist ein zu spezieller Geschmack für die schlichten Gemüter. Wer wusste es schon, vielleicht hatte sie auch recht?

Sidonie sah auf, als Friedo von Trapp Perditas gute Stube betrat, in der sich einige dunkle Möbel zu einem muffigen Ensemble gruppierten.

»Du liest?«

»Das sehen Sie verdammich richtig, Monsieur.«

Sie wandte sich wieder der Zeitung zu, die sie im Stehen am Tisch las, die Arme neben der Öllampe aufgestützt, mit dem Zeigefinger unter den Textzeilen entlangfahrend.

»Du kannst ruhig Friedo zu mir sagen, wo wir doch jetzt eine Familie sind.«

»Ich gründe gerade meine eigene, wie man sieht«, antwortete Sidonie, ohne aufzusehen.

Friedo lachte. Er knöpfte seinen Rock auf, ließ sich auf einem der Stühle nieder und schlug die Beine übereinander.

»Das würde ich mir an deiner Stelle noch mal überlegen«, sagte er, »du bist etwas Besonderes, da hat Perdita ganz recht.« Er griff nach dem Zopf, der von ihrer Schulter fallend zwischen Tisch und Körper schwang. »Du hast wirklich außergewöhnlich schönes Haar. Allerdings ist auch alles andere sehr schön an dir, soweit ich das sehen kann, aber das hörst du sicher nicht zum ersten Mal.«

»Stimmt«, sagte Sidonie und entzog ihm den Zopf. »Haut mich nicht gerade aus den Pantinen, was Sie mir zu sagen haben.«

Friedo lächelte.

»Warum denn so schroff, Verehrteste? Hab ich dir etwas getan?«

Sidonie beugte sich wieder über die Zeitung.

»Das wissen Sie verdammich genau.«

»Das beste Mädchen bekommt das beste Zimmer. Und solange du das nicht hinter dir hast, ist es eben Celestine.«

Wortlos zuckte Sidonie die Achseln. Sie roch Friedos Parfüm, und aus den Augenwinkeln konnte sie sein rechtes Bein wippen sehen. Zweifellos hatte er was Vornehmes an sich. Zum Beispiel legte er seine von Perdita persönlich manikürten Hände auf den Beinen ab und hängte die Daumen nicht in die Weste. Auch hatte Sidonie ihn nie breitbeinig dastehen oder einem Mädchen den Zigarrenqualm ins Gesicht blasen sehen.

»Du solltest dir etwas Mühe geben, mich richtig zu verstehen, das könnte dir nützen. Wenn ich dir nämlich sage, dass du schön bist, dann nicht, weil ich Absichten habe. Das wäre doch dumm von mir, nicht wahr? Aus dir könnte man etwas machen, es wäre nur zu deinem Vorteil, wenn du das begreifen würdest. Dir fehlt allerdings noch der rechte Schliff.«

Wortlos sah Sidonie auf die Zeitung hinab, die vermutlich ihm gehörte, denn in Perditas Haus las sonst kein Mensch. Bevor Friedo aufgetaucht war, um sie zu stören, hatte sie versucht, einen Artikel über ein Theaterstück zu lesen, das am Königlichen Schauspielhaus gegeben wurde. Wie es hieß, hatte sie bereits wieder vergessen, so wie alles, was in dem Bericht stand, den sie niemals von Anfang bis Ende gelesen hätte, wäre ihr nicht Saphirs Name aufgefallen.

»Das Zeitunglesen ist kein schlechter Anfang«, sagte Friedo. »So lernst du etwas über die Gesellschaft, in der du dich möglicherweise bewegen willst.«

Sidonie fuhr hoch.

»Jetzt tun Sie mal nicht so, als wüssten Sie was über mich.«

Ein plötzlicher Schmerz in den Leisten ließ sie nach Luft schnappen. Sofort war Friedo an ihrer Seite und schob ihr einen Stuhl hin.

»Du wirst doch hier jetzt nicht niederkommen, Verehrteste«, sagte er. »Das ist mehr, als ich ertragen kann.«

»Lass mich doch einfach in Ruhe, und halt Perdita bei Laune«, keuchte Sidonie.

»Ich hole etwas vom ungarischen Wein, das hilft immer.«

Kraftlos blieb Sidonie sitzen. Die Gedanken drehten sich in ihrem Kopf wie bunte Kreisel. Sie wollte sich nicht von Friedos Reden einlullen zu lassen. Was aber, wenn er wirklich erkannte, dass sie das Zeug zum Aufstieg hatte?

Er kam von Perditas Zimmer mit einer Flasche und zwei Gläsern zurück, die er im Gehen füllte. Erleichtert nahm er zur Kenntnis, dass die Bedrohung einer Sturzgeburt sich verflüchtigt hatte.

»Warte«, sagte er, als Sidonie ihr Glas an die Lippen setzte. »Du musst deinem Gönner schon in die Augen schauen. Dann erhebst du dein Glas, erst dann nimmst du einen Schluck, und zwar geräuschlos.«

Ungelenk folgte sie seinen Anweisungen, während er vor ihr am Tisch lehnte. Zwar war ihr schon oftmals gesagt worden, dass sie ein Glas leeren sollte, aber beileibe nicht, wie.

»Perdita hat dir sicher von unseren Plänen erzählt«, sagte er. »Wenn du mit uns in die neue Wohnung umziehen möchtest, um mit Herren der besseren Gesellschaft Umgang zu haben, hast du noch einiges zu lernen. Wie ich sehen konnte, stützt du bei Tisch die Ellbogen auf, du beugst dich beim Essen zum Teller hinab, schlürfst die Suppe, und du kaust mit offenem Mund, den du dir mit dem Handrücken abwischst. Du rülpst und pulst in den Zähnen. Ich fürchte, du besitzt nicht mal eine Zahnbürste.«

Verstohlen fuhr Sidonie sich mit der Zunge über die Zähne, während sie, langsam diesmal, aufstand.

»Was noch?«, sagte sie.

»Du kratzt dich, du kannst nicht mit einem Fächer umgehen, etwa um ein Gähnen zu verbergen oder einem Herrn Zeichen zu geben. Du schlägst nach Fliegen und hast eine ungehobelte Art zu sprechen. Du lachst zu laut, du fluchst, du schlenkerst mit den Armen beim Gehen, schlenderst, anstatt zu schreiten, du hältst den Kopf schief, du stellst Fragen, anstatt zu antworten ...«

»Ist ja gut«, sagte Sidonie. »Was, wenn ich lernen will, mich wie eine Dame zu benehmen?«

»Ganz einfach«, sagte Friedo. »Ich bringe es dir bei.«

»Was muss ich dafür tun?«

Friedo stellte sein Weinglas ab.

»Die Frage ist, Verehrteste, was du mit deinem Fratz zu tun gedenkst. Ich fürchte, du musst dich entscheiden.«

Sie sah zu ihm auf, er stand jetzt so dicht vor ihr, dass sie zum ersten Mal die helle Narbe zwischen Mund und Nase sehen konnte.

»Das muss ich mir noch überlegen«, sagte sie. Und im gleichen Moment, als sie Schritte auf der Treppe hörte, die zweifellos Perditas waren, folgte sie dem seltsamen Wunsch, Friedo zu küssen. Während Perdita sich näherte, legte Sidonie eine Hand an seine glatt rasierte Wange. In aller Ruhe küsste sie seine geschlossenen Lippen und ließ ihn los, als Perdita vom Flur her nach ihm rief. Sie wandte sich ab und freute sich im Stillen darüber, dass sie ihn überrascht hatte.

Es störte sie nicht im Geringsten, dass Perdita sich in seine Arme stürzte, dass sie ihn umschlang und ihr Rouge an seinem Halstuch Spuren hinterließ, die nicht ganz einfach zu entfernen sein würden. Es ließ Perdita so viel kleiner erscheinen, dass sie glücklich war. Sidonie betrachtete Friedos Nacken, an dem Perditas Hand hinaufkroch, um in seinem dichten braunen Schopf Halt zu finden.

»Was habt ihr hier ohne mich zu besprechen?«, murmelte sie.

»Unsere Zukunft«, sagte Friedo. Er legte seine Hand auf ihren Hintern und zog sie an sich. »Deine und meine, mit unseren besten Mädchen.«

»Das höre ich gern«, sagte Perdita. »Sieh her, ich hab für Celestine vier Silbertaler verlangt. Und? Ich hab sie bekommen! Was sagst du dazu?«

»Du bist ein Glücksfall«, sagte Friedo über ihren Kopf hinweg.

Sidonie trank das Weinglas in einem Zug leer und stellte es behutsam zurück auf den Tisch.

»Kann ich die Zeitung ausleihen?«, fragte sie.

»Mach, was du willst«, schnurrte Perdita, »Hauptsache, du verschwindest.«

Während Friedo Perdita ein zweites Mal an diesem Tag mit Körperlichkeiten erfreute, saß Sidonie in die klumpigen Kissen ihres Bettes gestützt und hielt die Zeitung ins rußende Nachtlicht. Das Lesen hatte ihr eines von Perditas vormaligen Mädchen beigebracht, eine Offizierstochter, die einen Anstrich von Bildung hatte und nicht lange blieb.

»Mitnichten sollen die kleinen Rollen vom Lob des Re... zen...senten unbe...lohnt bleiben«, las Sidonie mühevoll. »Das Kammermädchen gab Made...moi...selle Elsa Heuser allerliebst neben der vort...refflichen Stich.«

Perditas Liebesrufe tremolierten einem schnellen Höhepunkt entgegen, als Sidonie die Wohnung verließ, um hinunter zu den Mädchen in den Salon zu gehen. Noch auf der Treppe entschied sie sich anders und ging in den anderen Flur hinüber zum grünen Zimmer, ohne genau zu wissen, was sie eigentlich dort wollte. Vielleicht hören, ob Celestine ihre Arbeit anders machte? Noch bevor Sidonie sich losreißen konnte, um dem Gelächter der Mädchen nach unten zu folgen, öffnete sich die Tür und entließ einen Mann, der im Davonlaufen seinen Gehrock zuknöpfte und grußlos den grauen Zylinder tief ins Gesicht zog. Jemanden, der so gut gekleidet war, hatte Sidonie in diesem Haus und überhaupt an der Königsmauer noch niemals gesehen.

Aus der Tiefe des Zimmers, das einmal ihres gewesen war, schimmerte der nackte Körper Celestines, die sich an der Waschschüssel wusch. Sidonie war unfähig, sich von der Stelle zu bewegen. Sie fühlte sich nicht im Geringsten unbehaglich, Celestine dabei zuzusehen, wie sie sich von dem Mann reinigte, der sie eben verlassen hatte.

Die Wassertropfen auf ihrer Haut hatten den matten Glanz von Mondsteinen, als sie sich umwandte. Sie ging auf Sidonie zu, ohne sich zu bedecken, und nur für einen kurzen Moment hatte Sidonie den Wunsch zu fliehen. Als Celestine die Hand ausstreckte und ihre linke Brust umfasste, konnte sie spüren, wie das Kind in ihrem Bauch unruhig wurde.

»Du wirst Milch für zwei brauchen«, sagte Celestine mit ihrer seltsamen Art zu reden. »Pass auf, mit wem du dich einlässt, *petite.*« Ihre Hand glitt zu Sidonies Bauch und brachte das Kind zur Ruhe. Dann wandte sie sich um, ging zurück ins grüne Zimmer und schloss die Tür.

Es war ungewöhnlich still im Haus, während sich auf dem Hemd über Sidonies Brust ein nasser Fleck ausbreitete.

*

Am Gendarmenmarkt stieg Elsa in eine Droschke, nannte dem Kutscher die Adresse und warf einen letzten Blick auf das Theater, bevor sie sich in die Polster lehnte. Sie hatten *Die Bekehrten* wieder vor vollem Haus gespielt, die Stadt belebte sich, man war aus seinen Sommerresidenzen zurückgekehrt und gab wieder Abendessen.

Während das gleichmäßige Klappern der Pferdehufe sie müde machte, versuchte Elsa sich zu erinnern, wann sie zum letzten Mal gemeinsam mit Helene und ihrem Vater ausgegangen oder einer Einladung gefolgt war. Hatten sie es jemals getan? Wenn die beiden sie in Berlin besuchten, waren sie gekommen, um sie im Theater zu sehen, tagsüber waren sie zusammen durch den Tierpark flaniert, hatten das Museum besucht. Auch kam ihr ein Ausflug auf die Pfaueninsel in Erinnerung, wo sie die Tiersammlung des Königs angesehen hatten, und ein Abendessen im Speisehaus Jagor Unter den Linden.

Wenn sie an jene Besuche dachte, so fiel ihr vor allem ein, dass ihre Mutter nicht dabei gewesen war, und noch immer verspürte sie einen beschämenden Groll darüber. Jeder Gedanke an Gesa löste zwiespältige Empfindungen in ihr aus, Kummer und Wut, Ohnmacht und Traurigkeit. Dass sie ihre Sehnsucht nach der Liebe und dem Stolz ihrer Mutter gemeinsam mit ihr begraben musste, bereitete ihr den schmerzhaftesten Verlust. Das Schlimmste jedoch war, dass sie bei allem sich selbst in Verdacht hatte, ihrer Mutter unrecht zu tun. Sie musste sich verbieten, in Grübeleien darüber zu verfallen, es führte zu nichts. Schon erst recht brachte es sie nicht weiter, sich von fortgesetztem Schuldempfinden deprimieren zu lassen, ob es nun beim Nachdenken über ihre Mutter geschah, den ungelösten Fragen über die kleine Habermann oder bei jedem Gedanken an Moritz, der ihr mitunter durch Kopf und Herz fuhr wie ein Blitzschlag, so wie in diesem Augenblick, als die Droschke zum Halten kam.

Doch Elsa gelang es, ihre Gedanken in eine gänzlich andere Richtung zu lenken, bevor sie das Haus Professor Hähnleins betrat, das sich im Spandauer Viertel befand. Der König hatte heute allein in der Loge gesessen, was er, wie sie wusste, zuweilen genoss.

»Wo ich auch sein mag, überall bin ich in Anspruch genommen«, hatte Wilhelm seinen Schauspielern einmal bei einem Abendessen anvertraut. »Im Theater bin ich nicht einsam und doch mit mir allein. Hier will man nichts von mir.«

Es ließe sich hübsch erzählen.

Ein Dienstmädchen nahm Elsa den Umhang ab, und sie entgegnete der hingerissenen Neugier des Mädchens mit der Andeutung eines Lächelns. Als sich die Flügeltür zum Speisezimmer öffnete und das Gespräch unter den anderen Gästen erstarb, fand Elsa endgültig in ihr Element zurück.

Die ganze Gesellschaft hing an Elsas Lippen, was Helene sehr recht war, denn so konnte sie sich dem guten Essen widmen, ohne pausenlos freundliche Fragen beantworten zu müssen, und damit den Blicken Finlay Gordons ausweichen, der ihr gegenübersaß.

»Wusstest du, dass er kommt?«, hatte Elsa zwischen zwei Happen Entenragout gefragt. Dabei stand ihr bedenkliche Unternehmungslust ins Gesicht geschrieben.

»Ganz und gar nicht«, antwortete Helene, so als führten sie ein Gespräch über das Wetter.

»Dann hat Vater das eingefädelt? Hervorragende Idee.«

Elsa hob das Glas. »Würden Sie mit mir auf unseren Vater anstoßen? Meine liebe Schwester und ich sind glücklich, ihn endlich bei uns in Berlin zu haben.«

Elsa verstand es, die gelehrte Tafelrunde beachtlich aufzumuntern, nicht einmal den Damen gelang es, die Stimmung mit Humorlosigkeit zu sabotieren. Mit ihren Anekdoten vom Bühnenleben hatte Elsa sie ebenso im Griff wie ihre Ehemänner, Helenes Lehrer, die sie in wehrlose Charmeure verwandelte.

Hähnlein ließ das Dienstmädchen weiteren Champagner aus dem Eiskeller holen, und seine Frau bat die Gäste in den Salon, wo es ein frisch gestimmtes Pianoforte gab. Das vierhändige Spiel der Töchter des Hauses zwang Elsa eine Pause auf, die sie zur Vorbereitung ihres Angriffs auf Finlay Gordon nutzte.

»Könntest du bitte aufhören, ihn anzustarren wie einen Stock Seide?«, flüsterte Helene.

»Bist du eifersüchtig?« Elsa ließ ihren Fächer aufschnappen. »Du wirkst so erhitzt.«

»Sei nicht albern. Ich kenne den Mann doch gar nicht.«

»Das sollten wir ändern. Er sieht gut aus. Der Mann ist Arzt, hast du nichts mit ihm zu reden?«

»Würdest du das bitte mir überlassen?«

»Hör auf zu zischen, das ist unhöflich den Pianistinnen gegenüber.«

»Ist Ihnen nicht gut?«, flüsterte Sophie Hähnlein besorgt. »Wir haben ein Badekabinett einbauen lassen, wollen Sie es sehen? Sie könnten sich dort frisch machen.«

Hastig überlegte Helene, ob sie sich damit aus der Affäre ziehen könnte, das Angebot der Hausherrin anzunehmen, doch sie war nicht schnell genug.

Neben ihr sprang Elsa applaudierend vom Sofa auf.

»Wie entzückend Ihre Töchter spielen«, rief sie.

»Oh bitte«, parierte Sophie Hähnlein prompt. »Würden Sie uns die Freude machen und etwas singen, Elsa!«

Helene sah ihre Schwester zaudern und fragte sich, wie es sein konnte, dass all die gebildeten Menschen in diesem Zimmer bereit waren, ihr diese Posse abzunehmen. Allein ihr Vater beobachtete die Szenerie mit beinahe wissenschaftlichem Interesse.

»Ich weiß nicht, ob meine Stimme nach einem Bühnenabend noch die Kraft hat, ein ganzes Lied durchzustehen«, hörte sie Elsa sagen, »... aber auf ein Duett würde ich mich einlassen.«

»Wo, sagten Sie, ist Ihr Kabinett?«, flüsterte Helene. Doch Sophie Hähnlein war nicht mehr ansprechbar.

»Mister Gordon«, rief Elsa, »welche deutschen Lieder kennen Sie?«

Helene musste sich abwenden.

Elsa war unerbittlich, und der Rest der Gesellschaft machte mit, als wären sie allesamt unter den Einfluss einer seltsamen Droge geraten. Während der schottische Arzt sich dem launigen Drängen seiner Gastgeber ergab, ein Schubertlied mit Elsa vorzutragen, versuchte Helene dezent dem Zimmer zu entkommen.

»Hiergeblieben!«, sagte ihr Vater. Er fasste sie am Ellenbogen und dirigierte sie zu einem der Sofas. »Du wirst doch deiner Schwester nicht das Feld überlassen.«

Er glaubte etwas vollkommen Falsches, aber das machte letztlich so gut wie gar nichts, dachte Helene, denn wenige Augenblicke später begann Finlay Gordon derart grauenvoll zu singen, dass ihrem Vater vor Lachen die Tränen kamen. Dafür war Helene bereit, Elsa alles zu verzeihen. Sie war auch bereit, ihr nachzusehen, dass sie Finlay nach dem Ende des Abendliedes mit einem weiteren Glas Champagner zu ihr schickte, während sie mit dem Vater den Tanz eröffnete.

Helene wandte sich Finlay zu, der neben ihr Platz genommen hatte.

»Ich muss Sie um Entschuldigung bitten«, sagte sie.

»Aber nein«, antwortete er, »nur wäre das alles gar nicht nötig gewesen. Ich hätte Sie niemals gehen lassen, ohne zu erfahren, ob ich Sie wiedersehen darf. Wobei ich es vorziehen würde, nicht singen zu müssen.«

Elsa war hochzufrieden mit sich und ein wenig betrunken, als sie zu Hause ankam. Sie hatte sich französisch verabschiedet und die bestellte Droschke genommen, was man ihr zweifellos verzeihen würde, da sie aus dem Abend eine *fête* gemacht hatte, auf der sich alle sehr amüsiert hatten. Vor allem hatte niemand mehr Finlay und Helene, das Schäfchen, in ihrem angeregten Gespräch unterbrochen. Ihr persönlicher Triumph wäre es gewesen, die beiden zum Tanzen zu bringen, doch davon hatte ihr Vater sie abgehalten.

Sie wäre sogar mit Hersilie Stopfkuchen fertig geworden, wenn sie erneut gefragt hätte, ob sie sich erklären könne, warum Moritz ihre Einladungen nicht annahm, doch Hersilie schlief schon.

Erst als sie sich von Eveline auskleiden ließ, bemerkte Elsa, dass ihr etwas schwindlig war.

»Ich muss Ihnen wohl einen Kaffee machen, wie ich das sehe.« Eveline betrachtete sie misstrauisch. »Sonst spucken Sie mir noch in die Betten.«

»Das siehst du aber vollkommen falsch«, maulte Elsa, »ich will jetzt nämlich schlafen.«

Sie legte sich aufs Bett, was, wie sie sich eingestehen musste, keine gute Idee war.

»Außerdem ist ein Brief für Sie angekommen«, sagte Eveline. »Wollen Sie den jetzt noch lesen oder lieber erst morgen?«

»Na jetzt, *naturellement*!«

Elsa war schlagartig wacher, jedoch keineswegs bewegungsfähiger.

»Erst Kaffee, ich sag's doch.«

Eveline drehte die Flamme der Öllampe auf dem Nachttisch höher, bevor sie ging, und überließ Elsa den Schwindelgefühlen.

Sobald ihre widerstreitenden Organe zur Ruhe gekommen waren, begann Elsa darüber nachzudenken, wie lange es noch klug war, den Prinzen hinzuhalten. Wilhelm Ludwig umwarb sie seit ihrer Begegnung im Königlichen Palais beharrlich. Einmal, zuweilen auch zweimal wöchentlich erhielt sie einen Brief von ihm, in dem er sie um ein Zusammentreffen unter vier Augen bat. Er hatte dafür verschiedene Orte vorgeschlagen, die allesamt nicht ihrem Geschmack entsprachen. Keinesfalls würde sie sich in das Landhaus irgendeines Freundes von Adel begeben – das allein verbot sich schon aus sehr gewissen Gründen. Im Übrigen durfte sie es ihm nicht zu leicht machen. Wenn sie wollte, dass er sich für sie verwendete, war es unabdingbar, dass er sie achtete. Elsa bedauerte zutiefst, sich nicht mit Malvine beraten zu können, doch es stand zu befürchten, dass sie ihr in dieser Sache einen Rat verweigern würde. Niemandem konnte sie sich anvertrauen, sie musste sich auf die Klugheit ihrer inneren Stimme verlassen, wobei ihr nicht klar war, ob diese sich derzeit von ihrem Herzen oder ihrem Kopf leiten ließ.

Eveline brachte den Kaffee auf einem zierlichen Tablett. Beim Anblick des Briefes, der beim Zuckerfässchen lag, überlief Elsa ein kühler Schauder. Sie lehnte sich in die Kissen, trank in kleinen Schlucken den ungesüßten Kaffee und lauschte auf Evelines sich entfernende Schritte, bis nichts mehr zu hören war. Erst dann nahm sie den Brief vom Tablett und erbrach das Siegel.

Zuerst war sie enttäuscht, weil sie die Handschrift nicht kannte. Nur deshalb las sie zuerst die Unterschrift. Einen Lidschlag später war sie vollkommen nüchtern.

*

Vom Fenster aus sah er sie mit dem hässlichen Hund und der Hofdame über den Hof davongehen. Sie würde ihren täglichen Spaziergang im Tiergarten machen, trotz des nicht eben guten Wetters. Möglicherweise würde sie auch die Chaise nehmen – das war von seinem Posten aus nicht festzustellen. Ob es ein Fehler war, ihr nicht zu folgen? Zu spät. Er würde sie nicht mehr einholen können.

Im Übrigen hatte er es satt, sie bei ihren belanglosen Tätigkeiten zu beobachten, und gäbe es nicht diesen fortgesetzten Lockruf seines Instinktes, den er für untrüglich hielt, so würde er inzwischen glauben, dass sie nichts zu verbergen hatte. Das Geschwätz kam indessen nicht vollständig zur Ruhe. Mal verebbte es, dann wieder brandete es auf, das konnte er in seinen Nischen und Winkeln aus dem Verborgenen erlauschen. Die Mutmaßungen hängten sich an ihren Kleidern auf, an den Schals, in die sie sich wickelte, und erst vor wenigen Tagen hatte er zwei Näherinnen hören können, die sich über die Mieder unterhielten, bei denen die Bänder ausgetauscht werden mussten. Was immer es bedeuten mochte.

Ausgerechnet dieser Umstand, dass es ihm unmöglich war, etwas Genaues herauszufinden, warf ihn zurück auf die Unzulänglichkeit seiner Person. Keine Nacht konnte er mehr schlafen, so jedenfalls kam es ihm vor. Voller Selbsthass wälzte er sich auf seinem Lager, oder aber er starrte mit brennenden Augen in die Dunkelheit seiner fensterlosen Kammer im Königlichen Palais. Wäre er nicht der, der er war, und die anderen würden es nicht ebenso vermeiden wie er, ein einziges privates Wort zu wechseln, dann wäre er sicher längst im Bilde über die Einzelheiten, die untereinander ausgetauscht wurden. Und wären sie noch so unbedeutend, hanebüchen oder erlogen – er würde das Ganze durch den Filter seines klaren Geistes schicken und erhielte eine Essenz an Wahrscheinlichkeiten, die ihn dem Tatsächlichen nahebringen konnte. Aber so wusste er noch immer nichts. Mitunter empfand er sein Schattendasein jetzt wie einen selbst erschaffenen Kerker, zu dem er unbedacht den Schlüssel fortgeworfen hatte.

Er bewohnte eine der Kammern hinter den Tapetenwänden der königlichen Zimmer, wo für gewöhnlich Diener und Zofen schliefen. Seine Kammer im Labyrinth der unsichtbaren Räumlichkeiten hatte er so gewählt – und beim Hofmarschall durchgesetzt, der seinen Wunsch als Grille eines Sonderlings abtat –, dass er Luises Schlafgemach erreichen konnte, ohne gesehen zu werden. Ihm allerdings war es möglich zu bemerken, ob sich etwa der König darin aufhielt, der ebenso wie er schlaflose Nächte hatte. Seine Majestät blieb meistens nicht lang. Der König pflegte dann reglos im Zimmer zu stehen, berührte nichts, setzte sich nicht. Bestimmt suchte er nach Erinnerungen, und bestimmt konnte er es kaum ertragen, sie nicht mehr vorzufinden in jenem Mobiliar, dem nichts mehr von der Königin anhaftete. Alles war künstlich am Leben erhalten und deshalb noch toter als tot.

Ihm hingegen machte das für gewöhnlich nichts aus, denn er war ein Teil dieser Gegenstände. Nur wäre es in seiner momentanen Lage hilfreich gewesen, ein Teil des Banalen am Hofe zu sein. An schlechten, durch Schlaflosigkeit und Gliederreißen geprägten Tagen vermutete er hinter jeder vorgehaltenen Hand, hinter jedem Kichern und Flüstern ein Wissen, das ihn ausschloss.

Mit dem Hass, den er in sich trug, wagte er nicht mehr nach Charlottenburg zu gehen. Er konnte sich nicht darüber hinwegtäuschen, dass *sie* seine Anfeindungen niemals geduldet hätte. Er hätte als schlechter Mensch vor ihr schlafendes Antlitz treten müssen, und nichts fürchtete er mehr, als ihren Frieden zu stören.

Als ihm die Tränen in die Augen schossen, wandte er sich vom Fenster ab. Ein Himmel aus violetter Seide fiel über Luises leeres Bett herab und teilte sich über zwei bronzenen Sphinxen. Vor dem dunklen Schimmer der drapierten Wände vollendeten zwei Postamente mit Alabastervasen die anmutige Symmetrie. Die Eleganz des Zimmers bestürzte ihn. Sie war so unvergleichlich.

Auf den Stock gestützt, nestelte er das Schnupftuch aus seiner Rocktasche. Der einsame Laut seines Schluchzens brachte ihn vollends zur Verzweiflung, er konnte sich nicht beruhigen. Während er weinte, laut, wie ein krankhaft gealtertes, von allen verlassenes Kind, schälte sich ein Gedanke aus seinem Elend.

Was, wenn die Person einfach stürbe? Sie war so bedeutungslos. Man würde sie schnell vergessen.

*

Mit dem Rücken zu der wimmernden Frau auf ihrem Bett schrubbte Helene sich an der Waschschüssel den Talg von den Händen, den sie auf Anraten Hähnleins vor der Tastuntersuchung in einer dicken Schicht aufgetragen hatte. Die Pusche war bereits auf dem Weg zu Doktor Novak, denn die Geburtsvorgänge waren zum Stillstand gekommen.

Die junge Schwangere war eine Syphilitische mit ersten Symptomen, was die Gebärabteilung in Schwierigkeiten gebracht hätte, wäre Helene nicht bereit gewesen, noch am selben Abend, als die Frau mit starken Wehen eingetroffen war, ihr Bett im Hebammenzimmer zur Verfügung zu stellen. Nach der Entbindung musste sie eiligst in die Abteilung für venerische Krankheiten verbracht werden; bei ihrem Kind blieb abzuwarten, ob es die Strapazen der Geburt überleben würde. Nach allem, was sie hatten von ihr erfahren können, war die Syphilis von ihrem Mann, einem Spreeschiffer, auf sie übergegangen.

Helene notierte im Protokollbuch die unveränderte Öffnung des Muttermundes zum Umfang eines Achtgroschenstückes, während die Dämpfe des Räuchergefäßes ihr die Augen tränen ließen. In der Nacht hatte sich Helene nach einem Fieberschauer der Schwangeren mit ihrem Vater beraten und nach einem Aderlass von zehn Unzen eine Gabe *chininum sulfuricum* mit Tamarindenmark verabreicht. Einen warmen Leinsamenwickel hatte die Frau als Erleichterung empfunden, und jetzt, als Helene sich über sie beugte, fielen ihr vor Erschöpfung die Augen zu.

Sobald die Atemzüge ruhig wurden, verließ Helene die Kammer. Dem Wäscheschrank entnahm sie zwei mottenzerfressene wollene Decken und machte sich auf den Weg zum Wöchnerinnenzimmer. Die Luft war klamm und schon wieder abgestanden, selbst auf den Gängen. Das Wetter war mit einem Schlag herbstlich geworden, nass, windig und kühl.

Zwei von acht Wöchnerinnen waren seit dem Tod jener Frau, die sie gemeinsam mit Hähnlein seziert hatte, am Kindbettfieber gestorben, und man zog in Erwägung, in diesem Jahr früher mit dem Heizen zu beginnen. Die Wetterprotokolle legten die Gefahr einer Epidemie besonders bei nasskalten Witterungsverhältnissen nahe, und Hähnlein hatte Helene die Verantwortung für die höchste Reinlichkeit auf der Entbindungsabteilung übertragen. Auch empfahl er ihr, die Ostwinde zum Lüften zu nutzen, damit sie die faulen Dünste abführten.

Sie dachte an Finlay Gordon, der nicht an eine Übertragung des Fiebers durch die Atmosphäre glauben wollte. Er hatte an jenem Abend bei Hähnleins mit ihr darüber gesprochen, als redete er zu einem Kollegen.

»Wenn das Kindbettfieber, wie nahezu alle meiner Kollegen immer noch glauben wollen, sich aus den geschwächten Organen einer Wöchnerin entwickelt, wie kommt es dann, dass wir dieses Phänomen ausschließlich in Hospitälern und Gebärhäusern finden? Wir haben schon so viel Zeit verschwendet, denn was ich glaube, ist nicht neu. Es gibt Aufzeichnungen und Protokolle schon aus dem vergangenen Jahrhundert, die ganz ähnliche Schlüsse dokumentieren. Wir, Ärzte und Hebammen in den Gebärinstituten, müssen uns darüber im Klaren sein, dass wir selbst das Fieber von einer Frau auf die andere übertragen, solange wir die Ursachen nicht kennen.«

Sie hatte noch den Klang seiner Stimme im Ohr, die fremde Melodie seiner Sätze, wie er die Worte aussprach, wie ihm die dunklen Haare während seiner vehementen Rede in die breite Stirn gefallen waren. Er hatte ein flächiges Gesicht mit weit auseinanderstehenden graugrünen Augen und jungenhaften Zügen, die Nase war ein wenig rundlich, der Mund weich geschwungen. Seine Ansichten stießen auf größte Skepsis. Sie dachte gern an ihn.

Zwei Mägde kamen ihr aus dem Schwangerenzimmer mit einem Korb Schmutzwäsche entgegen. Es war unmöglich, die Betttücher täglich zu wechseln, da es ihnen an Wäsche mangelte, und so waren gegen die flüchtigen Gifte menschlicher Ausdünstungen beständig Räucherpfannen mit

Salbei und Essig im Einsatz. Auf das neue Leinzeug, die benötigten Krankenhemden und Decken, die von den Zuwendungen der Zarin angeschafft werden sollten, wartete man noch immer.

Aus dem Wöchnerinnenzimmer hörte Helene die Säuglinge quäken. Unter lautem Gähnen machten die Frauen einander erste Mitteilungen, die sich über den ganzen Tag hinziehen würden. Sie öffnete eines der Gangfenster und schüttelte die Decken aus, weniger in der Hoffnung, die Kampferdämpfe damit zu vertreiben, als ihrer Anstrengung Herr zu werden, die es sie zuweilen kostete, den Frauen aufmerksam zu begegnen und freundlich, wie sie es von sich verlangte.

Es kam ihr vor, als beklagten sie sich über jede Unbill allein bei ihr, da sie bei der Pusche auf taube Ohren stießen. Im Übrigen hatte sich bei den Frauen herumgesprochen, dass sie mit Helene die Tochter des neuen Professors vor sich hatten, was ihnen nicht immer geheuer war, aber letztlich doch nützlich erschien.

Die Blödsinnigen, deren Schreie sie von den nahe gelegenen Sälen belauschten, wenn man sie dort kalten Bädern unterzog, waren ein ebenso geschätzter Gesprächsgegenstand der Frauen wie das Essen, sie konnten sich über Grützsuppen und Bollenfleisch auslassen, als wären sie es gewohnt, von goldenen Tellern zu essen. Ihr Liebstes jedoch war es, sich über Doktor Novaks rüden Ton zu ereifern, wenn er sie zur Küchenarbeit ans Ende des Flügels oder zu den Wäscherinnen in den Keller schickte oder sie zum Bandagenwickeln für die Chirurgie abstellte, damit sie sich nicht räsonierend in den Stuben zusammenrotteten, wie er das nannte.

Die Frauen verlangten ihr so viel ab, wie sie verdienten, und das war eine erhebliche Menge. Es kostete Helene mehr Kraft als zu anderen Zeiten. Manchmal fürchtete sie, es könne nicht nur an den Nachtdiensten liegen oder dem täglichen Lernpensum, das sie sich auferlegte, sondern daran, dass sie dabei war, sich über sie zu erheben. Vielleicht hatte sie sich aus diesem Grund in den Kopf gesetzt, Sidonie zu finden.

Helene stellte sich den Windböen entgegen, die aus dem grauen Himmel an ihr vorbei in den Gang fuhren. Sie atmete die feuchte Luft ein und genoss für einen Moment sogar den Sprühregen, der auf ihr Gesicht traf.

Wann würde die Unterredung mit dem *chirurgus forensis* endlich beendet sein? Sie hoffte inständig, dass Professor Hähnlein mit dem Vortrag seiner Bitte erfolgreich war. Nach mehreren Gesprächen mit ihrem Vater hatte Hähnlein sich bereitgefunden, die Sache als persönlichen Wunsch vorzutragen, denn eine Anweisung widerstrebte ihm in diesem Fall, zumal die *chirurgi* der Polizeibehörde unterstanden. Er ziehe, so hatte Hähnlein sie wissen lassen, dafür einen Mann in Betracht, den er aus seiner Studienzeit kannte.

Natürlich hatte Helene erwogen, auf eigene Faust zu handeln. Doch es war ausgeschlossen, sich wie eine Närrin durch die Bordelle an der Königsmauer zu fragen. Auch hatte ihr diese Vorstellung Angst gemacht, und das schien ihr, da sie im Grunde keine ängstliche Natur war, eine angemessene Warnung zu sein.

Ihr Plan war, einen *chirurgus forensis* bei seiner Visitation der Bordelle zu begleiten – eine Idee, die Hähnlein inzwischen beinahe für seine eigene hielt, da er befand, dass eine Hebamme an der Seite des inspizierenden Arztes den Zugang zu den Prostituierten erleichtern könnte.

Ihrem Vater die Zustimmung abzuringen war Helene zuvor schnell gelungen, obwohl er ganz und gar nicht davon angetan war.

»Hast du mich nicht gelehrt, jede Frau, die uns anvertraut ist, mit Respekt zu behandeln?«, hatte sie ihn gefragt.

»Das vertrete ich unverändert, Helene, aber ich möchte in gleichem Maße meine Tochter vor rohen Eindrücken schützen. Du hast nicht die geringste Vorstellung, was dich dort erwarten wird.«

»Aber eben darum geht es mir. Du würdest es verstehen, wenn du dich nicht weiter durch den Umstand ängstigen ließest, dass ich deine Tochter bin. Ich werde an der Seite eines erfahrenen Arztes sein, und ich hoffe, es wird mir helfen zu begreifen, warum eine Frau wie Sidonie es vorzieht, zurück in ein Bordell zu gehen, anstatt ihr Kind unbehelligt zu gebären.«

»Woher willst du überhaupt wissen, ob sie wieder in diesem Hause ist? Wenn es dir denn tatsächlich in der Hauptsache um dieses eine Mädchen geht. Möglicherweise ist sie gar nicht mehr in Berlin. Wie willst du sie dann finden? Und wer weiß, vielleicht kommt sie auch von allein zurück? Wir haben das in Marburg oft genug erlebt, erinnere dich.«

»Wenn ich sie nicht finde, kann ich doch vielleicht etwas über sie erfahren. Und ich werde sehen, wie ein forensischer Arzt bei seiner Arbeit vorgeht ...«

»Du solltest nicht glauben, dass dieses Freudenmädchen sich unbedingt von dir retten lassen will.«

»Da hast du verdammich recht, würde sie sagen.«

Helene hatte gelacht, so wie sie jetzt lächeln musste, bei dem Gedanken an Sidonie.

Sie hatten das Gespräch, an dessen Ende ihr Vater sein Einverständnis unter Vorbehalt erklärte, in seiner Dienstwohnung geführt, wo sie zuweilen gemeinsam eine mehr schlechte als rechte Mahlzeit aus der Charité-Küche des Ostflügels einnahmen. Wenn sie Tee oder Kaffee tranken, bestand er darauf, ihn auf einem Spiritusrechaud zuzubereiten, wie er es sich hatte von Lina beibringen lassen, und mehr als einmal hatte sie sich gefragt, wie es wohl ihrer Mutter gefallen hätte, sie so zu sehen. Seltsamerweise fand sie in ihren Vorstellungen keinen Platz für sie in Berlin, und das machte sie unendlich traurig. Ob ihre Mutter dergleichen geahnt, ob sie es gefürchtet hatte?

»Wie ich höre, möchten Sie mich begleiten, sofern Sie es nicht gerade vorziehen, sich den Tod zu holen.«

Der Mann, der sich ihr als Doktor Friedemann Blunck vorstellte, mochte im Alter ihres Vaters sein. Eine schwarzlederne Klappe bedeckte das linke Auge, und das hagere Gesicht, aus dem eine Adlernase hervorstach, war von tiefen Furchen durchzogen. Sein schwarzer Rock wirkte abgetragen, die Hosen ungeplättet, das Halstuch war lose gewickelt, und die Hemdsärmel hingen knopflos über seinen langen Händen, die auf dem Silberknauf seines Gehstocks zusammenfanden.

»Ich bin einverstanden für das eine Mal«, sagte er, während er Helene mit seinem wasserblauen Auge genauestens taxierte. »Zweite Oktoberwoche. Ich werde Ihnen noch ein verbindliches Datum nennen.«

Er wandte sich zum Gehen, ohne eine Antwort abzuwarten.

»Und wenn ich verbindlich sage, meine ich es so.«

»Ich danke Ihnen sehr, Herr Doktor Blunck«, rief Helene ihm nach, der sich mit langen Schritten entfernte. »Ich hoffe,

Sie können mir glauben, wie sehr ich es zu schätzen weiß, dass Sie ...«

Im Weitergehen hob er die Hand, um sie zum Schweigen zu bringen. An Novak, der ihm mit Pusche in der Nachhut entgegenkam, ging er grußlos vorbei.

»Was machen Sie denn noch hier, Heuser?«, herrschte Novak sie verkniffen an, während die Pusche mit flatternden Schürzenbändern im Schlafsaal verschwand.

»Wohnen Sie jetzt bereits in der Charité wie Ihr Vater? Warum lassen Sie mich wegen der Syphilitischen rufen? Es besteht kein Anlass dazu, wenn sie keine Wehen hat. Oder hat sie inzwischen welche?«

»Sie ist entkräftet und schläft. Jedenfalls tat sie das noch vor wenigen Minuten.« Sie schloss das Fenster.

»Gehen Sie und erstatten Sie mir Bericht, wie es jetzt ist, Herrgott noch mal. Ich werde mich nicht grundlos der Gefahr einer Ansteckung aussetzen.«

Im Schlafsaal lief ihr die Pusche mit hochrotem Kopf entgegen.

»Die Wasser sind abgeflossen«, keuchte sie. »Der Herr Professor, also dein Vater, er ist bei ihr. Er hat englische Handschuhe aus Pferdeblasen, sagt er, ich soll sie aus seiner Wohnung holen und Baumöl aus dem Medikamentenschrank ...«

»Soll ich das schnell für dich machen?«

»Nein«, sagte Pusche hastig. »Geh du solange zu deinem Vater. Er hat mir genau gesagt, wo alles ist. Was willst du mit den Decken?«

»Ich wollte sie ins Wöchnerinnenzimmer bringen«, sagte Helene.

Erst jetzt fiel ihr auf, dass sie die Wolldecken umklammerte wie einen Schutzschild. Die Pusche nahm sie ihr ab.

»Gute Güte, wenn doch nur alles schon vorbei wäre«, sagte sie.

Doch es fing gerade erst an.

In der Hebammenkammer fand Helene ihren Vater mit aufgerollten Hemdsärmeln an der Seite der jungen Spreefischerfrau. Während er sich die Hände mit Talg einrieb, fragte er sie danach, wo sie wohnte. Dass es eine Fischerinsel mitten in Berlin gab, hatte er noch nie gehört. Die Frau war ruhig, auch als er die Hand auf ihren Bauch legte und sagte, dass er sie untersuchen werde. Ob sie damit einverstanden sei, wenn er seine unausgeschlafene Tochter nach Hause schickte? Sie nickte lächelnd.

»Niemandem nützt eine übermüdete Geburtshelferin«, sagte Clemens, »in diesem Fall sind Arzt und Patientin sich einig.«

Helene ging nicht gern, doch die gespannte Haltung ihres Vaters zeigte an, dass er nicht bereit war, sich jetzt auf eine Debatte einzulassen.

Auf dem Gang begegnete ihr Professor Hähnlein.

»Sie machen sich Sorgen um Ihren Vater, nicht wahr? Das sehe ich Ihnen an, aber das müssen Sie nicht. Vertrauen Sie auf seine Erfahrung und auf meine. Ich werde ihm zur Seite stehen. Gehen Sie nur, und lassen Sie die alten Herren ihre Arbeit tun.«

Helene zögerte.

»Nicht überzeugt?«, fragte Hähnlein.

»Ich frage mich nur, wenn man sich gegen eine Ansteckung mit Syphilis schützen kann, ob nun der Talg oder die Handschuhe das Mittel sind, warum nicht gegen das Kindbettfieber?«

Hähnlein runzelte die Stirn. Ihre Frage missfiel ihm deutlich.

»Hören Sie, kein Mann kann von dem Fieber befallen werden und ebenso keine Frau, die nicht frisch entbunden hat. Nur weil Ihnen der junge Mr. Gordon gefällt, sollten Sie sich nicht von seinen Ideen anstecken lassen. Verstehen Sie mich nicht falsch – der Kollege aus Schottland ist mir durchaus sympathisch, aber er ist ein Hitzkopf. Er zieht voreilige Schlüsse, die jeder Grundlage entbehren. Ich gebe Ihnen den guten Rat, auf Ihren Verstand zu hören und zu beherzigen, was Sie von Ihren Lehrern gelernt haben. Und vor allen Dingen schlafen Sie sich aus.«

*

Für ihre Verhältnisse war Elsa sehr früh aufgestanden, und da sie darauf brannte, sich mitzuteilen, hatte es ihr keine Mühe gemacht. In der vergangenen Nacht hatte sie so gut wie kein Auge zugetan. Nach dem Theater war sie schnurstracks nach Hause gegangen, hatte mit Hersilie Stopfkuchen spanischen Likör getrunken und geplaudert. Seit Neuestem nämlich war Hersilie an Familiengeschichten interessiert, denn ihr großes Herz hatte beschlossen, dem Herrn Professor, ihrem »armen« Vater, ein tröstendes Glück in Aussicht zu stellen. Es beschämte Elsa nicht im Geringsten, die aussichtslosen Leidenschaften der Madame Stopfkuchen weniger aussichtslos erscheinen zu lassen, um ihr für den Vormittag die Kalesche abzuluchsen, denn das Gespräch, das sie zu führen gedachte, war nichts für den festen Boden.

Seit einer geschlagenen Stunde wartete sie nun schon vor der Charité, um Helene abzufangen, für den Fall, dass sie sich nicht zum Frühstück bei ihr einfinden würde. Sie hatte noch immer keine Idee, wie sie vorbringen sollte, worum die

Fürstin gebeten hatte. Elsa wusste nur, dass die Fürstin Einfluss auf den Kunstgeschmack des Königs hatte. Seit sie mit ihm verheiratet war, wurde vermehrt Schiller gegeben, Shakespeare und Goethe hatten sich wieder zwischen einfältige Lustspiele auf den Spielplan des Königlichen Schauspiels geschlichen. Elsa brannte darauf, Fausts Gretchen zu spielen. Seit ihrem persönlichen Sündenfall fühlte sie sich für diese Rolle prädestiniert.

Sie öffnete den Deckel des Korbes, den Eveline mit allerlei guten Dingen gefüllt hatte, unter anderem mit Kaffee, der inzwischen vermutlich unter seinem Filzhut kalt geworden war, so wie ihr unter der Wolldecke.

Sie hörte den Kutscher rufen und stieß den Wagenschlag auf, als sie Helene durch den Sprühregen laufen sah.

»Wie komme ich denn zu dieser Ehre?«

Außer Atem ließ Helene sich Elsa gegenüber in die Polster fallen.

»Ich hatte mir eine Spazierfahrt mit Picknick ausgedacht. Nun spielt das Wetter nicht mit, und wir müssen improvisieren.«

»Eine himmlische Idee.« Helene schloss die Augen, als die Kutsche sich in Bewegung setzte. »Es könnte nur passieren, dass ich einschlafe.«

Sie war blass und hatte tiefste Schatten unter den Augen, doch darauf konnte Elsa heute keine Rücksicht nehmen. Sie legte ihr eine Decke über die Beine und überlegte, ob sie es wagen konnte, während der schaukelnden Fahrt Kaffee in einen Becher zu schenken, ohne sich ihr Kleid zu verderben.

»Wo willst du denn mit mir hin?«, murmelte Helene.

Elsa biss sich auf die Lippen und betrachtete ihre Schwester, die tatsächlich im Begriff war einzuschlafen.

»Ich müsste lügen, wenn mir ein idealer Ort für einen heiklen Gesprächsgegenstand eingefallen wäre, der zudem allergrößter Geheimhaltung bedarf.«

Helene öffnete die Augen und setzte sich langsam auf.

»Was meinst du mit heikel?«

»Es geht nicht um mich«, sagte Elsa schnell. »Und auch nicht um das, was du möglicherweise befürchtest.«

»Ich beginne zu befürchten, dass du in Schwierigkeiten steckst oder dich geradewegs hineinbegibst.«

Die Kutsche kam zum Stehen; sie hatten das Ende des Schiffbauerdamms erreicht. Helene erkannte die Zugbrücke, die in den Tiergarten führte. Der Regen war stärker geworden und schlug gegen die Scheiben. Elsa beugte sich vor.

»Man bittet uns um Hilfe«, sagte sie mit gesenkter Stimme. »Es ist eine Person von Stand. Aus allerhöchsten Kreisen.«

»Ich glaube, du solltest nicht weitersprechen«, sagte Helene. »Mir gefällt schon jetzt nicht, was du vielleicht sagen willst. Was heißt überhaupt, man bittet *uns*? Ich hoffe, du hast keine voreiligen Versprechungen gemacht.«

»Das habe ich nicht, aber ich bitte dich sehr, Helene, lass mich dir erst einmal sagen, um was es geht, ohne dass du gleich grollst.«

»Ich habe wohl keine andere Möglichkeit.«

Elsa nestelte aus dem Korb die Kanne mit dem Kaffee hervor und stellte erleichtert fest, dass dieser noch warm war, als sie einen Becher füllte. Helene trank davon und nahm auch den süßen Wecken an, den sie ihr mit einer Serviette reichte.

»Die Person, deren Identität ich geheim halten muss, will einer engen Freundin helfen, die in Bedrängnis geraten ist.«

»Durch eine Schwangerschaft, nehme ich an.«

»Ja.« Elsa flüsterte jetzt. »Doch die Lage der Frau unterscheidet sich von der meinigen, als ich dich um Hilfe bat. Sie hat viel Zeit vergehen lassen, da sie es so lange nicht glauben wollte, bis sie Kindsregungen verspürte.«

Während Helene sich fragte, ob es Kalkül war, dass ihre Schwester sie daran erinnerte, wie sie von ihr im Stich gelassen worden war, oder ob sie es tatsächlich noch nicht verwunden hatte, hielt Elsa ihrem forschenden Blick stand.

»Kennst du die Schwangere?«

»Nein.«

»Was bewegt dich dann, dem Wunsch dieser ominösen Dame von Stand nachkommen zu wollen?«

»Ich schätze diese Dame sehr. Sie würde mich niemals mit einer solchen prekären Bitte behelligen, wenn nicht größte Not es erforderlich machte.«

»Wie kommt es, dass sie sich ausgerechnet an dich gewandt hat?«

»Sie weiß, dass ich die Schwester einer Hebamme bin.«

»Für gewöhnlich besuchen Damen der Gesellschaft in prekären Lagen Verwandte auf dem Land, gebären ihr Kind und geben es in Kost.«

»Das ist in diesem Fall ausgeschlossen. Jene Freundin der Fürstin darf sich nicht dem geringsten Verdacht aussetzen.«

Ächzend senkte sich die hölzerne Brücke. Elsa kam noch näher, sodass ihre Knie zusammenstießen.

»Diese Frau ist ohne eigene Schuld in diese Lage geraten, das solltest du wissen«, flüsterte sie. »Im Gegensatz zu mir ist sie kein leichtfertiges Wesen. Es wäre eine Katastrophe, wenn die Schwangerschaft entdeckt würde.«

*

Längst bevor die Kutsche rumpelnd über die schmale Brücke in den Tiergarten rollte, hatte Moritz sein Pferd gewendet und ihm die Sporen gegeben. Er fror unter seinen nassen Kleidern und war gleichzeitig erhitzt vom Galopp. Beides konnte seine Gedanken nicht aufhalten, die andauernd um Elsa kreisten. Es war ihm unmöglich zu verstehen, was in ihr vorging. Er hatte versucht, sich auf dem Gut mit Arbeit abzulenken, um abends vom Zimmer seiner Mutter aus auf den See zu starren und sich zu wünschen, dass Elsa sich an seiner Seite befände. Er war wegen neuem Saatgut mit dem Verwalter nach Danzig geritten und hatte dann in der Frauengasse ein silbern gefasstes Bernsteinkollier erstanden, das er sich wunderschön auf Elsa Haut vorstellen konnte.

Cecilie hatte mit beredtem Schweigen die Briefe Malvines und Hersilie Stopfkuchens auf seinem Schreibtisch gestapelt, was er ihr zugutehielt, denn sie hätte sie auch vernichten können. Seine Schwester, das alte Mädchen, schien seinen inneren Kampf zu ahnen, ohne Genaueres wissen zu wollen, und in zärtlichen Momenten vermutete er, dass sie auf diese Weise ihre eingeschworene Zweisamkeit auf dem Gut retten wollte.

Es hatte ihn zurück nach Berlin gezogen, und er verachtete sich dafür, Elsa an manchen Tagen, so wie heute, auf ihren Wegen gefolgt zu sein. So hatte er ihren Vater sehen können, nach dessen Bekanntschaft er sich sehnte, und auch ihre Schwester, ein zu Elsa so gegensätzliches Geschöpf mit kurz geschnittenen Haaren, das die Nächte in der Charité verbrachte. Zu beiden hatte er unbekannterweise Zuneigung gefasst und fühlte sich seitdem noch hilfloser als zuvor. Wie gern wäre er Teil dieser ungewöhnlichen Familie, und wie sehr fürchtete er sich davor, abgewiesen zu werden. Ich bin wie Cecilie, dachte Moritz, während er die Chaussee Richtung Potsdam entlangpreschte, ich bin in sehr ähnlichen Befürchtungen gefangen wie sie.

Er bemerkte, dass es nicht länger regnete und Sonnenstrahlen sich zwischen den Quellwolken am Horizont hervorzutasten suchten. Moritz zügelte sein Pferd und ließ es in gemächlichem Schritt unter den sich gelb verfärbenden Chausseebäumen gehen.

Vielleicht wollte Elsa wirklich nur warten und meinte ihre Bühnenkarriere gegen die Ehe abwägen zu müssen. Auch er musste das. Denn niemals hatte er sich darüber Gedanken gemacht, ob er mit einer Schauspielerin verheiratet sein konnte, ob er mit einer Frau leben wollte, für die neben einer Ehe mit ihm noch etwas anderes von Bedeutung war.

Er wollte Elsa zur Frau, das war alles, was er ebenso fühlte wie wusste. Doch offensichtlich war es zu viel, was er von ihr verlangte. Es waren komplizierte Fragen, die er ihretwegen zu überdenken hatte. Jedoch schienen die Verdächtigungen, mit denen er sich gequält hatte, unbegründet. Nicht Wilhelm Ludwig war sein Konkurrent, sondern das Theater.

Vielleicht war Elsa einfach klüger als er, und er benötigte ebenso viel Zeit wie sie.

Sieben

OKTOBER 1828

Einem Arzt wie Blunck war Helene noch niemals begegnet, und das hatte nicht nur mit seinem Äußeren zu tun. Er wirkte düster und unversöhnlich, wozu er allerdings auch guten Grund hatte.

Wie Hähnlein kam er von der Militärakademie, die man zur Zeit ihrer gemeinsamen Ausbildung *Pepinière* nannte, ein unter Wilhelm II. gegründetes Institut, in dem Chirurgen für die preußische Armee herangezogen wurden. Die Ausbildung hatte den vollen Umfang eines Universitätsstudiums, und an der *Pepinière* fand der Kampf um die Vereinigung von Medizin und Chirurgie ebenso statt wie an den Universitäten. Auch das *accouchement*, die Geburtshilfe, wurde daher gelehrt wie die Chirurgie, die Therapie von Brüchen und Verrenkungen und die Staatsarzneikunde. Mit der Gründung der Berliner Universität kamen Institute, Eleven, Studenten und Assistenten einander ins Gehege, doch zu diesem Zeitpunkt hatte Blunck schon langjährige Dienste als Lazarettarzt während der napoleonischen Kriege hinter sich. In der Schlacht bei Leipzig hatte er ein Auge verloren.

In den Berliner Bordellvierteln gab er schon in den ersten Wochen nach seiner Ernennung zum *chirurgus forensis* den Glauben daran auf, dass es Friedenszeiten für die menschliche Existenz geben konnte, sofern diese an Orte wie die Königsmauer oder den Bullenwinkel verschlagen worden war.

Er kannte alle Abgründe und Hunderte von verschiedenen Lebenswegen, die dorthin geführt hatten. Er wusste von Töchtern roher Gesellen, Matrosen, Scharfrichterknechten und Dieben, die beinahe beiläufig zu Huren wurden, von ahnungslosen Mädchen aus den preußischen Provinzen, die auf der Suche nach Lohn und Brot in Kuppelnester gelockt und zur Prostitution gezwungen wurden, von Näherinnen, die der Hunger auf die Straße getrieben hatte, wo sie feststellten, dass die zehn Silbergroschen für das Anfertigen eines Mantels in einer halben Stunde zu verdienen waren, von Zwölfjährigen, die sich Soldaten anboten, um die jüngeren Geschwister ernähren zu können, und von Hurenkindern, deren Leben mit dem ersten Atemzug in der Kloake begann.

Beim Aufspüren syphilitischer und schwangerer Huren führte Bluncks Weg durch die Bordelle, wo die inskribierten, bei der Polizeibehörde gemeldeten Lohnhuren sich für fragwürdige Annehmlichkeiten wie Kost und Logis, für den billigen Luxus von Putz und Kleidern ihren Wirtinnen auslieferten. Wenn eine durch Winkelhurerei, durch das heimliche Arbeiten auf eigene Hand, zu entkommen suchte, brachte man sie mit prügelnden Verfolgern oder einer Anzeige zur Räson.

Führte der Weg einer Hure aus dem Polizeiarrest nicht *directement* ins Arbeitshaus, dann nur, weil sie schwanger oder syphilitisch war, was bedeutete, dass sie in der Charité landete. Und da eine kranke Hure die Charité monatlich drei Taler und acht Groschen kostete, befand Blunck sich mitunter in Begleitung eines Polizeidieners, der dafür zu sorgen hatte, dass Freudenmädchen oder Bordellwirtinnen in die Hurenheilungskasse einzahlten. Auch suchte Blunck die Privilegierten des Gewerbes auf, und damit waren nicht etwa die schönen Demoiselles der eleganten Bordelle gemeint, die sich in feinen Wohnstraßen kaum versteckten, sondern vielmehr die Stubendirnen, denen es gelungen war, sich aus einem der billigen Häuser freizukaufen, um in einer eigenen Wohnung ihrem Geschäft nachzugehen. Sie hatten sich einer wöchentlichen Visitation durch den *chirurgus forensis* zu unterziehen.

Einer von ihnen, der Bohnenkönigin, sollte heute ihr erster Besuch gelten.

Bei allem, was Helene von Blunck erfuhr, während sie ihm von ihrem Treffpunkt, der Weidendammbrücke, an der Spree entlang bis hin zum Viertel um den Neuen Markt folgte, beschlich sie die Ahnung, dass er für rein gar nichts ihre Hilfe benötigte. Nicht einmal vor der Sektion hatte sie sich derart unwissend gefühlt.

»Erwarten Sie nicht, dass ich Sie mit irgendetwas verschone, dafür habe ich keine Zeit«, sagte Blunck, als er den Klingelzug an einem schmalen Haus in der Klostergasse bediente.

Eine Magd ließ sie ein, und während Helene hinter Blunck die enge Stiege hinaufging, fragte sie sich, was sich hinter dem eigenwilligen Namen der Bewohnerin dieses Hauses verbergen mochte.

»Wenn ich Sie schon dabeihabe«, ließ Blunck vernehmen, »dann können Sie heute die Protokolle für mich schreiben.«

Im Weitergehen zog er eine schwere Kladde aus der Schultertasche, die er bei sich trug wie ein Kurier, weil er es schätzte, in diesen Gegenden seine Hände frei zu haben.

»Was ich Ihnen mitteile, fassen Sie unter dem Namen Amalie Reichel zusammen«, sagte Blunck, als er ihr im Flur das Protokollbuch, Feder und Tinte übergab. »Gekürte Königin des Bohnenfestes von Hoppenrade, sie ist bis heute stolz darauf.«

Amalie empfing sie in einem Zimmer von freundlicher Einfachheit, nichts darinnen machte einen verwerflichen Eindruck auf Helene, abgesehen davon, dass von der guten Stube der Blick auf das Bett freigegeben war. Die Bohnenkönigin war eine liebenswürdige junge Frau. Helene war sofort geneigt, sie schön zu nennen. Ihr Kleid war flammend rot und erfüllte mit seinem schwarzen Spitzenbesatz am Dekolleté und den Säumen immerhin eine Erwartung. Ihr Jargon war ebenso haarsträubend wie amüsant, und Helene lernte innerhalb der fünfzehn Minuten ihrer Anwesenheit ungeahnte Begrifflichkeiten. Am erstaunlichsten aber war die Scham, die Amalie gegenüber der Hebamme empfand. Von ihr würde sie sich nur zu einem Anlass zwischen die Beine schauen lassen, und der stand nicht zur Debatte. Helene musste mit dem Protokollbuch am Tisch der Stube verbleiben, während Blunck die Visitation am Bettrand des Nebenzimmers vornahm und ihr in die Feder diktierte, dass die Bohnenkönigin frei von venerischen Krankheiten war. Sie war in der Auswahl ihres Umgangs sehr umsichtig, wofür Blunck sie lobte und ihr des Weiteren Thymian-Waschungen empfahl.

Bevor sie gingen, erhielt Helene ein unerwartetes Kompliment.

»Schön, wie du die Haare trägst. Kurz. Ich will auf der Stelle erblinden, wenn die Idee keine Zukunft hat.«

Insofern hatte Blunck sie doch geschont und sie als Erstes mit einer heiteren Vertreterin des Gewerbes bekannt gemacht.

»Was geschieht mit den Kindern der Frauen?«, fragte Helene, als sie wieder auf die Straße traten, und nach einem kurzen Zögern setzte sie hinzu: »... sofern sie welche bekommen?«

Natürlich dachte sie dabei an Sidonie, während sie die Nikolaikirche passierten, wo ein scharfer Wind ihnen entgegenkam.

Blunck, dem das graue Haar zwischen Hutkrempe und Augenklappe flatterte, sah sie an. Sein Blick war schwer zu deuten.

»Wollen Sie zuerst wissen, wie sie mit den Kindern verfahren, oder was sie tun, damit sie keine bekommen?«

»Können sie denn etwas tun?«

»Sie versuchen es«, sagte Blunck. »Mal mehr, mal weniger sorgfältig, und aus der Charité wissen Sie selbst, dass die Prostituierten mit ihren Mitteln nicht erfolgreicher sind als andere Frauen auch. Nun, welche Mittel sind Ihnen bekannt, Fräulein Heuser? Und erzählen Sie mir nicht, Sie wüssten nichts, nur weil Sie es nicht wissen dürfen.«

»Die üblichen Mittel, um das Geblüt wiederherzustellen«, sagte Helene so gelassen wie möglich. »Absude aus Sadebaum, Raute oder Poleiminze. Ich habe gelesen, dass Safran hilfreich sein soll, oder Destillate aus Ehrenpreis und Tausendgüldenkraut, wobei ich wirklich und wahrhaftig nichts über ihre Wirksamkeit weiß.«

»Das weiß kein Mensch«, sagte Blunck. »Die Mädchen wenden alles an, was ihnen jemals zu Ohren gekommen ist. Sie machen Waschungen, sofern es ihnen möglich ist, oder sie knien sich nach dem Beischlaf hin und niesen einige Male. Andere ziehen es vor, auf und ab zu springen. Ich habe bei den Visitationen schon die verschiedensten Dinge in den Körpern vorgefunden. Zitronenscheiben und Granatapfelkerne, sogar gehacktes Gras. Die Abergläubischen unter ihnen schwören darauf, sich eine Alraunewurzel ins Bett zu legen.«

»Bei Hufeland habe ich gelesen, dass gegen eine Empfängnis helfen kann, den Körper während des Beischlafs zur rechten Zeit zurückzuziehen«, sagte Helene unsicher. »Natürlich empfiehlt er es allein Eheleuten, falls der Frau eine schwere Entbindung droht.«

Es war ungewohnt, über derlei zu sprechen, beinahe kam es ihr verboten vor, zumal sie ihr Gespräch im verrufensten Viertel Berlins auf offener Straße führten. Auch wenn Blunck ein Arzt war – mit ihrem Vater hatte sie dergleichen nie erörtert, mit ihrer Mutter allein die tödlichen Folgen fehlgeschlagener Versuche von Frauen, die im Alleingang versucht hatten, ihrer Schwangerschaft ein Ende zu setzen.

Blunck überquerte die Gasse und gab einen verärgerten Laut von sich. »Hufeland verwirft auch das Kondom als schändliche Erfindung«, sagte er. Dann schwieg er einen Moment, als wolle er von Helene ein Zeichen abwarten, ob er fortfahren sollte.

Sie räusperte sich.

»Ja«, sagte sie, denn tatsächlich hatte sie auch über jene Überzüge gelesen, die aus Tierdärmen angefertigt wurden, doch ein weiteres Mal wollte sie vor diesem mit allen Wassern gewaschenen Praktiker nicht blaustrümpfig auf ihr angelesenes Wissen verweisen.

»Die Engländer nennen sie nicht ganz ohne Grund *machine*.« Bluncks Auge bekam einen amüsierten Ausdruck, sofern dies von einem Auge zu sagen war, denn seine Miene blieb recht unbeweglich. »Aus England werden sie meistens von den Matrosen mitgebracht, die sie bei ihren Bordellbesuchen zum Schutz vor der Syphilis verwenden. Zu diesem Zwecke empfiehlt man ihre Verwendung im Übrigen auch eindringlich unseren Soldaten, da die Armee hohe Ansteckungszahlen zu vermerken hat. Allerdings lässt kein Mann dieser Erde gern Tiermembranen zwischen sich und die Weiblichkeit treten, was eine Frau hingegen nicht zwingend respektieren muss. Verzeihen Sie mir diesen Exkurs, doch ziehen Sie in Betracht, gelegentlich darüber nachzudenken.«

Helene wagte nicht, Blunck anzusehen.

»Fangen wir nun ganz von unten an«, sagte er und bediente den Klingelzug an der Tür des schmalen, grauen Hauses, das er angesteuert hatte.

Im Haus der kalten Pauline begriff Helene, dass ein *chirurgus forensis*, der wusste, was er tat, immer die Morgenstunden wählen würde, um ein Bordell für seine Visitationen aufzusuchen, denn die Prostituierten befanden sich zu dieser Zeit in bleiernem Schlaf. Obwohl es den Freiern verboten war, in den Freudenhäusern zu übernachten, fanden sich einige, die aus den Betten zu vertreiben waren und die fluchend, kaum wach und noch unter dem Einfluss des Branntweins, auf unsicheren Beinen das Haus verließen, nachdem Blunck sich unnachgiebig Zutritt zu den Kammern verschafft hatte.

Zum ersten Mal traf Helene auf die andere Seite, den fehlenden Teil dessen, was ihr seit Jahren in den Gebärhäusern Marburgs und Wiens begegnet, was ihr in der Charité mit namentlich bekannten Huren bekannt geworden war. Die Männer.

Sie zeigten sich betrunken, misslaunig, grob oder auch, obwohl eben erst aus dem Schlaf gerissen, bereits wieder feixend die Nase in den Wind haltend wie Füchse in einem Hühnerhof. Ihre Blicke streiften Helene nicht nur, sondern befühlten sie, maßen den Umfang ihrer Brüste und griffen ihr zwischen die Beine. Es war so unfassbar, dass sie es nur zur Kenntnis nehmen konnte, betäubt, ausgeliefert, wäre nicht Blunck, der sie mit seiner Stimme, seinem sicheren Auftreten zu sich an seine Seite nahm und sie schützte, unantastbar machte, indem er sie als Hebamme vorstellte, was einen Effekt hatte, als führte er die heilige Muttergottes mit sich oder aber eine verdammte Hexe.

Die Bordellwirtin, eine hagere, verwüstete Person, war stets um sie. Helene hatte den Eindruck, dass sie versuchte, etwas vor Blunck zu verbergen, während sie mit Nichtigkeiten auf ihn einredete und dabei vergeblich versuchte, ihre Pfeife zu entzünden.

Blunck hatte Helene indessen einen wackligen Hocker in die Hände gedrückt, den er einer der ersten engen Kammern entnommen hatte und den sie seitdem von Zimmer zu Zimmer schleppte. Mit dem Protokollbuch auf den Knien, vor den Türen sitzend, schrieb sie über Frauen, die sich in ihren klammen Betten verschanzten, weil ihnen eine weitere von vielen verheerenden Nächten in den Knochen steckte, und die sich mit hängenden Strümpfen und geflickten Hemden, aufbegehrend oder klaglos, je nach Temperament, Bluncks Visitationen ergaben. Alle wehrten sich entschieden, Helene als Zeugin der Visitation zuzulassen.

Die kalte Pauline lehnte sich mit verschränkten Armen an die Wand des engen Ganges. Endlich war es ihr gelungen, die Pfeife in Brand zu stecken, und sie blies Helene den Qualm ins Gesicht, während diese die syphilitischen Symptome eines schlesischen Mädchens notierte.

»Sie sollten mal lieber schnelle zur ollen Roon rübermachen, bevor es zu spät ist«, sagte Pauline.

»Zu spät wofür?«, fragte Helene gleichmütig. Sie wollte sich nicht anmerken lassen, dass die Erwähnung von Sidonies Bordellwirtin sie alarmierte, denn offensichtlich legte Pauline es darauf an.

Blunck sagte dem Mädchen in der Kammer, sie solle sich anziehen, da sie ihren Morgenkaffee in der Charité trinken würde. Zuerst dachte Helene, das Wimmern käme von ihr. Doch aus den Augenwinkeln sah sie Pauline unruhig werden. Als könnte sie sich in ihren Qualmwolken unsichtbar machen, bewegte sie sich in seitwärts gewandten kleinen Schritten auf eine Tür am Ende des Ganges zu, vor der eine Waschschüssel stand, als ginge es dort nicht weiter.

Helene klappte das Buch zu, angelte nach dem Tintenfass am Boden und lauschte angestrengt. In dem Zimmer war jemand, das sagte ihr der Instinkt.

»He, Blunck, das werden Sie doch wissen wollen, wenn sich eine aus der Charité verdrückt hat, oder?«

Pauline hustete, als müsste sie auf der Stelle ersticken.

»Hören Sie«, sagte Helene, als Blunck an ihr vorbei aus der Kammer kam.

Er sah sie an und folgte ihrem Blick zum Ende des Ganges. Mit zwei Schritten war er an der Tür. Er schob Pauline zur Seite, die blecherne Waschschüssel flog mitsamt dem dreibeinigen Gestell scheppernd zu Boden. Blunck fand die Tür verschlossen und fackelte nicht lange. Er trat sie ein.

Helene sah Pauline das Weite suchen, während die Mädchen eines nach dem anderen die Köpfe aus den Türen steckten.

Sie hörte Blunck fluchen.

»Sorgen Sie verdammt noch mal für Licht«, knurrte er, als Helene die Kammer betrat. Im Halbdunkel tastete sie sich zum Fenster, durch dessen geschlossene Läden trübes Tageslicht drang. Vom Bett, über das Blunck gebeugt stand, kam jetzt ersticktes Weinen.

Helene rüttelte an den verzogenen Fenstern, bis sie sich krachend öffneten, und stieß die Läden auf. Die Sonne stieg hinter dem Kirchturm auf.

Um Schlag elf würde ihr Vater seine Antrittsvorlesung halten, die Helene rechtzeitig zu erreichen gedachte.

»Kommen Sie her, Heuser«, hörte sie Blunck sagen.

Die Frau auf dem Bett lag in ihrem Blut wie in einem aufsteigenden dunklen Gewässer. Blunck hatte ihr die Röcke hochgeschlagen und kramte in seiner Tasche.

»Licht«, sagte er. »Ich brauche mehr Licht.«

Hilflos sah Helene sich um und begegnete dem Blick der jungen Schlesierin.

»Ich bringe welches«, sagte sie, und während sie verschwand, um wenig später mit einem Talglicht zurückzukehren, erhielt Helene von der Invalidenlotte ein Bündel Leinzeug in die Hand gedrückt, das sie an Blunck weiterreichte.

Sie hielt ihm das Licht zwischen die Beine der Frau, die das Bewusstsein verloren hatte. Auf dem Gang hörte sie die Huren flüstern und zischen, das Tappen nackter Füße auf der Treppe hinunter und wieder hinauf. Das schlesische Mädchen brachte Wasser in einem Bottich, den sie auf dem Boden abstellte.

»Unten ist eines von Perditas Mädchen«, keuchte sie, »sie soll dir von Sidonie sagen, dass es verdammich losgeht.«

*

Der Hörsaal war bis auf den letzten Platz besetzt. Das Wintersemester hatte begonnen, und ein neuer Gelehrter zog stets das besondere Interesse der Studierenden auf sich, wobei sich an diesem Morgen die Frage stellte, ob die Aufmerksamkeit in den Reihen des Auditoriums Professor Heuser und seiner Antrittsvorlesung galt oder vielmehr der Anwesenheit seiner Tochter, von deren inoffiziellem Studium niemand wusste. Diese Besorgnis war es, die den Dekan umtrieb, der sich gemeinsam mit Hufeland und Hähnlein am Rand der vordersten Reihe sitzend befand, um den ersten Vortrag Professor Clemens Heusers zu hören.

Hähnlein hingegen beglückwünschte sich täglich, seit Heuser aus Marburg eingetroffen war und, jede weitere Debatte über eine bessere Unterkunft abwehrend, eine Dienstwohnung in der Charité bezogen hatte, für deren Ausstattung er nicht einmal auf einer neuen Möblierung bestanden hatte.

Als er ihn dort besuchte, war ihm eine selbst zubereitete Tasse Tee angeboten worden, und er hatte im Stillen vermerkt, einen Tischler zu beauftragen, der die Regalwand in dem größeren der beiden Zimmer, Heusers Arbeitszimmer, erweitern sollte. Es erleichterte ihn, Heuser über die Aussicht auf Wiesen und Felder glücklich zu sehen, denn die Weite im Blick, sagte dieser, sei wichtig, um den Gedanken freien Lauf zu lassen. Nicht nur war es ihnen gelungen, den klinischen Lehrern der Universität einen weiteren bedeutenden Arzt hinzuzufügen, vielmehr empfand Hähnlein eine tiefe Sympathie für diesen ruhigen Mann.

Die komplizierte und nervenaufreibende Entbindung der Syphilitischen hatte er mit beeindruckender Sicherheit gemeistert, und er hatte Hähnlein zu keinem Zeitpunkt ausgeschlossen. Wie oft hatte er konkurrierende Eitelkeiten von Professoren am Geburtsbett erleben müssen, wenn sich Komplikationen einstellten. Clemens Heuser hatte darauf bestanden, sich außerhalb des Zimmers zu beraten, um die Frau nicht zu ängstigen. Ihr Kind war wassersüchtig und tot auf die Welt gekommen, die schwachen Wehen hatten sie mit einer Gabe Mutterkorn anregen müssen. Die starken Blutungen mussten im Leibesinneren mit der Hand gestillt werden, und für Heuser war es keine Frage, dass er derjenige war, der eine Ansteckung riskierte. Der aus einer Pferdeblase gefertigte englische Handschuh hatte sich wegen der allzu schmerzhaften Affektion der Geburtsteile verboten. (Indessen arbeitete Klemm, der Apotheker, für Zwecke dieser Art an der Fortentwicklung einer Handpomade nach einem Rezept der Maternité in Paris, das im Wesentlichen aus Wachs, Baumöl und kaustischem Kali bestand.) Heuser jedenfalls war aufgrund seiner umsichtigen Traktionen von jeglicher Ansteckung frei geblieben, das stand inzwischen fest.

Hähnleins Blick heftete sich für einen Moment auf Helenes ernstes Gesicht, an deren Unterrichtung er Vergnügen empfand, und außer ihm seit Beginn des Semesters noch zwei weitere Gelehrte. Bertram empfing sie in seiner Wohnung zum Unterricht in Physiologie und Therapie, Grünwald in der seinen zum privaten Kursus in forensischer Medizin. Die Chirurgie war ihr verboten, und Latein lernte sie allein, den Bandagenkurs absolvierte sie mit den Eleven der Akademie, wofür man als plausible Erklärung erfand, dass sie einen Landarzt heiraten würde.

Wenn Hähnlein überhaupt eine Sorge zuließ an diesem Morgen, dann war es sein möglicherweise vorschneller Entschluss, Novak einzuweihen, doch er fand es indiskutabel, fortgesetzt seinen Assistenten zu belügen, auf dessen Integrität und Vertrauen er in der täglichen Arbeit angewiesen war.

Kurz nach ihrem Vater war die junge Heuser äußerst gehetzt eingetroffen, um nun heute zum ersten Mal gemeinsam mit ihm das Gebäude der Universität zu betreten. Ihre Empfindungen, die vermutlich zwischen Euphorie und Ehrfurcht schwankten, waren ihr noch immer anzusehen, jedenfalls für ihn, der seine Schülerin inzwischen gut kannte.

Während trockenes Laub von den Bäumen gegen die hohen Fenster des Auditoriums trieb und drinnen die Luft immer stickiger wurde, hörte Hähnlein Professor Heuser zu einem Appell ansetzen, der ihm von besonderer Bedeutung war. Er würde von den Gefahren des Missbrauchs der Mittel zur Einleitung einer künstlichen Frühgeburt sprechen, und niemand konnte wissen, ob seine Mahnung im Gewissen der Studenten Aufnahme finden würden. Hähnlein selbst, und daran mochte seine Erfahrung als Militärarzt Anteil haben, war niemals der Meinung gewesen, dass der studierte Mensch sich über andere erheben dürfe. Speziell die Medizin gab manchem, der sie ausübte, ein Gefühl von Macht, obgleich jedem wahrhaftig guten Arzt klar sein musste, dass im Kampf um Leben und Tod beileibe nicht allein die Kunstfertigkeit eines Einzelnen siegen konnte. Sie alle hatten sich den Eigenheiten der Natur und dem Willen Gottes zu ergeben.

Aufbrandender Applaus riss Hähnlein aus den Gedanken. Er sah die Studenten Professor Heuser umringen, und er entdeckte Caspar von Siebold, den Sohn des Alten. Überrascht, ihn zu sehen, ging er zu ihm und grüßte ihn höflich. Sie tauschten einige Artigkeiten aus, und Hähnlein nahm gern die Beglückwünschung des jungen Siebold dafür entgegen, dass es ihm gelungen war, Heuser nach Berlin zu holen. Siebold ging, um sich ihm anzuempfehlen, und die Studenten drängten an Hähnlein vorbei dem Ausgang zu.

Während er darüber nachdachte, ob er Pferd oder Wagen nehmen sollte, um eine Patientin, deren Niederkunft unmittelbar bevorstand, in Charlottenburg aufzusuchen, streifte ihn unverkennbarer Leichengeruch. Da musste wohl jemand von einer Sektion direkt zum Vortrag geeilt sein.

*

Es war später Nachmittag, als die Kutsche von der Landstraße auf die Allee einbog, die zum Heiligen See führte. Die Oktobersonne tauchte das Herbstlaub an den Bäumen in goldenes Licht. Elsa hatte keinen Blick für den majestätischen Empfang, den ihr die Natur bereitete, denn sie saß hinter den geschlossenen Vorhängen der Equipage, die sie am Halleschen Tor abgeholt hatte. Sie war aufgeregt, darüber konnte sie sich mit nichts hinwegtäuschen.

Es hatte Tage gegeben, an denen sich die Billetts der Fürstin und des Prinzen kreuzten. Manchmal hatte es ihr den Atem geraubt, denn sie hatte sich bedeutend gefühlt, und das liebte sie über alle Maßen.

Dabei konnte das Ganze noch keine Auswirkungen für ihre Position am Theater haben, dafür war es noch zu früh. Sie spielte weiterhin die Zofe, wenn auch mit freundlichen Kritiken und Szenenapplaus. Die Berliner begannen, sie als feste Größe zu betrachten, und hatten sie gern. Trotzdem war sie voller Unruhe und gleichzeitig wie berauscht von dem Gefühl, immerhin zwei Fäden in der Hand zu halten an keinem geringeren Ort als dem preußischen Hof.

Das Treffen mit der Fürstin lag nun fast zwei Wochen zurück. Die junge Hofdame Hermine von Helmer hatte einige Nachrichten hin- und hergetragen, manchmal kam sie ins Theater, oder das Billett war sehr einfach im Palais beim Plauderabend des Königs zu übergeben. Alle Nachrichten hatte sie wie gewünscht verbrannt, was ihr jedes Mal ein nahezu kindliches Vergnügen bereitete.

Die Fürstin hielt freundliche Distanz, und Elsa fasste die Hofdamen ins Auge, von denen es nicht viele gab, denn der Hofstaat der Fürstin hielt sich in engen Grenzen. Sie vermochte sich beim besten Willen nicht vorzustellen, welches der steifen Geschöpfe in Bedrängnis geraten sein könnte. Vielleicht war es ja niemand vom Hof? Aber warum dann eine solch aufwendige Inszenierung?

Elsa wurde gegen die samtenen Polster gedrückt, als die Kutsche erneut abbog. Die Hufe klapperten auf Pflastersteinen. Sie schob den Vorhang zur Seite, um zu sehen, wie nah sie ihrem Ziel war. An hohen Mauern vorbei führte ein von Bäumen dicht eingefasster Weg auf das kleine Schloss zu. Die untergehende Sonne färbte den Himmel jetzt rosa und ließ die Fassade des Marmorpalais glühen, als stünde es in Brand.

Elsa schlug das Herz bis zum Hals. Der Prinz hatte ihr geschrieben, dass die ehemalige Sommerresidenz seines Großvaters unbewohnt sei. Ein zottiger Neufundländer lag unterhalb eines Fensters neben dem Portal. Er sah ihr melancholisch entgegen, als sie aus der Kutsche stieg, und verharrte regungslos, während sie dem alten Diener durch den Treppensaal aus weißem und blauem Marmor folgte. Sie gingen eine geschwungene Galerie entlang, durch deren Fenster sich letztes Tageslicht zu den pompejischen Wandmalereien tastete und die staubigen Deckenlüster verhalten schimmern ließ. Es war kühl, und ihre Schritte hallten auf dem Marmorboden.

Mit einer Verbeugung öffnete der Diener schließlich die Tür zu einem holzgetäfelten Zimmer. Die Vorhänge sowohl an den Fenstern als auch am Bett waren aus schwerer grüner Seide. Die Uhr mit einem Globus aus Bronze auf dem marmornen Postament zeigte beinahe drei viertel vier und war vielleicht schon vor Jahren stehen geblieben. Leise lief Elsa durch das Schlafkabinett, bis sie draußen, durch die geöffneten Terrassentüren, den Prinzen an der Steinbrüstung stehen sah. Er hatte die Hände auf dem Rücken zusammengelegt und blickte hinaus auf den Heiligen See. In seinen Locken spielte wie versessen das Abendrot.

Als er sich umwandte, blieb sie erschrocken stehen.

»Kommen Sie«, sagte er.

Sie tranken Champagner, als die Sonne versunken war, und sie erlaubte ihm, ihre Schulter zu küssen. Jedenfalls glaubte sie fest daran, dass alles, was geschehen sollte, noch immer in ihrer Hand lag. Seine Lippen waren weich, doch er küsste weniger zärtlich als Moritz. Warum nur musste sie ausgerechnet jetzt an ihn denken?

Als der Prinz sie umfasste und zum Bett trug, flüsterte sie seinen Namen.

»Wilhelm Ludwig.«

Die Atemlosigkeit kam ihr wie von selbst über die Lippen, denn es ging tatsächlich alles sehr schnell. Kein Wunder, hatte sie doch seine Leidenschaft über Wochen geschürt. Sie legte den Kopf in den Nacken und dachte, dass sie niemals das Deckengemälde, den Reigen von Schlaf, Abend und Morgen, vergessen würde.

Der Moment schien ihr schicksalhaft, auch wenn er unter der brüchigen Seide des großväterlichen Betthimmels zügig vorüberging. (Erst später sollte sie erfahren, dass Wilhelm Ludwigs Vorfahr das Schlafkabinett mit seiner langjährigen Mätresse zu teilen pflegte, was sie empfand wie einen Sturz vom Bad in den Schnee.)

Doch welche eigenmächtigen Wendungen ihr Herz nehmen sollte, ahnte Elsa noch nicht. Als sie an der schweißfeuchten, glatten Brust des Prinzen lag, erspürte ihre Hand das Medaillon, das sie im Laufe ihrer stürmischen Umarmung mehrfach über sich hatte schwingen sehen.

»Hoppla«, sagte sie und wollte es öffnen, doch er war schneller.

»Ich werde mich verloben«, sagte der Prinz. »Aber ich möchte Sie trotzdem wiedersehen.«

Seine Hand umschloss Elsas, die immer noch das Medaillon festhielt.

»Erinnere ich Sie an jemanden?«, fragte sie leise.

»Würde es Sie stören?«

»Nein«, sagte Elsa, »wozu bin ich Schauspielerin?«

*

Als Helene kurz vor der Morgendämmerung die Schlafkammer der Wöchnerinnen betrat, schlief Sidonie. Der Brustwickel mit warmem Seifenbrei tat gottlob seine Wirkung. Die einschießende Milch verursachte ihr größte Schmerzen, und die Hitze in den steinharten Brüsten hatte sie erbitterte Flüche ausstoßen lassen, bis sie vor Erschöpfung weinte.

Sidonie weinen zu sehen hatte Helene zutiefst berührt. Unter der Geburt, die ebenso schmerzhaft wie zügig vonstattengegangen war, hatte sie sich unerschütterlich gezeigt.

Wie auf Befehl setzten ihre Wehen zunächst aus, als sie die Charité in Begleitung Bluncks, der Fiebernden und der Schlesierin erreichte. Der Arzt hatte sie mit dem Fuhrwerk einer Meierei von der Königsmauer nach Spandau schaffen lassen, denn das schlesische Mädchen war von ihm losgeschickt worden, eines aufzutreiben, egal welcher Beschaffenheit, Hauptsache, der Kutscher würde sich gegen ein Entgelt bereitfinden, die Charité anzufahren.

Während Blunck versuchte, die Blutungen der jungen Frau zu stillen, die das Fieber in ein erstes Delirium entsandte, war Helene einer dicken Frau namens Lula, die sich in atemloser Sorge um Sidonie befand, über die bucklige Gasse in das Haus der Perdita Roon gefolgt. Hier, wo das Halbdunkel sich etwas freundlicher gestaltete, störte niemand den Schlaf der Huren. Durch die Nachtgerüche von Zigarren, erloschenen Holzfeuern und betrunkenen Menschen kämpfte sich der Duft frisch gebrühten Kaffees. Hinter den geschlossenen Türen war hier und da ein Schnarchen zu hören, auch in Perditas Wohnung, die den Zimmern der Huren gegenüberlag, getrennt durch die abgetretene Treppe.

Sidonie saß in ihrer Kammer auf einem Schemel, stemmte die Hände in den Rücken und blies sich ächzend eine Haarsträhne aus dem Gesicht.

»Verdammich«, sagte sie. »Wie soll ich das finden, dass du ausgerechnet heute mit dem *chirurgus* fischen gehst?«

»Wie findest du es denn?«, fragte Helene.

Sie kniete sich vor ihr auf den Boden und führte ihre Hände mit leichtem Druck über den gespannten Leib, bis unter die Leisten. Statt einer Antwort hielt Sidonie den Atem an.

»Wie lange hast du schon Wehen?«

»Die letzten Gäste hatten sich gerade verdrückt«, sagte Lula, »da hab ich nach ihr gesehen – es war noch dunkel.«

Mit verschränkten Armen stand Lula beim Fenster. Helene bat sie um eine Schüssel Wasser, damit sie sich die Hände waschen konnte. Sie hatte den Rücken des Kindes in seitlicher Lage spüren können.

Sidonie fluchte leise unter einer weiteren Wehe.

»Hör zu«, ächzte sie, sobald Lula verschwunden war. »Was ist, wenn ich wieder in die verdammte Charité gehe, wirst du dann bei mir bleiben, bis das Kind da ist?«

Helene zögerte. Auf keinen Fall wollte sie die Vorlesung ihres Vaters verpassen. Doch sie wünschte ebenso stark, Sidonie mit sich aus diesem Haus zu nehmen, mochte es auch weniger verkommen sein als das der kalten Pauline.

Lula kam mit der Schüssel zurück und stellte sie neben Helene auf den Boden. Auch ein Stück Seife hatte sie aufgetrieben.

»Lass uns sehen, wie weit du bist.«

Helene bat Sidonie, sich an die Wand zu lehnen, und schob ihr Nachthemd hoch. Lula wandte sich ab und starrte eine Zahnbürste auf der Fensterbank an.

»Versprichst du es mir nun?«, sagte Sidonie.

Helene nickte.

Sie spürte den verstrichenen Muttermund und die Fontanelle des Kindes. Während sie ein weiteres Mal ihre Hände wusch, bat sie Sidonie, sich anzuziehen.

»Es wird noch ein wenig auf sich warten lassen«, sagte Helene. »Jetzt muss ich etwas erledigen, das ich nicht verschieben kann. Aber bis es so weit ist, Sidonie, bin ich bei dir in der Charité.«

Sie versprach es und hoffte, sie würde es einhalten können. Sidonie immerhin schien erleichtert. Sie beugte sich zu ihr herab.

»Ob es vielleicht Zwillinge sind?«

Helene, die das Protokollbuch Bluncks aufschlug und eben feststellte, dass sie Feder und Tinte zurückgelassen hatte, sah überrascht auf.

»Ich müsste mich sehr täuschen«, sagte sie. »Nichts spricht dafür.«

Helene konnte Sidonie ohne Schwierigkeiten unter dem Namen Oesterling aufspüren. Blunck hatte sie zum letzten Mal im April visitiert, ohne Befund. Offensichtlich war sie seinen Netzen zwischenzeitlich immer rechtzeitig entwischt. Erst später sollte Helene auffallen, dass auch das Datum ihrer Einlieferung in die Charité nicht aufgeführt war.

Draußen auf der Gasse waren Hufschläge zu hören und die Rufe eines Kutschers, die das Pferd zum Stehen brachten. Wenige Augenblicke später hämmerte unten jemand an die Tür. Im Haus wurde ein Fenster aufgerissen, und eine Frau ließ wüste Beschimpfungen auf die Person an der Tür niedergehen.

»Das ist die Roon«, sagte Sidonie, während sie ein verschossenes Leinenkleid über den dicken Bauch zerrte. »Nun kommst du nicht umhin, ihre Bekanntschaft zu machen.«

Perdita tauchte schlaftrunken auf, leicht taumelnd und mit platt gelegenen Haaren, die ihr in Stirn und Nacken klebten. Mit dem verrutschten Nachthemd, dem faltigen Dekolleté und schwarzen Schlieren unter den Augen erfüllte sie Helenes vage Vorstellung von einer Bordellwirtin erstaunlich präzise. Perditas Blick glitt über die drei Frauen in der engen Kammer und heftete sich auf Sidonie, zu deren Füßen Lula kniete und ihr die Stiefel zuknöpfte.

»Denk über mein Angebot nach, Goldkind«, sagte sie träge. »Du kannst wiederkommen, wenn du dein Balg untergebracht hast.« Sie gähnte und zog den Morgenmantel enger um sich. »Falls du dich anders entscheidest, meine Süße, solltest du lieber nicht vergessen, dass du noch eine Menge Schulden bei mir hast.«

Tunlichst sah sie an Helene vorbei.

»Hol Kaffee, Lula, und mach mir die Haare. Friedo wird bald zurück sein.«

Als Helene mit Sidonie Perditas Haus verließ, hatte sich eine Menschentraube zwischen den Häusern angesammelt. Händler aus den kleinen Läden, Waschfrauen, Mägde und Kinder, alles, was nicht mehr in den Betten lag, stand in der morgendlichen Schafskälte auf der Gasse und sah zu, wie Blunck mit dem Meiereifahrer die fiebernde Frau auf das Fuhrwerk hob.

Auch Friedo war zurück. (Seiner Gewohnheit folgend, ein frühes Dejeuner in guter Gesellschaft zu verbringen, kam er vom Hotel de Rome Unter den Linden, doch das wusste außer Perdita, die ihm dafür zuverlässig das ziegenlederne Portefeuille füllte, nur Sidonie. Seitdem dachte sie darüber nach, wie sie diesen Umstand gelegentlich für sich nutzen könnte.) Er lüftete den Hut und unterzog Helene einer gleichsam freundlichen wie unverfrorenen Betrachtung, wobei sein untrüglicher Instinkt den Stallgeruch ihrer bürgerlichen Herkunft erfasste.

»Von Trapp«, sagte er schneidig. »Habe die Ehre, gnädiges Fräulein. Wie ich sehe, eskortieren Sie unsere werdende Mutter.«

Er trat zur Seite, als Lula mit einem Kapuzenumhang auf sie zustürzte, und obwohl er Perditas gutes Stück aus mausgrauem Samt erkannte, nahm er ihn Lula ab und legte ihn Sidonie um die Schultern, bevor er ihr half, das Fuhrwerk zu besteigen.

»Ich hoffe doch, dich bald wiederzusehen«, sagte er. »Wir sollten nicht zu lange mit dem Unterricht aussetzen.«

Während Helene sich fragte, ob ihr seine Worte nur wegen des wienerischen Singsangs wie eine Drohung vorgekommen waren, verschwand Friedo mit einem süffisanten Lächeln im Haus.

Vom hinteren Teil des Fuhrwerks rief Blunck nach ihr. Er war über die Fiebernde gebeugt und fühlte ihren Puls.

»Ist es ein Abort?«, fragte sie leise.

»Der Fötus war etwa fünf Monate.«

Bluncks Falten neben den Nasenflügeln schienen noch tiefer als zuvor. Die Muskeln seines Kiefers waren angespannt.

»Wünschen Sie, dass ich mitkomme?«, fragte sie.

Er sah aus dem Wagen auf sie herab.

»Ich wünsche, dass Sie mir das Protokollbuch geben und sich auf den Weg zur Universität machen.«

Statt ihren Dank entgegenzunehmen, rief er dem Kutscher zu, er solle verdammt noch mal seinen Gaul in Bewegung setzen.

Vorn bei Sidonie griff Helene nach deren ausgestreckten Händen. Sie waren kalt, und Sidonie sah aus, als hätte sie ein Gespenst gesehen. Über ihnen schloss sich geräuschvoll ein Fenster.

»Die Negerin hat heute Nacht geträumt, dass ich zwei Kinder haben soll«, flüsterte Sidonie. »Einen Jungen und ein

Mädchen. Ich weiß nicht, warum, aber ich glaube ihr. Friedo sagt, sie hat das Zweite Gesicht.«

Mit einem Ruck setzte das Fuhrwerk sich in Bewegung.

Drei Tage war es nun her, dass Helene Sidonies angstvolle Miene auf ihrem eiligen Weg zur Universität mit sich nahm und während der Rede ihres Vaters nicht hatte vergessen können.

Sie war rechtzeitig zurück in die Charité gelangt. Nachdem sich abzeichnete, dass die Anwendung künstlicher Mittel nicht nötig sein würde, hatte Doktor Novak ihr die Leitung der Geburt überlassen. Da sich von den ersten, erneut einsetzenden Wehen bis hin zur Entbindung alle Vorgänge in rasender Geschwindigkeit vollzogen, hatte Helene auch ihren Vater nicht geweckt, obwohl dieser, nachdem ihm Sidonies seltsame Furcht vor einer Zwillingsgeburt zu Ohren gekommen war, zugegen sein wollte.

Die Geburt in den frühen Morgenstunden des sechzehnten Oktober wurde unter der Nummer zweitausenddreiundachtzig in den Charité-Journalen des Jahres 1828 als Entbindung von kürzester Dauer festgehalten. Nach heftigsten Eröffnungswehen gebar Sidonie innerhalb von zweieinhalb Stunden ein Kind weiblichen Geschlechts.

Jetzt, im Schlaf, hatte sie das Gesicht eines sehr müden Botticelli-Mädchens mit dunklen Schatten unter den geschlossenen Augen. Ihr langer Zopf schlängelte sich über die Schulter, unter der grauen Wolldecke verschwindend wie eine kupferfarbene Natter auf der Suche nach trockener Wärme. Die blassen Lippen waren leicht geöffnet und entließen ein zittriges Schnarchen.

Sidonies Tochter, ein munteres Wesen vom ersten Moment ihres Daseins an, schlief – eng in ein Flanelltuch gewickelt –

in Helenes Armbeuge. Sie war mit einer unglaublichen Menge kupferroter Haare geboren und vom Charité-Geistlichen auf den Namen Nelly getauft worden.

Während Helene noch überlegte, ob sie Sidonie wecken sollte, um das Kind anzulegen, stand mit einem Mal die Pusche im Zimmer.

»Ein Herr will dich sprechen«, sagte sie.

*

Finlay sah Helene eben noch mit dem Kind auf dem Arm, bevor sie es der älteren Hebamme übergab. Als sie zu ihm auf den Gang hinauskam, hatte er das Gefühl, sie müsste ihm ansehen, was er empfand und nicht mehr zurückdrängen konnte, seit er im Hause Professor Hähnleins mit ihr auf dem Sofa gesessen hatte, während ihre schöne Schwester mit dem Vater tanzte. Er fand Helene so viel schöner als Elsa, und er hätte gern in ihr kinnlanges Haar gefasst, das sich widerspenstig nach allen Richtungen wand. Denselben Impuls empfand er auch jetzt, als er ihr in diesem eigentlich trostlosen Herbstmorgenlicht an einem Flurfenster der Charité gegenüberstand.

Seine Postkutsche nach Hamburg ging um neun. Er hatte eine schlaflose Nacht hinter sich, die er mit Packen und Unruhe verbracht hatte, bis er plötzlich gegen sechs Uhr dreißig der spontanen Eingebung gefolgt war, zur Charité zu fahren, um sich von Helene zu verabschieden, denn mit einem Mal hatte sich der beängstigende Gedanke in ihm eingenistet, dass er, wenn er dies nicht tun würde, sie womöglich nie wiedersah.

Finlay wollte sich ihren Anblick noch einmal einprägen, bevor er Berlin verließ. Es war erschreckend, wie schnell ein

Gesicht vor dem inneren Auge verblasste, selbst wenn man im Begriff war, sich zu verlieben.

»Ich reise heute nach Stockholm«, sagte er.

»Wenn Sie einen Moment warten, komme ich mit Ihnen«, sagte sie. Sein Herz machte einen Satz.

»Mein Dienst ist für heute beendet.«

Das kleine euphorische Missverständnis spielte für ihn keine Rolle. Er empfand es, als hätte sie ihm ein Versprechen gegeben.

In den Feldern hinter der Charité hing Nebel. Helene ging an Finlays Seite auf die Mietdroschke zu, die am Straßenrand vor dem Hauptportal wartete, während er fieberhaft überlegte, wie es ihm gelingen könnte, sie zu bewegen, bis zu der Poststation am anderen Ende Berlins mit ihm zu fahren.

»Nehmen Sie mich ein Stück mit«, sagte sie. »Ich habe zwar nicht die geringste Ahnung, wohin Sie sich begeben müssen, aber ich würde mich gern ein wenig fahren lassen in Ihrer Gesellschaft.«

Sie saßen einander gegenüber, hin und her geschüttelt in den harten Ledersitzen der Droschke, während er ihr erzählte, dass er in Stockholm den Arzt Gustaf Cederschiöld aufsuchen wollte, der das dortige Gebärhaus leitete.

»Der schwedische Kronprinz hat 20 000 Banktaler gespendet, die er zur Bekämpfung des Kindbettfiebers einsetzen will«, sagte Finlay.

»Bitte schreiben Sie mir«, antwortete sie. »Ich möchte alles darüber erfahren, was man in Schweden gegen das Fieber unternimmt. Und natürlich will ich wissen, wie es Ihnen geht und ob ich Sie wiedersehen werde.«

Sie blieb in der Droschke, als sie an der Poststation ankamen. Wie selbstverständlich hatte sie seinen Kuss erwidert, so voller Wärme, dass es ihn noch Tage und Nächte schmerzen sollte.

Finlay zahlte den Kutscher aus und blieb stehen, bis die Droschke mit Helene nicht mehr zu sehen war.

*

Malvine trank ihre zweite Tasse Tee und nahm, nachdem sie lange widerstanden hatte, vom Zuckerkuchen, der leider hervorragend war. Sie ging ans Fenster und blickte hinaus auf die Französische Straße. Sie gehörte nicht zu den Menschen, denen sich die Jahreszeiten schwer auf die Seele legen oder aber sie beschwingen, doch jetzt gerade vermisste sie es, Blätter von Bäumen trudeln zu sehen. In Marburg konnte sie aus den Fenstern ihres Hauses die Gärten überschauen, und am Kalbstor trieb der Wind das Laub der alten Baumriesen raschelnd über das Kopfsteinpflaster. Angesichts des baumlosen Trottoirs vor dem Haus der Madame Stopfkuchen empfand sie zum ersten Mal die Kühle der großen Stadt, in die sie Elsa vor wenigen Jahren stolz und mit großen Erwartungen entlassen hatte.

Sie wartete nun schon eine Stunde, dass sie von den Proben heimkam. Sie hatte sich nicht abwimmeln lassen von dieser Eveline, die ihr vorgeschlagen hatte, später wiederzukommen, und sie würde nicht weichen, bis sie Elsa gesprochen hatte, denn sie war nicht wie verabredet zum Dejeuner im Hotel de Rome erschienen, wo sie logierten. Sie hatte sich mit einer Depesche entschuldigen lassen. Dergleichen war noch nie vorgekommen. Und wenn jemand wusste, dass eine plötzliche Migräne die faulste aller Ausreden war, dann Malvine. Ausgerechnet wenn Homberg sie begleitete, musste Elsa sich kapriziös verhalten. Ihr Gatte hatte diese Unhöflichkeit unkommentiert zur Kenntnis genommen, was gemeinhin kein gutes Zeichen war.

Madame Stopfkuchen, die sich unglücklicherweise schon wieder in Pyrmont befand, tappte, was Elsas Verbindung mit Baron von Vredow anging, ebenso im Dunkeln wie sie, das verrieten ihre geschwätzigen Briefe, denen nur beklagenswert wenig darüber zu entnehmen war, ob sich in Elsas Lebenswandel etwas verändert hatte.

Malvine wandte sich vom Fenster ab. Das Zimmer war entzückend, hell und freundlich mit seinen gelben Wänden und den fliederfarbenen Bordüren unter den hohen Stuckdecken. Die Möbel waren zierlich und auf Hochglanz poliert, die Chaiselongue neben dem schlanken Kachelofen ein behaglicher Ruheplatz, und der Toilettentisch mit seinen Tiegeln und Flakons zwischen den Fenstern musste auf jede Frau, die bei Verstand war, verführerisch wirken. Ebenso die Kleiderkammer, die Malvine ohne Scheu betrat. Oft genug hatte Elsa sie gebeten, für sie ein Kleid auszuwählen aus der ungeheuerlichen Vielzahl an Toiletten, die ihren Neid hätte erregen können, wäre sie nicht selbst eine exzellent ausgestattete Frau.

In einer halb geöffneten Schublade fiel ihr das perlenbestickte Ridikül auf, eines ihrer Geschenke an Elsa, ein Mitbringsel aus Italien, das sie mit ihrem Mann nach der Verheiratung ihrer jüngsten Tochter bereist hatte. Die Perlen stammten aus Murano. Unwillkürlich griff Malvine nach dem Beutel, als sie an Venedig dachte, und ebenso unwillkürlich zog sie ihn auf, als sie fühlte, dass sich etwas darin befand.

Ein leuchtend blaues Seidenband war lose um ein Bündel Briefe geschlungen, das sie mit flinken Fingern zutage förderte, und ihr innerer Kampf dauerte nur wenige heftige Atemzüge. Selbstverständlich hatte sie vor Jahren auch die Tagebücher ihrer Töchter gelesen, doch zweifellos war das etwas anderes. Allerdings hatte sie das beunruhigende Gefühl, dass es zu fatalen Verwicklungen kommen konnte, wenn sie nicht bald erfahren würde, was sich zwischen Elsa und Moritz von Vredow abspielte, oder schlimmer noch: was sich möglicherweise nicht abspielte.

Aus dem Mädchen, dieser Eveline, war nicht das Geringste herauszuholen, sie gab sich auf ärgerliche Weise verstockt. In Wirklichkeit, vermutete Malvine, während sie zu ihrem eigenen Beutel hastete, um ihm das Lorgnon zu entnehmen, ohne das sie keine Zeile mehr lesen konnte, war sie bestimmt nicht halb so diskret, wie sie tat.

Schon beim zweiten Brief, den sie entfaltete, zitterten ihr die Hände. Sie musste sich setzen.

Elsa hatte mit einem Mann, bei dem es sich ganz und gar nicht um Moritz handelte, mindestens eine Nacht verbracht. Mit einem Mann, dem sie im privaten Theater seines Vaters erstmalig aufgefallen war. Elsa hatte sich von dem Mann so lange hofieren lassen, bis er sie ergebenst um ein Rendezvous in einem Sommerschloss seines Großvaters gebeten hatte, und sie war der Bitte dieses Mannes gefolgt bis hin zur letzten Konsequenz. Unter dem Eindruck ihrer betörenden Zärtlichkeiten litt er im Zuge seiner Verlobung mit »dem neunmalklugen Prinzesschen aus Weimar« unter tiefster Langeweile und sehnte sich danach, in leidenschaftlichen Umarmungen mit der »süßesten aller Zofen« alles zu vergessen.

Unterzeichnet W.

Noch ehe sie sich besinnen konnte, geschweige denn ein Tüchlein hervorholen, stürzten Malvine die Tränen aus den Augen. Wie wünschte sie sich in den Zustand unbekümmerter Neugierde zurück, mit der sie noch am Morgen in der *Vossischen Zeitung* gelesen und dabei ihre besondere Aufmerksamkeit dem Artikel über die Verlobung Wilhelm Ludwigs mit Augusta Prinzessin von Sachsen-Weimar gewidmet hatte!

Sie musste an Gesa denken, die ihr Elsa anvertraut hatte, schon lange vor ihrem Tod. Sie dachte an Clemens, dem sie nicht mehr unter die Augen treten konnte, wissend, dass seine erstgeborene Tochter die Mätresse eines Prinzen von Preußen geworden war.

Wie konnte sie ihr das antun?

Homberg hatte Clemens für den heutigen Abend eingeladen, um mit ihnen gemeinsam in dem unglaublich imposanten Speisesaal des Hotels zu dinieren. Sie hoffte das Gespräch mit Fragen über die ersten Eindrücke ihres Freundes vom neuen Leben in Berlin bestreiten zu können. Schon jetzt fühlte sie sich elend bei dem Gedanken, diesen guten Menschen derart zu manipulieren. Und Friedrich, ach ... Ratlos würde er sie beim Zubettgehen fragen, ob sie sich unwohl befände, und sie würde von einer Schwächung ihres Magens sprechen. Ihr graute vor alldem, denn guten Gewissens wandte sie Notlügen für gewöhnlich nur in weitaus weniger verwerflichen Lagen an.

Sie war zu fassungslos, um zu erschrecken, als Elsa das Zimmer betrat, und sie machte nicht den leisesten Versuch, die Briefe verschwinden zu lassen.

»Oh, Malvine!« Elsa stürzte sich ihr zu Füßen, barg den Kopf im Schoß ihrer Patin. »Ich habe mir so gewünscht, mich dir anvertrauen zu können, aber ich hätte es nicht gewagt«, wisperte sie.

Malvine war wie erstarrt. Sie ertappte sich bei der stillen Frage, ob Elsa ihr etwas vorspielte. Falls ja, tat sie es sehr überzeugend. Sie schluchzte mit zuckenden Schultern, während Malvines Tränen schlagartig versiegten.

»Sieh mich an, Elsa«, sagte sie.

Als sie in das Gesicht sah, das ihr ebenso vertraut war wie das ihrer Töchter, konnte Malvine keine Berechnung erkennen.

»Ist dir bewusst, dass du dich wegwirfst?«, fragte sie.

»Nein«, sagte Elsa, »denn Wilhelm Ludwig ist nicht irgendwer.«

»Guter Gott!« Am liebsten hätte sie sich die Ohren zugehalten, so falsch klang es, Elsa diesen Namen aussprechen zu hören.

»Und die Beharrlichkeit, mit der er mich umworben hat, sagt mir, dass ich ihm etwas bedeute.«

»Er hat Jagd auf dich gemacht, das sagt mir, was ich in seinen Briefen lesen konnte.«

Elsa raffte die Briefe aus Malvines Schoß und verknotete sie trotzig in das blaue Seidenband.

»Und wenn schon«, sagte sie. »Er ist der Sohn des Königs von Preußen, er wird für mich seinen Einfluss geltend machen können.«

Malvine hielt es nicht länger auf der Chaiselongue, deren Grün ihr mit einem Mal giftig vorkam.

»Von welchem Einfluss redest du, Elsa? Herrgott, hast du denn vergessen, wie wir mit diesem Prinzen fieberten, dass er die Frau seines Herzens heiraten durfte, Eliza Radziwill, der du nicht unähnlich bist und deren Name auch noch dem deinen gleicht? Alle Welt hat sich das Maul darüber in Fransen geredet, auch wir, erinnerst du dich denn wirklich nicht?«

Sie sah hinab auf Elsa, die mit ihren Briefen auf dem Parkett saß wie ein kleines Mädchen mit seinem Lieblingsspielzeug.

»Er musste sich seinem Vater fügen, der die Prinzessin für nicht standesgemäß hielt. Er hat sich gefügt, Elsa. Dieser Mann hat keinen Einfluss, er ist nicht einmal der Kronprinz, er ist der zweitgeborene Sohn, der dem Gebot seines Vaters ausgeliefert ist.«

Auch Elsa erhob sich jetzt.

»Es war wirklich dumm von mir, dich nicht rechtzeitig zurate zu ziehen«, sagte sie. »Wo du doch so gut im Bilde bist darüber, welcher Einsatz sich lohnt und welcher nicht.«

»Solltest du mich wirklich so gründlich missverstanden haben?«

»Jedenfalls richte ich mein Leben nicht danach aus, eine möglichst gute Partie zu machen.«

»Daran brauchst du, fürchte ich, in Zukunft nicht mehr den geringsten Gedanken zu verschwenden, denn du hast dich bereits aller Möglichkeiten einer standesgemäßen Ehe beraubt.«

Elsa wich vor Malvine zurück, bis sie mit dem Rücken den Pfosten ihres Bettes berührte. Sie zitterte am ganzen Leib.

»Eine solche Ehe, und ich fürchte, arme Malvine, entgegen all deinen Bemühungen, auch die Ehe im Allgemeinen ist für mich nicht von Interesse. Du magst es sicher nicht hören, doch ich will dir sagen, dass ich es genieße, die Geliebte des zweitgeborenen Prinzen zu sein, denn ich habe ebensolche Freude an ihm wie er an mir.«

»Das mag schon sein«, sagte Malvine, während ihr das Herz brach. »Denn dass Seine Hoheit Wilhelm Ludwig seine Amouren vorzugsweise in der Welt des Balletts und des Theaters sucht, erzählt man sich sogar auf den provinziellsten Gesellschaften in Marburg.«

*

Natürlich war das Messer nicht das richtige, er hatte noch in vager Erinnerung, wie Hufelands Bestecke ausgesehen hatten. Die Aderlassmesser waren um einiges zierlicher, Klingen mit papierdünnen Lanzetten, die wie die Zähne eines Blutegels in die Haut dringen konnten und durch einen Federmechanismus zurückschnappten. Derart komfortable Mittel standen ihm nicht zur Verfügung, doch das war unerheblich. In der Bibliothek der Hofapotheke hatte er gelesen, dass man Zahnschmerzen mithilfe des Aderlasses erfolgreich bekämpft hatte, warum also sollte es ihm nicht gegen die Schmerzen in seinen Knochen helfen? Er hatte befunden, dass es mindestens einen Versuch wert war, und jetzt, da er ahnte, dass die frühen Morgenstunden angebrochen sein mussten, saß er im Hemd auf dem Rand seines Bettes, von einer seltsamen Erregung erfasst. Etwas Neues würde sich in seinem Leben ereignen. Er war bereit, sich einer unbekannten Erfahrung hinzugeben.

Das Licht hatte er ein wenig höher gedreht, damit er den Schnitt an der richtigen Stelle setzen konnte, und er hob die Schüssel seines Waschgeschirrs vom Boden auf. Er legte sich zurück, denn er dachte, es würde gut sein zu liegen, und zog das Federbett über seine Beine, weil er nicht frieren wollte. Den linken Ärmel seines Nachthemds rollte er hoch bis zum

Oberarm, den er bereits lose mit einem Tuch umwunden hatte. Dann setzte er das Messer an.

Ein kleiner Schnitt, wie ein Stich.

Die Anspannung wich aus seinem Körper, sein Kopf fiel schwer in das Kissen, während das Blut warm in die Schüssel rann. Sein Blut! Erstaunlich, wie erhebend dies zu empfinden war!

In den Schatten seiner Kammer flimmerten plötzlich Sterne, und er stellte sich vor, sie seien von den Deckenmalereien in Luises Zimmer herübergeflogen, um ihn glücklich zu machen.

Und es gelang. Bild für Bild zog an seiner Seele vorüber aus den Zeiten, die er an der Seite der Königin zugebracht hatte. Das Gift seiner bösen Gedanken schien mit dem Blut seinen Körper zu verlassen, bis er wie ein helles Licht über dem marmornen Leib der toten Luise schwebte und sich über ihm die violette Seide ihres Betthimmels entfaltete. Genug jetzt.

Mit den Zähnen griff er das eine Ende des Tuches, mit der Hand das andere. Er winkelte den Arm an, wartete, bis sein Geist zur Ruhe kam und er sich klar fühlte wie schon lange nicht mehr. Schmerzlos für einen Moment. Tatsächlich leider nur für einen Moment, denn bereits als er sich angekleidet hatte, war alles beim Alten, und er war auf den Stock angewiesen wie immer.

Er lauschte auf die Geräusche der anderen, die sich plappernd in den verborgenen Gängen trafen, wie Ameisen, die sich auf den Weg machten, ihre Arbeit zu verrichten, ohne einen Gedanken daran zu verschwenden, was sie eigentlich taten.

Erst, als ihre Stimmen verklungen waren, machte er sich auf den Weg. Er löschte das Licht und verließ seine Kammer.

Langsam bewegte er sich durch die staubgeschwängerte Luft und wählte den Ausgang zu den Fluren, wo ihn das Tageslicht blendete.

Als seine Augen wieder ihren Dienst antraten, sah er den mittleren der Prinzen, den Zweitgeborenen, Wilhelm Ludwig. Er kam ihm entgegen. Ein schöner Mensch. Er hatte die Locken seiner Mutter. Und dann geschah etwas Ungeheuerliches. Er grüßte ihn und nannte ihn beim Namen.

Kaum jemals hatte er eine solche Euphorie empfunden. *Sie* hatte ihm ein Zeichen gesandt. Es war wie ein Ritterschlag. Hingegen ließ es ihn vollkommen unberührt, die Kutsche der Person davonfahren zu sehen. Stattdessen fühlte er sich ermuntert, Hufeland aufzusuchen, um sich gegen die Schmerzen helfen zu lassen, die ihn vor der Zeit zu einem alten Mann machten.

*

Die Frau aus dem Haus der kalten Pauline war am Nachmittag des vergangenen Tages gestorben, ohne das Bewusstsein wiedererlangt zu haben. Blunck, der Mensch, mit dem sie ihre letzten Worte wechselte, hatte mit dem blutigen Laken, in dem sich der Fötus befand, auch ihren Namen in der Charité zurückgelassen. Sie hieß Frieda, mehr wusste man nicht. Die Bordellwirtin hatte geschwiegen wie ein Grab. Sie gab an, die Frau in bejammernswertem Zustand vor ihrer Haustür gefunden und ihr aus purem Mitleid ein Zimmer überlassen zu haben. Es war ihr vollkommen egal, ob man ihr glaubte oder nicht.

Clemens, der die Frau namens Frieda eingehend untersuchte, nachdem Doktor Novak sie in der Entbindungsabteilung aufgenommen hatte, untersuchte auch das Lakenbündel sehr genau. Er fand darin einen Gegenstand, den er als Pressschwamm identifizierte.

Die Entdeckung Professor Heusers warf viele verstörende Fragen auf. Noch am selben Tag schrieb er an Professor Siebold. Hatte es in der Entbindungsanstalt der Universität eine Patientin mit dem Vornamen Frieda gegeben, an der eine solche Traktion vorgenommen worden war? Hatte die Frau das Gebärhaus eigenmächtig verlassen?

»Es hat keine solche Patientin dort gegeben«, sagte Clemens, während er an Friedas Körper den Medianschnitt vornahm. »Und es wundert mich nicht, denn nach der Beschaffenheit ihres Beckens gab es keine Veranlassung für einen derartigen Eingriff, der noch dazu viel zu früh durchgeführt wurde.«

Zur Sektion im Totenhaus der Charité, bei der Doktor Novak ihm assistierte, hatte Clemens drei Studenten, zwei Hebammenschülerinnen und seine Tochter zugelassen. Er wirkte ruhig und sachlich wie stets, nur Helene wusste, wie persönlich er die Sache nahm.

Bedächtig führte er das Skalpell zwischen den beiden Fingern, mit denen er von innen die Bauchdecke anhob, um sie in einem Zug, den Nabel umfahrend, bis zur Scham zu spalten.

Jemand stieß heftig den Atem aus, als der üble Geruch von Zersetzung dem toten Körper entwich, doch es fiel kein Wort. Niemand wagte dem konzentriert arbeitenden Professor eine Frage zu stellen, als dieser mit zwei tiefen Querschnitten rechts und links unter dem Nabel den Bauchraum gänzlich öffnete.

Unzählige Male schon war Helene Zeugin der Kunstfertigkeit ihres Vaters gewesen, doch war dies der erste Augenblick, in dem sie sich als wahrhaftige Kommilitonin der ahnungslosen Studenten fühlte, und als eine von ihnen richtete sie den Blick auf die Bauchfellfalte, die quer das kleine Becken durchzog. Schon als Hebammenschülerin in Wien hatte sie sich bei Sektionen auf der Seite der Ärzte gesehen, kaum zu den anderen Hebammenschülerinnen gehörig, die in Ohnmacht fielen oder würgend den Sektionskeller verlassen mussten.

Doktor Novak hob mit beiden Händen das Bauchfell empor, in dessen Mitte der Uterus wie eine Birne eingeschlossen lag.

»Bei unserer beklagenswerten Frieda«, sagte Clemens, »wurden die Mittel zur Auslösung einer künstlichen Frühgeburt angewendet.«

Er nickte Helene zu. Als sie sich umwandte, sah sie unvermutet in die Augen des Anatomiedieners, der die Sektion hinter ihnen stehend verfolgt haben musste, was beileibe nichts Ungewöhnliches war. Er trat zur Seite, um sie das Glas mit dem Pressschwamm vom Instrumententisch nehmen zu lassen, wo sie es beim Betreten des Totenhauses abgestellt hatte. Sie konnte sich an seine Vermummung nicht gewöhnen, obwohl sie Verständnis dafür hatte. In ebendiesem Moment, während das Glas unter den Studenten weitergereicht wurde, war ihr der Leichengeruch unerträglich, und sie wünschte, eines von Elsas parfümierten Tüchern zur Hand zu haben, um es sich vor Mund und Nase zu binden, damit der Geruch sich nicht weiter wie ein stoffliches Wesen auf ihre Atemwege und die Zunge legen konnte.

Bereits die äußere Untersuchung der lebenden Frieda, deren Bewusstlosigkeit die Verwendung eines Spekulums erleichtert hatte, was sich durch den komplizierten Schraubenmechanismus gemeinhin verbot, hatte das grausame Werk eines Dilettanten ans Licht gebracht. Helene hatte es mit eigenen Augen sehen können. Novaks düpierte Miene hatte keinen Zweifel daran gelassen, dass er es für vollkommen überflüssig hielt, ihr derartige Einblicke zu gewähren. Seit Neuestem schien er fortwährend darauf zu achten, ob ihr aus der Anwesenheit ihres Vaters unangemessene Vorteile entstanden.

»Dieser Uterus wurde bei dem Versuch perforiert«, hörte sie Clemens sagen, »jenen Pressschwamm, den Sie gerade mit dem Blut dieser Frau getränkt in Augenschein nehmen konnten, mithilfe einer Sonde in den Muttermund einzubringen.«

Einzeln ließ er Studenten und Hebammenschülerinnen an die Zinnschale auf dem Unterleib der Toten herantreten, um das malträtierte Organ genau anzusehen.

»Verletzungen dieser Art werden Ihnen im Laufe Ihrer Praxis als Ärzte und Hebammen nicht selten begegnen, darauf sollten Sie vorbereitet sein. Es sind zumeist die unehelich Schwangeren, die sich verführt sehen, selbst Hand anzulegen. Wenn andere Mittel, die Schwangerschaft zu beenden, versagt haben, versuchen diese verzweifelten Geschöpfe mithilfe eines spitzen Nagels oder durch das Einstoßen einer Stricknadel die Eihäute zu durchbohren. Dann finden wir ein ähnliches Ergebnis vor wie dieses hier.«

»Manche dieser Eingriffe wurden auch von Winkelhebammen durchgeführt«, sagte Novak. Er stand Helene direkt gegenüber. »Das muss, bei allem Respekt vor Ihrem Berufsstand, leider angemerkt werden.«

Clemens, der Novak grundsätzlich ermunterte, sich in den praktischen Unterricht einzubringen, versuchte vergeblich, seine Tochter mit einem begütigenden Blick zu warnen.

»In diesem Fall kann davon wohl kaum die Rede sein«, sagte sie. »Dagegen sprechen allein schon die angewendeten Mittel.«

»Es könnte sich um eine Person handeln, die ihr Halbwissen einsetzt, um die Notlage einer anderen auszunutzen.«

Novak tat nur so, als würde er laut nachdenken, wobei es ihm nicht wenig gefiel, die Aufmerksamkeit aller auf sich zu wissen. Helene empfand mit einem Mal heftigen Widerwillen gegen ihn. Wenn auch der Stabsarzt ihr zu keinem Zeitpunkt von Herzen sympathisch gewesen war, so hatte sie ihn doch respektiert. Das änderte sich soeben.

»Mit der Methode, die man bei Frieda anwandte«, entgegnete sie, »konnte nur jemand experimentieren, dem sie aus der geburtshilflichen Literatur oder aus dem Studium der Medizin bekannt war.«

»Was wollen Sie damit sagen?«, sagte Novak scharf. »Ist Ihnen klar, was Sie mit einer solchen Behauptung unterstellen?«

Novaks abschätziger Blick ließ Helene ungerührt, doch die Empörung der Studenten machte ihr zu schaffen.

»Xanthippe!«, flüsterte jemand, doch als sie aufsah, konnte sie nicht erkennen, welcher der Männer seine Beherrschung verloren hatte.

»Meine Herren, bitte«, rief Clemens. »Spekulationen dieser Art sollten keinesfalls Gegenstand dieses Unterrichts sein, mit dem wir jetzt bitte fortfahren wollen.«

»Jedoch sollte man uns auch nicht mit diesem Stand der Debatte allein lassen«, sagte ein Student. »Es wäre mir wichtig, Ihre Meinung zu hören, Herr Professor.«

Schüchtern, beinahe zitternd, meldete sich eine Schülerin zu Wort.

»Ich würde gern verstehen, warum ausgerechnet eine Hebamme so etwas tun sollte.«

Die beiden jungen Frauen hatten sich unwillkürlich an die Seite Helenes bewegt, und natürlich wussten auch sie, dass sie die Tochter des Professors war. Clemens seufzte.

»Weil sie darum gebeten wird, liebes Kind«, sagte er. »Weil Frauen sich in ihrer Not immer zuerst an eine andere Frau wenden werden, und jede Hebamme mit Erfahrung wird Ihnen sagen, dass sie um Hilfe angegangen worden ist, ob nun ein einziges Mal oder viele Male. Sie werden lernen müssen, sich dagegen zu verwehren, denn gleichgültig, welche Art von Unterstützung Sie einer Frau geben, um das Geblüt wiederherzustellen: Sie machen sich der Tötung eines Fötus schuldig, und immer, seien Sie versichert, setzen Sie das Leben der Frau aufs Spiel.«

Er wandte sich an die Studenten.

»Und nur weil Sie die Medizin als akademisches Fach studieren, meine Herren, sind Sie damit keinesfalls vor der Versuchung gefeit, gelegentlich die Geschicke über Leben und Tod einer höheren Macht entreißen zu wollen. Demut ist eine Übung, die uns allen die wichtigste sein sollte, gleichgültig, ob wir männlichen oder weiblichen Geschlechts sind. Wenn wir uns ganz in diesem Sinne nun wieder der Todesursache dieser Frau widmen könnten, würde ich Ihnen gern noch einige Details dazu erläutern.«

Keinem von ihnen fiel es leicht, sich wieder dem Unterricht zuzuwenden, die Stimmung blieb zum Zerreißen gespannt. Helene hörte ihren Vater über die Anzeichen reden, die dafür sprachen, dass Frieda alleingelassen worden war, nachdem man ihr den Pressschwamm zur Dehnung der geschlossenen Cervix eingebracht hatte. Damit der Schwamm seine Funktion erfüllen konnte, mussten regelmäßige Einspritzungen erfolgt sein, um ihn zu befeuchten.

Jemand war mit Bedacht vorgegangen und gestört worden, dachte Helene. Der Brief an Elsa fiel ihr ein und die darin enthaltenen, hölzern formulierten Anweisungen. Der Brief, den Eveline bei Elsa gefunden und ihr gezeigt hatte.

Vielleicht war es ein Fehler gewesen, ihn zu verbrennen.

*

Raschelnd wich das Schilf vor dem Boot auseinander, und während sie die zierliche Gestalt der jungen Hermine von Helmer am Ufer erkannte, spürte Elsa noch immer Helenes Unruhe an ihrer Seite.

Die Fahrt mit der Droschke, die Ausflügler über die Potsdamer Chaussee zum Anleger der Pfaueninsel brachte, hatte ihnen kaum Gelegenheit für ein vertrauliches Gespräch gegeben, und Elsa war, um ehrlich zu sein, nicht unglücklich darüber. Ohnehin hatten sie einander kaum zu Gesicht bekommen in den letzten beiden Oktoberwochen.

Die Proben zu *Christinens Liebe und Entsagung* hatten begonnen, und Elsa hatte man für die Rolle der jugendlich übermütigen Königin von Schweden besetzt. Es war kein phänomenaler Aufstieg, eher ein geschmeidiger Sprung nach vorn, der niemandes Misstrauen wecken würde, und Elsa liebte ihr Kostüm aus blauem Samt, das man für sie angefertigt hatte, denn das Stück trat zum ersten Mal auf den Spielplan.

Die Stich hatte die Besetzung zur Kenntnis genommen, ohne zerrüttete Nerven vortäuschen zu müssen, denn im gleichen Zug war sie vom König für ein zweimonatiges Gastspiel am Dresdner Theater freigegeben worden, das ihr zweitausend Taler einbringen würde. Im Übrigen durfte sie sich bei den Diners des Monarchen stets seiner besonderen Aufmerksamkeit sicher sein. Solange die Stich ihre Sonderwünsche bei ihm durchsetzte, war sie sanft wie ein Lamm.

Ein Zittern durchlief Elsa, als die scharfen Blätter des Schilfrohrs sie streiften. Es ließ sie unwillkürlich an die Ufer des Heiligens Sees denken, von denen sie in Begleitung des Prinzen die schönsten Ansichten hatte genießen können, dabei hatte sie Eindrücken von der Natur bislang niemals etwas abgewinnen können.

Wenn Elsa sich auf den Weg zum Marmorpalais machte, erzählte sie Hersilie Stopfkuchen, sie treffe Moritz in Potsdam, wo er bei seinem Jugendfreund, dem Prinzen Wilhelm Ludwig, zur Jagd weilte. Hersilie erfüllte es mit Stolz und solidarischer Wonne, dass Elsa sie ihre mütterliche Freundin nannte und sich exklusiv ihr anvertraute. Täglich erneuerte sie den heiligen Schwur unbedingter Diskretion. Nach Elsas erstem Geständnis ließ sie auf der Stelle nach den neuesten Seidenstoffmustern ihrer Manufaktur schicken und bestellte die Schneiderin. Wenn das Kind Ausflüge in Gesellschaft eines Prinzen von Preußen und des hinreißenden Moritz von Vredow unternahm, sollte sie jedes Mal ein neues Kleid tragen können.

Gewissensnöte plagten Elsa nicht, denn es war doch fast die Wahrheit, die sie Hersilie anvertraute, nur eben in einer anderen Besetzung, als diese glaubte. Auf diese Weise hatte sie sich die Möglichkeit geschaffen, sich hin und wieder über ihre Begegnungen mit Wilhelm Ludwig mitzuteilen und obendrein zu Hersilies allergrößtem Entzücken von den Stimmungen des Heiligen Sees zu erzählen. Wie die untergehende Sonne von dem Ruderboot aus, in dem sie die letzten warmen Nachmittage dieses Jahres miteinander genossen hatten, die Schilfrohrbuchten bizarren Wäldern gleichen ließ, wie das Auffliegen der Wasservögel die Stille durchbrach oder wie unvergleichlich sanft das Licht einer Alabasterlampe im Marmorpalais nach Anbruch der Dunkelheit die menschlichen Konturen umspielen konnte (wobei sie unerwähnt ließ, dass es sie dazu verleitete, Wilhelm zu betrachten, während er die Augen geschlossen hielt).

Hersilie war seitdem auf der Suche nach gleich mehreren Vasen aus Alabaster, um sie als Lampen zu verwenden. Am liebsten wollte sie in jedem Zimmer eine haben, denn kaum etwas, sagte sie, konnte eine Frau im Matronenalter glücklicher machen als etwas Konfekt und die Gnade einer sanften Beleuchtung.

Als das Boot anlegte, flogen Fasanen auf. Über den schwankenden Plankenboden folgte Elsa ihrer Schwester, die sich vom Ruderer helfen ließ, die Pfaueninsel zu betreten, so als hätte Helene sich im Stillen zu einem Entschluss durchgerungen – allein, ohne ihre Bedenken, Zweifel oder Kümmernisse, was diese Sache anging, zu teilen.

Als Helene sich an Land zu ihr umwandte, zog ein Moment zärtlichster Liebe für die kleine, kluge, so gewissenhafte und verantwortungsvolle Schwester durch Elsas eigensinniges Herz. Sie ergriff ihre Hand und machte sie mit Hermine von Helmer bekannt.

Sobald sie einige Schritte gegangen waren und sich außer Hörweite des Bootsmannes befanden, der auf sie warten würde, teilte die junge Hofdame ihnen mit, dass ihr Weg sie zum Kavaliershaus führte.

Sie ließen den Rosengarten hinter sich, wo Büsche und Hochstämme ihre Blüten majestätisch welkend der Oktobersonne entgegenreckten. Unter den alten Eichenbäumen, die ihren Weg säumten, ließen Pfauen ihr geschlossenes Gefieder hinter sich durch das Herbstlaub schleifen wie lustlose Balldamen ihre Schleppen. Nahezu im Laufschritt hielt Elsa sich mit Helene an der Seite Fräulein von Helmers, die eine seltsam muntere Konversation mit ihnen führte. Da ihr Geplauder über die neueste Pariser Mode der Lage derart wenig angemessen war – wobei sie ihre Kommentare zur Silhouette der neuen Ärmelschnitte durchaus mit Witz zu durchziehen verstand –, vermutete Elsa, dass die junge Hofdame nicht im Bilde war.

Noch während sie diesen Schluss zog, konnte sie sich selbst dabei zusehen, wie sie den Rücken straffte, beherzter ausschritt und Helene aufmunternd zulächelte. Es behagte ihr, dieses besondere Gefühl von Macht. Sie, Elsa Heuser, war Mitwisserin eines Geheimnisses. Keine Geringere als die Frau des Königs hatte sie um Hilfe ersucht. Nicht einmal ER, der König, wusste davon. (Noch viel weniger wusste er selbstredend, dass sie seinen zweitgeborenen Sohn glücklich machte. Und weil Elsa wusste, dass er ihm Eliza Radziwill, die Liebe seines Lebens, genommen hatte, empfand sie zuweilen den Stolz einer Partisanin, die dem Prinzen einen Ersatz für etwas gab, was ihm aus Gründen der Staatsräson verwehrt worden war.)

Kaum hatten sie den Kandelaber mit seinen baumhohen Fontänen passiert, aus dem sich Kaskaden von Havelwasser ergossen, schien das Fräulein noch schneller zu werden. Wie ein Haken schlagender Hase eilte sie durch den Park und plapperte über die Künste des Hofgärtners Fintelmann, während die Schwestern in stummer Übereinstimmung hinter ihr zurückfielen.

Zwischen Helenes Brauen hielt eine steile Falte Stellung, die sich seit ihrem Aufbruch aus Berlin dort befand.

»Elsa?«, flüsterte sie unvermittelt.

»Ja?«

»Wenn wir zurück an Land sind, musst du mir sagen, wer deine Schwangerschaft beendet hat.«

»Warum kommst du ausgerechnet jetzt darauf zu sprechen?«, gab Elsa flüsternd zurück.

»Ich muss es wissen.«

»Warum?«

Helene zögerte.

»Kommen Sie, meine Damen?«, rief Fräulein von Helmer fröhlich. »Ich darf Ihnen versichern, es ist nicht mehr weit. Gleich haben wir es geschafft. Hören Sie das? Ich glaube, das sind die bengalischen Hirsche. Der Hofjäger sagt, sie seien in der Brunft. Oh, es muss ein göttliches Naturschauspiel sein, wenn diese großen Tiere durch den Wald stürmen, um Eindringlinge abzuschrecken. Ich hoffe, es einmal beobachten zu können.«

»Wirst du es mir sagen?«

Helene war stehen geblieben, und Elsa befand sich in der Bredouille.

»Wirst du?«, fragte sie. »Ich muss wissen, wie es vor sich ging, von Anbeginn.«

Elsas Gedanken rasten. Es war ihr unmöglich, Helene eine Erpressung zu unterstellen. Doch was, wenn sie sich im letzten Moment verweigern würde? Dergleichen war ihr unbedingt zuzutrauen.

Hinter der Fontäne hörte sie Hermine von Helmer energisch hüsteln.

»Ich habe mich verpflichtet zu schweigen«, flüsterte Elsa. »Bitte komm weiter.«

»Jemand«, sagte Helene, »wendet die Methode unseres Vaters an, Elsa. Ich vermute, es ist ein Mann, der Frauen in deiner Lage benutzt, um sich auf eigene Faust zu unterrichten. Wir hatten eine Frau in der Charité, die daran gestorben ist. An wen hast du dich gewandt, als du zurückkamst nach Berlin? Ich muss es wissen.«

»Wenn ich dir jetzt einen Handel vorschlage, dann tue ich es, weil ich nicht anders kann – wirst du mir das glauben?«

Elsa hakte Helene unter und zog sie mit sich.

»Hilf dieser Frau, deretwegen wir heute hier sind«, sagte sie. »Dann werde ich dir sagen, was ich kann, ohne selbst in Gefahr zu geraten.«

*

Das Kavaliershaus, das zuweilen Hofbeamten und Gästen zur Unterkunft diente, war derzeit allein von Gärtnern, Fasanjägern und Tierwärtern bewohnt. Fräulein von Helmer bat Elsa, in der Eingangshalle zu warten, und stieg mit Helene die Stufen zum kleineren der beiden Türme hinauf, die den Mittelteil des Gebäudes einfassten. Sie klopfte an eine Tür und öffnete sie, ohne ein Zeichen abzuwarten.

»Bitte treten Sie ein, Mademoiselle. Ich mache mit Ihrer Schwester einen Spaziergang zu den Gehegen.«

Helenes Augen brauchten einen Moment, um sich an das diffuse Halbdunkel zu gewöhnen.

»Werden Sie Licht benötigen?«

Die Stimme klang verschüchtert wie die eines Kindes. Aus den Schatten löste sich die Silhouette einer Frau. Sie war tief verschleiert.

»Ich bin auf meinen Tastsinn angewiesen«, sagte Helene. »Wir werden ohne Licht auskommen können, allerdings nicht ohne ein Möbel, auf dem Sie eine liegende Position einnehmen können, es sei denn, Sie wünschen, dass ich die Untersuchung auf dem Boden vornehme.«

»Verzeihen Sie, aber ich kenne mich in diesen Dingen nicht aus. Hier gibt es eine Ottomane. Wird das gehen?«

»Selbstverständlich.«

Ihr Kleid raschelte, es war vermutlich aus Seide, eine kostspielige Robe wie die Elsas. Vor den Fenstern, in schmalen Spalten zwischen den Samtportieren, deren Farbe Helene nicht auszumachen vermochte, tanzte flirrend der Staub. Das ganze Zimmer war ein einziger Schattenriss.

»Ich danke Ihnen, dass Sie gekommen sind. Mir ist bewusst, dass Sie nicht den geringsten Anlass dazu hatten.«

Helene konnte die Hilflosigkeit der fremden Frau spüren und gleichzeitig ihre ganze Würde. Möglicherweise gab dies den Ausschlag für den späteren Entschluss, ihr zu helfen.

»Lehnen Sie sich zurück, Madame«, sagte sie. »Ich werde mich zu Ihnen setzen.«

Sie stellte ihre Hebammentasche ab, entnahm ihr eine Flasche Lilienöl und rieb ihre Hände ein.

Die Untersuchung sagte ihr, dass die Fremde sich gegen die achtundzwanzigste Woche befinden musste. Sie war von zierlichem Wuchs, und der Umfang ihres Leibes war gering. Den Tag der Empfängnis konnte sie genau benennen, demnach sie in der dreißigsten Woche war, und alles, was sie von nun an sagte, als sie nebeneinander auf der Ottomane saßen, brachte sie flüsternd vor. Zuweilen versagte ihr die Stimme, weil sie weinen musste.

Es war nicht so, dass Helene erfuhr, was sich tatsächlich ereignet hatte, nur, dass sie sich in einer Ehe befand, in der es niemals Nachkommen geben konnte. Sie sprach nicht von Notzucht oder dass ihr Gewalt angetan worden war. Sie gab sich die Schuld an allem, ohne sie zu benennen.

»Das Schlimmste ist, dass Kinder zu haben mich glücklich machen würde«, flüsterte sie. »Doch ich befinde mich in einer Lage, die das ausschließt.«

»Was wollen Sie tun, Madame? Ich weiß nicht, wie es mir möglich sein sollte, Ihnen zu helfen. Meine Schwester sagte, dass Sie Berlin nicht verlassen können?«

»Ich weiß nicht das Geringste«, gab die Fremde leise zurück. »Ich hatte gehofft, Ihnen fiele etwas ein. Denn sehen Sie, meine Lage wird immer verzweifelter.«

Wieder flossen Tränen hinter dem schwarzen Schleier. Mit gesenktem Kopf führte die Frau ein schneeweißes Tüchlein an Augen und Nase, während sie ihr aufgewühltes Schluchzen zu unterdrücken suchte.

»Verzeihen Sie, Mademoiselle. Noch niemals in meinem Leben habe ich etwas verheimlichen oder verbergen müssen. Seit Wochen bin ich gezwungen, meine engsten Dienstboten von mir fernzuhalten. Nicht, dass es mir etwas ausmachte, mich ohne Hilfe an- und auszukleiden, allein die Angst, durch einen dummen Zufall entdeckt zu werden, lässt mich kaum noch schlafen. In einem englischen Roman las ich von einer Frau, die alle mit Hühnerblut täuschte. Wie sollte ich nur an Hühnerblut kommen? Ich hatte keine Idee. Und mich selbst zu verletzen, brachte ich nicht fertig.«

Ihre Stimme brach.

»Beruhigen Sie sich, Madame«, sagte Helene. »Ich werde sehen, wie ich Ihnen helfen kann. Doch ich muss darüber nachdenken, und es gibt einige Fragen zu klären.«

Die Fremde schwieg einen Moment und schöpfte Atem. Dann schien es Helene, als blickte sie ihr in die Augen.

»Ich glaube, dass Sie ein aufrichtiger Mensch sind, Mademoiselle. Es würde mir viel bedeuten, wenn Sie mir glaubten, dass ich meinen Ehemann aus tiefstem Herzen liebe.«

Sie erhob sich.

»Bitte bleiben Sie noch einen Moment, bevor Sie wieder zu Ihrer Schwester gehen«, bat sie. »Ich bete für eine baldige Nachricht von Ihnen, denn ohne Sie werde ich verloren sein.«

Als sie das Zimmer durch eine zweite Tür verließ, umriss taghelles Licht aus dem Nebenzimmer die Konturen der schlanken Gestalt, bevor sie im Bruchteil einer Sekunde aus Helenes Blickfeld verschwunden war.

Acht

Stockholm, 26. Oktober 1828

Meine werteste Freundin!

(Ich hoffe von Herzen, dass Sie mir diese Anrede gestatten!)

Verzeihen Sie, wenn ich meinen Brief nicht mit Schilderungen Stockholms und seiner Bewohner beginne, das würde ich liebend gern von Angesicht zu Angesicht nachholen, denn ich möchte doch sehen können, ob ich Sie gut unterhalte.

Auch weiß ich, dass Sie neugierig sind, etwas über die Methoden des schwedischen Kollegen Doktor Cederschiöld zu erfahren, die er im Kampf gegen das Wochenbettfieber im Allgemeinen Entbindungshaus von Stockholm zur Anwendung bringt.

Die Hauptsache seines Vorgehens liegt darin, dass er die erkrankten Frauen auf einer eigenen Abteilung isoliert, was ihm die Größe des Hauses gestattet. Die großzügige Spende des schwedischen Königshauses nutzte man unter anderem dafür, die Gebäranstalt umfangreich mit Bettzeug und Nachthemden auszustatten, sodass jedes Wäschestück, welches mit einer erkrankten Person in Berührung kam, verbrannt werden kann. Des Weiteren erhält jede Wöchnerin ihr eigenes Waschgeschirr zur persönlichen Benutzung, ihr eigenes Stück venezianischer Seife und Handtücher. Das tägliche Waschen mit Seifenwasser ist hier für alle Frauen Pflicht, und wenn sie es selbst nicht verrichten können, weil das Fieber sie schwächt, dann tun es die Hebammen.

Für Cederschiöld ist es keine Frage, dass wir es beim Puerperalfieber mit einer contagiösen, einer ansteckenden Krankheit zu tun haben. Darin ist er einer der wenigen Kollegen, der mit mir einer Meinung ist, während die Mehrzahl – wie Sie zweifellos wissen, kluge Freundin – es vorzieht, dem Glauben an todbringende Miasmen anzuhängen, die sich in der Luft übertragen.

In diesem Hause nun ist angeordnet, dass jeder, der mit den vom Fieber ergriffenen Patientinnen zu tun hat, seien es Ärzte, Hebammen oder Krankenwärterinnen, nach jeder Berührung die Hände zu waschen hat und am Ende des Dienstes die Kleider zum Räuchern geben muss (was die Einrichtung spezieller Kammern zur Folge hat, in denen man sich umkleiden kann).

Es ist erschütternd und schwerlich zu verkraften, in unserem Wirken selbst die Keime dieses Fiebers von einer Frau zur anderen übertragen zu haben, doch wir erreichen nichts, wenn wir weiterhin die Augen davor verschließen.

Im Stockholmer Gebärhaus hat man mit diesen Methoden gerade im Juli einer sich anbahnenden Epidemie sehr erfolgreich entgegengewirkt. Insofern habe ich von Cederschiöld viel Erhellendes erfahren können. Allein die Ursachen des Fiebers geben ihm das gleiche schwere Rätsel auf wie uns allen.

Ich werde noch einige Tage bleiben, und bevor ich meine Schiffspassage für die Rückreise kaufe, liegt mir eine Frage auf dem Herzen, die nur Sie beantworten können, liebe Freundin.

Hierzu ist es nötig, Ihnen ein Geständnis zu machen, und auch wenn es Ihnen vermessen erscheint und Sie weder meinen Brief beantworten noch mich daraufhin jemals wieder zu sehen wünschen, ich muss und will Ihnen sagen, dass kein Tag vergeht, ohne dass ich meine Begegnungen mit Ihnen Revue passieren ließe.

Wie ich Sie zum ersten, zum zweiten, zum letzten Mal sah und wie sehr Sie mein Innerstes berührten. Bislang war mir nicht bewusst, wie sehr ich es lieben könnte, mich mit einer Frau auf Augenhöhe auszutauschen, ihre Gedanken zu hören, ihr Interesse zu spüren, ihre Äußerungen als etwas anderes wahrzunehmen als lediglich eine Form der Höflichkeit oder als Schule gebildeter Konversation. Jene höheren oder auch weniger hohen Töchter Europas, die ich traf, diese armen Geschöpfe, wie habe ich mich mit ihnen gelangweilt und sie sich mit mir!

In unmittelbarem Zusammenhang mit meinen Offenbarungen, die Sie möglicherweise befremdlich finden werden, steht die Notwendigkeit, nach London zurückzukehren, zur Erledigung einer Sache, die ich schon zu lange herausgeschoben habe. Doch zuvor, und bitte glauben Sie mir alle Dringlichkeit, die ich in meine Worte lege, muss ich Sie sehen und sprechen! Ich würde, wenn Sie damit einverstanden sind, einen Umweg über Berlin nehmen, um Ihnen etwas zu sagen, was ich Ihnen brieflich nicht mitteilen will.

Darf ich kommen?
Bitte antworten Sie mir schnellstmöglich.
Immer Ihr Finlay Gordon

Es war schön, an Finlays Brief zu denken, den sie umgehend beantwortet hatte. Es wärmte ihr jedes Mal das Herz, wenn sie ihn las, und das tat sie inzwischen täglich mindestens einmal. Sie wollte Finlay sehen, sie freute sich darauf, und manchmal, wenn sie sich ihre baldige Begegnung vorstellte, ging ihr Puls schneller.

Was er ihr wohl mitzuteilen hatte?

Helene legte die Feder nieder. Sie hatte ihr Diario vervollständigt, bevor ihre Gedanken zu Finlay geflohen waren.

Zwei weitere Frauen waren in der Charité mit Verletzungen, an denen Frieda gestorben war, eingeliefert worden. Eine von ihnen brachte Blunck, die zweite, eher ein Kind mit ihren siebzehn Jahren, wurde von einem *chirurgus forensis* eingewiesen, der in der Friedrichstadt seinen Dienst versah. Das Haus der Markgräfin – in ihrem Fall war die Straße, in der sich ihr Etablissement befand, Namens gebend – war bekannt dafür, dass dort besonders kindliche Frauen zu finden waren. Herren der Gesellschaft mit einer Vorliebe für Entjungferungen kamen dort ebenso auf ihre Kosten wie jene, denen es gefiel, sich durch die Jugend der Mädchen, die sie bezahlten, in einer anregenden Verquickung von Reinheit und scheinbar naturgegebener Lüsternheit inspirieren zu lassen.

Das Mädchen war unfassbar schön. Auf der Frauen-Pflegeabteilung der Charité erfuhr sie daher zeit ihres schnell davonhastenden Lebens noch jede Menge zärtlichen Bedauerns. Sie rührte jeden bis hin zur kaltschnäuzigsten Krankenwärterin. Sie hatte den Körper eines Engels, weiß und glatt. Sie schien so unschuldig, dass alle, die an der Sektion teilnahmen, zutiefst betroffen waren. Zum ersten Mal hatte Helene die Hand ihres Vaters vor dem ersten Schnitt zögern sehen.

Den Menschen, der an den Frauen seine Taten vollbrachte, und man war sich unter den Forensikern einig, dass hier ein und dieselbe Person am Werke war, nannte man nach dem Tod des Mädchens aus der Markgrafenstraße den Engelmacher. Über ihr Sterben waren sogar die Feindseligkeiten zwischen Helene und Novak in den Hintergrund getreten. Inzwischen begann Novak sogar von dem Gedanken abzurücken, dass eine Frau derart zielgerichtet und dreist vorgehen könnte. Man begann sich zu fragen, was diesen Mann, der die Traktionen vornahm, antrieb.

Wollte er den Frauen helfen? Wollte er sie strafen?

Die Polizeibehörde hatte begonnen, Patrouillen durch die Bordellviertel Berlins zu schicken. Man befragte Huren, Bordellwirtinnen und Luden, doch niemand wusste angeblich etwas. Die Charité war entsprechend unterrichtet, denn mit der Sittenpolizei befand man sich schon allein wegen der Syphilitischen in engstem Kontakt.

All das machte Helene Angst. Während sie die düsteren, verstörenden Geheimnisse der Charité teilte, erstellte sie, da sie keinen schriftlichen Entwurf wagte, auf einem inneren Reißbrett den Plan für die heimliche, künstlich herbeigeführte Entbindung des Kindes der fremden Dame von Stand.

Beim Studium der Veröffentlichungen ihres Vaters kam sie sich wie eine Verräterin vor, und wenn sie mit ihm zusammen war, kämpfte sie gegen das drängende Bedürfnis an, sich ihm anzuvertrauen.

In einem ersten Brief an die Fremde hatte Helene die Idee, ihren Vater ins Vertrauen zu ziehen, offen zur Sprache gebracht, doch diese hatte jene Möglichkeit entschieden und angstvoll abgelehnt. Ihre Briefe, hatten sie einander versichert, würden sie nach dem Lesen auf der Stelle verbrennen, was Helene zunächst dramatisch vorkam und schon beim nächsten Gedanken beruhigend. Denn was, wenn ihre Nachrichten eines Tages gefunden werden würden wie die des Engelmachers?

Elsa nämlich hatte flüsternd Bericht erstattet, während sie von der Pfaueninsel zurück an Land ruderten und die Reiher und Schnepfen ihnen warnend nachzuschreien schienen, dass sie von einem Unbekannten, der ihr als Student der Medizin von einer Person, deren Identität sie nicht offenbaren wollte, empfohlen worden war, in die Straße an der Königsmauer bestellt worden war. Nach Elsas gewisperten, von gleichmäßigen Ruderschlägen untermalten Erläuterungen deutete alles darauf hin, dass sie sich in den Händen des Engelmachers befunden hatte. Jedes Mal, wenn Helene an das Szenario dachte, quälten sie die schrecklichsten Schuldgefühle.

Natürlich hatte sie nach seinem Äußeren gefragt.

»Ich habe ihn kaum angesehen«, sagte Elsa. »Ich wollte nur, dass einfach geschieht, was geschehen sollte, kannst du das verstehen? Und selbst wenn ich gewusst hätte, dass meine Erinnerung an diesen Menschen einmal von Bedeutung sein könnte, hätte meine Wahrnehmung keine andere sein können. Denn ich hoffte nur, Helene, und ich weiß, dass du es verabscheuen wirst, dass dieser Mensch meiner verzweifelten Lage ein Ende setzen würde.«

Das war, dachte Helene inzwischen, womit dieser Mann, der sich mit Bedacht die Nöte unehelich schwangerer Frauen zunutze machte, kalkulierte.

Nein, sie verabscheute ihre Schwester nicht, denn das Wesentliche ihrer Lage war ihr nicht bekannt. Nie war ihr ein Mann jemals so nahe gekommen, dass sie hätte entscheiden müssen, ob sie zulassen wollte, was er begehrte. Seit sie Finlays Brief erhalten hatte, der in ihr vollkommen neue Empfindungen auslöste, meinte sie zuweilen eine Ahnung dessen zu spüren, was Elsa längst erlebt haben musste. Sie fragte sich, warum ihre Schwester nie den Namen des Mannes nannte, der ihr offenbar viel bedeutete.

Mit einem seltsamen Schmerz in ihrem Innersten lehnte Helene sich zurück, bevor sie aufstand.

In einer Stunde begann ihr Dienst in der Charité.

Sie drehte das Licht herunter und verließ ihren Fensterplatz. Wenn es nicht schon dunkel war, so wie jetzt, hatte sie an ihrem Schreibsekretär einen Blick über den Schiffbauerdamm bis hinüber zur Wäschebleiche und den Holzmärkten.

Von ihrem Bett aus konnte sie für gewöhnlich in den Himmel sehen. Die blauen Kattunvorhänge und einige kleine Landschaftsmalereien an den rosenfarbenen Wänden machten das kleine, schmale Zimmer behaglich. Der Kachelofen musste jetzt täglich angefeuert werden, es war kalt geworden. In den vergangenen Tagen hatten die Bäume mit einem Mal ihr letztes Laub verloren.

Helene schlüpfte in ihren Umhang und schloss die Hutbänder, während sie die Treppen hinablief, vorbei an der Wohnung Friederike Köpkes, mit deren Zurückhaltung sie ebenso gut leben konnte wie diese mit der Zurückgezogenheit ihres Logisgastes. Einzig ihrer Befürchtung, dass Helene zu wenig essen könnte, verlieh die Witwe mitunter Ausdruck. Auf der Kommode fand sich dann ein Schälchen Kompott, ein Teller mit Gebäck oder etwas Obst, und wenn Helene zur Mittagszeit im Hause war, bestand Friederike Köpke darauf, dass sie eine warme Mahlzeit mit ihr einnahm. Eisern beharrte sie darauf, dass der zwölfjährige Sohn der Köchin sie jeden Abend mit der Laterne zur Charité begleitete.

Oskar wartete verlässlich an der Haustür auf sie. Als sie hinaus auf die Straße traten, fuhr ihnen ein ruppiger Wind in die Kleider, der von den offenen Feldern Spandaus kam.

Meist gingen sie den halbstündigen Weg schweigend nebeneinander her, und sobald sie die Auffahrt der Charité erreichten, drehte der Junge mit einem gemurmelten Gruß ab. Jedes Mal, wenn Helene ihn auf seinen Pantinen davonklappern hörte, nahm sie sich vor, seiner Mutter Geld für Stiefel zu geben, doch war sie nicht sicher, ob sie die Frau womöglich damit beleidigte, denn zu Hause in Marburg hatten sie stets einen anderen Umgang mit Dienstboten gepflegt.

In den Abendstunden senkte sich eine ganz besondere Art der Stille über die Charité. Hunderte von Menschen, die hier unter einem Dach versammelt waren, die Kranken und ihre Ärzte, schienen stärker als in den Stunden des Tages miteinander verbunden zu sein, schlafend und wachend, genesend oder von Schmerzen erfüllt, von Hoffnungen ebenso wie von Ängsten.

Am stärksten war dies bei den Irren zu empfinden, deren Schlafsäle sie auf dem Weg zur Entbindungsabteilung passieren musste.

Diese armen Geschöpfe teilten ihre Nöte so unmittelbar mit. Sie schreckten Helene schon lange nicht mehr. Vielmehr verspürte sie mitunter den Wunsch, sie aufzusuchen, die Gesichter zu den Lauten sehen zu können, deren unverständliche Botschaften sie in den Nächten empfing.

Während Helene die verlassenen Gänge des ersten Stockwerks entlanglief, dachte sie an Sidonie. Schon bald würde sie die Charité verlassen, was es noch dringlicher machte, dass sie selbst sich endlich zu einer Entscheidung durchrang. Wenn sie ihr vorschlagen wollte, was sie seit Tagen erwog, musste sie am besten noch heute mit ihr sprechen.

»Guten Abend, Kind. Wie schön, dass ich Sie treffe. Ich sehe, meine Träume lassen mich nicht im Stich.«

Es war Rosalie Klemms Stimme, die stets klang, als hielte sie ein Lachen zurück. Helene wandte sich zu der alten Apothekerin um und fragte sich, woher sie gekommen sein mochte, denn der lange, von den Wandlaternen nur schwach beleuchtete Gang lag keineswegs in nächster Nähe zur Apotheke.

»Sie sind noch im Haus, Frau Klemm?«

»Ich bin immer im Haus, wussten Sie das nicht?«

»Haben Sie vielleicht auf mich gewartet?«

»Ja«, sagte Rosalie und bedeutete Helene, sich zu ihr hinunterzubeugen. »Ich weiß, dass Sie die Richtige sind für mein Geheimnis, das keiner kennt, und ich will nicht, dass mein Sohn mir in die Quere kommt, wenn ich's Ihnen erzähle.«

Von den Irren kam ein Schrei, so angstvoll und durchdringend, dass es Helene einen Schauer den Nacken hinunterjagte.

»Ich muss meinen Dienst antreten«, sagte sie. »Die Hebamme Pusche wird schon auf ihre Ablösung warten.«

Rosalies Finger umfassten Helenes Handgelenk.

»Ich komme mit. Es wird niemanden kümmern. Es ist an der Zeit. In meinem Alter kann es ruckzuck zu spät sein für alles.«

Tatsächlich wunderte es weder die Pusche noch Doktor Novak, der eine fiebernde Wöchnerin zur Ader ließ, dass Helene sich in Begleitung von Rosalie Klemm befand. Fast schien es, als würde sie nicht wahrgenommen, als sähe man sie gar nicht, diese kleine, alte Person, die in Helenes Schatten durch den Schlafsaal trippelte und ihr in die Hebammenkammer folgte.

»Ich war fünfunddreißig Jahre alt …«, wisperte Rosalie, sobald sie allein waren, »… als ich mein viertes Kind erwartete.«

Auf dem Stuhl, den Helene ihr angeboten hatte, saß sie wie ein Kind. Ihre Füße, die in schwarzledernen Schnürstiefelchen steckten, berührten kaum den Boden. Das Kleid, über dem sie eine weite Leinenschürze trug, war der alten Mode nach geschnitten, taillenlos fiel es an Rosalies Körper herab.

»Viktor, der Apotheker, ist mein Erstgeborener, die beiden anderen sind kurz nach der Geburt gestorben. Es waren Mädchen.«

Sie glättete ihre Schürze über den Knien und legte die Stirn in Falten.

»Nun, als ich wieder Kindsregungen spürte, war Viktor schon vierzehn und im Grauen Kloster ein sehr guter Schüler, der ganze Stolz seines Vaters. Und so dachte ich, vielleicht ist dies ein Geschenk Gottes. Vielleicht werde ich noch die Tochter haben, die ich mir immer wünschte. Eine kleine Gefährtin, so wie Sie es sicher für Ihre Mutter waren, mein Kind.«

Helene fragte sich, ob sie ihrer Mutter tatsächlich eine Gefährtin gewesen war, während sie Rosalie betrachtete, die schweigend ihren eigenen Gedanken nachhing. Ich hoffe es, dachte Helene, und schon im nächsten Augenblick wusste sie es. Die Gewissheit breitete sich wie warmes Öl in ihr aus, und sie war Rosalie dankbar dafür. Es war dies der Moment, da sie die Warnungen des Apothekers in den Wind schlug, um seine Mutter mit allem, was sie sagte, beim Wort zu nehmen.

»Dass diese Schwangerschaft vom ersten Moment meiner Wahrnehmung an von Schmerzen begleitet war ...«, sagte Rosalie leise, »... ich nahm es als Prüfung, als Willen Gottes, dem ich mich zu unterwerfen hatte, und ich tat es gern. Dann endlich, im April 1789, stellten sich zur gewöhnlichen Zeit alle Zeichen der Niederkunft ein. Es waren heftige Wehen, die sich lang hinzogen, bis das Kind so weit vorgerückt war, dass die Hebamme sagte, es würde in zwei Minuten zutage gefördert sein. Doch so kam es nicht. Eine einzige unbedachte Bewegung war es, die ich machte, um meine schmerzhafte Position zu verändern, diese einzige selbstsüchtige Bewegung war es, die dazu führte, dass mein Kind den Händen der Hebamme entschlüpfte.«

»Entschlüpfte?«, fragte Helene flüsternd. »Wohin?«

»Man wusste es nicht«, wisperte Rosalie. Sie beugte sich vor auf ihrem Stuhl. »Sie fanden es nicht. Weder die Hebamme noch der hinzugerufene Arzt. Dabei konnte es doch nicht weit kommen. Es ist noch in mir.«

»Was wollen Sie damit sagen, Rosalie?«

»Ich sage Ihnen, meine Kleine, dass ich seit neununddreißig Jahren ein Kind in mir trage, das nicht den Gesetzen der

Natur gehorchte. Es kam nicht zur Welt. Es hat sich in mir verkrochen.«

Jedes einzelne Körperhaar Helenes stand mit einem Mal stramm, so unglaublich, derart unheimlich und verstörend war das, was Rosalie sich von der Seele sprach.

»Ich verstehe nicht«, sagte Helene.

»Niemand versteht das, mein Kind«, sagte Rosalie. »Das ist, womit ich schon so lange lebe.«

*

Während Elsa dem Prinzen zusah, wie er sich ankleidete, schlang sie die warme Decke um sich und zog die Beine an, wohl wissend, dass die Konturen ihres Körpers so aufs Schönste zur Geltung kamen.

Jeder ihrer freien Abende gehörte nun Wilhelm Ludwig, und obwohl es nicht eben viel Zeit war, die sie miteinander verbringen konnten, hatte es gereicht, dass sie sich ernsthaft in ihn verliebte.

Sein Blick traf den ihren, während er sich mit der Rechten durch die Locken fuhr. Er stieg in die Stiefel und richtete sich auf, um seine Weste zuzuknöpfen. Er ließ die Augenbrauen hochschnellen und lächelte. Es war eben diese Verschmelzung von jungenhaftem und so sehr männlichem Charme, die sie um den Verstand brachte. Nie wusste sie, was er dachte. Er war aufmerksam, zärtlich, manchmal scheu und dann wieder auf eine Weise bestimmt, die spiegelte, wie er groß geworden, wie er erzogen worden war. Er gab ihr Rätsel auf, indem er sich hingab und bald darauf freundlich, nahezu höflich, entzog.

Er war unwiderstehlich.

Sie spürte sein Herz rasen, wenn sie einander im Alkoven in die Arme glitten. Mit größtem Entzücken hörte sie die wehmütigen Laute seiner Lust, und in gleichem Maße empfand sie, dass er weit fort war, obwohl er ihre Nähe suchte. So kam es, dass sie endlich glaubte zu wissen, was Liebe war. Verlangen und Schmerz, die Angst, den anderen nie ganz besitzen zu können, Hingabe, in der die Lust stets von Traurigkeit begleitet war.

La mort dans le cœur.

»Ma chère«, sagte er. »Ich brenne darauf, dich wiederzusehen.«

Er beugte sich zu ihr herab, hob ihr Kinn mit dem Zeigefinger an, küsste ihre Nase, biss ihr ins Ohr und lachte. Wie gut sie wusste, dass dies nicht eben Zeichen der Leidenschaft waren.

Sie lauschte ihm nach, als er ging. Er würde beim Verlassen des Marmorpalais noch einige Worte mit dem alten Grabow wechseln, dem Hund den Kopf tätscheln und seinem Trakehner den Hals. Sobald er die Zügel aufnahm, um schwungvoll aufzusitzen, würde er über den See blicken.

Für einen Moment genoss sie das Hervorbrechen ihrer Tränen.

Barfuß lief sie zu den hohen Fenstern und schob die schweren Portieren zur Seite. Frühnebel hing in den kahlen Bäumen auf der anderen Seite des Sees, und im Schilf stritten sich lautstark zwei Rohrdommeln. Elsas Stirn berührte die kalte Fensterscheibe.

Inzwischen quälte sie entsetzlichste Eifersucht auf Eliza Radzivill, die unerfüllte Liebe seines Lebens, denn sie war sicher, dass sie es war, die er in manchen leidenschaftlichen Momenten bei ihr zu finden suchte.

Auch die Verlobung mit der Prinzessin aus Weimar machte ihr zu schaffen. Obwohl er sich über ihre Klugheit, ihre Weimarer Bildung lustig machte, konnte sie doch auch den Respekt spüren, den der Prinz für dieses Mädchen, seine Braut, empfand, das mit seinen gerade siebzehn Jahren von Goethes Farbenlehre zu sprechen wusste, ohne mit der Wimper zu zucken. Wie sollte sie wissen, dass er sich zeit seines Lebens ihrer geistigen Reife unterlegen fühlen würde, obwohl sie oder gerade weil sie so viel jünger war als er?

Natürlich wünschte Elsa, der Prinz sähe nur sie. Die Ahnung, dass es sich keinesfalls so verhielt, machte alles nur schlimmer. Malvines Worte sickerten ihr in die Seele wie Quecksilber. Obwohl Elsa wusste, was offensichtlich war, hoffte sie auf eine aberwitzige, wilde Stimme, die dem Prinzen diktieren würde, sie sich zur *maitresse en titre*, einem vollkommen überholten Modell der am Hof geduldeten Geliebten, zu nehmen.

Und noch während Elsa diesem mehr als absurden Traum nachhing, während das Licht in den Alabasterlampen herunterbrannte, tauchte plötzlich Helene vor ihrem inneren Auge auf, die fragte: »Warum willst du mir nicht sagen, wer der Mann ist, den du liebst?«

*

Er stand im ehemaligen Kinderzimmer am Fenster, ohne hinauszublicken. Es war sechs Uhr abends. Die königliche Familie befand sich im Theater. Seit einigen Wochen richtete sich die Aufmerksamkeit auf die Darstellungskunst besonders einer jungen Schauspielerin. Ihr Name fand zuweilen auch in den Briefen der Unaussprechlichen Erwähnung. Elsa Heuser.

Mit dem Rücken zu den preußischblauen Samtvorhängen umklammerte er das Fläschchen mit dem Laudanum und stützte sich schwer auf den Stock. Im Kamin knackte das Holz eines üppigen Feuers, das vor etwa einer Stunde von einem der Diener entzündet worden war. Mit Bedacht spürte er dem pulsierenden Schmerz in den Knotenpunkten seines Körpers nach. Dann erst zog er den Korkstöpsel und setzte die Flasche an seine trockenen Lippen.

Das Laudanum war seit Kurzem sein ständiger Begleiter, wobei er sich auferlegt hatte, es nur zu bestimmten Zeiten einzunehmen. Es war ihm gelungen, Hufeland in eigener Sache abzupassen, als dieser sich im Palais befand, um den Kronprinzen zu visitieren, dessen Ehe fatalerweise kinderlos blieb. Der Leibarzt war ihm freundlich begegnet, hatte sich beinahe melancholisch und erstaunlich detailliert ihrer gemeinsamen Zeiten in Königsberg erinnert.

Im Chamois-Zimmer nahm er ihn in Augenschein, ließ ihn sich bis aufs Hemd entkleiden und befühlte seine deformierten Gelenke. Er verschrieb ihm Laudanum und machte ihm des Weiteren keinerlei Hoffnungen. Auch empfahl Hufeland ihm, darüber nachzudenken, seinen Dienst zu quittieren, lenkte jedoch sofort ein, sobald sein heller Geist erfasste, dass dies der Tod seines neuen Patienten wäre.

Das Laudanum war ein Gottesgeschenk. Es linderte nicht nur seine Schmerzen, vielmehr entließ es seine Gedanken in vollkommen unbekannte Richtungen.

So beobachtete er die Unaussprechliche mit ganz anderen Augen. In seinen Hass mischte sich echtes Interesse.

War sie klug genug, ein Geheimnis dieses möglichen Ausmaßes zu verbergen? Denn während er nie einen Gedanken daran verschwendet hatte, ob er so etwas wie einen Instinkt überhaupt besaß, beflüsterte ihn eine innere Stimme ständig aufs Neue, dass sie zweifellos ein Geheimnis in sich trug.

In unsentimentalen Momenten wie diesem, da er es sich gestattete, dem Feuer etwas näher zu treten, und wohlige Wärme die Livree durchdrang, um ihn sehr privat zu berühren, konnte er vor sich selbst zugeben, dass ihn seine besessenen Spekulationen vermutlich am Leben hielten. Sie statteten ihn mit einer Kraft aus, die er zuletzt in Luises Diensten verspürt hatte. Ein kurzes, unkontrolliertes Zucken seiner Mundwinkel brachte ihn für den Bruchteil einer Sekunde aus der Fassung.

Einen Schluck noch. Der Geschmack nach Zimt und Nelken, die man der Tinktur als Gewürze zugesetzt hatte, explodierte ein weiteres, heftigeres Mal zwischen Zunge und Gaumen.

Sooft es ging, fing er die junge von Helmer ab, die einzige *dame de compagnie* der Unaussprechlichen, wobei er darauf zu achten hatte, dass es jedes Mal so aussah, als wäre er rein zufällig zur Stelle, wenn dieses erstaunliche Geschöpf den Schwibbogen zwischen den beiden Palais entlangkam.

Stets, wenn sie ihm Briefe ihrer Herrin überließ, damit er sie, wie er vorgab, statt ihrer an den höfischen Postsekretär weiterleitete (was er auch tat, sobald er sie gelesen hatte), fragte er sich, ob sie gerissen war oder naiv. Denn es kam auch vor, dass sie sein Anerbieten mit fröhlicher Bestimmtheit ausschlug und die Briefe an ihm vorbeieilend selbst abliefern wollte.

Dann musste er sie ziehen lassen, hilflos fantasierend, wie er die Klinge, die sich im Schaft seines Stockes befand, zücken und zwischen ihre seidenumspannten, flügelzarten Schulterblätter rammen würde, so heftig, dass sie auf der anderen Seite ihres Leibes wieder austrat.

Dabei hatte er im Grunde gar nichts gegen sie.

Die Briefe. Hier kam zur Geltung, dass die Person jede Einwirkung auf die amtlichen Geschäfte ihres Gatten vermied, das war jedem bekannt, der Gelegenheit hatte, ihren Umgang mit dem Monarchen in Augenschein zu nehmen. Wohingegen die kulturell Interessierten, zu denen er selbst keinesfalls zählte, sehen konnten, dass sich der Spielplan des Königlichen Theaters merklich änderte. Es wurde *Wallensteins Tod* gegeben, *Die Räuber*, Stücke, die dem König zuwider waren. Schiller! Enervierend, düster und aufwühlend – wer wollte das? Nicht der König, so viel stand fest!

Dieses junge Talent, hieß es in den Briefen an die Eltern, *was sage ich, sie ist meines Alters. Sie begeistert mich mit ihrer Leidenschaft und ihrem innigen Wunsch, ihr Publikum zu erreichen! Elsa Heuser ist eine Täterin aus Überzeugung! Ich liebe sie dafür! Man hält sie klein. Das ist Usus. Wie lächerlich! Ich schwöre Euch ganz im Geheimen, meine liebsten Eltern, dass ich mein Bestes tun werde, um sie dorthin zu bringen, wohin sie gehört: in den Olymp!*

Er stützte sich am Kaminsims ab, während ihm zu Bewusstsein kam, dass er nie jemals eine Frau körperlich begehrt hatte. Ob es daran lag, dass er im Schatten einer Mutter aufgewachsen war, die ihn nicht liebte?

Er konnte sich dieser Erkenntnis nicht nähern, ohne zu weinen. Immer diese Tränen. Er schämte sich ihrer, doch gleichermaßen genoss er, dass sie ihn befreiten.

Vielleicht war es ein Privileg, ein unverstandener Mensch zu sein.

In ihren Briefen an Kaninchen indessen erkundigte sich die Person beharrlich nach deren Eheglück und sehnte sich außerordentlich nach ihr. Es war ein ständiges Fragen danach, wann sie nach Berlin kommen könnte.

Mache mir die Freude zu kommen, liebste Freundin, setze deine Siebensachen in Ordnung und komm, dann gehen wir auf und davon! Ich bringe die Tage zuweilen so einsam zu, ich bin ganz melancholisch und würde recht glücklich sein, wenn du dich entschließen könntest herzukommen! Ob wir uns in diesem Jahr noch sehen werden? Ich habe nie eine größere Sehnsucht danach gehabt!

Dann gehen wir auf und davon!

Wenn er darauf hoffen könnte! Er würde von ihr ablassen. Doch es entließ ihn nicht aus der Pflicht herauszufinden, was sie plante.

*

Entbindungsabteilung der Charité,
2. November 1828

Vom Ende des Octobers waren die Witterungen trüb, windreich und ziemlich feucht, zuweilen begleitet von Nebel. Am 29. October hielt letzterer dreißig Stunden an. Die südlichen und östlichen Winde brachten vereinzelt heitere Tage und Stunden. Der Stand des Barometers war außerordentlich hoch und ziemlich beständig.

In den Totenlisten des verstrichenen Monats war zu lesen, dass sechs von neun Frauen an Entzündungen des Unterleibes gestorben waren. Eine Frau ging an den

Folgen einer zu frühen Geburt zugrunde, eine weitere an Krämpfen im Wochenbett.

Unter den Wöchnerinnen breitet sich indessen das Puerperalfieber aus. Es zeigt typhösen Charakter.

Luise Reinboth war das erste Opfer des Kindbettfiebers in diesem Herbst.

Am 19. October brachte man sie aus dem Königlich Preußischen Weiber-Gefängnis, wo sie sich wegen Diebstahls befand, in die Gebärabteilung der Charité. Zwei Tage später, am 21. October, wurde sie leicht von einem gesunden Kind entbunden. Den 24. setzte kaltes Fieber ein und heftiges Auftreiben des schmerzhaften Unterleibes. Die Respiration war schnell und ängstlich, der Puls hastig und klein. Weder Kampfer noch Kalomel, weder Opium noch Zugpflaster, keine Bäder oder andere äußere Mittel halfen. Sie starb in Agonie am 1. November.

Inzwischen folgten ihr neun weitere Frauen in den Tod.

Die jüngste von ihnen, Friederike Thielebein, eine neunzehnjährige Erstschwangere, erlag dem Fieber am gestrigen 1. November.

Ihr Sterben zog sich über acht Tage hin und begann wie bei allen mit Frostanfällen, setzte sich mit Kopfschmerz fort, Hitze und Schweiß. Der Puls zeigte sich schnell, hart und stark, die Respiration gejagt und angstvoll. Ihr Durst war groß, das Gesicht gelb und verstellt. Zweimal stündlich erhielt sie zwei Gran China. Trotzdem traten täglich drei bis vier Schüttelfröste ein. Das Ende kam mit Durchfällen und Delirium. Gaben von Drachenwurz und Moschus veränderten am siebten Tag die Erkrankung ihrer Sinne. Haut und Zunge wurden wieder feucht, das Bewusstsein kehrte zurück, Frost und Durchfälle blieben aus. Sie sah ihr Kind, hielt es den Nachmittag über bei sich und war glücklich.

Allein in der Nacht zum 1. November fiel sie in Todesschlaf und starb morgens um elf Uhr.

Helene legte die Feder beiseite und stützte den Kopf in die Hände. Sie war zutiefst erschöpft wie jeder auf der Entbindungsabteilung. Seit Tagen war sie nicht zu Hause gewesen. Sie schlief in der Wohnung ihres Vaters, wenn er wachte.

Friederike Köpke hatte ihr durch Oskar Leibwäsche, Strümpfe und ein Kleid zum Wechseln schicken lassen. Sie war noch immer eine Arztfrau durch und durch.

Kaum wagte Helene es, ihre steifen Glieder zu strecken, denn hinter ihr, im Bett der Hebammenkammer, schlief Sidonie mit ihrem Kind. Endlich! Nach dem vorangegangenen Disput empfand Helene es als unendliche Erleichterung, denn beinahe hätte Sidonie die Charité mitsamt ihrer Tochter fluchtartig verlassen, was sie um jeden Preis hatte verhindern müssen.

Helenes Vorhaben, Sidonie wie eine außerordentlich bedeutsame Person von den anderen Patientinnen abzusondern, hatte bei Novak und leider auch bei Professor Hähnlein vehementen Unmut provoziert, nicht zu reden von ihrem Versuch, Finlays Mitteilungen hilfreich umzusetzen.

Statt das gesamte medizinische Personal der Abteilung mit pausenlosen Waschungen, groteskem Kleiderwechsel und rituellen Wäscheverbrennungen aufzuhalten, setzten sie auf die bewährten Mittel, um die ohnehin angstgeschwängerte Stimmung durch befremdliche Handlungen nicht noch weiter zu befördern. Bei den Wöchnerinnen galt es, Gemütsaffekte zu vermeiden, des Weiteren namentlich Erkältung und Diätfehler. Dass man dabei für gehörige Räumlichkeit zu sorgen hatte, war nichts Neues.

»Was anderes habe ich getan?«, wagte Helene an dieser Stelle einzuwerfen. »Ich habe eine gesunde Wöchnerin von den erkrankten isoliert.«

»Der Punkt ist, dass Sie planlos und von Sentiment geleitet vorgehen, Heuser«, sagte Novak, »und das nutzt niemandem.«

Von den nervös hingepafften Qualmkringeln aus Hähnleins Pfeife ließ er sich zwar nicht zurückhalten, doch hatte er seinen Kopf abbittend in Richtung ihres Vaters geneigt, und Helene dachte flüchtig, wie ungemein anstrengend es für ihn sein musste, ständig die enervierende Tochter eines Gelehrten vor sich zu haben, den er durchaus bewunderte.

Sie wollten Indikationen besprechen, daran lag ihnen dringlich. Von den Methoden eines schwedischen Arztes aus dem Mund einer jungen Frau zu hören, die offiziell lediglich die Stellung einer Hebamme bekleidete, war den Männern lästig.

Helene, die auf die Zustimmung ihres Vaters hoffte, mindestens doch auf eine freigeistige Ventilation der Ideen aus Schweden, sah sich enttäuscht, denn Professor Clemens Heuser hing im Geheimen ganz anderen Ideen nach (wofür er sich selbst verabscheute, doch das wiederum konnte niemand ahnen, nicht mal Helene).

Während Hähnlein und Novak hitzig über Injektionen von Gerstenabsud, über die Anwendung salzsaurer Räucherungen, warmer Umschläge und trockener Schröpfköpfe sinnierten, während sie die Gabe versüßten Quecksilbers, Mohnsaftes und starke Aderlässe gegeneinander abwogen und Überlegungen anstellten, die Brüste der contagiös erfassten Frauen von jungen Hunden aussaugen zu lassen, zog sich Professor Clemens Heuser in eine weit entfernte, innere Welt zurück, um einsam die Schreckgespenster seiner langjährigen Erfahrungen zu betrachten.

Und während man sich in Hähnleins Dienstzimmer letztlich ebenso ratlos wie verzweifelt auseinandersetzte, spielte sich auf den Gängen etwas gänzlich anderes ab, doch niemand wollte es zur Kenntnis nehmen: Übermütig, letztlich verraten durch ihr ersticktes Gelächter, schäkerten die an diesem Novembertag auf der Station zugelassenen Medizinstudenten nämlich mit den Hebammenschülerinnen, die sich am Ende mit Räucherpfannen gegen sie zur Wehr setzten, wobei sie allerdings gleichfalls lachen mussten. Bei allem Respekt vor dem Ernst der Lage zeigte ihnen ihre Unschuld einen Fluchtweg aus dem Elend, das sie wie alle anderen auszuhalten hatten.

Nicht einmal Novak hatte mehr über die Kraft verfügt, ihnen die unangemessene Heiterkeit übel zu nehmen, als er sie später auf den Gängen erwischte. Tatsächlich fühlte er sich mit seinen achtundzwanzig Jahren plötzlich wie ein steinalter Mann, doch wer wollte das schon wissen?

Helene indessen, die mit ihrem Vater nach dem unvollendeten Disput die Stellung auf der Abteilung hielt, bekam zu hören, was ihn wirklich beschäftigte.

»Zum ersten Mal wünschte ich mir, das alleinige Sagen zu haben.«

Dieser unglaubliche Satz fiel in der vergangenen Nacht, als sie Friederike Thielebein gemeinsam bis an die Schwelle ihres Todes begleitet hatten.

»Warum eigentlich hast du es immer vermieden?«, fragte Helene. Für die befremdlich bescheidene Haltung ihrer beiden Eltern hatte sie niemals Verständnis aufbringen können.

»Weil ich allein der Forschung dienen wollte«, antwortete Clemens. »Inzwischen frage ich mich, ob es die richtige Entscheidung war. Was glaubst du? Habe ich Verantwortlichkeiten gescheut, die solcher Art sind, wie Hähnlein sie jetzt zu tragen hat?«

Sie hatte ihm darauf nicht antworten können. Fast machte es ihr Angst, dass der Vater, dem sie in medizinischen Belangen unerschütterliche Autorität abverlangte, eine derartige Frage an sie stellte.

»Ich glaube, dass dieser schwedische Arzt den richtigen Ansatz verfolgt«, sagte Clemens, während er Friederike zum dritten Mal an der linken Ferse zur Ader ließ.

»Und in deinem Finlay ...« – sie war wie vom Schlag getroffen, als er es aussprach – »... erkenne ich mich selbst. Zu der Zeit, als ich das Glück hatte, deiner Mutter zu begegnen, war ich ebenso wie er besessen von dem Wunsch, den Frauen, die sich täglich meiner Visitation zu unterwerfen hatten – beileibe nicht freiwillig, daran hat sich bis heute nichts geändert, das weißt du mindestens ebenso gut wie ich –, zu helfen, ihr Leiden zu lindern. Und manchmal, in unendlich trostlosen Momenten wie diesem, da wir dieser Frau hilflos beim Sterben zusehen, frage ich mich, ob ich nicht einen vollkommen falschen Weg eingeschlagen habe.«

»Aber wie kannst du dich das fragen, Vater? Ohne den Fortschritt der Wissenschaft werden wir niemals etwas ändern, muss ich dir das wirklich sagen? Ich kann es nicht glauben.«

»Meine Tochter.« Er hatte ihre Hände in die seinen genommen. »Du bist so sehr unser Kind. Deine Mutter hat es genauso empfunden, weißt du das?«

Es hatte sie mit beschämendem Stolz erfüllt, das zu hören, und schlimmer noch war, dass er ihr damit keine Neuigkeit mitteilte.

*

Es war ein fulminantes Spektakel, anlässlich dessen die unsterbliche Liebe des zweitgeborenen Prinzen von Preußen zu Eliza von Radziwill entbrannte, und möglicherweise erklärte dies einiges, zumal es sich um ein Maskenfest handelte, das mit einem Umzug durch den Lustgarten begann und im Weißen Saal des Berliner Schlosses endete, wo man das morgenländische Singspiel *Lalla Rookh* des englischen Dichters Thomas Moore in einer eigenwilligen Übersetzung gab.

Die Dekorationen stammten von Schinkel, die Musik hatte Spontini komponiert, die einhundertsechzig Darsteller der mit Pomp inszenierten Aufführung rekrutierten sich allein aus der Hofgesellschaft, und ihr Publikum bestand aus nicht weniger als viertausend orientalisch kostümierten Gästen.

Es war im Januar 1821, als man auf derart fantasievolle Weise dem Besuch des nachmaligen Herrschers aller Reußen huldigte. Großfürst Nikolaus hielt sich mit seiner Gemahlin, der Fjodorowna, vormals Charlotte, Schwester des Prinzen, zu jener Zeit für ein ganzes Jahr in Berlin auf. (Dies geschah nach der Totgeburt eines weiblichen Kindes auf Anraten der Ärzte, um ihren melancholischen Episoden ein Ende zu setzen.)

Was Wilhelm Ludwig anging, der mit einer gewissen Sentimentalität begabt war, so mochte für den eruptiven Aufbruch seiner Empfindungen von Bedeutung gewesen sein, dass sich jenes glanzvolle Ereignis unter der schicksalhaften Schirmherrschaft der göttlichen Königin Luise zu befinden schien, in deren gesellschaftlichem Leben Maskenfeste zu den größten Vergnügen gezählt hatten. Den frühen Tod seiner Mutter konnte der junge Prinz nie verwinden. Man sagte, er suchte sie in allen Frauen wiederzufinden.

Eliza Radziwill, eine sanfte Schönheit, deren Vater dem mächtigsten polnischen Adelsgeschlecht entstammte und deren Mutter eine preußische Prinzessin war, gab an jenem denkwürdigen Tag die Himmelssehnsucht, und jeder, der sie sah, glaubte, dass diese Rolle allein für sie ersonnen gewesen sein musste.

Während eine begabte Sopranistin ihr, von einem Vorhang verborgen, die Stimme lieh, spielte Eliza Radziwill sich mit voller Inbrunst die schöne Seele aus dem Leib. Völlig unerwartet wurde die scheue Prinzessin zur Sensation, zum Glanzstück der gesamten Aufführung. Der Prinz verliebte sich in sie, und mit ihm tat dies ganz Berlin.

Der wehmütigen Erzählung des Prinzen lauschend, leerte Elsa ihr Glas Champagner in einem Zug und spülte die bittere Erkenntnis hinunter, dass es eine solche Liebe nur ein Mal geben würde.

Sie hatten die grünseidenen Sessel vor den Kamin gerückt. Krachend spuckten die Buchenscheite Funken wie ein Hausvulkan, und nur ein eisernes Gitter verhinderte, dass die Intarsien des Parketts angesengt wurden. Draußen in der Nacht stürmte es geradezu himmlisch, und Elsa hatte sich niemals in ihrem Leben geborgener gefühlt als in ebendiesen kostbaren Momenten, die sie mit dem Prinzen teilte.

Ungewohnt leger saß er ihr mit ausgestreckten Beinen gegenüber. Das offene Hemd fiel in weichen Falten über die Hosen, und manchmal, während er sprach, berührten seine nackten Zehen zärtlich die ihren. Das flackernde Rot des Feuers verlieh seinem trotzigen Mund unter dem Schnurrbart einen betörenden Schimmer.

Sie hätte ihn immerzu küssen wollen, hielt sich aber zurück.

Denn dass er sich ihr anvertraute, wusste sie zu schätzen, obwohl es sie gleichzeitig mit einem unglaublichen Schmerz erfüllte.

»Sie hat den Liebreiz eines Engels«, sagte Wilhelm, »und sie fesselt jeden Menschen, der ihr begegnet, mit der Grazie ihrer Seele.«

Mit einem Kienspan entzündete er einen Zigarillo, den er einem silbernen Etui entnahm. In einer dichten Wolke ließ er den Qualm vor seinem Gesicht aufsteigen, bevor er ihn langsam fortblies.

»Ich glaube, an dem Tag des Maskenfestes zeigte sie allen ein letztes Mal den unbändigen Teil ihres Charakters, der Jahre zuvor mit ihrer älteren Schwester gestorben schien. Denn Loulou, musst du wissen, hatte im Alter von neun Jahren einen Kammerdiener umgerannt, der einen Samowar mit kochendem Wasser herantrug. Eliza war fünf Jahre alt, als ihre Schwester starb. Darauf wurde sie ein vollkommen stilles Wesen.«

Wilhelm wandte seinen Blick vom Feuer ab, und nach einem – nur sehr kurzen – Zögern reichte er Elsa die schlanke Zigarre, als sie die Hand danach ausstreckte.

Es gelang ihr, den würzigen Qualm zu inhalieren, ohne husten zu müssen, und während sie seine Worte aufnahm wie ein unerwartetes Geschenk, traf die Wirkung des Tabaks ihre Sinne mit überraschender Wucht.

»Der Hofklatsch zwang meinen Vater einige Monate nach *Lalla Rookh*, mich über meine Neigungen zu befragen. Als ich ihm sagte, dass ich Eliza liebte, setzte dies die Wirrnisse einer akribischen, nicht enden wollenden Prüfung in Gang, ob unsere Liebe eine standesgemäße Verbindung sei. Man trennte uns. Der Zwang, ihr fernzubleiben, machte meine Empfindungen für sie zu einer unerträglichen Obsession. Angefacht von einem sechs Jahre andauernden Hin und Her zwischen vielleicht und möglicherweise bis hin zum endgültigen Nein.«

Elsa legte den Kopf zurück, ihr war schwindlig, auf eine sehr angenehme, weiche Weise.

»Wir träumten uns indessen dem Ziel entgegen, fühlten uns ihm oft schon so nahe. Doch der Augenblick sollte nicht kommen.«

Er sprach von ihr wie von einer Heiligen und von seiner Liebe wie von einem fest verschnürten, auf dem Postweg verloren gegangenen Paket.

Elsa nahm einen weiteren Zug von der Zigarre und beugte sich vor, um sie ihm wiederzugeben. Tatsächlich küsste er sie, bevor er sich zurück in den Sessel lehnte.

»Interessant«, sagte er.

Sein Lächeln freute sie über alle Maßen.

»Ich habe noch nie eine rauchende Frau geküsst.«

»Hat es dir gefallen?«

»Ja«, sagte er. »Du gefällst mir sehr, Elsa.«

Wie weh das tat! Wundervoll.

»Mein Vater, der König, schrieb zwei Briefe«, fuhr er fort. »Seine Worte hatte er liebevoll, bestimmt und zärtlich gewählt. Ich erhielt den meinen vom Generaladjutanten überbracht. Mir war, als müsste mein Kopf zerspringen. Ich versprach dem Adjutanten, schriftlich zu antworten, um meinem Vater und mir eine peinliche Aussprache zu ersparen. Aber zuerst schickte ich eine Stafette an Eliza. Sie sollte es von niemandem als mir erfahren.«

»Hast du sie jemals geküsst?«

»In Gedanken oft«, sagte er. »In Wahrheit nie.«

Elsa glitt aus dem Sessel. Sie griff nach seiner Hand, nahm noch einen Zug von der Zigarre und warf sie ins Feuer.

»Dann küss mich jetzt statt ihrer«, sagte sie.

Er beugte sich vor und nahm ihr Gesicht in seine Hände, wie er es noch niemals zuvor getan hatte.

»Ich liebe dich«, sagte er.

Seine Lippen lagen unendlich sanft auf den ihren, während er sie umfasste und zu sich auf den Schoß zog.

»Ich liebe dich.«

»Ja«, sagte sie leise. »Ich weiß.«

*

Einer anderen Frau aus einer misslichen Lage helfen zu können, hatte die fremde Dame von Stand zu Tränen gerührt, so jedenfalls berichtete es Hermine von Helmer. Der Geldbetrag zur Anmietung eines kleinen Hauses am Mühlenberg für zunächst ein Jahr war von der jungen Hofdame bereits vor Tagen in der Theatergarderobe an Elsa übergeben worden, und Helene hatte das Häuschen mit Friederike Köpkes Hilfe gefunden. Die Idee, eine junge Prostituierte zurück auf den Pfad der Tugend zu führen, hatte die Witwe in unerwartet sprühende Tatkraft verfallen lassen. In ihrem weitverzweigten Bekanntenkreis warf sie die Netze aus, und es brauchte lediglich ein Diner, wenige Tage beharrlicher Besuche, Depeschen und Nachfragen, bis sich zeigte, dass ein emeritierter Professor für Staatsarzneikunde sich eines Besitzers mehrerer Berliner Getreidemühlen erinnerte.

Dieser Herr nannte auf dem Mühlenberg einige einfachste Häuser sein Eigen, die er kaum nötig hatte zu vermieten, doch er fand sich sofort dazu bereit, als man ihn bat. Entsprechend gering fiel die Miete aus, die er verlangte.

»Sechsundzwanzig Taler für ein Jahr?«, sagte Sidonie, als eben vor ihnen die Flügel der ersten Bockwindmühlen auftauchten. Sie beugte sich vor, wischte mit dem Ärmel über die beschlagene Scheibe, wobei ihr Kind, in wärmste Wolltücher gewickelt, an ihren milchschweren Brüsten friedlich schlummerte. Die Fahrt mit der Mietdroschke hatte die kleine Nelly verlässlich in den Schlaf geschaukelt.

»Ehrpuzelig«, hatte Sidonie beim Einsteigen vor der Charité gesagt, »da fährt man nun ganz und gar mit einer Eklapage!«

Zwischen dem Schönhauser und Prenzlauer Tor erstreckten sich Äcker und Wiesen unter einem erbarmungslos grauen Himmel, der seit Stunden schon Sprühregen niederschickte.

»Was sagt der Mensch dazu«, ließ Sidonie verlauten. »Sechsundzwanzig Taler sind nicht mal ein Dutzend Strümpfe, sofern wir von Schweizer Spitze sprechen.«

Es war diese Bemerkung, die Helene aus den Gedanken riss und ihr im gleichen Augenblick die Strümpfe der fremden Dame von der Pfaueninsel in Erinnerung brachte. Feine Gebilde, die knapp über den Knien endeten, mit eben einer

Borte feinster Spitze gesäumt, von der Sidonie gerade fantasierte.

Beinahe als würden sie die Ankunft hinauszögern wollen, fielen Pferd und Droschke unterhalb des Mühlenbergs in ein gemächlicheres Tempo, Helene geriet für einen letzten Moment in wahrhaftig verzweifelte Angst. Während Sidonie in der verschwommenen Novemberregenkulisse die ersten Wohnhäuser ausmachte, während sie sich und ihrem stoisch schlafenden Kind die Vorzüge einer ländlichen Gegend einredete – womit sie sich eindeutig selbst zu trösten gedachte –, trieb Helene haltlos in einem Meer von Gewissensfragen.

Die Ankunft bei dem kleinen Haus, das sie ansteuerten, würde der Beginn zur Durchführung ihres höchst kriminellen Planes sein, da gab es kein Vertun. Quälend war, dass sie jeden ihrer Schritte mit sich allein verhandeln musste, dass sie hin- und hergerissen war zwischen dem Wunsch, einer vollkommen fremden Frau aus einer ausweglosen Lage zu helfen, und dem Wissen, dass grundfalsch war, was sie plante. Es reichte nicht, dass die Fremde vermocht hatte, sie in ihrem Innersten zu berühren, und es reichte ebenso wenig, dass sie gutmachen wollte, was sie an Elsa versäumt hatte. Es konnte sie weder trösten und erst recht nicht beruhigen.

Das furchtbarste Geheimnis jedoch, das zu betrachten Helene sich scheußlich schämte, war, wie sehr eine befremdliche Art von Ehrgeiz sie seit Neuestem antrieb. Längst nämlich hatte sie heimlich begonnen, die Idee zu lieben, ihr eigenes Handeln den unsäglichen Taten des Engelmachers als etwas Gutes gegenüberzustellen.

Es war ein Verrat an ihren Eltern. Es war ein Verrat an allem, was sie jemals gelernt hatte, dessen war sie sich schmerzlich bewusst. Und doch gab es diese Stimme, die ihr zuredete, genau das zu tun, was sie im Begriff war zu tun.

Warum?

Möglicherweise setzte es sich aus der Summe all dessen zusammen, was sie im Marburger Gebärhaus, was sie in Wien und in der Zusammenarbeit mit ihrer Mutter gesehen hatte. Wie früh hatte sie an ihrer Seite begriffen, dass es zwischen einer Frau in der Oberstadt und einer anderen in den Armenvierteln unterhalb der Stadtmauern nicht den geringsten Unterschied gab, wenn sie sich in Kindsnöten befand, wenn sie ihr sechstes, zehntes oder elftes Kind in Folge zu gebären hatte, tot oder lebendig, den Bestimmungen ihrer Physis ausgeliefert, die mal mehr, mal weniger gut für diese erbarmungslose Aufgabe der Natur geschaffen war.

Sie hatte Frauen flehen hören nach Mitteln, das Monatliche wiederherzustellen, weil ihnen die Kraft für ein weiteres Kind fehlte. Ihre Mutter hatte sie gelehrt, Unterredungen mit Ehemännern zu führen, um getrennte Schlafkammern auszuhandeln.

Gemeinsam mit ihr hatte sie in die verständnislosen, verstockten Gesichter der Männer geblickt, die fanden, dass es ihr Recht war, ihre Frauen jederzeit zu beschlafen, wenn sie sich danach fühlten, selbst wenige Tage nach der Niederkunft, auch wenn die Lochien noch flossen. Es gab auch die anderen, zutiefst betroffenen Ehemänner, solche, die sich auf der Stelle Vorwürfe machten und untröstlich waren. Doch es gab sie nicht allzu oft.

Eine Droschke, der zwei Frauen mit einem Kind entstiegen, erregte Aufsehen in einer Gegend, wo die Leute im Allgemeinen mit Fuhrwerken und Handkarren unterwegs waren.

Das hell getünchte Haus war eines in einer Reihe von vielen, die sich in die Windschatten der mehr als dreißig Loh- und Getreidemühlen duckten. Das rhythmische Poltern, das hölzerne Krachen und Rumpeln der Flügel lag wie ein dumpfes Gewitter über dem Hügel vor dem Prenzlauer Tor.

Sie waren in einer passenden Umgebung gelandet, wenn man bedachte, dass Müller von jeher als unehrliche Zeitgenossen galten, wegen ihrer Vertrautheit mit Wind und Wasser vielleicht, was bedeuten konnte, dass sie mit dem Teufel im Bunde waren. Auch mit dem Verlust des Volumens zwischen Korn und Mehl hatte es seine unvermeidliche Bewandtnis und wies den Müller als einen Charakter aus, dem nicht zu trauen sein konnte.

Das Misstrauen also, konnte man meinen, lag über dem Mühlenberg in der Luft, doch andererseits, und im durchwirbelten Licht des Novembermorgens betrachtet, war davon rein nichts zu spüren.

Helene wies den Kutscher an zu warten, nahm Sidonie das Kind ab und gab ihr den Hausschlüssel.

Das Feuerholz war gehackt und geschichtet, das Herdfeuer vorbereitet, es musste nur noch entzündet werden. Der Lehmboden war gefegt, und die Gardinen an den kleinen Fenstern, konnte man meinen, rochen noch nach der Bleiche. Sogar eine Wiege war angeschafft worden, und an den Deckenbalken hatte man eine Vorrichtung aus Leintuch anbringen lassen, worin mittels eines Zugseils gleichzeitig ein zweites Kind in den Schlaf geschaukelt werden konnte.

Wen immer auch Friederike Köpke mit dem Geld der Fremden ausbezahlt hatte, dieser Mensch hatte mit freundlichen Händen gute Arbeit geleistet. Helene selbst begegnete der Witwe in diesen Tagen nur noch im Treppenhaus oder in der Eingangshalle des Hauses. Von gemeinsamen Mahlzeiten konnte derzeit keine Rede sein.

Sidonie war längst die Stiege hinaufgepoltert, um die beiden oberen Kammern in Augenschein zu nehmen. Ausrufe hemmungsloser Freude begleiteten ihre Besichtigung. Sie begeisterte sich über einfachste Dinge, die nun ihr gehören würden, in denen sie sich ihr neues Leben mit zwei Säuglingen einrichten sollte.

Helene fachte das Herdfeuer an und zog Sidonies Tochter das Häubchen vom Kopf. Mit der Wange fuhr sie über den rotblonden Flaum des Kindes, nahm seine tröstliche Wärme und den säuerlichen Säuglingsgeruch in sich auf wie ein Kraft spendendes Mittel, während über ihr Sidonie die Schuhe von den Füßen warf. Dem hölzernen Ächzen nach zu urteilen hatte sie sich soeben auf eines der Betten fallen lassen, die sich dort oben befinden mussten.

Denn darauf hatte Helene bestanden, dass es zwei Betten im Hause geben musste, alles andere wäre ihr *degoutant* vorgekommen – was im Übrigen ein Lieblingswort Hersilie Stopfkuchens war.

Während sie sich fragte, ob Sidonie das zweite Bett wohl überhaupt erstaunen würde, musste sie an Hersilies beharrliche Nachfragen denken, wann denn ihr Vater endlich wieder einmal Zeit finden würde. Sie würde doch so gern ein Diner für ihn geben!

Bei ihrem letzten gemeinsamen Frühstück mit Elsa – wie lange mochte dieses zurückliegen ... fünf Tage ... sieben? – war Hersilie wie zufällig mit den neuesten Mustern ihrer Seidenmanufaktur hereingeschneit und hatte ihre Herzensfrage so beiläufig wie möglich gestellt, doch das Beiläufige war ihr nicht recht gelungen. Sie hatten lachen müssen, hinter dem Rücken dieser warmherzigen Person, und jetzt, als Nelly hungrig an Helenes Finger zu saugen begann, lächelte sie wieder darüber, während ihr das Herz vor Liebe überfloss für Elsa, die derzeit so abwesend wirkte, so durchsichtig, schöner denn je, und die sie nicht nach den Gründen dafür zu fragen wagte, weil sie fürchtete, eine Antwort zu erhalten, die sie beunruhigen könnte.

Insofern gab es ein unausgesprochenes *pari* zwischen ihnen. Denn auf Helenes Mitteilung, dass sie eine Amme für das Kind der Fremden gefunden hatte, folgte von Elsas Seite nicht eine einzige Frage. So hatte Helene über die Herkunft geschwiegen. Warum auch sollte sie Elsa damit beschweren?

Sie würden einander nie begegnen.

*

Berlin, 14. November 1828

Verehrtester Kollege Heuser!

Aus tiefstem Herzen danke ich Ihnen für die wertschätzenden, Anteil nehmenden Worte, die Sie in Ihrem so freundlichen Brief an mich und meine Mutter fanden. Wissend, welchen Verlust Sie selbst erst vor Kurzem erleiden mussten, konnte ich Ihr Verständnis für unsere Lage als so sehr wahrhaftig und tröstend empfinden.

Nun haben wir, die Söhne unseres Vaters, Ärzte wie er, über die Jahre sehen müssen, wie er immer anhaltender von Krankheiten befallen war, die ihn außerordentlich schwächten.

Dass er sich unablässig alles bis zum Äußersten abverlangte, was seine Arbeit anbetraf, dass er gegen sich noch härter als gegen andere war, mag einer der Gründe dafür gewesen sein, dass weder sein alljährlicher Aufenthalt bei den Heilquellen in Kissingen noch eine nachgeschobene Traubenkur in Würzburg seinen erneuten Beschwerden die erhoffte Wendung gaben.

Nur eine Woche vor seinem Tode führte er seine letzte geburtshilfliche Operation durch.

Es handelte sich um die Einleitung einer künstlichen Frühgeburt bei einer Frau, die in ihrer Kindheit stark an der englischen Krankheit gelitten hatte. Vermutlich demzufolge war ihr Becken in der Conjugata der oberen Apertur stark verengt.

Ich darf hoffen, sehr verehrter Kollege, dass Sie mir an dieser Stelle den raschen Übergang zur Beantwortung Ihrer drängenden Frage gestatten wollen, ohne mich als kaltherzigen Charakter zu empfinden.

Zur Entschuldigung meiner späten Antwort mögen Sie die Erklärung gelten lassen, dass man mir indessen provisorisch (!) den Lehrstuhl für Geburtshilfe übertragen hat, damit ich provisorisch (!) die Leitung des Gebärhauses übernehmen kann. Mir ist durchaus bewusst, dass der Wind vom Ministerium her mir nicht eben warm unter die Flügel fahren will.

Meinem Vater hat man bis heute nicht verziehen, dass er für die Universität eine eigene Geburtsklinik gefordert und erhalten hat, anstatt die akademische Lehre weiterhin mit der Charité verbunden zu lassen. Ich sehe mich beinahe täglich von Aspiranten besucht, die ihre Begehrlichkeiten kaum verbergen. Die Reihe hochkarätiger Bewerber reißt nicht ab, indessen ich die Privatpraxis meines Vaters fortführe, die sich immerhin derart einträglich gestaltet, dass ich Pferde und Wagen beibehalten konnte. Auch führe ich die Herausgabe des Journals für Geburtshilfe fort und schreibe an einer Geschichte zur Entstehung des Gebärhauses der Königlichen Universität zu Berlin.

Die Wahrheit ist, dass mich all dies, was mich nahezu sechzehn Stunden des Tages beschäftigt, nicht von gewissen Geschehnissen ablenken kann, die mein Innerstes schmerzhaft zu treffen wussten.

Schon vor Wochen hätte mir daran gelegen, Ihnen Mitteilung darüber zu machen, dass in der angeschlossenen Poliklinik unseres Gebärhauses zwei Frauen Aufnahme fanden, die unter heftigsten Blutungen in Fieberkrämpfen starben. Die Leichenöffnung an beiden ließ uns perforierte Uteri vorfinden sowie bei einer der Schwangeren einen in den Muttermund eingebrachten Pressschwamm, der dort mit einem Draht zurückgehalten worden war.

Meinen Vater haben diese Fälle ebenso wie mich über alle Maßen aufgebracht. Wir fragten uns, welcher Mensch es gewagt haben könnte, an jenen Frauen mit dilettantischem Halbwissen zu experimentieren und sie auf diese schändliche Weise zugrunde zu richten. (Es handelte sich im Übrigen um Prostituierte, vielleicht mag es eine Rolle spielen, dies zu erwähnen.)

Als ich den Wunsch äußerte, in Erfahrung zu bringen, ob sich in der Charité Frauen eingefunden hatten, an denen ähnliche Traktionen vermutet werden konnten, (was sich durch Ihre Depesche beantwortete), hatte ich mich mit seinem heftigsten Widerspruch abzufinden. Kaum etwas fürchtete mein Vater mehr, als dass ein Schatten auf den hervorragenden Ruf seines Hauses und, ja, auch auf seinen eigenen Namen fallen könnte. Er wünschte keinen Schulterschluss mit der Charité. Ich bedauerte dies mehr als alles andere, fürchtete ihn jedoch in seiner angegriffenen Konstitution durch meine Gegenrede noch weiter zu schwächen.

Das Schicksal wollte es, dass heute in den frühen Morgenstunden eine weitere Frau mit den erwähnten Symptomen in der Poliklinik ihr Leben ließ. Daher will ich mich nun umgehend an Sie wenden, um zu erfahren:

Gab es indessen weitere Fälle dieser Art in der Charité?

Müssen wir glauben, dass es einer unserer Studenten ist, der in einem gründlichen Missverständnis unserer Wissenschaft in zynischer Weise sein Unwesen treibt und sich dabei der Frauen bedient, die ihm als die wertlosesten erscheinen?

Es ist ein so abgrundtief erschütternder Gedanke, der mir seit Wochen keine Ruhe lässt.

Ihrer Antwort sehe ich in banger Erwartung und gleichsam in der Hoffnung auf einen vertrauensvollen Austausch entgegen und verbleibe Ihr ergebenster

Caspar von Siebold

Mit Helene, Novak und zwei Studenten fortgeschrittenen Semesters stand Clemens im überheizten Entbindungszimmer der Charité am Geburtsbett Caroline Kittels. Graupelschauer verdunkelten den Tag, und während die Hebamme Pusche eine letzte Öllampe entzündete, schob er der Schwangeren ein weiches Kissen unter den Nacken.

Schon bevor ihn der Brief des jungen Siebold erreichte, hatte Clemens sich in größtem Zweifel darüber befunden, ob er jemals wieder einen Eingriff dieser Art zu Lehrzwecken in Anwesenheit von Studenten und Hebammen durchführen sollte. Hähnlein, der Clemens in langen Unterredungen beschworen hatte, sich von den Schuldgefühlen freizumachen, die er bei seinem empfindsamen Kollegen wahrnahm, war nun ausgerechnet heute nicht abkömmlich, da er zu einer privaten Patientin gerufen worden war, einer *primiparis* der höchst empfindlichen Sorte, deren gesamte Familie sich bereits seit Wochen in Aufruhr befand, nachdem eine Tante von einer Totgeburt geträumt hatte.

Die Depesche des jungen Siebold hatte Clemens zwar nicht eben trösten können, jedoch einer Gemeinschaft erinnert, in der sie als Ärzte und Gelehrte bedingungslos zusammenfinden mussten. Und so hatte er Hähnlein, der zu allem bereit war, sofern Clemens nur seinem Lehrauftrag nachkommen würde, wie er es für die Charité erhoffte, die Vorbereitung einer Zusammenkunft von geburtshilflichen Ärzten der Charité und des Gebärhauses abgerungen. Zudem schwebte ihm vor, zweckmäßige Mittel zur Vermeidung des Kindbettfiebers zu diskutieren, denn während sie derzeit kein weiteres Opfer des Engelmachers zu beklagen hatten, befand sich die Entbindungsabteilung noch immer im Würgegriff des Fiebers.

Die anwesenden Studenten, von Hähnlein mit Bedacht ausgewählt, hatten ihm ihre Diarien vorlegen müssen, und mit beiden hatte er persönliche Gespräche geführt, um sich ihrer Redlichkeit zu versichern, bevor er sie zuließ.

Clemens winkte die beiden jungen Männer an seine Seite und bat die Schwangere mit einer leichten Berührung ihrer

Knie, die Beine zu spreizen. Caroline Kittel, die vierundzwanzigjährige, magere, aber doch gesunde Frau eines Farbenmachers, hatte in den vergangenen Jahren vier Kinder schwer geboren, drei davon tot. Ihr äußerst schmales Becken mit zudem ungünstigen Neigungswinkeln machten die Traktion unumgänglich.

»Haben Sie keine Angst, wenn Sie nicht verstehen, was ich mit den Herren hier rede«, sagte Clemens freundlich. »Entschließen Sie sich zu glauben, dass dies nur gut für Sie ist.«

Vorsichtshalber ließ er ihr von Novak eine Gabe *magnesium sulphuricum* geben.

Caroline Kittel befand sich im achten Mondmonat, was bedeutete, dass die Sprengung der Eihäute nicht das geeignete Mittel war, um eine Frühgeburt auszulösen, sondern sich die Einbringung eines Pressschwamms zur Dehnung des vollständig geschlossenen Muttermundes empfahl.

Das Instrument, dessen Clemens sich bedienen würde, war von ihm im Laufe seiner Praxis in vielen Schritten stetig weiterentwickelt worden, um bei den Schwangeren Furcht und schmerzhafte Empfindungen ebenso gering zu halten wie die Verletzungsgefahr ihrer sensiblen Organe.

Den konisch geformten, von Helene mit Schweinefett präparierten Schwamm, den man mit zwei Zoll Länge und drei Linien Durchmesser der Anatomie Caroline Kittels angepasst hatte, nahm er von Doktor Novak entgegen. Nach eingehender Demonstration forderte er die Studenten auf, den jeweils linken Zeigefinger in die Frau einzuführen, bis sie ihm repetieren konnten, dass sie die Vaginalportio erfühlten.

Helene ließ für einen Moment die schweißnasse Hand der Frau los und beugte sich über sie, um ihr die Stirn und

Schläfen mit etwas Rosenöl einzureiben. Tatsächlich hatte Elsa sie auf diese Idee gebracht, die ihr vor Kurzem einmal sagte, dass in hochnervösen Momenten des Lampenfiebers sie nichts besser beruhigen konnte als ein schöner Duft.

Hier sollte es nun allein darum gehen, Caroline Kittel keinesfalls jenes zangenähnliche Instrument sehen zu lassen, das Clemens, geölt und in heißem Wasser gewärmt, zwischen Fötushüllen und *cervix uteri* einbringen würde. Helenes Aufgabe, die Frau ruhig zu halten, war insofern unbedingt ernst zu nehmen. Sie atmete auf, als das Instrument seinen Weg in den Muttermund fand und sie von ihr nur ein leichtes Zucken zu spüren bekam.

Clemens zog die schmale Zange zurück und ließ sich von Novak einen weiteren angefeuchteten Schwamm von der Größe und Form eines Gänseeis reichen, den er auf gleiche Weise in die Vagina einbrachte. Er überließ es Helene und den Studenten, die Schwangere in eine bequeme Rückenlage zu bringen.

Nach wenigen Stunden (es waren, so vermerkten es die Protokolle, genau fünf Stunden und siebzehn Minuten nach der Applikation) stießen abrupt einsetzende Wehen die Schwämme aus. Die Geburt ging in nur weiteren drei Stunden vor sich.

Unter unausgesetzt heftigen Wehen gebar Caroline Kittel einen schmächtigen Knaben, der sein Leben zunächst mit keinem einzigen Laut kundzutun gedachte. Ein warmes Bad ließ ihn leichter atmen, und Clemens verordnete, das Kind einer bereits stillenden Frau anzulegen.

Im Wöchnerinnenzimmer, wo die vom Kindbettfieber verschont Gebliebenen sich hinter sorgsam verschlossenen Türen befanden, sah Helene im dichten Nebel der Räucherpfannen zu, wie der Mund des winzigen Jungen nach der Brust seiner Amme schnappte. Sie kämpfte den verstörenden Impuls nieder, sich zu bekreuzigen, und wandte sich ab.

»Bitte, Mutter«, sagte sie lautlos, »gib mir ein Zeichen, dass es richtig ist, was ich tue.«

Natürlich bekam sie keine Antwort, weder vom Himmel noch sonst irgendwoher. Sie musste sich damit abfinden.

Neun

NOVEMBER 1828 IN BERLIN

An sich war Friedo von Trapp kein sehr abergläubischer Mensch. Die Sache mit Celestine und dem Geschäft, das fraglos gut mit ihr zu machen war, stand jedoch auf einem gänzlich anderen Blatt.

Seltsamerweise hatte mit Sidonie, diesem trotzigen Wesen, eine besondere Art von Leben Perditas Haus verlassen, und noch seltsamer war, dass dies außer ihm durchaus einige andere überraschend empfindsame Charaktere wahrzunehmen schienen. Lula im Besondern, die Sapphischen im Allgemeinen, und Celestine höchstselbst zeigte sich, sofern sie nicht auf professionellste Weise ihre begüterten Freier bediente, nahezu unkenhaft.

Friedo wollte Sidonie finden, so viel stand fest. Sein ungewohnt strapazierter Herzmuskel pulste ihr zaghaft entgegen, in jedem Moment, den er der Erinnerung an sie widmete. Selten hatte ein Mensch, hatte eine Frau ihn so unschuldig berührt.

Und was Celestine ihm orakelte, sofern er den Mut fand, sie zu befragen – er wagte es jeden zweiten Tag –, versetzte ihn in Unruhe, dagegen konnte sein bewährter Sarkasmus rein gar nichts ausrichten: Wenn er Celestine fragte, wo Sidonie sich aufhielt, dann geheimnisste sie etwas von Mühlen. Armer Friedo. Wie sollte er anders als an Holland denken? Er hatte doch nicht die geringste Ahnung von Berlin über das hinaus, was an der Königsmauer oder zuweilen im Hotel de Rome Unter den Linden vor sich ging.

Er geriet zunehmend in rastlose Unzufriedenheit. Auch mit der Anmietung einer besseren Wohnung kam er nicht weiter. Man war dem Milieu, das ihm trotz seiner Galanterie und guter Anzüge offenbar anzusehen war, derzeit schlichtweg wenig gewogen. Daran hatten die Polizeipatrouillen in den Bordellvierteln ihren Anteil und nicht zuletzt die schauerlichen Metzeleien an den Mädchen – eine Ungeheuerlichkeit, mit der Friedo sich nicht beschäftigen wollte. Überdies hing Perdita wie eine Klette an ihm, schnurrend und klagend, fordernd vor allem, was sie als ihr gutes Recht empfand. Der einzige Triumph, den sie unter dem Eindruck ihrer erbarmungslos verblühenden Reize empfinden mochte (so vermutete Friedo vollkommen richtig), war das Hinzählen des Geldes, was sie in einem immer absurderen Zeremoniell ausschließlich im Bett vornahm. Er konnte das zunehmend schlecht aushalten, denn er mochte Perdita und wollte sie weder bemitleiden noch verachten müssen.

Nach dem Körperlichen mit ihr fühlte er sich indessen stets wie gekocht und gänzlich ermattet. Das Geld gab ihm zuweilen den Rest, und er benötigte mindestens drei Stunden im Hotel de Rome, um sich wieder wie ein Mann von Format zu fühlen.

Der getäfelte Speisesaal, in dem er seinen Kaffee einnahm, die Tische mit den leuchtend weißen Damastdecken, das Funkeln der kristallenen Wand- und Kronleuchter und die mannshohen Spiegel mit den vergoldeten Rahmen taten Friedos angegriffenem Gemüt fast ebenso gut wie seine neuen Pantalons mit dem paspelierten Samt-Spencer aus London. Auch sein spanisches Duftwasser hatte er überdacht und gegen ein schlichtes Eau de Cologne ersetzt. Seitdem zog niemand mehr im Hotel de Rome die Nase kraus, wenn er vorüberging.

Er entzündete einen Zigarillo und ließ die ersten Rauchschwaden gemächlich vor sich aufsteigen, um beiläufig die Damen im Saal zu betrachten, die ihm wie geschlechtslose Wesen vorkamen. Zweifellos anmutige Geschöpfe. Mit ihren aus den schlanken Nacken gekämmten Frisuren, den weißen Schultern unter den langen Spitzenschals und dem virtuosen Einsatz ihrer duftigen Fächer waren sie graziöse Begleiterscheinungen ihrer Männer, silbern und seidig, unbedingt anbetungswürdig. Keine von ihnen würde ihn jemals persönlich reizen können, und er glaubte zu verstehen, warum es so manchen der hier auftretenden Herren nächtens in die Berliner Bordelle zog.

Frauen von Fleisch und Blut, die sie der Kunst ihrer Verführung unterwarfen, mussten diese als echten Genuss empfinden. Raffinesse musste dabei nicht unbedingt eine Rolle spielen. Weniger die Verworfenheit als eine unumwundene Offenleibigkeit machten eine gute Hure ebenso wie eine begnadete Mätresse aus.

Friedo meinte das zu wissen.

Mit sicherer Hand würde er die richtigen Mädchen aussuchen. Celestine und Sidonie konnten ein bescheidener, doch respektabler Anfang sein. Im Stillen wünschte er sich Sidonies Kostbarkeiten auf Dauer sehr privat erfahren zu wollen, doch war er nur betrunken in der Lage, sich dies einzugestehen. Wenn erst die richtige Wohnung in der richtigen Straße angemietet war, elegant, in bester Nachbarschaft und daher ohne Bedenken von Herren der Gesellschaft anzusteuern, dann kämen die Hochkarätigen des

Gewerbes von allein, um bei ihm, Friedo von Trapp, vorzusprechen.

In all den verstrichenen Tagen, die er im Speisesaal des Hotel de Rome seinem Traum von der *haute cocotterie* nachgehangen war, hatten die gepflegten Konversationen der Mitgäste stetig die fiebrige Stimmung eines bevorstehenden Ereignisses an seinen Fensternischentisch gespült. Wegen eines italienischen Geigers namens Paganini, der ein Konzert im Königlichen Opernhaus geben sollte, geriet die ganze Stadt in zunehmenden Aufruhr.

Friedo orderte ein Glas Jamaika-Rum zu einer dritten Portion Kaffee und schlug *Die Vossische* auf. Eine Begebenheit wie das Paganini-Konzert würde in einer Stadt wie Berlin die edlen Bordelle füllen, sobald die Herren ihre Damen in die Geigenklänge eines champagnertrunkenen Schlafes entlassen hatten. Doch ihm fehlte alles, um aus der zu erwartenden Gunst jener kommenden Stunden Gewinn zu schlagen. Mit Perdita im Schlepptau war das nicht zu machen, aber da es ihr Geld war, das er zu benötigen glaubte, konnte er sich ihrer nicht entziehen.

Wie seltsam, dass er plötzlich dachte, wie es wohl wäre, Sidonie sein Herz auszuschütten. Es musste am Rum liegen.

Tatsächlich lag die Wahrheit ganz woanders. Denn Friedo – doch das verstand er bis zum Ende nicht – war für eine galante Karriere weniger geschaffen, als er dachte.

*

Hamburg, 7. November 1828

Meine liebste Freundin! (Ich bin maßlos, doch ich hoffe, Sie können mir verzeihen ...)

Es hat mich unendlich glücklich gemacht, dass mich wiederzusehen Ihnen offenbar Freude bereiten könnte. Es ist ein so unerwartetes Privileg, Ihrer Offenheit, der Geradlinigkeit Ihrer Gedanken teilhaftig zu werden, ich kann es kaum fassen. Daher nur kurz (um nicht unangemessen schwülstig zu werden) die wichtigsten Mitteilungen in wenigen Worten:

Ankomme am elften November am frühen Nachmittag.

Logiere im Schwarzen Adler.

Wie gern hätte ich Sie in das Paganini-Konzert eingeladen, allein, es war nicht einmal mehr ein einziges Billett zu bekommen (für das ich Sie unter meinem Mantel versteckt hätte, um dem Ganzen als eine Person beizuwohnen). Oder gehen Sie ohnehin? Mit Ihrem Vater und Ihrer Schwester möglicherweise? Dann werde ich den Abend Unter den Linden verstreichen lassen und mich gedulden, ohne Sie sofort zu sehen.

Wie auch immer, liebste Freundin: Nennen Sie mir Zeit und Ort.

Ich werde da sein.

Ihr ergebenster

Finlay Gordon

Helenes Gedanken rasten, während sie, in ihr Umschlagtuch gewickelt, am Feldrand hinter der Charité entlanglief. Der Pfad, dem sie in der Morgendämmerung nahezu blind folgte, um sich in der kalten Luft zu sortieren, war von ersten Bodenfrösten gehärtet und mit Raureif überzogen.

Vor einer Stunde war Oskar mit Finlays Brief aufgetaucht. Die mit Stroh ausgestopften Holzschuhe des Jungen hatten sie bewogen, ihn mit unnachgiebiger Strenge auf dem Gang vor der Gebärabteilung warten zu lassen, bis sie von ihrem schläfrigen Vater zwei Taler geliehen hatte.

»Geh dir Stiefel kaufen«, sagte sie zu Oskar. »Heute noch! Keine Ausflüchte, mein Freund, ich will beim nächsten Mal ernst zu nehmende Schuhe an deinen Füßen sehen, haben wir uns verstanden?«

Oskar hatte stumm genickt und keinen Widerstand geleistet, da ihm die Rituale feinsinniger Höflichkeit zum Glück unbekannt waren.

Nach einer kurzen Aufwallung heftiger Freude – als sie den Absender auf dem gefalteten Brief erkannte – brach in Helene eine Flut beängstigender Fragen und widersprüchlicher Antworten los, ein aufwühlender Disput darüber, was Finlay, dieser wundervolle Mensch, wohl tun würde, wenn er wüsste, was sich für den Abend des Paganini-Konzertes, an dem er eintreffen würde, in Planung befand.

Ob er sie verachten würde? Sich für immer tief enttäuscht von ihr abwenden? Ihren Vater in Kenntnis setzen? Hähnlein und ihre anderen Lehrer? Seltsamerweise hielt sie dergleichen für vollkommen ausgeschlossen. Tatsächlich konnte sie sich viel eher vorstellen, dass er versuchen würde, ihre Seele zu retten und gleichsam ihre Integrität jungfräulich zu erhalten. Er würde wohl, wüsste er auch nur das Geringste, versuchen, sie von alledem fernzuhalten.

Das glaubte sie, während die vorwinterliche Kälte ihr durch die dünnen Ledersohlen der Schnürschuhe drang.

Sie musste zurück.

Ihrem Vater hatte sie versprochen, in seiner Wohnung mindestens vier Stunden zu schlafen und in seiner Gegenwart eine warme Mahlzeit einzunehmen, bevor er gestatten würde, sie weiter Dienst tun zu lassen. Hähnlein und Novak nahmen die väterlichen Entscheidungen über Helenes Verwendung in der Gebärabteilung mehr dankbar als kritisch hin, zumal ihr akademischer Unterricht gleichsam mit dem klinischen der Studenten ruhte, seit das Kindbettfieber in der Charité epidemische Ausmaße angenommen hatte.

Trotz aller Sorgfalt, was das Lüften und die Reinlichkeit der Zimmer anging, nahm die Krankheit einen zunehmend bösartigen Charakter an. Sie hatten sogar versucht, einzelne Zimmer leer stehen zu lassen, damit die tödlichen Miasmen weichen konnten, doch nichts brachte den ersehnten Effekt. Man war sich einig, dass die besondere, äußerst ungesunde Atmosphäre eines Hospitals schädlichste Einflüsse beförderte, die durch das Zusammenlegen von zu vielen Schwangeren und Wöchnerinnen, durch die häufigen Schweiße, das Ausatmen von Unreinigkeiten, durch Blähungen, übel riechende Körperflüssigkeiten, verschmutzte Kleidungsstücke und Betten so gut wie gar nicht zu verhindern war.

Diese Umstände ermöglichten es, die Anwendung zumindest einer von Finlays aus Schweden übermittelten Maßnahmen durchzusetzen. Gemeinsam mit Waschfrauen und Mägden der Charité schuftete sich Helene mit der Pusche den Rücken krumm, um verdorbene Rosshaarmatratzen auszuwechseln, die Bettstellen sorgfältigsten Essigwaschungen zu unterziehen, Wände mit Kalk zu bestreichen und die Zimmer unter schlimmsten Hustenaffekten auszuräuchern.

Es war niederschmetternd für alle, dass dies nicht das Geringste am höchst akuten Verlauf des Fiebers änderte.

Und als wäre nicht alles schon verheerend genug, wanderten und brannten indessen die verschwörerischen Billetts zwischen der Fremden und Helene, auf den Weg gebracht durch Hermine von Helmer, die irgendwann im Laufe der atemraubenden Wochen und Tage zumindest andeutungsweise ins Bild gesetzt worden sein musste, denn es fanden sich zunehmend Wendungen wie »meine junge Vertraute schlägt vor ...« in den Schreiben.

Über Elsa hatten sie sich geeinigt. Je weniger sie wusste, umso mehr würde es sie im grauenhaftesten aller denkbaren Szenarien schützen.

Das immerhin beruhigte Helene.

Die Idee, den Tag des euphorisch erwarteten Paganini-Konzerts für die Geburt des Kindes zu wählen, war grandios. Helene vermutete, dass dies dem offenbar ganz und gar feurigen Planungseifer Hermine von Helmers und deren Neigung zu fantastischen Romanen entsprungen war. Finlay würde sie ebenso belügen müssen wie Elsa und ihren Vater, der tatsächlich Karten für Paganini ergattert hatte. (Oder war es Hähnlein gewesen, der für alle gesorgt hatte? Wie erschreckend, dass es ihr entfallen war!)

Während Helene das Portal der Charité durcheilte und ungeachtet aller Benimmregeln mit gerafften Röcken die Treppen hinaufrannte, entschloss sie sich, allein in dieser Sache Elsa um Rat zu bitten. Es würde ihrer Schwester größtes Vergnügen bereiten, einen entlegenen Ort für ein erstes Rendezvous zu empfehlen. Dafür würde Helene bereit sein zu gestehen, wie sehr ihr Finlays Ungeduld, die aus jeder

Zeile seines hastig hingeworfenen Schreibens zu lesen war, das Herz bis zum Hals schlagen ließ.

*

Es war nicht auszumachen, mit wem er sprach. War es Wittgenstein? Bischof Eylert? Großherzog von Strelitz? Die Zurückhaltung des Zuhörers machte es ihm unmöglich, seine Stimme zu erkennen.

Im Grunde jedoch war es gleichgültig.

Er stand zwischen zwei Pastellbildnissen Luises im kleinen Bibliothekszimmer, sein Ohr verschmolz nahezu mit der tapezierten Wand, die ihn vom König und dessen Vertrauten trennte.

Dass sie ihm unstreitig Opfer brachte, hörte er ihn sagen. Wie schwierig es für sie sein musste, das Los eines alten Mannes zu teilen, der ihr Vater sein könnte und der zudem so viel Bitteres erfahren hatte. Wie sie durch die Vermählung mit ihm aus einem zurückgezogenen, bescheidenen Dresdner Leben in das geräuschvolle Treiben des preußischen Hofes gezogen worden war.

»Sie ist meine Gemahlin und doch keine Königin«, hörte er den Monarchen sagen. »Bevor sie mich heiratete, bat ich sie inständig, sich vor Gott und ihrem Gewissen zu prüfen, ob sie auf sich nehmen wollte, was ich ihr abverlangte. Ich bot ihr an, sie freizugeben, damit sie ganz nach ihrer Neigung einen anderen heiraten könnte.«

Es folgte ein Schweigen, das die Schwere eines Seufzens in sich barg.

»Ihre Antwort war, dass sie durch meine Bitte nur noch mehr in ihrem Beschluss gefestigt sei. Sie liebe mich von ganzem Herzen, schrieb sie, und sie wolle nichts, als mich glücklich machen.«

Versündigte er sich gegen die Natur, indem er sie unberührt ließ?

Die leise Antwort des Vertrauten war nicht zu verstehen.

»Sie sollte Kinder haben, sie sollte Mutter sein. Ich kann mich nicht einmal schämen zu sagen, dass ich es nicht fertigbringe. Und doch fehlt es mir an Gleichmut, ihr abzuschlagen, was sie sich so sehnlich wünscht. Sie wird als Knospe vertrocknen, ohne jemals erblüht zu sein.«

Seltsam.

Er lauschte den Worten des Königs nach. Was dieser Mann so alles bedachte, was ihn quälte, das war ungeheuerlich und dabei erschreckend banal. Hatte die Person ihn mit ihrer Gewöhnlichkeit womöglich schon infiziert? Drohte das Göttliche seiner Verbindung mit Luise abzublättern wie von heftigem Regen verwaschener Putz?

Er meinte jetzt ein wirkliches, abschließendes Seufzen zu hören, bevor die Türen gingen und die Schritte zweier Männer sich im Gleichtakt entfernten.

Was er gehört hatte, bereitete ihm Widerwillen. Keinesfalls wollte er Mitgefühl für die Schwäche des Monarchen bezüglich der Unaussprechlichen empfinden. Noch während er die Tapetentür öffnete und sich auf den einsamen Weg durch die Labyrinthe der Dienerschaft machte, zerrte er ihr letztes Handbillett aus der Brusttasche seiner Livree, obwohl er es auswendig kannte.

Die Briefe hatten zu ihrer grotesken Inhaltsleere zurückgefunden. In ihren Schreiben an die Freundin Kaninchen bat sie um Batist aus einer Dresdner Manufaktur. Sie wollte jetzt sticken, da sie entzückende Motivvorlagen in einem

Berliner Geschäft gefunden hatte. Die Tapisserie war ihr über. Sie stellte ihrer Freundin ein handgefertigtes Brusttuch in Aussicht. Von Fusselkörbchen keine Rede mehr.

Sie wollte Marienkäferchen in roter Seide und in goldener Chenille.

Wusstest du, mein Kaninchen, dass die Engländer glauben, dass wenn ein Marienkäfer auf deiner Hand die Flügel ausbreitet, dies bedeutet, dass du neue Handschuhe bekommen wirst, und wenn er auf deinem Kopf landet, dir ein neuer Hut gewiss ist?

Sie schrieb nun doch auch von Paganini, immerhin. Wie ganz Berlin dem Konzert des Italieners entgegenfieberte, wie man sich um Karten nahezu schlug und die letzten an den pommerschen Adel gegangen waren. Wie man sich sorgte, den Virtuosen sicher ins Hotel und zur Oper schaffen zu können, nachdem er bei seinem Besuch in Wien von den Verzückten beinahe aus der Kutsche gezerrt worden war. Ihr selbst, schrieb sie, sei der Mann unheimlich. Den Abbildungen seiner Person, die es derzeit von ihm in allen Zeitungen zu sehen gab, entströme beängstigende Düsternis.

Über ihn würde sie sich vermutlich ähnlich äußern.

Während er seine Schlafkammer erreichte und die flackernde Kerze auf dem Nachttisch abstellte, wo ein jungfräuliches Fläschchen Laudanum auf ihn wartete sowie sein neuerdings persönliches, von Hufeland erhaltenes Aderlassmesser – der es ihm ohne inquisitorische Fragen einfach überlassen hatte –, kam ihm die junge Hermine von Helmer in den Sinn. Sie erinnerte ihn an die Frau seines ersten Hauslehrers.

Er ließ sich auf dem Bett nieder und gestattete sich, in seiner unendlichen Erschöpfung die Beine hochzulegen, ohne die Schuhe abzustreifen.

Wenn er es, wie jetzt, zulassen konnte, weit zurückzudenken, was unter dem Einfluss des Laudanums oder im Zuge eines Aderlasses häufiger geschah als üblich, dann war es möglich, dass er unverhofft auf eine Empfindung traf, die sich wie ein Schattengewächs in ihm am Leben gehalten hatte.

So etwa glaubte er in ebendiesem Moment, dass Sophie Lange, die junge Frau seines Lehrers, der erste Mensch gewesen war, der ihn an die Hand genommen hatte (wobei seine Erinnerung eine Reihe von Gouvernanten unterschlug). Damals, als er sich glücklich an Sophies Seite befand, war er sechs Jahre alt. Sie liebte die Natur und nutzte jede Gelegenheit, sich im Wald aufzuhalten.

Während er sich für einen Aderlass entschied, den er inzwischen wie beiläufig anzusetzen wusste, geriet ihm das Bild eines jungen Rehbocks in Erinnerung, vor dessen Anblick Sophie ihn an einem Tag im Mai hatte schützen wollen. Unvermutet waren sie damals, vor so unendlich langen Jahren, Zeugen seiner Tötung durch einen Jäger seines Vaters geworden. Er, der kleine Junge, hatte sich an jenem Tag von ihrer Hand losgemacht und war durch das sattgrüne Frühlingsgras gerannt, bis zu der Stelle auf der Lichtung, wo das Tier zusammengebrochen war.

Der Schuss hatte die Flanke des Einjährigen zerfetzt, er konnte durch das purpurrote Muskelfleisch bis auf den Knochen sehen. Vor allem jedoch hatte sein kindliches Gemüt die unschuldige Schönheit des erloschenen Antlitzes gerührt, der gebrochene Glanz in den Augen des Rehs, das leicht geöffnete Maul mit den zierlich flachen Zähnen, die noch Momente zuvor leuchtend gelbe Dotterblumen gezupft hatten.

Er beendete den Blutfluss. Im Kerzenlicht machte es den Eindruck, als wäre Tinte aus seinen Adern in die Schüssel geflossen.

Kaninchen. Das Brusttuch bestickt mit fliegenden Marienkäfern. Nein, nein, er täuschte sich nicht.

Nie und nimmer.

Sie hatte einen Geliebten. Und von Helmer war ihre *Postillonne d'amour.*

*

Elsa wusste die Freitreppe der Königlichen Oper mit einer kaum zu übertreffenden Grandezza emporzuschweben. In der unfreundlichen Kälte des windstillen Novemberabends, der sie eilends ins Innere des Hauses zu entkommen suchte, wirkte sie unter den anderen Besuchern wie ein schwerelos schwebender Schmetterling.

Sie genoss das Raunen, das sie umgab, wo auch immer sie ging. Jedes Wort, das über ihre Schönheit, ihr anerkennenswertes Talent und die außergewöhnliche Eleganz ihrer Toilette fiel, sog sie mit tiefer Befriedigung auf, es jagte ihr Schauer den Leib hinab und versetzte sie in eine Euphorie, die sie glauben ließ, alles ertragen zu können.

Die Vorhalle, wo das Licht der Lüster sich funkelnd in den geschliffenen Glastüren brach, die hellen Korridore, von denen filigrane Wendeltreppen zu den Logen führten, die verschwenderische Verwendung von Blattgold an Handläufen, Türen, Wandtäfelungen und Pfeilern – dies alles empfand Elsa als Kulisse einer imposanten Inszenierung ihrer selbst. Niemals würde sie darauf verzichten wollen. Zumindest so lange nicht, wie man ihr so offensichtlich derart gern dabei zusah. Und wenn sie an die Stich dachte, die derzeit in Dresden die Minna von Barnhelm gab, so hatte sie noch mindestens fünfzehn fantastische Jahre vor sich.

Hersilies Schneiderin hatte an Elsas Robe für das Paganini-Konzert ihr Meisterstück vollbracht, und nachdem man sich auf Schulterfreiheit und gemäßigte Ärmelformen (die derzeit ins Keulenhafte spielten, was selbst die schlanken Figuren breit wie hoch wirken ließen) geeinigt hatte, umspielte nun ein duftiges Gebilde von puderfarbenem Atlas Elsas Gestalt aufs Schönste. Die Krönung des Ganzen war eine Pelzboa – *le dernier cri* aus Paris –, die Hersilie von einer Reise mitgebracht worden war und die sie ihr ohne Wenn und Aber überließ, kaum dass Elsa sie einmal zur Probe umgelegt hatte.

Und auch Eveline schließlich hatte ihr Bestes gegeben und mindestens eine Stunde damit zugebracht, Elsas hochfrisierte Lockenbündel mit silbernen Sternenblüten zu schmücken, was beinahe zu einem Zerwürfnis mit Madame Stopfkuchens Coiffeur geführt hatte, der sich die Dekoration seines Kunstwerks auf Elsas Kopf nicht aus der Hand nehmen lassen wollte. Doch Elsa setzte sich durch, denn der Mann frisierte zwar gut, hatte aber einen fatalen Hang zu Federn und Rüschen. Gekränkt, hatte er sich an Hersilie austoben dürfen, die nun in der Oper mit einer Art Vogelvoliere auf dem Kopf den hinter ihr sitzenden Personen die Sicht rauben würde.

Im Grunde war Hersilie Stopfkuchen bereit, alles für Elsa, »das Kind«, hinzugeben, um sie auf diese Weise ein wenig auch zu ihrem Geschöpf zu machen. So nahm sie es mit unendlichem Stolz zur Kenntnis, dass eine hübsche schokoladenbraun lackierte Equipage, in der sie eine Kutsche des Hofes zu erkennen meinte, Elsa abholte und die wenigen Schritte zum Opernhaus fuhr.

Elsa indessen empfand sich umso mehr als Solitär. Das Billett für das Konzert war ihr grußlos zugestellt worden, und natürlich wusste sie, dass es von Wilhelm Ludwig kam. Es würde sich also eine weitere von inzwischen vielen Begegnungen vor den Augen des Hofes ergeben, in der sie das vibrierende Geheimnis ihrer Liebe genoss. Nichts konnte sie derzeit so nachhaltig berauschen wie jene Momente, in denen sich ihre Blicke wie beiläufig streiften und für den heftigen Bruchteil einer Sekunde aneinander festsogen, um dann weiterzugleiten auf irgendeinen beliebigen Gegenstand oder eine Person, die nicht das Geringste ahnte. Elsa hatte die faszinierende Erfahrung gemacht, dass gerade in den öffentlichen Augenblicken die intimsten Details ihrer Erinnerung aufflammten. Als etwa eines Abends im Kaminfeuer des Chinesischen Zimmers ein Holzscheit krachend zerbarst und einige Damen vor echtem oder falschem Schrecken aufschrien, hatte Elsa daran denken müssen, wie sich in der Nacht zuvor die Lippen des Prinzen von ihrer Halsbeuge auf die Reise zu ihrem Lendenwirbel begeben hatten. Über dem Heiligen See war indessen ein ruppiger Regen niedergegangen. Kaum jemals hatte sie die Plauderabende des Königs derart melancholisch empfunden wie jetzt im November, da sie vor den Kaminen des Königlichen Palais stattfanden und neuerdings immer, immer in Anwesenheit Wilhelm Ludwigs. Auch die Fürstin war verlässlich zugegen, mit ihrem Hund Männchen, der ebenso hässlich wie entzückend war.

Ein livrierter Theaterdiener öffnete Elsa die goldglänzende Tür zur Loge und geleitete sie durch den orientalischen Luxus des kleinen Salons zu ihrem Fauteuil an der samtenen Brüstung, wo nichts als ein Opernglas auf sie wartete.

Die gegenüberliegende königliche Loge war noch verwaist unter der mit einer Krone verzierten Kuppel, und während Elsa erwartungsvoll stehen blieb, fiel ihr eine irritierende Episode der vergangenen Woche ein.

Sie hatte sich bei einer der Soireen mit dem Hund ereignet, der kurzatmig vor dem Prinzen Stellung bezogen hatte. Kein Lockruf der Fürstin konnte das Tier dazu bringen, sich von den blank gewienerten Stiefeln Wilhelm Ludwigs abzuwenden, an denen es mit seinen unsäglichen Augen emporsah, als gäbe es dort ein Mysterium zu entdecken. Der Prinz schließlich hatte sich gebückt, das keuchende Tier aufgehoben und es der Fürstin in die Hände gegeben. Elsa, die in seiner Nähe gestanden hatte, bemerkte, wie der Prinz den Blick der Fürstin suchte, und sie meinte ihn erröten zu sehen, als er ihn fand. Unschuldig übrigens und nichts als heiter vonseiten der Fürstin, so hatte sie es wahrgenommen. Damit war auch jener ziellose, impulsive Verdacht erloschen, der sich rätselhafter Weise eben wieder in Erinnerung brachte. Es musste ihre Empfindsamkeit sein, die ihr so etwas ganz und gar Hirnverbranntes wie Eifersucht diktieren wollte, sie wollte sich dem keinesfalls beugen. Tatsächlich konzentrierten sich auf die junge, schöne Fürstin, das wusste der ganze Hof, die bizarrsten Fantasien. Elisabeth Ludovika beispielsweise, die Schwägerin Wilhelm Ludwigs, bezichtigte, so hörte man, ihren Gatten immer wieder aufs Neue, eine leidenschaftliche Affäre mit ihr zu haben, zumal allgemein bekannt war, wie sehr sie darunter litt, noch kein Kind empfangen zu haben. (Was in Wahrheit einer fatalen Impotenz des Kronprinzen geschuldet war, von der allein Hufeland wusste und schwieg.)

Elsa griff nach dem Opernglas. Nahezu der ganze Hof war da und ansonsten alles, was Rang und Namen hatte.

Im Oval des Zuschauerraums entdeckte sie ihren Vater, der neben Professor Hähnlein und seiner Frau in den roten Plüschsesseln des Parketts saß, zweifellos gute Plätze, aber eben doch keine Loge. Als könnte er ihre Gedanken hören, sah Clemens auf. Sie winkte ihm zu und schämte sich.

Ihr Vater brachte es fertig, ohne eine Spur von Eitelkeit dem Stolz über seine schöne, namhafte Tochter mit einem Lächeln Ausdruck zu verleihen, während Hersilie Stopfkuchen an seiner Seite mit ihrer turmhohen Haarpracht ganz und gar ins Schwitzen geriet.

Ob er wusste, dass Helene nicht kommen würde? Ihr Platz neben ihm war leer und würde es bleiben. Bis zuletzt hatte Helene Zweifel gehabt, ob sie ihrem Vater die Wahrheit zumuten konnte.

Elsa setzte sich und öffnete den Fächer. Es rührte sie, Helene verliebt zu wissen, und sie war überzeugt, dass sie in Finlay Gordon auf Anhieb dem richtigen Mann begegnet war.

Unverkennbar Helene. Ohne Umwege direkt zum Ziel.

»Ich weiß nicht, warum ich meine, mich mit ihm möglichst außerhalb Berlins treffen zu müssen«, hatte sie gesagt.

»Das weiß ich auch nicht«, hatte Elsa geantwortet, »aber ich hoffe, die Gründe deiner Erwägungen sind leidenschaftlicher Natur.«

Helene hatte sie angesehen, als zweifelte sie ernsthaft an ihrem Verstand.

»Du musst dich nicht schämen deswegen.«

»Ich schäme mich nicht. Jedenfalls für nichts, was meine Empfindungen für Finlay anbelangt.«

»Gut. Damit bist du schon sehr weit.«

»Liebst du jemanden?«

Statt einer Antwort hatte Elsa sich ihres neu erworbenen Fächers aus Pfauenfedern bedient und war ihr ausgewichen.

»Wirst du eine Droschke zahlen können? Falls nicht, gebe ich dir das nötige Geld. Triff dich in Potsdam mit ihm, und lass die Droschke warten. Nichts wird wichtiger sein als die Gewissheit, jederzeit gehen zu können.«

Helene, bis dahin eher düster als aufgeregt, hatte sie mit ehrlicher Überraschung gemustert. »Ist es normal, bei einem ersten Rendezvous auf der Stelle an Flucht zu denken?«

Elsa lachte lautlos hinter ihrem Fächer.

Womöglich empfing Helene in Finlays Armen gerade eben einen ersten Kuss.

»Rein gar nichts ist normal bei einem ersten Rendezvous«, hatte sie geantwortet und ihr das Hotel de Prusse am Kanal empfohlen, wo man einen öffentlichen Tisch hielt. Wilhelm Ludwig begab sich zuweilen dorthin, wenn ihm nach Wild war mit Preiselbeeren. Eine Empfehlung aus seinem Munde weiterzuleiten, und mochte sie noch so profan sein, ließ sie heimliche Vertrautheit empfinden.

Sie schrak zusammen, als plötzlich Applaus einsetzte. Das Opernpublikum erhob sich, um die königliche Familie zu begrüßen.

Sie hatte nicht damit gerechnet, ihn an der Seite seiner Verlobten zu sehen. Wie ausgesprochen gedankenlos. Bislang war sie von ihrem Anblick verschont geblieben, eine Gnade, mit der sie nicht länger rechnen durfte. Es schmerzte erschreckend. Die Prinzessin mochte kindlich wirken, doch sie war eine Schönheit, und sie betete Wilhelm Ludwig an.

Elsa zitterten die Knie. Sie suchte Halt an der Brüstung.

Starr erwiderte sie den dezenten Gruß des Königs, dessen Stimmung bewölkt schien, doch das bedachte sie erst später.

Umrahmt von den korinthischen Säulen der Loge, wechselte Wilhelm Ludwig indessen einige launige Worte mit seinem Bruder, dem Kronprinzen. Dann wieder wandte er sich seiner Braut zu, die ihm etwas zu sagen hatte. Ihre sicherlich sehr geistreiche Bemerkung erwiderte er mit einem amüsierten Lächeln. Sein blondes und ihr schimmernd schwarzes Haar bildeten einen hinreißenden Kontrast, als sie die Köpfe zusammensteckten. In den Salons würde man sich morgen begeistert davon erzählen.

Kein einziger noch so flüchtiger Blick.

Es wurde still im Saal, und aus der Rampe stiegen Hunderte von Lichtern auf, während Elsa mit den Tränen kämpfte.

Nicht das leiseste Hüsteln war zu vernehmen, als Paganini die Bühne betrat. Atemlos starrten die Berliner den dürren, langhaarigen Menschen an, der sich im überbordenden Prunk des Konzertsaals wie ein schwarzer Heuschreck vor ihnen in Positur brachte. Während der Italiener die Geige ans Kinn hob, vollkommen in sich versunken, schien es, als blickte er ihnen doch ganz im Geheimen in die Seelen.

Als Niccolò Paganini weit mit seinem Bogen ausholte, um dann mit dem ersten Ton seines h-Moll-Konzerts jedes einzelne Herz im Saal zu rühren, begann Elsa vor allen anderen zu weinen.

*

Sidonie saß am Herdfeuer in der Küche neben dem Fräulein, das sich sehr interessiert an ihr zeigte. Sie beide waren dazu verdonnert, hier unten zu sitzen, während da oben etwas vor sich ging, von dem sie beide nur eine vage Ahnung hatten.

Nelly schlief unbekümmert in der Wiege, nachdem Sidonie ihr unter den neugierigen Augen des Fräuleins die Brust gegeben hatte.

»Nennen Sie mich Hermine«, hatte sie gesagt. »Wie heißen Sie?«

Helene hatte ihr eingeschärft, nichts über ihre vormalige Profession zu sagen, doch gerade das reizte sie ungeheuerlich, je länger sie dieser wohlerzogenen Person gegenübersaß. Wenn sie ihr nur von Lulas oder Perditas vertrackten Leidenschaften erzählen könnte oder welche Schweinigeleien die magere Wanda und Ponny beim Frühstück im Salon über ihre Freier austauschten. Alter Hosenschuster, sie hatte große Lust, sie außer Fassung geraten zu sehen!

»Sie lachen?«

»Ich denke nur gerade an was, aber das sollte Sie verdammich nicht kümmern.«

»Verdammich«, echote das Fräulein. »Sie haben eine göttliche Art, sich auszudrücken.«

Beide hoben den Kopf, als über ihnen ein erstickter Laut zu hören war.

Sidonie trieb es die Milch aus den Brüsten.

»Gute Güte.« Fasziniert sah das Fräulein ihr zu, wie sie ein Leintuch von der Stuhllehne nahm und es sich unter das nasse Hemd stopfte. »Erstaunlich, was die Natur alles auszurichten vermag!«

»Sind Sie so was wie eine Bedienstete für die da oben?«

Die Frage brachte das Fräulein zum Lachen.

»Nur mittelbar«, entgegnete sie. »Ich diene nicht ihr persönlich.«

Sie beugte sich vor. In ihren blauen Augen fingen sich die Funken des prasselnden Herdfeuers.

»Tatsächlich kenne ich sie nicht. Die Dame, der ich diene, bat mich, ihr für heute beizustehen.«

»Und wer Ihre Herrin ist, werden Sie mir nicht sagen.«

»Das versteht sich von selbst.«

»Klingt nach einem verdammten Staatsgeheimnis.«

Das Fräulein lehnte sich zurück.

»Sind Sie verheiratet?«

Sidonie stand auf, nahm die Kruke Dunkelbier vom Sims des Herdfeuers und trank einen Schluck. Es würde ihren Milchfluss anregen, hatte Helene gesagt.

»Schätze, das geht Sie nichts an.«

»Ich wollte Sie nicht kränken, verzeihen Sie.«

Ein atemloser Schrei ließ das Fräulein aufspringen.

Sie lauschten auf Helenes hin- und forteilende Schritte, bis sie, wie erwartet, von oben nach heißem Wasser rief.

»Ich mache das«, sagte das Fräulein.

Sie riss ihren Umhang vom Stuhl, um sich die Finger nicht zu verbrennen, und wuchtete den Kessel vom Herdfeuer, eine Tätigkeit, die sie mit tödlicher Sicherheit zum ersten Mal in ihrem Leben verrichtete.

Sidonie ließ sie nur allzu gern gewähren. Sie leuchtete ihr, bis sie das Ende der Stiege erreicht hatte. Sobald das Fräulein in der Kammer verschwunden war, hastete sie zu der mit Blumen bestickten Reisetasche, die sich am Boden neben dem verlassenen Stuhl befand. Sie griff nach dem Erstbesten, was sie zu fassen bekam. Erst später würde sie erkennen können, dass es ein besticktes Hemdchen war, denn sie hatte es längst in ihrem Mieder versteckt, als Hermine von Helmer wieder zurück in die Küche kam.

*

Es war noch erstaunlich früh. Beinahe erheiternd die Vorstellung, dass Paganini womöglich noch spielte. Helene sah der Kutsche nach. Das schaukelnde Licht ihrer aufgesteckten Lampen zuckte über die ruhenden Windflügel, bevor sie hinter einem Hügel verschwand und den Mühlenberg in der dunklen, mondlosen Nacht zurückließ.

Die Fremde hatte sich tapfer gezeigt, und ihr Wille, das Kind in dem knapp bemessenen Zeitraum, der ihnen zur Verfügung gestanden hatte, auf die Welt zu bringen, schien die Geburtsvorgänge befördert zu haben.

Alles hatte sich auf eine nahezu akribische Weise und doch aufs Einfachste gefügt. Die Fremde war durch tägliche Bäder und warme Injektionen von Kamillenaufguss gut vorbereitet. Helene hatte ihr zu diesem Behufe ein silbernes Klistier übermittelt, was in Wahrheit zur Nottaufe diente und aus dem Nachlass der Mutter stammte. Zudem war sie in Elgins Lehrbuch auf ein Rezept gestoßen, das sie, dem eigenwilligen Wunsch folgend, sich nicht allein der Methoden ihres Vaters zu bedienen, zur Anwendung gebracht hatte. Zwei Gran Belladonna waren in destilliertem Wasser zu lösen, um sie mit einer Unze Schweineschmalz zu einer Salbe zu verrühren, die den Muttermund öffnen sollte.

Als sie die Fremde, aus deren schwarzen Kleidern der nackte, gewölbte Leib wie etwas hervorschien, das nicht dort hingehörte, oben in der Kammer untersucht hatte, war ihr die Jahrmarktsattraktion der Frau ohne Unterleib in den Sinn gekommen. Nur, dass es sich hier gegenteilig verhielt.

Während sie das Becken der sorgfältig Verschleierten auf zwei Kissen hochlagerte, sprach sie ihre beruhigenden Worte genau wie immer, wenn sie eine Geburt leitete, und hoffte, sie würden trotz aller widrigen Umstände ihre Wirkung tun.

Die Frau, die während des gesamten Vorgangs standhaft schwieg, befand sich etwa in der vierunddreißigsten Mondwoche. Der Uterus war gleichmäßig ausgedehnt, und Helene glaubte mit Sicherheit den Kindeskopf im Grunde der Gebärmutter zu fühlen. Bei genauerer Untersuchung gelang es ihr, kleine Gliedmaßen des Kindes zu unterscheiden, vermutlich die Füße.

Es war gegen siebzehn Uhr dreißig, als sie die Frau bat, ihre Position am Fußende des Bettes einzunehmen, und sich selbst zwischen ihre angewinkelten Beine setzte. Sie hatte einen Pressschwamm vorbereitet, hoffte aber, auf ihn verzichten zu können. In den verschiedensten Schriften war die Einleitung der Frühgeburt durch die Sprengung der Eihäute oftmals als erfolgreiche Alternative beschrieben. Einem beharrlichen Impuls folgend, hatte Helene sich für diese Methode entschieden, vor allem auch, weil sie anders vorgehen wollte als der Engelmacher.

Am liebsten hätte sie gebetet. Sie benötigten eine Menge Glück.

Das aus der Charité entliehene Instrument, eine dünne silberne Röhre, in der eine Nadel verborgen war, lag auf einem Leintuch in ihrem Schoß, während sie die Salbe mit einem hölzernen Stäbchen, an dessen Ende ein baumwollenes Tupfbällchen angebracht war, auf den Muttermund strich.

Sie bedeckte die Beine der Frau mit dem Federbett. Sie warteten wortlose dreißig Minuten, in denen kaum mehr als das Kratzen von Helenes Schreibfeder zu hören war, denn entgegen jeglicher Vernunft hatte sie entschieden, jeden ihrer Schritte in einem eigens angelegten Diario festzuhalten, das sie im Haus verstecken würde.

Unten in der Küche brüllte Sidonies Tochter sich die kleine Seele aus dem Leib, und als sie, vermutlich von der Brust ihrer Mutter, zum Schweigen gebracht worden war, meinte Helene aus den Kissen hinter den Schleiern tränenschweres Atmen zu hören.

Mitleid war jetzt fehl am Platz. Es würde alles nur noch schlimmer machen.

Helene legte die Feder fort und drehte das Licht der Öllampe höher.

Die Salbe hatte ihre Wirkung getan. Mühelos war es ihr gelungen, die silberne Sonde, erwärmt und mit Öl bestrichen, am Zeigefinger ihrer linken Hand vorbeizuführen. Ein sanfter Druck gegen die Eihäute sprengte die Wasserblase.

Zwei Stunden später setzten die Wehen ein.

Es war ein kleiner, lautlos geborener Knabe, der jetzt an Sidonies Brust lag.

Sie hatten keine andere Möglichkeit gesehen, als ihren Plan in Sidonies Haus durchzuführen, und die Herfahrt hatte sich in einer aufwendigen Scharade mit Kutschenwechseln und einer mit Fräulein von Helmer wartenden Mietdroschke vollzogen.

Als diese in Begleitung der Fremden eintraf, die das Haus wie eine schwarz verhüllte Witwe betrat, war ihr die Abenteuerlust noch aus jeder feinen Pore ihrer Pfirsichhaut gedrungen. Die Einfachheit des Hauses, Sidonie und ihr Kind, die Wiege, ja selbst das Herdfeuer nahm sie mit allergrößtem Interesse zur Kenntnis, was Helene unvermittelt von einer Sorge befreite. Sie war Fräulein von Helmer dankbar, so wie für alles andere, was sie bisher zuverlässig und diskret erledigt hatte.

Viel zu spät nämlich hatte Helene angefangen darüber nachzudenken, wo eigentlich Sidonie sich aufhalten sollte, wenn sie das Kind der Fremden in der erhofften Zügigkeit auf die Welt befördern würde. Alles, was Sidonie persönlich in Betracht gezogen hätte, kam nicht infrage. Der einsilbigen Antworten Helenes überdrüssig, schlug ihre Neugierde in beleidigten Eigensinn um. Sie verlegte sich darauf, das betriebsame Tun im Haus störrisch und stumm zu beobachten. Wie schwer es ihr gefallen sein musste, sich jegliches Nachbohren zu verkneifen, als Helene unter den Deckenbalken der bislang unbenutzten oberen Kammer, halsbrecherisch auf einem Schemel balancierend, zwei Nägel einschlug und eine Hanfleine spannte, um mit einem Laken einen Vorhang zu improvisieren. Und dieses Bett mit seinen erstaunlich vielen Kissen, die Helene von Friederike Köpke erbeten hatte – es musste weitere drängende Fragen aufgeworfen haben, die nicht gestellt wurden.

So wusste Sidonie lediglich, dass sie die Amme eines unehelich geborenen Kindes sein würde. Was Hermine von Helmer wusste, war Helene vollkommen unklar, und sie ersparte es sich, darüber nachzudenken, ob dies für sie von Bedeutung sein könnte. Seit der Geburt des Kindes jedenfalls war Fräulein von Helmer ungewöhnlich still und blass.

Es war Helene nichts anderes übrig geblieben, als die völlig unvorbereitete junge Hofdame zu bitten, das winzige Geschöpf in weiche Tücher gewickelt hinunter ans Feuer zu tragen, nachdem sie selbst es zuvor gebadet und seine dünnen Gliedmaßen mit öligen Händen gerieben hatte, bis seine fahle Haut rosig wurde. Helene hatte sich der Nachgeburt zu widmen, während Hermine von Helmer noch hilflos mit dem Winzling im Arm den Auftrag entgegennahm, das Kind verlässlich zu wärmen und ihm behutsam, tropfenweise, wie auch immer, von Sidonies Milch zu geben.

Als hinter dem Lakenvorhang haltloses Schluchzen zu hören war, sah Helene sich gezwungen, streng zu werden.

»Gehen Sie jetzt.«

Die Würde der unglücklichen fremden Frau berührte sie erneut, als diese schließlich ihre Kleider ordnete. In ihrem letzten übermittelten Schreiben hatte sie darum gebeten, sie mit dem Anblick des Kindes zu verschonen, weil sie fürchtete, daran zugrunde gehen zu müssen. Es ging ein Duft von ihr aus, der sie an Elsa erinnerte, so kostbar und besonders. Sie wandte ihr den Rücken zu und richtete ihr Haar unter dem Schleier.

»Ihr Kind wird es gut haben«, sagte Helene.

»Ob es jemand lieben wird außer mir?«, fragte die Fremde.

»Wenn sich niemand anders findet, was ich bezweifle«, hatte Helene gesagt, »dann werde ich es sein.«

Fröstelnd verschränkte sie die Arme und wandte sich zum Haus.

Als sie die Küche betrat, stand Sidonie über die Wiege gebeugt. Der kleine Junge, auf dessen Kopf sich der Flaum in erstaunliche erste Locken legte, lag noch immer an ihrer Brust.

»Nun hab ich sie, die zwei Kinder, von denen Celestine geredet hat«, sagte sie.

Spielerisch blies Sidonie in das Säuglingshaar.

»Warum sprichst du eigentlich nie über sie?«, fragte sie unvermittelt. »Warum erzählst du nie von deiner Schwester, der Schauspielerin?«

*

Es war weit nach zehn, als Finlay Gordon in der Charité eintraf. Er war besorgt und aufgewühlt. Er hatte Momente schrecklichster Ahnungen hinter sich, als er von Potsdam kommend den Kutscher ausbezahlte und auf das riesenhafte Gemäuer zulief, hinter dessen Fenstern nur vereinzelte Lichter auszumachen waren.

Befürchtungen, dass Helene auf dem Weg zu ihm etwas Grauenhaftes zugestoßen sein könnte – womit er schuldig sein würde und sich selbst seines Glücks beraubt hätte –, wechselten mit allen möglichen Erklärungen, die der reinen Vernunft entsprangen und die sich aus den Unwägbarkeiten heilkundlicher Berufe ermitteln ließen oder mit den verwickelten Zwängen einer großstädtischen Gesellschaft zu tun hatten. Eine Geburt etwa, bei der Helenes Anwesenheit gewünscht war, hatte sich kompliziert entwickelt. Ihr Vater war plötzlich erkrankt. Oder aber ihre Schwester hatte sie sich unerbittlich als Begleiterin für das Paganini-Konzert gewünscht, was Helene ihr natürlich, ohne zwingende Gründe zu nennen, nicht hatte abschlagen können.

Wie sehr er hoffte, sie anzutreffen, als er die kaum beleuchtete Treppe zum ersten Stock hinaufstürmte, jeweils zwei Stufen auf einmal nehmend. Wie sehr er sich wünschte, sie erschöpft vorzufinden, Bedauern und Erleichterung in ihrem übermüdeten Gesicht zu entdecken, wenn er die Abteilung der Geburtshilfe betreten und an die halb geöffnete Tür des Hebammenzimmers klopfen würde. Wie sehr er sie liebte, das konnte er selbst kaum begreifen. Seit er ihr zum ersten Mal begegnet war, damals – es schien Jahre her –, als er sie aus der Bibliothek hatte kommen sehen, war er von einer ihm bis dahin unbekannten Unruhe, ja Angst erfasst, dass er versäumen könnte, das Richtige zu tun. Dass er sie verlieren könnte. Dass es ihm durch ein dummes Versäumnis womöglich nicht gelingen könnte, sie für sich einzunehmen.

Zwei Krankenwärter kamen ihm entgegen, eine Totenbahre zwischen sich. Bestürzt über die Egomanie seiner Gedankenwelt, wich er ihnen aus. Während die Männer an ihm vorbeieilten, konnte er unter dem grauen Laken die Füße einer toten Frau sehen. Sie steckten in löchrigen Strümpfen, die zu den Fesseln herabgerutscht waren, und er hätte sie gern bedeckt.

Im großen Schlafsaal traf er auf Doktor Novak, der unter rußenden Wandleuchtern an einer der ersten Bettstellen eine Fiebernde zur Ader ließ. Der Mann hatte allergrößte Mühe, seinen Zorn niederzukämpfen, als Finlay nach Helene fragte.

»Sie ist nicht hier«, blaffte er. »Wenn Sie statt ihrer, was mich wundern würde, die Hebamme Pusche sprechen möchten, so finden Sie diese bei den Wäscheschränken, von denen sie zweifellos mit leeren Händen zurückkommen wird, weil wir nämlich unsere dürftigen Bestände aufgebraucht haben.«

Er sah um sich und konnte einen Fluch nicht unterdrücken. Wortlos nahm Finlay ihm die Schale mit dem Blut ab. Novak, dem unablässig das Haar in die Augen fiel, verband hastig den Fuß der heftig atmenden Frau. Es war unerträglich heiß und stickig. Räucherdämpfe standen wie Bodennebel zwischen den Betten und vermischten sich mit den durchdringenden Gerüchen von Durchfällen, Schweiß und Mutterfluss. In der Mitte des Saals glühte ein schwerer eiserner Ofen.

Finlay legte Hut und Mantel auf den nächstbesten Schemel. Er machte keine großen Worte, um sich vorzustellen, und fragte gar nicht erst, ob seine Hilfe erwünscht war. Novak in seiner Erschöpfung hatte nicht mehr den geringsten Funken jener Eitelkeit im Leibe, mit der er sich diesen Nachtdienst eingebrockt hatte, dessen horribler Verlauf nicht abzusehen gewesen war. Tatsächlich hatten die Zeichen der vergangenen Tage und Nächte, in denen sie erste trockene Fröste verzeichneten, auf ein Ende der contagiösen Entwicklungen hoffen lassen.

Paganini interessierte Novak einen feuchten Kehricht, dafür hatte er wahrhaftig kein Opfer bringen müssen. Hähnlein und Heuser, mitsamt seiner anstrengenden Tochter, sie sollten doch bitte alle ihren Kunstgenuss haben – er brauchte das wie einen Kropf. Lieber machte er sich eine Nacht lang vom Ersten Assistenten zum Leiter der Gebärabteilung. Da wegen des Fiebers weder Hebammenschülerinnen noch Studenten in der Abteilung zugelassen waren, hatte er zwei junge Stabsärzte von der Militärakademie angefordert und bekommen. Hähnlein und ebenso Heuser musste er versichern, Nachricht zu geben, falls sich Vorfälle dramatischen Ausmaßes ereigneten, gleichgültig ob er das Konzert oder das anschließend geplante Nachtmahl im Hotel de Rome stören würde.

Als eine der Charité-Droschken gleich zwei Schwangere herantransportierte – vermutlich noch bevor Paganini den ersten Strich auf seiner Geige tat –, hatte Novaks Stolz es ihm verboten, einen Kurier mit einer Depesche zu schicken.

Eine der beiden Frauen, eine Erstgebärende von zwanzig Jahren, befand sich mit schon gebrochenen Wassern bereits in heftigen Wehen. Bei der anderen, die im siebenunddreißigsten Jahr ihr achtes Kind erwartete, ergab die Visitation eine Fußlage.

Während Novak mit der Pusche die Jüngere zu entbinden suchte, was schwierig wurde, als die Patientin in plötzlichen Irrsinn verfiel und derart tobte, dass ihr auch mit mehreren Gaben Laudanum nicht beizukommen war, repetierte einer der hinzueilenden Stabsärzte ihm, dass sich bei der zweiten Kreißenden nach dem Blasensprung ein Vorfall der Nabelschnur ergeben hatte, eine Komplikation, die er nicht zu bewältigen wusste. Novak also hatte die Pusche allein lassen müssen, denn der wiederum andere junge Kollege befand sich am Bett einer Wöchnerin, die ihrem Ende entgegendelirierte, was weder Chinarinde noch zwanzig Blutegel an ihrem aufgetriebenen Unterleib verhindern konnten.

Finlay hörte Novak aufmerksam zu, während er mit ihm durch den Schlafsaal von Bett zu Bett eilte. Den Mittelgang, der auf das Hebammenzimmer zuführte, hatte man mit spanischen Wänden unterteilt, die in der Not aus mehreren Abteilungen der Charité zusammengeklaubt worden waren, um gesunde von erkrankten Wöchnerinnen zu trennen. Einige Küchenmägde unternahmen Räucherungen, mit den Schürzen vor Mund und Nase gedrückt, ihre leisen Flüche erstickend. Besonders die Essigräucherungen reizten alle zu quälendem Husten. Den Wöchnerinnen hatte man empfohlen, ihre Säuglinge anzulegen.

Die Schwangeren, derzeit acht, hielten sich angstvoll in den übrigen drei Kammern auf, die über jeweils vier Betten verfügten, sechs davon waren also leer. Jedes Mal, wenn die Totenglocke auf den Gängen geläutet hatte, war mindestens eine von ihnen außer sich geraten, sodass man das Läuten fürs Erste hatte verbieten lassen. Allein in den vergangenen fünf Tagen mussten sie vierzehn Leichenöffnungen bewältigen, alle mit gleichem Ergebnis. In den Bauchhöhlen der

Toten fanden sich die üblichen flockigen Flüssigkeiten und Fäulnisse.

Eine Separation der Kindbettfiebernden, wie Finlay sie nahelegte, lehnte Novak auf der Stelle als undurchführbar ab. Stattdessen trieb er wegen nichtiger Gründe brüllend die Pusche in die Flucht, weil sie die einzige Person war, an die er seinen Kasernenton loswerden konnte, damit ihn die Last der Verantwortung nicht bei lebendigem Leibe erstickte. Finlay, der die Ruhe behielt und Novak davon zu überzeugen suchte, dass nur schnelles Handeln Leben retten konnte, hatte ihn eben so weit, sich mit ihm an den Tisch des Hebammenzimmers zu setzen, das Protokollbuch zurate zu ziehen – in dem er Helenes Handschrift erkannte, was ihn für einen unglücklichen Moment zu der quälenden Frage zurückführte, wo sie war – und zu entscheiden, wie sie vorgehen wollten.

Vom Mittelgang näherten sich eilige Schritte.

Der Pusche stand das blanke Entsetzen ins Gesicht geschrieben.

»Es ist wieder eine von der Königsmauer«, keuchte sie. »Sie ist schon halb tot, wenn Sie mich fragen.«

Krachend flog der Stuhl zu Boden, als Novak aufsprang und an der Hebamme vorbeidrängte.

Einer der Stabsärzte hatte Wanda Reinboth geistesgegenwärtig im Entbindungszimmer auf das Gebärbett legen lassen. Novak setzte sich sogleich zwischen ihre Beine, deren Zittern Finlay ruhig zu halten suchte, und der assistierende Stabsarzt reichte ihm das flüchtig gewärmte Speculum an. Schluchzend spuckte Wanda Blut. Sie schien aus allen Körperöffnungen zu bluten.

Während der Tod über das Leben zu siegen begann, verstand Finlay, dass sie nach jemandem namens Lula rief, und er begriff, dass es sich bei dieser Person um den Menschen handeln musste, den diese magere, in ihrem Innersten verletzte Frau liebte.

»Ich will ihn tot sehen, der dies anrichtet«, sagte Novak, als Wanda unter ihren Händen gestorben war. »Am liebsten wäre mir, ich könnte ihn eigenhändig erschießen.«

Stattdessen schickte er Boltz, den Krankenwärter der Irrsinnigen.

Eine verheerende Stunde später, in deren Verlaufe das Steißlagen-Kind unter Zuhilfenahme der Zange tot geboren wurde, fand sich mit dem Inspektor der Sittenpolizei ein *physicus forensis* – bei dem es sich bedauerlicherweise nicht um Blunck handelte – in der Charité ein. Sie begutachteten das inzwischen sechste Opfer des Engelmachers und nahmen zu Protokoll, was Doktor Novak ihnen zu sagen hatte.

Als Finlay die Charité gegen Mitternacht verließ, hörte er die Hebamme Pusche heulend beichten, dass Wanda Reinboth von einer dicken, ganz offensichtlich liederlichen Person hergebracht worden war, die eine ganze Weile auf dem Gang gewartet hatte und plötzlich, wohl während Boltz sich auf dem Weg zur Polizeiinspektion befand, verschwunden war.

*

Paganini hatte gespielt wie ein Gott. Er hatte das Opernhaus in ein Schiff verwandelt, das auf einem von ungestillten Sehnsüchten und Sentiment aufgewühlten Ozean umhergeworfen wurde. Hemmungslos hatten die Leute geweint und geseufzt, man lag sich in den Armen oder vornübergebeugt in sich versunken, und nachdem alles vorbei war, begegneten die Menschen einander mit einer gewissen Scham, weil eine so überwältigende Ähnlichkeit des Empfindens möglich gewesen war.

Lange bevor die Beifallsstürme des Publikums zu einem Ende kamen, hatte Elsa die Loge verlassen. Im Foyer zog sie den Pelz um die Schultern, nicht ohne zu bemerken, dass die Theaterdiener über sie tuschelten.

Nach der dritten *Caprice* Paganinis, als es ihr mit einiger Willensanstrengung endlich gelungen war, das Weinen einzustellen – denn keinesfalls wollte sie aus der Gästeloge des Königshauses mit geschwollenen Augen abgehen –, transformierte Elsa bereits in die Rolle der Lasziven, der klugen Geliebten, die mit noch mindestens einem Geheimnis aufzuwarten hatte.

Letztlich war alles eine Frage der Haltung. Aufrecht! Eine anmutige Haltung des Kopfes. Profil zeigen. Mit den nackten Schultern spielen, wobei die Verwendung des Opernglases hilfreich war, ebenso der Fächer.

Denn sollte es sich ergeben, dass sie der Verlobten vorgestellt werden würde, so musste sie nicht nur hinreißend schön sein, was sich unverweint von selbst ergab, sondern vor allem anbetungswürdig gelassen. Bestenfalls würde ihr ein Scherz über die Lippen perlen, der exklusiv die kleine Prinzessin zu einem erlösten Lachen brachte. *Ihre* Augen jedenfalls würden gerötet sein, denn *ihr* Spitzentüchlein hatte sich unentwegt im Einsatz befunden, Wilhelm Ludwig hatte mit seinem aushelfen müssen.

Und erst in diesem Moment, als sie versucht war, an ihren Fingern abzuzählen, wie oft sie aus den Augenwinkeln zur königlichen Loge gespäht hatte, tatsächlich erst jetzt, als mit einem Mal die Türen geöffnet wurden und sich mit den Hunderten von Menschen, die den Konzertsaal verließen, ein Summen ausbreitete wie in einem gewaltigen Bienenstock, kam Elsa zu Bewusstsein, dass sie die Fürstin nicht gesehen hatte.

Konnte es sein, dass sie ihrer Aufmerksamkeit wegen des eingeschränkten Blickfelds entgangen war?

Nein!

Niemals hätte sie an einem anderen Platz als an der Seite ihres Gatten gesessen. Und der König, das konnte Elsa schwören, hatte Prinzessin Elisabeth Ludovika von Bayern, die Frau des Kronprinzen, zu seiner Rechten und Prinzessin Augusta von Sachsen-Weimar-Eisenach, die Verlobte seines Zweitgeborenen, zur Linken gehabt.

Bevor sie weiter darüber nachdenken konnte, spürte sie, wie jemand hinter sie trat. Die Art, wie seine Stimme über ihren Nacken strich, bevor sie ihr Ohr erreichte, war unvergleichlich.

»Wie hast du es empfunden?«, fragte Moritz. »Mich hat sein Spiel in den Himmel gehoben.«

Sie wandte sich um, als seine Hand die ihre schon an die Lippen führte. Es zerriss ihr das Herz, ihn zu sehen.

*

Friedo hatte dem *Mâitre d'Hôtel* eine Menge Geld hingezählt, um an diesem besonderen Abend einen guten Tisch zu bekommen. Zusammen mit der nagelneuen Toilette für Celestine hatte Perdita eine saftige Summe in ihre gemeinsame Zukunft investieren müssen. Es war im Folgenden nicht einfach gewesen, sie davon zu überzeugen, besser die Stellung im Bordell zu halten, als ihn und Celestine ins Hotel de Rome zu begleiten.

Als es ihm am heutigen Nachmittag erstmalig nicht gelingen wollte, seine Liebesdienste an ihr zu verrichten, was ihm leidtat und Perdita in einen gekränkten Weinkrampf schickte, hatte sie ihn, bevor sie ihn mit weiteren zehn Silbertalern für den Abend ausstattete, einen Wechsel unterschreiben lassen. Doch das war nichts, was Friedo ernsthaft beunruhigte.

Schon als er mit Celestine den Speisesaal des Hotels betrat, wusste er, dass sich jeder Ärger, der ihm mit Perdita möglicherweise noch blühte, lohnen würde. Sie erregten Aufsehen. Die Leute starrten nicht, sie staunten. Und er hatte den Zeitpunkt ihres Eintreffens gut gewählt, denn es mochte an den enthusiastischen Empfindungen liegen, die das Publikum des Opernhauses ins Hotel de Rome getragen hatte, dass man Celestines exotischen Reizen gegenüber so aufgeschlossen war. In einer Droschke, deren Kutscher durch eines von Perditas Mädchen entlohnt werden würde, hatten sie das Ende des Konzerts abgewartet. Als die Leute aus dem von Fackeln angeleuchteten Opernhaus strömten, eine quirlige, ineinanderkreisende Menschenmenge, die sich nur langsam aufzulösen vermochte, hatte sich sogar Celestine, deren Miene kaum jemals eine Regung zeigte, vorgebeugt und fasziniert das Spektakel durch das Wagenfenster beobachtet.

In diesem Moment, während sie Kapaunen mit Meerrettich vor sich auf den Tellern hatten, ohne davon zu essen, wohingegen sie bereits eine Flasche safranteuren Champagners geleert hatten, beobachtete Celestine eine Frau, die, wie Friedo bemerkte, nicht allein die Blicke seiner dunkelhäutigen Begleiterin auf sich zog.

Tatsächlich war die junge Dame von einer hinreißenden Schönheit, die alle sie Umgebenden offenbar berührte – auch ihn, der sich unwillkürlich fragte, welches Geheimnis sie hatte, das sie so unwiderstehlich machte.

Sie saß an einem runden Tisch nahezu in der Mitte des Speisesaals, über den der prächtigste aller Lüster sein irisierendes Leuchten versprühte. Neben zwei ältlichen Paaren fiel ihm ein groß gewachsener Mann auf, dem der Adel aus allen Knopflöchern sprang. Es war Friedo sympathisch, wie dieser Mann die Schöne mit einer Liebe im Blick betrachtete, dass es die Luft zwischen ihnen in Brand setzte. Einer der älteren Herren – vielleicht ihr Vater? – schien dies mit Wohlgefallen zu bemerken und suchte das Gespräch mit ihm.

Wie wohl Friedo sich unter diesen Leuten fühlte! Wie wenig fremd! Das freundliche Schwirren auf- und abklingender Gespräche gab ihm vor, dazuzugehören und dass alles andere sich von selbst fügen würde.

Er zündete sich eben einen Zigarillo an, als Celestine plötzlich aufstand. Noch bevor er etwas sagen oder fragen konnte, folgte sie der schönen Fremden durch den Saal. Sie bildeten einen aberwitzigen Kontrast, aufregend und verstörend. Die Leute sahen auf, ließen das Besteck sinken, verharrten mit den Gläsern in den Händen, ohne zu trinken.

Das Herantreten eines Hoteldieners mit einer weiteren Flasche Champagner ließ ihn geistesgegenwärtig nach der Schönen fragen. Und noch während Friedo zu hören bekam, dass es sich um die Hofschauspielerin Elsa Heuser handelte, erschien ihm vor seinem inneren Auge der liebliche Anblick

Sidonies und mit welcher Anstrengung sie in Perditas guter Stube die *Schnellpost* über diese Frau studiert hatte.

*

Sie wünschte, sie hätte sich den zweistündigen Fußmarsch vom Mühlenberg durch die schlafenden Vorstädte zum Schwarzen Adler auferlegen können wie eine Buße. Seltsam, wie oft sie in der letzten Zeit meinte, bedauern zu müssen, dass sie ein so wenig religiöser Mensch war. Sie hätte Abbitte leisten wollen. Wegen ihrer Tat, den Lügen. Gegenüber ihrem Vater, der ein so freudiges Verständnis dafür gezeigt hatte, dass sie einer unaufschiebbaren Verabredung mit Finlay den Vorzug vor Paganini geben musste, gegenüber Elsa, deren Ratschläge so wehmütig gewesen waren, dass sie sich zum ersten Mal seit Langem als ihre jüngere Schwester gefühlt hatte. Gegenüber Finlay vor allem, von dem sie sich kaum vorzustellen wagte, was alles er, sorgenvoll und enttäuscht, vermutet haben mochte.

Die Wirtin des Gasthauses war kaum bereit, sie einzulassen, als sie kurz nach Mitternacht die Glocke läutete. Misstrauisch lugte sie unter ihrer Nachthaube hervor und befingerte das Ende ihres über dem üppigen Busen herabhängenden Zopfes. Erst als Helene sich als Hebamme der Charité vorstellte, die Doktor Finlay Gordon eine wichtige Mitteilung über die Ausbreitung des Kindbettfiebers zu überbringen habe, öffnete sie ihr widerstrebend und führte sie zum Zimmer des schottischen Arztes.

Seitdem stand Helene am Fenster und sah hinaus auf die Gasse, an deren Ende die Nikolaikirche ins Dunkel ragte. Hinter ihr auf dem Tisch brannte eine Kerze nieder. Sehr wohl hatte sie den Brief gesehen, den vermutlich die Wirtin gegen einen Stapel Bücher gelehnt hatte, damit der Doktor ihn bei seiner Rückkehr gleich vorfinden würde.

Sie setzte sich auf den einzigen Stuhl und stand wieder auf. Sie wollte nicht in der Nähe seines Bettes sitzen. Sie wartete nun schon seit einer Stunde und befand, dass es Zeit war zu gehen, denn letztlich war ohne jeden Anstand, was sie hier tat.

Kaum, dass sie entschieden hatte, alles auf sich beruhen zu lassen, weil ihr für alles andere plötzlich die Kraft fehlte, nahm sie im Vorübergehen den Brief auf und hielt ihn gegen das Licht.

Gerade, als sich die Tür öffnete, las sie den Absender, der quer über die linke Vorderseite des Kuverts geschrieben war.

»Ein Brief von Mrs. Finlay Gordon aus London«, sagte sie.

Wie blass Finlay doch war.

»Ich wollte mit Ihnen darüber sprechen«, sagte er.

Helene lehnte den Brief zurück an die Bücher.

»Ich glaube nicht, dass dies noch nötig ist«, entgegnete sie, und als sie an ihm vorbei zur Tür ging, stocksteif, ohne ihn anzublicken, hoffte sie von ganzem Herzen, dass er nicht bemerken würde, wie unendlich schwer es ihr fiel.

Zehn

NOVEMBER WEITERHIN

Schaudernd faltete Hersilie die Zeitung zusammen. Ihr war jeglicher Appetit vergangen. Der Anblick besonders der roten Konfitüren auf dem silbernen Frühstückstablett verursachte ihr Übelkeit. Sie fröstelte, obwohl sie den neu angeschafften gusseisernen Säulenofen, ein reich verziertes Stück auf Löwentatzen, unausgesetzt hatte befeuern lassen. Es störte sie nicht, wenn der Hausdiener selbst weit nach Mitternacht ihr Zimmer beschlich, um noch einmal Holz nachzulegen, denn ihr Schlaf war stets wie der einer Toten. (Die Klagen anderer Damen ihres Alters nahm sie immer mit einer gewissen Verständnislosigkeit zur Kenntnis.)

Doch nach dem, was sie gerade in der *Vossischen* hatte lesen müssen, der sie an diesem Morgen ausnahmsweise den Vorzug vor der *Schnellpost* gegeben hatte, glaubte sie, nie wieder die Augen schließen zu können, ohne blutrünstige Bilder vor sich zu sehen.

Hersilie schüttelte sich unter einem erneuten Schauder und klingelte nach Eveline. Wie war es nur möglich! Da ging eine Bestie von Mensch in den dunklen Winkeln Berlins herum und tat Frauen die grauenhaftesten Dinge an! Niemand hielt ihn auf! Die Polizei fand nichts und niemanden, das war nicht zu glauben! Dann verlieh man ihm auch noch diesen Namen wie eine Auszeichnung und nannte ihn den Engelmacher! Darauf konnten tatsächlich nur Männer kommen.

Und doch waren es auch Männer, außergewöhnliche, ja sanfte Charaktere wie Professor Clemens Heuser, die sich mit den unberechenbaren Gesetzen von Leben und Tod in einer gänzlich anderen Weise befassten. Helfend und heilend, den Wissenschaften mit Haut und Haar verschrieben, sodass sie für die heiteren, genussvollen Seiten des menschlichen Daseins so beklagenswert wenig Zeit übrig hatten.

Hersilie hielt inne, als sie bemerkte, dass sie damit begonnen hatte, das Frühstücksgeschirr zusammenzustellen. Sie war es einfach nicht gewohnt, ihre Gedanken in derart tiefgründige Gefilde abgleiten zu lassen. Nein wirklich, es ließ sie die seltsamsten Dinge tun. Vollkommen unverständlich war ihr, dass sich dieses irritierende Wesen Helene, Elsas Schwester, mit all jenen unappetitlichen Dingen bereitwillig konfrontierte. Wie konnte sich nur überhaupt ein Mensch aus freien Stücken diesen brutalen Berufen zuwenden? Obwohl, das sah selbst Hersilie in ihrem aufgewühlten Gemütszustand ein, es in der Tat fatal wäre, wenn nun niemand dies täte. Sie wollte sich wahrhaftig nicht vorstellen, was Helene Heuser davon abgehalten haben mochte, Paganinis Gastspiel zu verpassen. Ob sie womöglich eine dieser unglücklichen Frauen hatte sterben sehen?

Die Uhr auf der Kommode zwischen den Fenstern schlug die elfte vormittägliche Stunde. Spitzer Regen schlug gegen die Scheiben. Erneut klingelte sie nach Eveline. Alles an diesem Morgen sprach dafür, schon jetzt so etwas wie einen Sherrypunsch zu trinken, damit ihre verkühlte Seele sich daran erwärmen könnte.

Paganini und wie er sie alle mit seinem Spiel in den Grund gesegelt hatte, war für Hersilie momentan beinahe vergessen. Allein das Wiedersehen mit Moritz von Vredow, diesem ganz und gar hinreißenden Menschen, flutete ihr romantisches Gemüt, eben als Eveline das Zimmer betrat, das Frühstückstablett entfernte und den Wunsch ihrer Brotherrin nach einem in Teilen geistigen Getränk entgegennahm, wobei sie es sich verkniff, mindestens eine, wenn nicht beide Brauen hochschnellen zu lassen und womöglich auch noch die Augen zu verdrehen. Hersilie erkannte dergleichen immer, gleichgültig ob man sie in Gedanken, schläfrig oder echauffiert wähnte.

Nachdem das Mädchen gegangen war, angelte Hersilie mit dem linken ihrer dicklichen Puttenfüße unter dem Tisch nach dem entglittenen Seidenpantoffel.

Sie seufzte.

Dieser Mann. Wie er das Kind anbetete, wie er es vergötterte! Konnte das gutmachen, was sich ebenso unschicklich wie heimlich zwischen ihnen ereignete? Warum nur hatte er Elsa nicht längst die Ehe angetragen? Warum mussten sie in heimlichen Treffen mit ihrer zügellosen Leidenschaft zueinanderfinden? Warum setzte er sie der Gefahr aus, in Schande zu geraten? Sollte ihm tatsächlich zuzutrauen sein, dass er es ablehnte, unter seinem Stand zu heiraten? Beim Adel konnte man nie wissen, wie sehr sich seine komplizierten *reglements* im Einzelnen auswirken würden. Man brauchte sich nur zu erinnern, was dem zweitgeborenen Prinzen angetan worden war, der die Frau seines Herzens nicht hatte heiraten dürfen, Eliza Radziwill. Diese armen Menschen! Ganz Berlin hatte mit ihnen gelitten.

Hersilie stand auf und zog den samtenen Morgenmantel vor der Brust zusammen. Nach dem, was sie gestern beim Diner im Hotel de Rome beobachtet hatte, konnte es allerdings auch an Elsa liegen, dass die Dinge so standen, wie sie lagen. Dass von einer Heirat keine Rede war, hatte seine Gründe möglicherweise auch in Elsas unbedingter Liebe zur Schauspielerei.

Ob sich das Kind darüber mit Malvine von Homberg überworfen hatte? Sosehr Hersilie es gefiel, die Stellung der Marburgerin als Vertraute einzunehmen, so brachte doch die ungewohnte Bürde der Verantwortung sie dazu, einige entscheidende Dinge gegeneinander abzuwägen. Vielleicht sollte sie dem Professor nahelegen, sein Augenmerk vermehrt auf die Geschicke seiner älteren Tochter zu legen, wobei sie ihm alle Unterstützung anbieten würde, die ihm mit dem Tod seiner lieben Frau abhandengekommen sein musste. Sie wich vor dem peitschenden Regen zurück, als könnte er durch das geschlossene Fenster dringen. Und ja, vermutlich musste sie so weit gehen, ihm zu raten, das Gespräch mit Moritz von Vredow zu suchen, bevor das Kind sich ins Unglück stürzen würde.

*

Elsa liebte es, bei gründlich schlechtem Wetter im Bett zu bleiben. Sie würde es noch mindestens eine Stunde behaglich haben, bevor sie ins Theater musste. Der Intendant stellte heute dem König den Spielplan vor und würde dem Ensemble das Ergebnis mitteilen. Sie erwartete große Neuigkeiten. Genüsslich schmiegte sie sich in die dicken Daunenkissen. Aufregung durchlief sie wohlig und wärmend, obwohl sie sich nicht so ganz zu erklären wusste, woher ihr Optimismus rührte. Sie sprach es einem sicheren Instinkt zu, den sie in den Theaterjahren entwickelt hatte.

Zunehmend hatte sie sich von den anderen Schauspielern absentiert. Ihre Stellung im Ensemble war seit ihrem Hosenrollen-Auftritt im Palais von bescheidener Prominenz. Seit sie mit Wilhelm Ludwig verbunden war, im Grunde jedoch bereits nach dem Verschwinden der kleinen Habermann, fühlte sie sich in einer gewissen Isolation von den anderen wohler, wenn es auch dazu führte, dass man ihr wohl inzwischen eine gewisse Borniertheit unterstellte. Und wenn schon. Die Stich, mit ihren derzeit überhandnehmenden Gastspielen an den vorzüglichsten Hoftheatern, zeichnete sich durch ebenso viel Talent wie Unbeliebtheit im Ensemble aus. Also wähnte Elsa sich in bester Gesellschaft, zumal die Stich ihr mit ihrer eifersüchtigen Attacke das überzeugendste aller möglichen Komplimente gemacht hatte.

Leise knackte das Holz im Ofen, und das Räucherpulver auf dem Ofenrohr verbreitete seinen freundlichen Duft nach Sandelholz, Zimt und Nelken. Die Vorboten des Winters empfand Elsa heute als überaus anregend. Sie dachte an den voluminösen schwarzen Pelz, in den man Paganini am Ende seines Konzerts nahezu versenkt hatte. Nach dem finalen Bogenstrich war der dünne Mann kraftlos auf einem Stuhl zusammengesunken, plötzlich und vollkommen verlassen von jeglichem Feuer.

Diesen Moment hatte Elsa genutzt, um ihrem Platz zu entfliehen, ohne die königliche Loge auch nur eines letzten Blickes zu würdigen. Wie sehr hatte es ihr davor gegraut, dem König und seiner Entourage beim Verlassen der Oper zusehen zu müssen. Und dann spielte das Schicksal ihr dieses aufwühlende Szenario zu, das sie sich besser nicht hätte ausdenken können.

Als das Publikum im Opernsaal in tosenden Jubel ausbrach und sich überrennend zur Bühne drängte – wobei Hersilies Kopfputz bei dieser Gelegenheit empfindlichen Schaden nahm –, stand sie, Elsa, längst bebend mit Moritz im Foyer, unendlich überrascht von der Wucht ihres Empfindens.

Ob es möglich war, zwei Männer zu lieben?

»Demoiselle?«

Eveline, die wie üblich das Zimmer gleichzeitig mit dem Klopfen betrat, deutete den verklärten Blick als klares Signal, Elsas Tagträume nicht zu stören, stellte das Tablett mit heißer Schokolade in Reichweite ab und verzichtete ihrerseits auf einen Knicks, bevor sie wortlos verschwand.

Genussvoll nahm Elsa ihr liebstes Getränk in kleinen Schlucken, denn niemals würde sie so unachtsam sein, sich an etwas Heißem die Lippen zu verbrennen, und dachte weiter an die bittersüßen Momente des vergangenen Abends.

Umflutet vom enthusiasmierten Publikum, hatte sie mit Moritz auf ihren Vater und seine Begleiter gewartet, durch eine scheue Konversation stolpernd, ihre Blicke ausweichend und doch hilflos zueinanderfindend, keine Spur von Koketterie, wahrhaftig atemlos. Als das königliche Gefolge an ihnen vorbeischwemmte und die Aufmerksamkeit aller auf sich zog, vermeldete Elsas Intuition zuverlässig, dass sie mit Moritz von den entscheidenden Personen gesehen worden war.

Auf das Fehlen der Fürstin machte erst Hersilie beim Abendessen im Hotel de Rome mit lang anhaltenden Spekulationen aufmerksam. Allerdings wollte man vielmehr über Paganini sprechen, und Elsas Vater im Besonderen war daran interessiert, die Eindrücke des Moritz von Vredow zu hören, den er eingeladen hatte, mit ihnen den Rest des so beeindruckenden Abends zu verbringen.

Wie sehr die beiden Männer auf Anhieb eine so offensichtliche Sympathie füreinander hegten, berührte Elsa merkwürdig, fast machte es ihr Angst. Wenn es Moritz nun ermunterte, bei Clemens um ihre Hand anzuhalten? Denn dass er noch immer den Wunsch hegte, sie zu seiner Frau zu machen, daran hatte der gestrige Abend nicht den geringsten Zweifel gelassen. Es war so leicht, in seiner Miene alles, was er fühlte, abzulesen, und sie bewunderte ihn dafür, dass er sich dessen nicht im Geringsten schämte.

Als Moritz sich verabschiedet hatte – er tat dies, noch bevor die Tafel sich endgültig auflöste, was sie jedem anderen als klugen Zug ausgelegt hätte, nur ihm nicht, der sich vermutlich nur davor schützen wollte, das Angebot, sie nach Hause zu geleiten, abgelehnt zu sehen –, als Moritz also ging, hatte Clemens ihm nachblickend zärtlich ihre Hand gedrückt, als wolle er seine Tochter beglückwünschen.

Glücklicherweise war ihm entgangen, dass Hersilie ihre neugierigen Augen nicht von Moritz hatte lassen können, während sie sich eine Menge Fragen zu stellen schien, die sie seitdem noch immer unbeantwortet mit sich herumschleppte. Sie musste sich einiges zurechtlegen, bis sie damit herausrücken würde.

Elsa betrachtete die Schokoladenschicht am Tassenboden und tastete nach dem Klingelzug. Sie hatte unbedingt Lust auf eine weitere Tasse heißen Kakaos.

Die Abwesenheit der Fürstin war dann in den Boudoirs des Hotel de Rome besprochen worden. Beim Pudern der Nasen hieß es, die junge Frau des Königs hatte es nach einem Treffen in Paretz mit einer durchreisenden Freundin aus Dresden nicht übers Herz gebracht, sie unbegleitet ziehen zu lassen, als diese von einer plötzlichen Übelkeit befallen war, unter der sie mit den fürchterlichsten Affekten sehr zu leiden hatte. Aus erster, offenbar schnell sprudelnder Quelle wusste man, sie habe die geschwächte Freundin mit dem Wagen bis nach Wusterhausen begleitet, wo die Eltern der namentlich Unbekannten, bei der es sich dem Anschein nach um eine Baroness handelte, sie in Empfang nahmen. Der König sei über die eigenmächtige Entscheidung der Fürstin äußerst verstimmt gewesen. Nur der Liebreiz der Braut seines zweitgeborenen Sohnes, der Prinzessin aus Weimar, hatte ihn besänftigen können.

Unwillig sah Elsa auf, als sich unerwartet die Tür öffnete. Dieses Mal hatte Eveline nicht einmal angeklopft.

»Ihre Schwester, Demoiselle«, sagte sie.

Ihr betroffener Ton war nicht unbegründet, denn Helene, übernächtigt und vollkommen durchnässt mit schlammigen Säumen und Schuhen, wirkte verloren wie ein aus dem Nest gefallener Vogel.

Elsa sprang aus dem Bett. Sie schickte Eveline nach jeder Menge heißer Schokolade und Hoffmann'schen Tropfen. Ihre kleine Schwester stand herum wie eine Schneiderpuppe. Entschlossen drückte Elsa sie auf das Bett nieder, nahm ihr den tropfenden Hut ab, befreite sie aus dem nassen Mantel, den Schnürstiefeln, dem durch und durch klammen Kleid. Sie umhüllte sie mit dem Federbett und kramte nach gestrickten Socken. Während sie noch am Boden kniete und ihr die Strümpfe an die kalten Füße zog, löste sich Helenes Starre und wich einem stummen Tränenstrom.

»Finlay ist verheiratet«, sagte sie leise. »Seltsam, nicht? Dass ich ihn so gründlich missverstanden habe, hätte ich nicht gedacht.«

»Ich auch nicht.« Elsa war ehrlich überrascht. »Nie im Leben, nein, wirklich nicht. Er wirkte so ganz und gar ... aufrichtig.«

Sie hatte genauestens vor Augen, wie Finlay Helene während ihrer Unterhaltung in Hähnleins Salon angesehen hatte.

Aufmerksam, interessiert, so unendlich erfreut.

»Er war begeistert von dir«, sagte Elsa.

Das herzzerreißende Schluchzen ihrer Schwester ließ sie ihren eigenen, diffusen Schmerz fühlen.

»Und ich war begeistert von ihm«, flüsterte Helene. »Ich fühlte mich frei in seiner Gegenwart – kannst du verstehen, was ich meine? Ich glaubte wahrhaftig, ich sei einem Menschen, ja erstaunlicherweise einem Mann begegnet, der zu mir passt, dem ich mich nicht erklären muss, der mich sieht, wie ich bin, und der mich nicht würde ändern wollen.«

Elsa fühlte sich plötzlich selbst ganz verweint. Niemals hätte sie erwartet, dass ihre Schwester ausgerechnet in Herzensdingen die richtigen Worte für sie beide finden würde. Sie setzte sich neben Helene aufs Bett, zog sie an sich, strich ihr die Haare aus dem erhitzten Gesicht und umfasste ihren Nacken, wie sie es einmal bei einer Mutter beobachtet hatte, die ihr Kind tröstete.

»Ich habe wohl nur gesehen, was ich sehen wollte«, sagte Helene.

»Jetzt fühlst du wieder mit dem Kopf und denkst mit dem Herzen«, sagte Elsa, während Eveline mit dem Kakao ins Zimmer huschte. »Aber damit wirst du der Sache nicht auf den Grund kommen, kleine Schwester.«

Erst als das Mädchen gegangen war, sagte Elsa: »Erzähl mir genau, was passiert ist.«

Helene ließ sich die heiße Schokolade einflößen und erzählte von ihrer seltsam kurzen Begegnung mit Finlay in einem Berliner Gasthof, bis sie sich schließlich neben Elsa zusammenrollte, die ihr eine weitere Decke überlegte.

Tatsächlich waren Elsa bestimmte vage Details in Helenes lückenhaftem Bericht nicht aufgefallen. Während sie ihrer Schwester zuhörte, hatten sich schon längst eine Menge anderer Gedanken selbstständig gemacht. Diese ominöse Freundin der Fürstin aus Dresden ... die offenbar unangekündigte und damit außergewöhnliche Stippvisite jener Frau in Paretz ... diese plötzliche, so dramatische Indisponiertheit, die nicht zuließ, dass sie alleine weiterreiste ... Warum hatte sie sich nicht auf dem königlichen Landsitz auskurieren können? Klang das nicht alles nach einer nur leidlich gelungenen Inszenierung? Ob dies nicht doch bedeuten könnte, was ihr schon einmal wie ein Kugelblitz durch den Kopf, ja nahezu durch ihr Innerstes geschossen war?

Ob es die Fürstin selbst war, die Hilfe benötigt hatte? Aber nein, ein solcher Verdacht war zu ungeheuerlich! Und müsste, wenn es sich doch so verhielte, nicht ihre Hofdame davon wissen? Fräulein von Helmer, so viel war sicher, würde selbst unter Folter schweigen. Doch was war mit der Zofe?

Elsa biss sich auf die Unterlippe, um ihre fieberhaften Gedanken nicht laut werden zu lassen. Sie könnte dem Mädchen ein Theaterbillett zukommen lassen, das die Einladung zu einem Besuch in ihrer Garderobe einschloss. Eine gute

Idee. Sie würde den freundlichen Camerier Timm zurate ziehen, wie sie dem Mädchen eine Freude machen könnte, ohne jemanden zu düpieren.

»Du hast Finlay in seinem Gasthof aufgesucht. Mitten in der Nacht.« Elsa flüsterte jetzt. »Ich schließe daraus, dass mit unserer unbekannten Freundin geschehen ist, was geschehen musste?«

»Es ist ein Junge«, sagte Helene schläfrig. »Du könntest dir einen Namen ausdenken.«

Wie wäre es mit Wilhelm Ludwig?, dachte Elsa, doch es gelang ihr gerade noch, sich zu beherrschen.

Als Helene in ihren Armen noch ein letztes Mal zusammenzuckte, bevor der Schlaf sie umfing, kam ihr unerwartet die schwarze Frau aus dem Hotel de Rome in Erinnerung, mit einer verstörenden Heftigkeit, als stünde sie wahrhaftig im Zimmer. Die gewaltige Rüschenfülle ihres violetten Kleides hatte Elsa beinahe gestreift, als sie ihr auf dem Weg zum Boudoir zwischen den Tischen entgegenkam. Sie hatte der Afrikanerin einen halben Schritt ausweichen müssen, nicht etwa umgekehrt, und sie hatte sich zwingen müssen, sie nicht anzustarren. Und doch waren ihre einige exotische Details im Gedächtnis geblieben, das krause, mit Bändern in ein aberwitziges Geflecht getürmte Haar, der Schimmer ihrer fast schwarzen Haut, auf der die zierliche Goldkette mit dem winzigen Kreuzanhänger beeindruckender wirkte als jedes noch so glitzernde Geschmeide am Hals einer anderen Frau.

Elsa hatte die Afrikanerin mit einem Lächeln passieren lassen, um keinesfalls provinziell zu wirken. Und da hatte sie diesen Satz gesagt: »Es ist kein Zufall, dass wir uns begegnen, *ma sœur*.«

Sie versuchte sich ihrer Wahrnehmung dieser Begebenheit genau zu erinnern. Hätte die dunkle Melodie der Stimme sie beunruhigen müssen?

Elsa ließ sich neben Helene in die Kissen fallen. Ihrer Frage beschied sie ein entschiedenes Nein.

*

Die Welten, in die er sich zunehmend begab, waren sehr fremde. Es kam ihm vor, als hätte die Erinnerung an Sophie Lange und das tote Reh auf der Lichtung ihm unversehens eine kleine, versteckte Tür zum Paradies aufgestoßen, die er nur mithilfe des Laudanums wiederfinden konnte.

Und er wollte sie so gern wiederfinden, jeden Tag. In erstaunlich farbigen Gemälden, die sich aus Erinnerungen wie fliegende Wolken an einem windigen Himmel zusammenfügten, begegnete er allem, was ihn jemals erfreut, verängstigt und glücklich gemacht hatte. Luise, seine Königin, glitt beinahe beiläufig durch die Kulissen seiner Fantasie. Stets schien sie heiter und dabei so unendlich milde, dass es auf ihn übergriff und ihn erstaunlich weich stimmte. Zuweilen konnte ihm alles gleichgültig sein. Dann schien seine Seele aufzuatmen, wie von einer schweren Last befreit.

Wenn sein Gemüt derart leicht war, dann glaubte er selbst daran, sich aus reinem Zufall im Schwibbogen aufzuhalten. Mit den Händen auf dem Rücken, da er den Stock derzeit kaum mehr benötigte, schritt er die Bibliothek des Königs ab, wobei er zuweilen den Kopf neigte, um die goldgeprägten Namen bedeutender Männer auf den ledernen Buchrücken zu entziffern.

Fast freute es ihn, als er aufsah und Fräulein von Helmer kommen sah. Sie trug Mantel und Hut. Vor ihrer ranken Körpermitte schwang ein weißer Pelzmuff im Takt ihrer eiligen Schritte. Wie eine winterliche Elfe schwebte sie ihm entgegen, leider auch an ihm vorbei, freundlich, sehr freundlich grüßend, mit einem heute so unschuldigen Lächeln.

Warum wählte sie den Umweg über das königliche Palais, wenn sie in äußeren Angelegenheiten unterwegs war? Das Laudanum machte es ihm leicht, ihr in einem angemessenen Abstand zu folgen.

Leichtfüßig lief er dem Fräulein hinterher, über die Gänge und Treppen, an den Wachen vorbei, hinaus auf die Straße. Er brauchte keinen Mantel. Er spürte weder Kälte noch Regen, während er ihr unter den kahlen Linden nachging, er spürte auch die Blicke der Flaneure nicht. Er sah nur Fräulein von Helmers zierliche Gestalt von hinten, ihren anmutig ausschreitenden Gang, so zielstrebig.

Gemeinsam mit ihr überquerte er den Gendarmenmarkt. Sie wollte bei Tage zum Schauspielhaus. Sie betrat es durch den Eingang der Theaterarbeiter auf der Seite zur Französischen Kirche. Zu schnell plötzlich. Er fand die Tür verschlossen.

Und da war es wieder. Das Schwarze. Das Böse.

Es konnte sich immer Raum verschaffen.

Hässlich wie eine Schlange, die ihren schuppigen Schädel hob, erwachte die tiefste seiner Überzeugungen zu neuem Leben. Sein Herz geriet mit einem Schlag in Erregung. Jede Tat, jeder Weg, das gänzliche Dasein Fräulein von Helmers diente allein einer einzigen Person. Die Kreatur befand sich in Paretz. Seine Hände zitterten. Wieso dachte er erst jetzt daran? Von Helmer überbrachte in Berlin weiter ihre Nachrichten.

Er stand unter Spannung wie der Schnapphahn einer geladenen Pistole. Sein verhasster Körper strafte ihn schlagartig mit Schmerz. Er hatte den Stock nicht bei sich, musste an den Mauern des Schauspielhauses Halt suchen, um sich davonzumachen, Schritt für Schritt.

Er fror. Er war wieder ganz der Alte.

Er würde sie töten. Gleichgültig, ob es ihm gelingen sollte, die Wahrheit über sie herauszufinden. Auch wenn er sie damit unsterblich machte.

*

Das achte Opfer des Engelmachers, eine zweiundzwanzigjährige Putzmacherin, bei deren Dienstherrin die Huren der Krausenstraße zur Kundschaft gehörten, hieß Odette Rehfeld. Das siebente, eine Prostituierte aus der Umgebung des Petri-Platzes, war in der Poliklinik der Königlichen Universität gestorben. Der junge Siebold hatte die Kollegen in der Charité umgehend darüber in Kenntnis gesetzt.

Der Mann, über dessen Taten sich inzwischen die ganze Stadt erregte, zog jetzt größere Kreise und mied die Königsmauer, trotzdem musste man sich wundern, dass er noch immer Opfer fand.

Blunck hatte sich, informiert durch die Polizeibehörde, auserbeten, bei der Obduktion Odette Rehfelds anwesend zu sein. Er hatte neben dem Anatomiediener, vor allem jedoch an der Seite Professor Heusers, Stellung bezogen und warf Helene, die ihm gegenüber neben Novak und Hähnlein stand, einen nachdenklichen Blick zu, dem sie ratlos standhielt.

Dem Beispiel des Anatomiedieners folgend, trugen sie alle – bis auf Blunck, der es abgelehnt hatte – Leintücher über

Mund und Nase gebunden, die zuvor auf Anraten des Apothekers Klemm mit Rosmarinöl beträufelt worden waren. In Anbetracht der allgemein bekannten Tatsache, dass die Sektionsgehilfen des Anatomischen Theaters wegen des unerträglichen Leichengeruchs fortwährend betrunken zu Werke gingen, lobte man den Einfallsreichtum des eigenen Kandidaten. Seine Erfindung empfahl sich besonders, da die Leiche der armen Odette erst zahlreiche Tage nach ihrem einsamen Tod gefunden worden war. Die ungeheizte Schlafkammer ihrer Unterkunft hatte sie in der Novemberkälte leidlich konserviert, bis ihre Lohnherrin, aufgebracht wegen all der unvollendeten Hüte, nach ihr suchen ließ. Inzwischen war nahezu alles an Odette in Fäulnis übergegangen.

Der Anatomiediener, seit Kurzem in den Stand eines Prosektors gesetzt, was ihn ermächtigte, die Leichen ohne Aufsicht für die Sektion vorzubereiten, hatte wie gewohnt gute Arbeit geleistet. Um den Ärzten eine möglichst reine Sicht auf das entscheidende Detail zu verschaffen, hatte er mit vollkommenster Akribie den Darm und die für heute unwesentlichen Beckenorgane entnommen. Von Bindegewebe und Muskelresten gesäubert, warteten sie auf eine weitere Präparation, möglicherweise mit Rosshaar und Werg, denn hinsichtlich dessen, was ihnen bei den Leichenöffnungen der Kindbettfiebertoten unter die Augen gekommen war, hatten die Gelehrten eine vergleichende Demonstration von Fäulnisprozessen in Betracht gezogen.

Clemens, der die Beförderung des talentierten Mannes empfohlen hatte, verließ sich blind auf ihn, und dies ermöglichte dem Schicksal, die Bühne zu betreten – falls man so bezeichnen wollte, was im Folgenden vor aller Augen und doch unbeobachtet vor sich ging. Das Skalpell, nach dem

Clemens griff, ohne aufzusehen, lag verkehrt herum, sodass er den haarfeinen Schnitt im Mittelfinger seiner rechten Hand nicht bemerkte. Ebenso wenig taten es die anderen, die ihre Blicke auf den malträtierten Uterus Odette Rehfelds gerichtet hatten.

Auch Helene war nicht das Geringste aufgefallen, denn sie war damit beschäftigt, Bluncks Mienenspiel zu beobachten. Die Wut in seinem hageren Gesicht bestärkte sie in ihrem Vorhaben, das Gespräch mit ihm zu suchen, auch wenn sie nicht die geringste Ahnung hatte, wohin es führen sollte. Es war so viel, von dem sie sich ablenken wollte. An Finlay zu denken verbot sie sich schon im leisesten Anflug, wobei ihr zugutekam, dass sie ein disziplinierter Mensch war.

Vor allen anderen verließ sie das Totenhaus und wartete bei den Brunnen, bis sie Blunck in seinem unvergleichlich voranstürzenden Gang über den Hof eilen sah. Stets wirkte der Forensiker, als wolle er die Gesellschaft seiner Mitmenschen fliehen, den Blick zu Boden gerichtet, während eine steile Falte zwischen den Brauen signalisierte, dass er in seinen düsteren Gedanken keinesfalls gestört werden wollte.

Trotzdem blieb er stehen, als sie ihm entgegentrat.

»Was gibt's, Heuser?«, sagte er. »Ich höre, Sie haben eine unserer Freundinnen der Öffentlichkeit entzogen.«

»Sie ist als Amme verdingt, es geht ihr gut.«

»Gefallen Sie sich nicht zu sehr darin, eine edle Tat vollbracht zu haben.«

»Ich weiß um meine Verpflichtung.«

»Das glaube ich Ihnen sogar.«

Er war schon wieder auf dem Sprung, lief los, schnell, mit langen Schritten. Sie blieb an seiner Seite, während die kalte Luft in ihre Lungen stach.

»Erfahren Sie etwas von den Frauen an der Königsmauer?«, fragte sie atemlos. »Erzählen sie Ihnen etwas? Warum warnen sie einander nicht vor diesem Menschen? Warum liefert sich ihm eine nach der anderen aus? Sie müssen doch wissen, welches Risiko sie eingehen.«

»Jeder Tag im Leben einer Prostituierten ist ein verdammtes Risiko, Heuser.«

»Ich weiß.«

Blunck gab ein seltsames Geräusch von sich. Er lachte.

»Nein, Heuser, das wissen Sie nicht. Eine Hure setzt sich täglich der Gefahr aus, an einen brutalen Freier, die Syphilis oder andere venerische Krankheiten zu geraten. Sie riskiert, von der Polizei-Patrouille aufgegriffen zu werden, weil sie ihr Gewerbe, eine Ansteckung oder ihre Schwangerschaft nicht gemeldet hat. Sie kann jederzeit von einem Luden windelweich geprügelt, vergewaltigt und um ihren Lohn gebracht werden. Eigentlich steht sie immerzu mit einem Bein im Zuchthaus oder im Grab.«

Er wandte ihr sein zerfurchtes Gesicht zu. Die Augenklappe war ein Mahnmal seines andauernden Zorns.

»Was also, Fräulein Heuser, sollte diese Frauen noch schrecken? Am ehesten ein Kind, das ihnen nichts als ein Klotz am Bein ist. Weil es ihnen das Geschäft verdirbt, mit dem sie sich verdammt noch mal selbst durchzubringen haben.«

Sie erreichten die Straße. Mit dem Kopf deutete Blunck zum Gebäude der Charité, über dem sich steingraue Wolken türmten.

»Müssen Sie nicht Ihren Dienst antreten?«

Sein Blick war jetzt beinahe freundlich.

Helene schüttelte den Kopf. Sie konnte ihn nicht länger ansehen, so heftig war der Drang, ihm alles bis ins Letzte anzuvertrauen. Sie hatte nicht die geringste Angst davor, dass er sie missverstehen könnte.

»Ich höre mich um, Heuser, glauben Sie mir«, sagte er leise. »Bislang bin ich auf zwei Frauen getroffen, die das Ganze überlebt haben, sie ließen sich von mir behandeln, weil ich sie nicht gezwungen habe zu reden, womit ich gegen eine verdammte Reihe von Paragrafen verstoßen habe. Sie wissen so gut wie ich, welche Strafen auf Abort und Kindsmord stehen. Ich vermute, es gibt noch mehr heimliche Überlebende, an denen dieser Mann mit mehr Sorgfalt oder einfach nur ungestörter vorgehen konnte.«

Der Gedanke an Elsa jagte Helene den Puls hoch.

»Man müsste ihn in flagranti erwischen«, sagte sie.

»Wir haben nicht die geringste Ahnung, wie der Mann aussieht, geschweige denn eine Idee von den Orten, wo er seine Traktionen vornimmt. Irgendetwas muss geschehen, damit nur eine der Frauen redet. Wenn ich nur wüsste, was.«

Grußlos wie immer ging er davon. Der Wind griff unter die Schöße seines Mantels. Blunck sah aus wie ein großer Rabe, der jeden Moment in den Himmel stoßen würde.

*

Frido,
kann sein, es ist ein feler ein Groskotz wie dir zu vertraun, aber vile Möglichkeitn hab ich nich. Was die Negerin jesagt hat ist war jeworden mit den zwei Kindern, nur eins is nich von mir, mehr will ich dazu nich sagen, aber Zelestin will ich was fragen und dich will ich bitten sie hirher zu mein kleines Haus zu

bringen. Jetzt sieh zu, was du machn willst weil ich dir nemlich nichts vasprechn werd.

Kann sein, ich bin bocksdemlich aber fileicht ebn auch nich.

Sidonie

*

In einer Nottaufe am Tag nach seiner Geburt hatten sie dem kleinen Jungen den russischen Namen Petja gegeben. »An der Königsmauer begegnet man der halben Welt«, hatte Sidonie gesagt, deshalb kannte sie viele exotische Namen. Beruhigend war, dass er die Brust nahm, verlässlich gut trank und nichts erbrach.

Helene hatte kaum Zeit gefunden, nach Sidonie und den Kindern zu sehen, zumal sie die Wege immer zu Fuß zurücklegen musste. Genau genommen, und das wurde ihr mit einem gewissen Schrecken klar, während sie eilig die geräuschvolle Abteilung der Irren passierte, war sie erst zweimal wieder am Mühlenberg gewesen. Doch nun schien das Kindbettfieber in der Charité gebannt. Nachdem von vierundzwanzig Erkrankten siebzehn gestorben waren, der Rest geheilt und bei vieren die Entstehung der Krankheit verhindert werden konnte, kam die herbstliche Epidemie des Jahres 1828 zu einem Ende. Studenten wie Hebammenschülerinnen waren wieder zum klinischen Unterricht zugelassen, und auch Helene hatte in diesen Tagen wieder damit begonnen, die privaten Kurse bei ihren Lehrern aufzunehmen.

Sie hoffte und glaubte doch sicher, dass Sidonie befolgen würde, was sie ihr in großer Kinderschrift zu Papier gebracht hatte.

»Mir ist verdammich schauderös wegen der Verantwortlichkeiten«, hatte Sidonie gemurmelt, während sie mit dem Zeigefinger unter den Zeilen entlanggefahren war. »Wenn er mir nun unter den Händen wegstirbt, der Kleine, nie könnte ich mir das verzeihen.«

Ihr Blick war zur Leintuchschaukel und dann zur Wiege gewandert. Beide Kinder hatten ausnahmsweise gleichzeitig geschlafen.

»Und seine Mutter auch nicht, würde ich wetten.«

»Du machst dir zu viele Sorgen«, sagte Helene. »Die Verantwortung liegt allein bei mir.« Sie dachte an Blunck. Ihr fiel auf, dass sie sich wiederholte.

»Und der Zufall ist 'ne Kellerklappe.«

Es war dies eine von Sidonies seltsamen Äußerungen, die sie zu bemerkenswerten Zeitpunkten von sich zu geben wusste, was Helene der Tatsache zuschrieb, dass ihre Wahrnehmung durch gewisse Rauheiten des Lebens ausnehmend gut geschult war.

Hoffentlich würde der Nabel des Jungen mithilfe des Eibischwassers gut abheilen. Sidonie vermochte die Kompressen eigenständig zu wechseln, seit Helene sie es bei der kleinen Nelly hatte verrichten lassen. Gegen die anhaltend kränkliche Blässe des Kindes würde sie ihr Kräuter für aromatische Bäder bringen, reines Magnesia konnte nicht schaden und Calomel, von dem das feingliedrige Geschöpf morgens und abends ein Gran erhalten sollte.

Rosalie Klemm war allein in der Apotheke, doch als Helene dies bemerkte, war es zu spät, und zunächst schien es, als würde sie nicht wieder anfangen von ihrer Sache.

Während sie die getrockneten Kräuter mischte, plauderte Rosalie über das Wetter, beim Abwiegen des Calomels berichtete sie von einer neuen Methode, die Irren mit Eisbädern zu behandeln, wispernd, als sei es ein Geheimnis, von dem außer ihr und den Ärzten niemand wusste.

Doch kaum schickte Helene sich an zu gehen, kam sie wie eine kleine, zweifellos harmlose Spinne hinter dem Verkaufstisch hervorgeschossen. Sie hielt Helene am Rock fest, um sie nicht entwischen zu lassen.

»Weichen Sie mir nicht länger aus, Kindchen. Ich will eine Visitation. Ich will nicht, dass wir in diesem ungeklärten Zustand unter die Erde kommen.«

»Aber davon kann doch keine Rede sein.«

»Oh doch, meine Kleine. Ich bin alt. Es kann mich jederzeit erwischen. Bei den Witterungen, dem Fieber allüberall, Kindbett, kaltes oder hitziges, Typhus und Halsbräune. Schließlich lebe ich nicht unter einer Käseglocke, sondern in der Charité.«

»Ich verspreche gern, Sie zu untersuchen«, sagte Helene. »Nur kann ich Ihnen heute nicht mit Sicherheit sagen, wann.«

Rosalie wandte sich um, zog das Rezeptbuch heran und hatte die Feder zur Hand.

»Sie vergaßen zu unterschreiben.«

Zufrieden sah sie Helene zögern. Jeder, der eine Medizin abholte, hatte dies zu quittieren. In ihrer Not war Rosalie doch eine tückische kleine Person.

»Heute und jetzt«, sagte sie. »Verzeihen Sie mir meine Beharrlichkeit, aber ich habe das Warten sehr satt.«

»Wo ist Ihr Sohn?«, fragte Helene hilflos.

»Im Laboratorium.« Rosalie holte eine Tischglocke unter dem Verkaufstisch hervor und platzierte sie unübersehbar. »Darauf hört er verlässlich«, sagte sie. »Niemand wird uns stören.«

Es war ein wunderliches Zimmerchen. An den Wänden stapelten sich Schachteln, Körbe und Kisten bis zur Decke. Die Gerüche von Harzen, Hölzern, trockenen Pflanzen und Tierhäuten möglicherweise gingen eine bemerkenswerte Verbindung mit dem Staub ein, der sich überall fing, nicht einmal unangenehm, doch es schien Helene, als mache die stickige Luft sie schläfrig.

Am Ende der Kammer, unterhalb eines schmalen Fensters mit verschossenen Leinenvorhängen, stand ein ordentlich gemachtes Feldbett. Die erstaunlichsten Dinge befanden sich an der Wand neben der bescheidenen Schlafstelle. Es waren nicht allein Votivgaben, wie Helene sie in Kirchen oder unter den Kopfkissen von Gebärenden gesehen hatte, etwa das aus Wachs geformte Wickelkindchen oder die wächserne rote Kröte als Hoffnung spendendes Symbol der Gebärmutter. Vielmehr lagerten auf den schmalen Borden, in wilder Ordnung über dem Bett angebracht, ein silbern gefasster Korallenlutscher, der dem zahnenden Kind Linderung versprechen sollte, eine Rassel aus Bergkristall und ein in die Jahre gekommenes Trinkfläschchen aus Zinn. Blutstein-Amulette hingen in der Gesellschaft von Wachsreliefen an der Wand, die Föten in den unterschiedlichsten Stadien ihres Wachstums darstellten und die man gemeinhin für den anatomischen Unterricht verwendete. Unter dem Bett stand Nachtgeschirr.

»Ich kann nicht glauben, dass Sie hier wirklich wohnen«, sagte Helene.

»Mein Sohn und ich entschieden uns im Laufe der Jahre dafür, einander nicht weiter auf die Nerven zu gehen, sonst hätte es womöglich Tote gegeben. Ihm die Wohnung in Spandau zu überlassen war die beste Lösung. Und im Übrigen sollten Sie mir alles glauben, mein Kind.«

Mit dem Rücken zum Fenster sah Rosalie zu ihr auf.

»Ob ich nun liegen oder stehen soll bei dem, was Sie tun, müssen Sie mir sagen.«

Um der Wahrheit die Ehre zu geben, Helene wusste es selbst nicht, oder genauer gesagt, sie wusste es nicht zu entscheiden.

Untersuchte sie den Fall einer Art ruhenden Schwangerschaft? Bei einer weit über siebzigjährigen Frau?

Kamen die üblichen Methoden des Zufühlens infrage, bei denen sie die Geburtsorgane innerlich zu ertasten hatte?

Ausgeschlossen.

Helene bat Rosalie, sich hinzulegen.

Selbst durch das wollene Kleid hindurch ertastete sie eine außerordentlich harte Geschwulst neben der linken Leiste.

»Verspüren Sie Schmerzen?«, fragte Helene und weiter, ob sie das Kleid zurückschlagen dürfe, um sich unter Rosalies Hemd und Hosen dessen zu versichern, was ihre Hände festgestellt hatten.

»Immer.«

Versonnen hatte Rosalie eine Wachskugel mit spitzen Stacheln im Blick, die gewalttätig wie ein Morgenstern aussah und sich das Bord mit der roten Kröte teilte.

»Es waren Kindsregungen, dafür lege ich mehr als nur meine Hand ins Feuer«, sagte sie. »Über Jahre ging das so. Mein Sohn war ein erwachsener Mann und bereits Apotheker, bis ich eines Tages wusste, dass es den Kampf aufgegeben hatte.«

Nur ein einziges Mal habe er ihr drohen müssen, dass er sie zu den Irren sperren lassen würde, wenn sie ihre absonderliche Geschichte jemals einem Fremden zu Ohren brächte. Seitdem habe sie nie mehr ein Wort darüber verloren.

Rosalie richtete sich auf. Sie schwang ihre Beine über den Rand des Feldbettes, die, wie immer, wenn sie saß, kaum den Boden berührten.

»Sie glauben mir doch?«

»Ich muss darüber nachdenken«, sagte Helene.

»Es mag absonderlich klingen, ist es aber nicht.«

Ihren Vater fand Helene bleich und mit schweißnassen Schläfen an seinem Arbeitstisch vor. Zunächst dachte sie, dass es seine Bewandtnis in der ungeheuerlichen Hitze hatte, die von dem Kanonenofen im Zimmer ausging.

»Ich weiß von solchen Fällen«, sagte Clemens, und er bat sie, ihm von der Abkochung zu geben, die in einem Krug auf dem Rechaud stand. Seine Hand, mit der er ihr den Becher hinhielt, zitterte und war verbunden.

»Was hast du da?«, fragte sie.

Er schüttelte den Kopf, als wollte er eine Fliege verscheuchen.

»Ein *Lithopaedion*«, sagte er. »Es könnte sich um ein Steinkind handeln.«

Er musste die Linke hinzunehmen, bevor es ihm gelang, einen Schluck zu trinken.

»Der erste beschriebene Fall stammt aus dem Jahr 1582«, sagte er, und Helene fiel auf seinem Handrücken eine dünne schwarze Linie auf, so als wäre er mit der Schreibfeder unter den Verband gefahren. »Das Steinkind von Sens wurde bei der Sektion einer achtundsechzigjährigen Frau gefunden. Sie war zwanzig, als sie alle Zeichen einer Schwangerschaft zeigte. Die Wehen stellten sich zur gehörigen Zeit ein, die Wasser flossen ab. Allein auf das Erscheinen des Kindes wartete man vergeblich. Nichts geschah. Die Wehen setzten aus, die Milch versiegte in den Brüsten. Der Frau ging es schlecht, drei Jahre hat sie das Bett nicht verlassen. Bis zum Ende ihres Lebens klagte sie über Störungen ihrer Verdauung, Leibschmerzen und eine harte Geschwulst im Unterleib.« Er zog sein Schnupftuch aus der Rocktasche und tupfte sich den Schweiß von Stirn und Schläfen. »Du musst in der Bibliothek nach Literatur suchen. Die interessanteste Abhandlung ist unstreitig die von Thomas Bartholinus.«

Neben dem Journal der Geburtshilfe, in dem er gelesen hatte, stand ein Arzneifläschchen aus dunkel gefärbtem Glas. Dass es Quecksilber enthielt, erkannte Helene an einem einzigen winzigen Tropfen auf dem dunklen Holz des Tisches.

»Wenn es wahr wäre!«, sagte Clemens. »Wenn du die Möglichkeit hättest, daran zu forschen! Ist dir klar, was das bedeutet?«

Behutsam stellte er den Becher ab.

»Du musst alles ernst nehmen, was diese Frau dir anvertraut. Alles ist von Bedeutung. Wenn dir an manchen Details Zweifel kommen, wenn etwas zu fantastisch klingt, protokolliere es trotzdem, nimm es auf in deine Betrachtungen.«

»Nimmst du selbst das ein, Vater?«, fragte sie.

Er reckte das Kinn vor, zog einen Bogen Papier heran und tauchte die Feder ins Tintenfass.

»Fürs Erste eine Liste aus meinem lückenhaften Gedächtnis«, sagte er. »Sieh zu, was du bekommen kannst. Morgen, vielleicht übermorgen, werde ich wissen, was fehlt.«

Sie wagte es nicht, so weit zu gehen, die Temperatur seiner Stirn zu fühlen oder einfach nach seinem Handgelenk zu greifen, um die Pulsschläge zu zählen. Seine Würde war unantastbar, selbst für sie.

Von ihrem Vorschlag, dass Hähnlein ihn visitieren könnte, wollte er rein gar nichts wissen.

Später sollte es für Helene Zeiten des Zweifels geben, ob ihr Vater es womöglich hatte drauf ankommen lassen, doch an jenem Morgen als sie Clemens allein zurückließ, so wie er es ausdrücklich wünschte, wich ihre Beunruhigung zügig einer anderen.

Auf den Gängen der Gebärabteilung kam ihr prompt die Pusche entgegen, in eiligen Geschäften glücklicherweise und kaum überrascht. Novak hingegen, mit den neuesten Protokollen unter dem Arm auf dem Weg in das Bureau Professor Hähnleins, nahm ihr außerdienstliches Erscheinen, kommentarlos zwar, doch verkniffen zur Kenntnis. Es bewog sie, ihre Bitte um eine beiläufige Visitation ihres Vaters auf den Abend zu verschieben.

Im Grunde war es dumm, jenen kurzen Moment abzupassen, bis kein Mensch mehr zu sehen war. Niemand würde es verdächtig finden, wenn sie sich an den Wäscheschränken zu schaffen machte, zumal diese endlich mit nagelneuen Beständen aufgefüllt waren. Die Geldmittel der Fjodorowna hatten nach einem langen Weg durch die preußische Bürokratie nun doch endlich zu ihrer Bestimmung gefunden. Helene nahm nicht einmal von den neuen Wäschestücken und im Ganzen nur je zwei Hemden und Brustjäckchen, zwei leinerne Häubchen und ein halbes Dutzend Windeln. Denn die hauchfeinen bestickten Batisthemdchen und die spitzenbesetzten Häubchen hatte sie Fräulein von Helmer, weitere Fragen fürchtend, die sie nicht hätte beantworten dürfen, gleich wieder mitgegeben.

Möglich, dass ihre Übervorsicht unnötig war. Unsäglich in jedem Fall, was sie tat. In wenigen Wochen würde sie die Sachen wieder zurückbringen.

Mit ihrer Hebammentasche verließ Helene die Charité. Für heute würde sie es wieder nicht auf den Mühlenberg schaffen, denn sie hatte Arzneimittelkunde bei Professor Fried auf dem Plan und danach *Materia Medica* bei Professor Creutzfeld.

Die grelle Wintersonne am kalten Himmel über Berlin trieb ihr die Tränen in die Augen. Sie musste sich darauf verlassen, dass Sidonie alles richtig machte.

*

Er konnte sich beim besten Willen nicht vorstellen, was die Frauen so lange zu reden hatten. Zudem ging ein Wind, wie er ihn schlimmer aus Wien nicht kannte. Und wenn er es so bedachte, sehnte er sich ein wenig dorthin zurück, trotz seiner Niederlagen. Wenn er zu Geld kommen würde, stünde ihm Wien wieder offen.

Seit ihn Sidonies Brief erreicht hatte, hielt Friedo wieder eine Menge für möglich, auch dass Celestine Einfluss auf die Elemente genommen haben könnte, damit sämtliche Windflügel auf diesem unwirtlichen Mühlenberg rumpelnd in Bewegung gerieten und er kein Wort verstehen konnte von dem, was die Weibsbilder einander da oben mitzuteilen hatten.

Das Ländliche ging ihm ohnehin auf die Nerven, immer schon. Als er vor mehr als einer Stunde die erste der unzähligen Mühlen durch das Droschkenfenster erblickte, hatte es ihn ernstlich enerviert, und Celestine hatte leise gelacht.

Er setzte vollkommen auf sie.

Friedo saß am Feuer und rauchte. Wenn er an der Wiege vorbei aus dem kleinen Fenster sah, schob sich ihm stetig das Ende eines hölzernen Mühlenflügels ins Blickfeld, nur um wieder zu verschwinden, während der nächste ihm folgte, und immer so fort. Es machte ihn melancholisch und müde.

Seltsam, wie wohl Sidonie sich hier offenbar fühlte. Es musste doch etwas auf sich haben mit der Binsenwahrheit, dass in jeder Hure ein häuslicher Charakter schlummerte. Sie war eine entzückende kleine Hausfrau. Sie hatte ihm Kaffee aufgebrüht und den Lehnstuhl ans Feuer gerückt. Ihre Mutterschaft blieb ihm dagegen sehr fremd. Umso interessanter war, was sie von Celestine wollte.

Friedo streckte die Beine aus und blies den Rauch an die Deckenbalken. Ihm war verstörend behaglich.

Zurück zu den Plänen. Das Gesetz des Milieus, welches lautete, dass schlechte Bekanntschaften lukrative Geschäfte hervorbrachten, griff für ihn nicht. Für das, was ihm vorschwebte, brauchte er Geld und beste Kontakte, Verbindungen zur höheren Gesellschaft. Doch diese, das schwante ihm schon länger, waren nicht damit zu gewinnen, dass er Kaffee im Hotel de Rome trank. Und um Celestine dort anzubieten, war dieser Ort zu öffentlich. Mit Perdita würde er nirgendwohin kommen. Sie war ein Gewächs der Königsmauer, in deren Schatten sie zweifellos zu einer Größe herangewachsen war, die andere überragen mochte, aber im Ganzen dennoch kümmerlich war. Vermutlich reichte nicht einmal ihr Geld, wobei zu bedenken war, dass er inzwischen einiges davon verbraucht hatte.

Ein murksendes Geräusch unterbrach den Fluss seiner haltlos dahintreibenden Gedanken. Es war eines der Kinder, das sich regte. Friedo stand auf. Es war das blonde, das die Augen geöffnet hatte. Ob alle Kinder blauäugig waren, oder traf das nur auf Katzen zu?

Das Kind bewegte sich. Es begann die beunruhigend kleinen Gliedmaßen zu ringen. Friedo gab der Leinenschaukel einen unbeholfenen Stoß. Es kam ihm völlig absurd vor, was er tat.

Gleichzeitig glühte der Zigarillo in seinen Fingern dem Ende entgegen. Friedo zuckte, als die Glut seine Haut erreichte. Ärgerlich schnippte er das Ding ins Feuer. Während das Kind zu brüllen begann, erklomm Friedo die Stiege.

»Elsa Heuser ist ihre Schwester«, hörte er Sidonie sagen, als er oben die Tür aufstieß, klar und ohne zu flüstern. »Sie ist Hofschauspielerin. Vielleicht hat es damit zu tun?«

Celestine, die neben ihr auf dem Bett saß, hielt ein hauchzartes Gebilde in den schwarzen Händen. So wie er die Sache sah, war es mit kleinen Käfern bestickt.

»Gib es mir«, sagte er.

»Willst du, dass er es haben soll?«, fragte Celestine.

Sidonie zuckte die Schultern.

»Ich vertraue dir«, sagte sie. »Warum nicht auch ihm?«

Elf

ZWEIUNDZWANZIG TAGE
IM DEZEMBER 1828

TAG EINS

Es störte sie nicht, dass Eveline ihre Tränen sah. Sie steckte ihr weiter die Haare hoch und arbeitete mit weißem Puder gegen ihre geröteten Augen an. Sie liebte diese seltsam fatalistische Bedienstete in einem flüchtigen Moment dafür.

Den Brief hielt Elsa noch immer fest, der Bogen zitterte in ihrer Hand, die Tinte war an manchen Stellen verlaufen. Er hatte eine sehr gleichmäßige Schrift.

Das Perlenhalsband mit dem Amethystanhänger lag unberührt in der geöffneten Samtschatulle.

Der König hielt sich mit seiner Entourage seit Tagen in Paretz auf, das wusste sie. Der Rest war ihr für heute egal.

Hersilie war in Neukölln, um in der Manufaktur nach dem Rechten zu sehen, was bedeutete, dass man ihr die Bücher vorlegte. Sie tat dies jeden dritten Montag im Monat, sofern sie nicht in Pyrmont oder in Teplitz weilte, denn so hatte sie es Stopfkuchen selig versprechen müssen. Hersilie hielt sich akribisch daran, alles andere konnte womöglich Unglück bringen.

»Hol mir den Pelz, Eveline. Wenn sie fragt, sag ihr, man hat mich ins Palais rufen lassen.«

Ihrer Ansicht nach war es nicht einmal gelogen. Was er getan hatte, konnte Elsa nicht glauben. Nun würde sie etwas Unglaubliches tun.

Zum Prinzenpalais waren es zu Fuß nur fünfzehn Minuten. Die kalte Luft tat ihr gut. Der Himmel war wieder einmal grau über Berlin, und zum ersten Mal roch es nach Schnee.

Es fiel ihr nicht schwer, passend aufzutreten, um an den Wachen vorbei sofort zum Adjutanten vorzudringen. Sie wusste ihren Charme mit Würde einzusetzen. Sie wurde umgehend gemeldet, denn offenbar waren einer Künstlerin gewisse Verstöße gegen die höfische Etikette nachzusehen.

Wilhelm Ludwig empfing sie im Ankleidezimmer. Vielleicht eine letzte Reminiszenz an ihre Affäre, die er heute mit Brief und Perlen beendet hatte. Vor seinem kleinen, sehr persönlichen Hofstaat schien er nichts verbergen zu müssen.

Er fuhr sich mit den Händen über die glatt gebürsteten Locken. »Wie gefällt dir der Schmuck? Der Amethyst stammt aus Brasilien.«

»Ich werde ihn niemals tragen.«

Er lächelte.

»Das sagst du heute. Du wirst deine Meinung ändern.«

Sie hätte ihn gern geschlagen.

Durch eine Tapetentür neben dem mannshohen Spiegel glitt der Kammerdiener herein. Er brachte Reitmantel, Handschuhe und Fellmütze.

»Sie werden mich entschuldigen müssen, Mademoiselle, sosehr ich die Ehre Ihres Besuchs zu schätzen weiß. Mein Vater und die Fürstin erwarten mich in Paretz.«

Seelenruhig ließ er sich in den langen, grauen Wollmantel helfen. Der Kammerdiener musste sich recken bis auf die

Zehenspitzen. Er war uralt. Vielleicht war er taub. Sie würde es gleich wissen.

»Ich erwarte ein Kind von dir«, sagte sie.

Wie geschmeidig ihr die Lüge über die Lippen kam. Wo sie doch genauestens wusste, dass sie vor den Zufällen einer Schwangerschaft für immer geschützt sein würde. Die Worte des Arztes hatten, so wie es vermutlich seine Absicht gewesen war, durchaus den Weg an ihr Ohr gefunden, damals auf Gut Vredow, während er Malvine ins Bild gesetzt hatte.

Die Nachricht hatte sie zu keinem Zeitpunkt traurig gemacht.

Wilhelm Ludwig neigte den Kopf und schaute aus dem Fenster. Der Diener reichte ihm Handschuhe und Degengurt an.

»Hoffe, es wird nicht so bald schneien.«

Es war, als hätte sie ihm den Stand des Barometers mitgeteilt.

Den Alten entließ er mit einem freundlichen Nicken.

»Selbstverständlich werde ich für die Pflege des Kindes aufkommen«, sagte er, als der Mann verschwunden war. »Du wirst es doch sicher fortgeben, nehme ich an.«

Es war töricht, Hoffnung zu schöpfen, als er näher kam und mit dem Zeigefinger ihr Kinn anhob.

»Ich habe einer schönen Frau für eine schöne Zeit zu danken«, sagte er leise. »Du bist hinreißend, Elsa.«

Er würde sie nie wieder küssen.

»Du wirst Karriere machen, und ich heirate einen spröden Backfisch.« Er lächelte schon wieder, während er den Degengurt anlegte. »Stimmst du mir zu, dass du es besser triffst?«

Es war einfach zu viel, was er ihrem ärgerlichen kleinen Herzen zumutete.

»Sorgst du auch für das Kind der Fürstin?«

Ihrem Empfinden nach sprach sie sehr ruhig. In jedem Fall hatte sie seine ganze Aufmerksamkeit. Sie rief sich sein heftiges Erröten gegenüber der Fürstin in Erinnerung. Es gab kein Zurück.

»Hast du dich damit an deinem Vater gerächt? Hast du die Fürstin verführt, weil man dir Eliza Radziwill genommen hat? Könnte man das so sagen?«

Er war wie versteinert. Es veranlasste sie, einfach weiterzureden, wie auch immer es ihr in den Sinn kam.

»Ich frage mich nur, wie dir das gelingen konnte. Sie ist doch ein so integrer Charakter. Lass mich überlegen ...«

Sie nahm die Finger zu Hilfe und rechnete nach.

»Januar oder Februar kämen infrage. Ballsaison. Feenhafte Maskenfeste.« Sie lachte leise. »Ein Kostümspiel. Erstaunlich originell.«

Fast glaubte sie, er würde den Degen ziehen, doch ruckartig, als befände er sich auf dem Exerzierplatz, wandte er sich um und ging.

*

Wie die Dinge sich doch zuweilen fügten.

Rechtzeitig hatte er vom Fenster aus die Schauspielerin das Palais passieren sehen. Da sie nicht schnell ging und zudem für nichts und niemanden Augen hatte, konnte er ihr leicht bis zum Theater folgen. Das Laudanum trug er jetzt immer bei sich; niemals wieder sollte der Schmerz die Kontrolle über ihn gewinnen.

Diesmal hatte er Glück.

Er konnte unbeobachtet nach ihr das Schauspielhaus betreten, denn heute stand es ihm offen. In alter Gewohnheit stellten seine Augen sich zügig auf das Zwielicht der labyrinthischen Gänge ein. Er fühlte sich zu Hause in der trockenen, unbewegten Luft unöffentlicher Gefilde.

Sie verschwand hinter der Tür einer Kammer, bei der es sich um ihre Garderobe handeln musste. Ihr Name war mit Kreide daraufgeschrieben.

Demoiselle Elsa Heuser.

Sie weinte. Er hörte es ganz genau, und auch, wie sie sich selbst zur Ordnung rief. »Schluss damit!« Sie schnäuzte sich.

Er überlegte noch, welches Ziel er eigentlich verfolgte, als ihn heraneilende Schritte zwangen, sich nach einem Versteck umzusehen. Da er von kleinem Wuchs war, boten sich die dicht behängten Kostümgestelle an.

Überraschenderweise kannte er die Person, die aufgeregt schwitzend, albern atemlos an der Garderobentür klopfte und schüchtern zurückwich, als diese sich öffnete.

Es war die Kammerzofe.

Tatsächlich, es fügte sich! Es fügte sich auf ganz und gar unerwartete Weise. Die Erregung trieb ihm den Schweiß in die Handflächen, dass es juckte. Zitternd wischte er die Hände an den Rockschößen seiner Livree ab, während er das Versteck verließ. Er presste sich an die Wand neben der Tür. Es musste sich um eine dünne Wand handeln, denn er verstand jedes Wort.

Das Mädchen war außer sich vor Begeisterung über die Ehre, die Schauspielerin besuchen zu dürfen, bevor sie später, am Abend, der Aufführung im Parkett beiwohnen würde. Sie war bereit, auf alles zu antworten, wonach sie fragte.

Als hätte er der Schauspielerin die Fragen diktiert.

Die Fürstin kleide sich weitgehend selbst an, berichtete das herrlich dumme, so wunderbar geschwätzige Ding. Allein zum Schließen der Bänder und Knöpfe oder zum Schnüren der wieder in Mode kommenden Mieder rufe sie nach ihr. Wobei sie sich auch eine Zeit lang hatte in die Schuhe helfen lassen, doch das sei vermutlich wieder vorbei, was sie aber nicht gänzlich genau wusste, da die Fürstin sich seit Längerem in Paretz befand, wo ihre Dienste offenbar nicht benötigt wurden, da man sie im Prinzessinnenpalais zurückgelassen hatte.

Und auch, plapperte die Zofe, hatte es Zeiten gegeben, im späten Herbst, da wollte die Fürstin jeden Tag baden, was anstrengend war, zumal sie, plötzlich einer neuen Idee folgend, stets mit Hemd und allen Pleureusen in die Wanne stieg, wie es nur jenen sehr und über die Maßen züchtigen Damen von Stand einfallen konnte, die im Grunde unverheiratet waren.

»Die Ärmste«, hörte er die Schauspielerin sagen. Ihre Verlogenheit troff geradezu durch die papierdünnen Wände. Er musste einen Schluck vom Laudanum nehmen, um nicht die Beherrschung zu verlieren.

»Ganz Berlin wartet doch, dass die Fürstin ein Kind des Königs zur Welt bringen wird.«

»Ja«, antwortete die Zofe schäfisch, »alle warten und beobachten alle möglichen Zeichen.«

»Es scheint, als sei es ihr nicht vergönnt.«

Die Schauspielerin war ein schlaues, sehr listiges Subjekt. Es machte ihm nichts aus, dies anzuerkennen.

»Einmal habe ich sie an einem Batisthemdchen sticken sehen«, sagte das Mädchen. »Sie sah glücklich aus. Es dauerte mich unendlich, als sie sagte, es sei für eine Freundin in Dresden.«

»Es muss schrecklich sein«, hörte er die Schauspielerin sagen, wobei sie mit einem Mal überraschend aufrichtig klang, »wenn alle nur auf das eine warten.«

Ihm blieb das Herz stehen, als so urplötzlich die Tür aufschwang. Wie gut, dass er auf der richtigen Seite stand, sodass sie ihn verdeckte. Die Zofe ging, ohne sich umzublicken.

Plötzlich war es still, leer und staubig wie sein ganzes Leben.

Dann unversehens trat ein Mensch aus den Kulissen. Ein Laffe, auf den ersten Blick. Er grinste süffisant und wedelte ihm mit einem hellen Stück Stoff vor der Nase herum.

»Kann es sein«, näselte er in breitestem Wienerisch, »dass wir uns für ein und dasselbe interessieren, mein Herr?«

Der Mann wirkte kaum erschrocken, nur erstaunt, als er ihm das Stilett zwischen die Rippen rammte, zielsicher, genau wissend, wo sein Herz zu treffen war.

Friedo indessen hatte einen schnellen Tod. Im Grunde starb er an den Folgen eines zu raschen Lebens, in dem er nicht gefunden hatte, was er suchte. Er würde dies niemals bedauern müssen. Insofern war das Schicksal ihm gnädig gewesen.

*

TAG DREI

Die karbunkelhaften Beulen, die, von der Hand ausgehend, den rechten Arm seines so sehr geschätzten Kollegen befielen, bereiteten Professor Hähnlein größte Sorge, besonders da sie einen typhösen Zustand hervorgerufen hatten. Heuser, von tagelangem Fieber außerordentlich geschwächt, beschrieb den nicht enden wollenden Schmerz der Schwellungen als klopfend.

Man hatte ihm Blutegel gesetzt, außerdem Kataplasmen aus Semmeln, Milch und Safran aufgelegt, um sein Leiden zu lindern. Aus den dreieckigen Blutegelbissen waren an diesem Morgen übel riechende Eiterungen in ziemlicher Menge gedrungen.

Die junge Heuser hatte sich abwenden müssen, damit ihr Vater die hervorstürzenden Tränen nicht sah. Hähnlein hatte sie losgeschickt, eine Räucherung vorzubereiten. Sie würden es mit Salpeter versuchen.

Aderlässe und die vermehrte Gabe von versüßtem Quecksilber – das Professor Heuser bereits einnahm, noch bevor er sich ihm, Hähnlein, endlich, möglicherweise zu spät, anvertraut hatte – führten ganz und gar nicht zu der gewünschten Besserung. Inzwischen war man dazu übergegangen, ihm alle drei Stunden eine Verbindung von Calomel und Opium zu verabreichen, was ihn wenigstens zeitweise schlafen ließ.

Die Entzündungen zeigten einen beunruhigend schnellen Verlauf, kostbare Zeit war ungenutzt verstrichen, bis der Kollege die Untersuchung seiner Verletzung, die er sich am Sektionsbesteck zugezogen hatte, gestattete.

(Durch eigene Fahrlässigkeiten war Hähnlein bestens bekannt, dass Ärzte mit sich selbst oftmals unklug umgingen. Allerdings betraf es in seinem Fall nur die Zähne. Nichts verabscheute er mehr, als einen Dentisten aufsuchen zu müssen.)

Hähnlein fühlte Heuser den Puls. Wie hart, klein und geschwind er sich zeigte, legte einen weiteren Aderlass nahe.

Am Krankenlager des Gelehrten aus Marburg hatte sich über Tage und Nächte eine Reihe von Charité-Ärzten eingefunden, um sich ein Bild zu machen und im Anschluss daran die Anwendung verschiedenster Mittel zu diskutieren.

Heuser selbst hatte sich zuweilen daran beteiligt.

Es war das übliche Rätseln über die Ursachen von Ansteckungen, über giftige Ausdünstungen, Miasmen, die von Hospitalbetten aufstiegen – im wahrsten Sinne aller Worte –, über fäulnisschwangere Atmosphären.

»Es ist der Schnitt an meinem Finger, meine Herren«, hatte Heuser leise eingeworfen. »Das Contagium fand während der Sektion in die offene Wunde.«

Man bedauerte ihn. Man war voller Anteilnahme, doch man hörte ihm nicht zu.

Hähnlein entnahm sein Aderlassmesser dem ledernen Etui und beugte sich über Heuser. Es verschlug ihm den Atem, als er den Ärmel des Nachthemds über den abgemagerten Arm seines Kollegen schob. Die Haut über den Schwellungen begann sich schwarz zu verfärben.

Heuser schlug die Augen auf.

»Achten Sie mit Sorgfalt auf die Symptome.« Seine Stimme war wie schon seit Tagen sehr schwach. Er wollte sich räuspern, doch ihm fehlte die Kraft. »Und bevor Sie mich ein letztes Mal zur Ader lassen, lieber Freund, öffnen Sie doch bitte das Fenster. Vielleicht wird es mich ein wenig wacher machen.«

*

»Beeilen Sie sich«, hatte Hähnlein gesagt. »Von nun an kann es sehr schnell gehen.«

In den ätzenden Dämpfen der salzsauren Räucherung war das Atmen ihres Vaters in ein Röcheln übergegangen.

Helene war losgerannt, um ihren Mantel zu holen. Auf dem Weg zum Hebammenzimmer hörte sie im Schlafsaal der Schwangeren die Studenten reden. Vielleicht nur, weil es sie von ihrer rasenden Angst ablenkte, begann sie den Worten der jungen Männer zu folgen, während sie, den Mittelgang zurückhetzend, ihren Mantel zuknöpfte und mit den Hutbändern kämpfte. Bis zum Ende des Schlafsaals hatte sie verstanden, dass die Studenten sich über eine Sektion begeisterten, der sie im Anatomischen Theater beigewohnt hatten. Ein Mordopfer sah man schließlich nicht alle Tage. Dass der Mann im Schauspielhaus aufgefunden worden war, ausgerechnet in den Kulissenbildern von Goethes Faust, fanden die Studenten höchst kurios. Und faszinierend dieser einzige, saubere, tödliche Stich! Zwischen dem vierten und fünften Rippenknorpel hatte er punktgenau das untere Ende der linken Herzkammer getroffen.

»Madame ist mit Demoiselle Elsa bei den Proben im Theater«, sagte Eveline an der Haustür Madame Stopfkuchens. »Sie lässt sie nicht mehr aus den Augen, seit im Königlichen Theater dieser Mensch getötet wurde.«

Sie reckte den Hals und sah beunruhigt hinaus auf das leere Trottoir.

»Wenn Sie warten wollen«, sagte sie beinahe beschwörend, »bitte kommen Sie, da wäre nämlich noch jemand.«

Ausgerechnet jetzt musste so etwas ganz und gar Grauenhaftes passieren, redete Eveline vor sich hin, während sie Helene die geschwungenen Treppen hinauf in die erste Etage voranging, ausgerechnet jetzt, wo sie endlich das Gretchen spielen durfte (»Jötes Jreetchen« sprach sie es voller Ehrfurcht aus). Es hatte sie doch gerade allen Kummer vergessen lassen.

»Kummer?«, fragte Helene.

Eveline blies sich eine blonde Haarsträhne aus dem erhitzten Gesicht und verdrehte die Augen, bevor sie an die Tür zu Elsas Zimmer klopfte.

»Sie macht es sich kompliziert«, flüsterte sie.

*

Der Amethyst war ihm sofort ins Auge gefallen. Er schickte immer Schmuck zum Abschied. Wie oft hatte er ihn als sein Adjutant überbringen müssen. Der Anhänger war eine Auszeichnung. Er hatte also besonderes Vergnügen an ihr gehabt.

Moritz starrte auf die polierte Fläche des Toilettentischs und fasste den Entschluss zu gehen. Es machte nicht den geringsten Sinn zu warten, es sei denn, er wollte sich von ihren Ausflüchten kränken lassen. Das Schlimmste war, dass er sich danach sehnte, sie zu sehen.

»Baron von Vredow?«

Er hatte das Klopfen überhört.

»Sie müssen Helene sein«, sagte er, dabei wusste er es doch genau. Während sie näher kam und sich die Handschuhe auszog, murmelte das Dienstmädchen hinter ihr etwas von Kaffee und verschwand.

»Sie sind ein Freund meiner Schwester?«, fragte Helene.

»Vielleicht läuft es eines Tages darauf hinaus«, sagte er, denn er sah keinen Anlass zu lügen. »Derzeit liebe ich sie noch.«

Sie nahm den Hut ab, während sie ihm forschend in die Augen blickte. Die ihren waren traurig, sehr ernst.

»Wie geht es Elsa? Konnten Sie meine Schwester schon sprechen?«

»Sie meinen, nach dem, was sich im Theater ereignet hat?«

Sie runzelte die Stirn.

»Es muss ihr Angst machen, dass dieser Mensch so ganz in ihrer Nähe getötet wurde.«

»Mir macht es auch Angst, um ehrlich zu sein. Ich habe davon aus der Zeitung erfahren.«

Nicht von ihr selbst also, schien sie zu denken.

»Ich habe heute in der Charité davon gehört. Wann eigentlich genau ist es denn passiert?«, fragte sie.

»Wohl vorgestern gegen Mittag. Ein Bühnenarbeiter hat den Leichnam gefunden. Als die Schauspieler zu den Proben eintrafen, hatte man ihn schon abtransportiert.«

Sie legte ihren Mantel über das Sesselchen vor dem Toilettentisch. Die Perlen nahm sie nicht zur Kenntnis.

»Elsa hat also nichts davon mitbekommen.«

Eveline kam mit Kaffee und weißen Wecken. Helene nahm ihr das Tablett ab.

»Danke, ich kümmere mich darum.«

Sie schenkte Kaffee ein und reichte ihm eine Tasse. Sie wirkte unendlich erschöpft.

»Wollen Sie sich nicht setzen?«, fragte er.

Sie schüttelte den Kopf.

»Lieber nicht.«

Er hätte zu gern gewusst, was sich hinter dieser Antwort verbarg. Moritz zögerte einen Moment. Doch warum sollte sie nicht von ihm hören, was sie ohnehin erfahren würde?

»Elsa hielt sich in ihrer Garderobe auf, als der Mord geschah«, sagte er. »Niemand sonst war zu dieser Zeit dort, nicht einmal die Garderobieren, so stand es in der Zeitung. Dieser Umstand beunruhigt mich zugegebenermaßen am meisten. Und ich nehme an, dass es auch die Polizei veranlasst haben wird, Elsa einige Fragen zu stellen.«

Sie wurde sehr blass.

»Schon gut«, sagte sie, als sie seine Besorgnis bemerkte. »Ich setze mich.«

»Dieser Mann, der getötet wurde – weiß man etwas über ihn?«, fragte sie.

Sie bemerkte sein erneutes Zögern.

»Sie wissen doch vermutlich von Elsa, welchem Beruf ich nachgehe und wo. Sie müssen mich also nicht schonen. Ich kann einiges aushalten.«

Er glaubte ihr aufs Wort.

»So wie zu lesen war«, sagte er, »handelte es sich um einen Kavalier aus Wien, der seit einigen Monaten die Wirtin eines Hauses an der Königsmauer unter seinen besonderen Schutz genommen hatte.«

»Sie wissen die Dinge wirklich dezent auszudrücken«, sagte sie leise. Ihre Hand zitterte, als sie die Tasse abstellte. Sie hatte keinen Schluck getrunken.

Plötzlich fühlte Moritz sich, als wäre er ihr zu nahe gekommen. Vielleicht war es anmaßend, was er hier tat.

»Verstehen Sie mich nicht falsch, aber ich überlege, ob es missverständlich auf Elsa wirken könnte, wenn wir sie hier gemeinsam erwarten.«

Überrascht sah Helene auf.

»Ich wüsste wirklich nicht, warum.«

»Sie schätzt ihre persönliche Freiheit.«

»Ich wollte Ihnen immer schon danken dafür«, sagte sie, »dass Elsa … ihre Krankheit auf Gut Vredow auskurieren konnte.«

»Ich wünschte, sie hätte sich mehr Zeit dafür gelassen.«

Sie betrachtete ihn nachdenklich.

»Ich werde mich verabschieden und Sie allein mit Ihrer Schwester über alles reden lassen«, sagte er. »Es wäre schön, Helene, wenn Sie einmal mit Elsa nach Vredow kämen. Vielleicht gemeinsam mit Ihrem Vater. Ich hatte die Freude, ihn kennenzulernen.«

Betroffen sah er, wie sie um Fassung rang.

»Es geht ihm nicht gut«, sagte sie.

»Wünschen Sie, dass ich bleibe?«

»Gehen Sie besser, Moritz von Vredow, sonst wird alles noch komplizierter.«

*

TAG VIER

Sidonie fühlte sich ganz verschwollen, obwohl sie keine Träne vergossen hatte. Sie saß mit Lula am Herdfeuer und hatte den Jungen an der Brust. Nelly rang ihre dicken Ärmchen in Lulas Schoß und übte ihr erstes Lächeln.

Es roch nach nasser Wolle, was von Lulas Umhang kam, die im Eisregen von der Königsmauer zum Mühlenberg gelaufen war, um Sidonie endlich zu finden.

Dass Friedo tot war – und alles, was sie darüber zu hören bekam –, machte ihr eine Heidenangst, mehr als so manches in den dunkelsten Momenten ihres Lebens. Es beunruhigte sie, dass Lula zu ihr gefunden hatte, denn wenn es ihr gelungen war, konnte es auch einem anderen gelingen, diesem

Jemand nämlich, der Friedo auf dem Gewissen hatte und vielleicht auch ihr nach dem Leben trachtete.

Oder womöglich dem Kind, dem ihre Milch aus den Mundwinkeln rann, während ihm die blauen Augen zufielen.

»Woher wusstest du, wo ich wohne?«, fragte sie nun schon zum zweiten Mal, denn vorhin, als sie, vom ungestümen Klopfen aufgeschreckt, vorsichtig und dann erleichtert, ja auch erfreut die Tür geöffnet hatte, war ihre Frage in Lulas nassen Umarmungen, Tränen und Entzückensschreien untergegangen.

»Celestine, das Miststück, hat es mir geflüstert, bevor sie abgezittert ist mit allem, was Perdita unter der Matratze hatte. Das Haus ist ein einziges Drunter und Drüber, weil nun die olle Roon in einem gottsjämmerlichen Zustand ist. Sie heult und schreit und rauft sich die dünnen Haare. Wenn es so weitergeht, wird man sie bald mit der blauen Droschke abholen müssen, mit Zwangskamisol und allem anderen Drum und Dran.«

Die blaue Droschke war der Wagen zu Beförderung der Irren. Sidonie kannte sie nur als geflügeltes Wort, ohne sie je gesehen zu haben, doch immer wenn sie davon hörte, stellte sie sich ein gespenstisches Gefährt mit weißen Pferden vor.

Lula nahm Nelly hoch und küsste sie auf die Backen.

»Sie überlässt die Mädchen sich selbst, und das spricht sich rum, wie du dir denken kannst. Unsere Kundschaft war noch nie die vornehmste, aber jetzt kommt das übelste Gelichter angekrochen. Penny und die Unerbittliche haben sich schon verdrückt – sie wollen es auf eigene Hand versuchen.«

Dann weinte Lula in Nellys flaumiges Säuglingshaar, was das Kind nicht im Geringsten störte, denn Wanda gab es nicht mehr, sagte sie, weil sie eine Verabredung mit dem Tod bei der kalten Pauline hatte.

Sidonie verstand kein Wort.

»Ich hätte besser auf sie aufpassen müssen, aber ich war schlappherzig ihr gegenüber.«

So saßen sie nun mit den Kindern. Petja schlief selig an Sidonies Brust, und Nelly versuchte auf der weichen Landschaft von Lulas Busen redlich den Kopf zu heben, sie war ein sehr waches Geschöpf.

»Ich bleibe bei dir und helfe dir mit den Kindern«, sagte Lula. »Sag nicht, dass du mich nicht brauchen kannst.«

Doch Sidonie musste es sagen, so schwer es ihr fiel. Sie hätte Lula gern bei sich gehabt und es vielleicht sogar zugelassen, einmal mit ihr in einem Bett zu schlafen. (Wie schön es wäre, in jemandes Armen zu liegen!)

Doch sie hatte schon einen Fehler gemacht. Er hatte Friedo das Leben gekostet. Sie dachte an Celestines Warnung, dass es für manche Geheimnisse gute Gründe gäbe, und schickte Lula fort.

Als sie weg war, konnte sie endlich weinen.

Ihr blieb nichts anderes übrig, als auf Helene zu warten. Bis sie kommen würde, und darauf, dachte Sidonie, konnte sie sich verdammich verlassen, bis dahin hatte sie eine Menge zu bedenken. Was sie ihr sagen sollte und was nicht.

Doch Helene kam nicht.

*

TAG FÜNF

Elsa hatte mit vielem zu ringen, während sie ihren Vater sterben sah, in der Enge seiner Dienstwohnung, inmitten dieses grauenhaften Ortes voller Siechtum, Krankheit und Tod, der Charité.

Die ernsten Gesichter der Gelehrten, denen sie hatte begegnen müssen, machten ihr zu schaffen, und Helenes verzweifelte Tapferkeit. Unermüdlich befeuchtete die Schwester ihm die trockenen Lippen und träufelte ihm Laudanum ein, sobald sie erkannte, dass die Schmerzen für ihn nicht mehr auszuhalten waren.

Noch nie hatte Elsa einen Menschen leiden, geschweige denn sterben sehen. Auch den Mann im Theater nicht, auf dessen Leichnam man sie hatte einen Blick werfen lassen, damit sie beschwören konnte, dass sie ihn nicht kannte. Er hatte ausgesehen, als schliefe er, es hatte sie unberührt gelassen. Im Gegensatz zu Helene und Professor Hähnlein, der den Vater stündlich visitierte, verstand sie nicht das Geringste vom Sterben, doch dass die Züge ihres Vaters die unwiderruflichen Zeichen des Todes trugen, erfasste Elsa genau.

Sie ertrug nicht, wie erbarmungslos die Krankheit, der er zum Opfer fiel, ihren Vater, diesen schönen Menschen, entstellte. Seine dichten grauen Locken waren das Einzige an ihm, das sie an den Mann erinnerte, der er noch vor so unfassbar Kurzem gewesen war. Doch auch seinem Haar haftete der Geruch nach Fäulnis an. Die Gerüche verursachten ihr beschämenden Ekel. Sie hatte die Handschuhe nicht ausziehen können, als sie ihn zur Begrüßung berührte, bis jetzt nicht, und sie kämpfte mit der furchtbaren Frage, ob sie ihn würde küssen können.

Der rasselnde, riechende Atem, die bläulichen geöffneten Lippen, die fahle, feuchte Haut seiner eingesunkenen Wangen, seine Augen, die, sobald sie geschlossen waren, bestürzend wie die eines Vogelkindes aussahen – sie hatte Angst davor, ihn so in Erinnerung zu behalten.

Schon verlassen sind die Stunden,

Hingeschwunden Schmerz und Glück.

»Ob er mich hören kann?«

»Komm ein wenig näher.«

Sie spürte Helenes Hand. Warum wusste sie, dass es ihr half, vom Stuhl aufzustehen und sich auf den Bettrand zu setzen?

Fühl es vor, du wirst gesunden. Traue neuem Tagesblick. Täler grünen, Hügel schwellen, buschen sich zu Schattenruh, und in schwanken Silberwellen wogt die Saat der Erde zu.

Sie hatte ihn geweckt.

»Faust«, flüsterte er.

Sie beugte sich vor und küsste seine Stirn.

»Ja, Vater.« Hastig streifte sie die Handschuhe ab. »Ich werde das Gretchen spielen, und du musst gesund werden, um mich zu sehen.«

»Wie gern würde ich es dir versprechen. Aber ich kann es nicht.«

Er stöhnte auf. Seine Linke fuhr unruhig über das Betttuch, bis er die Hände seiner Töchter fand.

Während es mit ihm zu Ende ging, bat Clemens Heuser darum, dass man ihn in Marburg neben seiner Frau beisetzen sollte. Hähnlein nahm er das Versprechen ab, seine Sektion vorzunehmen.

Mit einem letzten Wunsch an seine Töchter, dass sie in der Liebe die gleiche Erfüllung finden sollten wie in ihren

Berufen, ließ er sie in einem Meer von Tränen für immer zurück.

*

Als Malvine ihr Zimmer im Hotel de Rome bezog, ahnte sie nicht, dass sie ihren Freund Clemens nicht lebend wiedersehen würde. (Sie würde ihn ganz und gar nicht wiedersehen, denn die Aufbahrung eines obduzierten Toten war weder üblich noch den Hinterbliebenen zuzumuten.) Malvine wusste schon allein von seiner Erkrankung nicht, denn die Informationen, die sie nach Berlin getrieben hatten, stammten zum einen aus der verzögert in Marburg eintreffenden *Vossischen Zeitung*, die sie abonnierte, seit Elsa in Berlin war. Zum anderen war ein Brief Hersilies am Tag ihrer hastigen Abreise eingetroffen, und es ärgerte Malvine auf sehr kleinmütige Weise, dass diese überschwängliche Person nun glauben würde, dass sie sich ihres aufgebrachten Schreibens wegen umgehend auf den Weg gemacht hatte. Die aufrüttelnde vielstündige Fahrt in der beklagenswert voll besetzten Postkutsche hatte Malvine dazu genutzt, ihre Eifersucht niederzukämpfen. Es war ihr gelungen, indem sie sich Hersilies schlichtes Gemüt vor Augen führte. Im Grunde musste sie ihr alles verzeihen, weil ihre Liebe zu Elsa so ehrlich war wie die eigene.

Da nun Malvine über das Sterben Clemens Heusers ahnungslos war – während Hersilie sich über die schockierende Nachricht bereits die Augen ausweinte –, konzentrierte sich ihre Besorgnis allein auf Elsa, nachdem sie das Zimmermädchen fortgeschickt hatte. Es machte sie nervös, dem dummen Ding beim Auspacken ihres Reisekoffers zuzusehen.

Während sie ihre Puderdosen, Tiegel und Flakons auf dem Toilettentisch ordnete, kreisten Malvines Gedanken um den obszönen Mord an dem kriminellen Menschen aus Wien, der sich in erschreckender Nähe zu ihrer Patentochter befunden hatte. Es taten sich ihr so unendlich viele quälende Fragen auf, die sie seit der Lektüre der *Vossischen* nicht mehr zur Ruhe kommen ließen.

Zum ersten Mal in ihrem wohlgeordneten Leben hatte Malvine von Homberg das Gefühl, sich im freien Fall zu befinden.

Es war fraglich, ob Elsa ihr nach dem Zerwürfnis wieder vertrauen würde, wenn es doch um so vieles einfacher war, den Weg des geringen Widerstandes zu gehen, was hieß, einen gutgläubigen Charakter wie Hersilie Stopfkuchen mit selektierten Wahrheiten zufriedenzustellen und sich im Übrigen vor allem Weiteren davonzustehlen. Sie wusste nur zu gut, dass Elsa dazu neigte. Und wenn Malvine am Tag ihrer Ankunft in Berlin etwas ahnte, dann war es, dass sie jedweder Wahrhaftigkeitsflucht Elsas entgegensteuern musste.

*

Berlin, den sechsten December 1828

An die Polizei-Intendantur
Verehrte Herren!

Keinen Tag länger kann ich ertragen, ohne mein Schweigen zu brechen und die Polizeibehörden fortwährend an den falschen Orten nach der falschen Person suchen zu sehen.

Worüber ich Ihnen Mitteilung zu machen habe, betrifft die Verbrechen an den Prostituierten Berlins.

Wer ihnen antat, woran die meisten von ihnen zugrunde gingen, ist mitten unter den Ärzten zu finden, die um das Leben jener gefallenen Weiber kämpften, und war zugegen, wenn man ihre geschundenen Leiber sezierte.

Es war diesem Menschen ein Leichtes, sich jenes Wissen anzueignen, das bei Weitem nicht reichte, um die Ergebnisse herbeizuführen, nach denen die Huren verlangten, deren Vertrauen so billig zu erschleichen war.

Wenn Sie fragen, woher ich Kenntnis erhalten habe darüber, so kann ich es Ihnen ebenso wenig aufdecken wie meine Identität. Die Gründe sind nicht von Belang.

Wenn ich Sie nun an meinem Wissen teilhaben lasse, wer explizit schamlos an Menschenmaterial zur Beförderung seiner eigenen Wissenschaft experimentierte, darf ich Ihnen raten, als Erstes und dringend die Beweise sicherzustellen, die Ihnen die Richtigkeit meiner Hinweise versichern.

Nachdem der Mann kundgetan hatte, wo genau sich die Beweisstücke finden lassen würden – vor allem auch, wann –, und er schließlich den Namen der Person nannte, die er der abstoßenden Verbrechen überführt sehen wollte, unterzeichnete er als *ein ergebener Sohn der Stadt.*

Blunck bekam das Schreiben erst später zu sehen, doch was es in Gang setzte, hätte er nach Lage der Dinge ohnehin nicht ändern können.

*

Wie die Leichen der Kindbettfieberkranken war auch der Leichnam Professor Heusers schnell in Fäulnis übergegangen. Die gewöhnlichen Totenflecken stellten sich nach seinem Ableben zügig in höherem Grade und größerem Umfang ein. Aus den meisten Körperöffnungen, besonders aus Mund und Nase, war dünnes, wässriges Blut ausgetreten, das bald, so wie der ganze Tote, einen kadaverösen Geruch annahm.

In der Bauchhöhle fanden sich geschlossene Abszesse, in den Lungen und den Säcken des Brustfells milchige Absonderungen, die den flockigen Flüssigkeiten in den Bauchräumen der Kindbettfieberkranken ähnelten.

Heuser hatte dies geahnt, und doch blieb Hähnlein seine letzte Botschaft ein Rätsel. Es war nicht das erste Mal, dass er einen ihm bekannten Menschen obduzierte, doch Heuser war der Erste, der ihn darum gebeten hatte. Seltsamerweise machte es einen Unterschied.

Auch der Prosektor arbeitete in nahezu andächtiger Konzentration. Das Ausschöpfen der Bauchhöhle nahm er vor wie eine heilige Handlung, und die Bitte der jungen Heuser, dies übernehmen zu wollen, hatte er regungslos übergangen, womit Hähnlein sehr einverstanden war.

Wie gern hätte er sie davon abgebracht, bei der Leichenöffnung ihres Vaters anwesend zu sein, doch daran war nicht zu denken gewesen. In regelmäßigen Abständen, so etwa wenn das Rosmarinöl seine inneren Nasenwände reizte, blickte er zu der jungen Heuser, die ihm gegenüber auf der anderen Seite des Tisches stand, bleich wie das Leinen ihres Mundschutzes, die Öllampe ruhig auf das Geschehen unter seinen Händen gerichtet.

Der Prosektor reichte ihm eben die Nadel an, damit er die Bauchhäute wieder schließen konnte, als ein heftiges Klopfen sie allesamt aufschreckte. (Wie oft er noch später dem glücklichen Zufall dankte, dass er sich nicht gestochen hatte!)

Zwei Herren mit Zylinderhüten, die Novak, begleitet von einem Polizeisergeanten in die Sezierkammer folgten, brachten eiligst ihre Schnupftücher aus den Rocktaschen hervor und drückten sie sich vor Mund und Nase.

Hähnlein hörte einen von ihnen gedämpft sagen, dass sie wegen der Hebamme Helene Heuser kamen, und aus den Augenwinkeln konnte er bemerken, wie der Prosektor ihr geistesgegenwärtig das Öllicht abnahm, als sie am ganzen Leib zu zittern begann.

*

Es war Malvine nicht leichtgefallen, Hersilie in ihrem eigenen Haus des Zimmers zu verweisen, doch überraschend hatte sie die Unterstützung des Mädchens erhalten, deren stoische Ruhe, die sie bislang fälschlich als Verstocktheit empfunden hatte, sich als sehr hilfreich erwies, denn Eveline war es gelungen, Hersilie mit einem etwas stärker als sonst zubereiteten Sherrypunsch in eine tröstliche Mittagsruhe zu entsenden.

Die Nachricht von Helenes Verhaftung hatte sie beim Frühstück erreicht und gemeinsam aus der Fassung gebracht. Malvine, deren fester Vorsatz es war, letzte Spuren von Unschuld zu sichern, die es bei ihrem Patenkind zu entdecken galt, ein für alle Mal, bevor sie heiraten würde – denn dass sie dies tun würde, glaubte Malvine immer noch –, musste umdisponieren.

Dass ihr Schützling zur Vollwaise geworden war und wie man ihr die Schwester entrissen hatte, erschwerte gewisse moralinsaure Vorhaltungen erheblich. Schlussendlich war Malvine selbst zutiefst angegriffen, doch wenn andere um sie herum die Nerven verloren, blieben die ihren unerschütterlich.

Sie hatte dem Kaffee einen kräftigen Schluck Antigua-Rum hinzugegeben, und während sie, an Elsas Bett sitzend, auf seine Wirkung wartete – statt, wie es ihr lieber gewesen wäre, für einen Moment auf der Chaiselongue die Beine auszustrecken, da sich erste Kopfschmerzen bemerkbar machten –, verweigerte das Kind weiterhin jegliche Medizin, Malvines Mischung ebenso wie die Hoffmann'schen Tropfen. Schluchzend lag sie im Bett vergraben und erging sich in sybillinischen Selbstanklagen, die vor allem in einer Erkenntnis mündeten, nämlich dass ihre, Elsas, persönliche Lage eine ganz und gar verzweifelte war.

Mit Erleichterung entnahm Malvine den wirr hervorgestoßenen Sätzen, dass die Affäre mit dem Prinzen ein Ende genommen hatte. Weniger interessierte sie, was Elsa sich hinsichtlich einer letzten Begegnung mit ihm meinte vorwerfen zu müssen, warum sie ihn wie belogen und welchem furchtbaren Verdacht sie ihn angeblich unterworfen hatte. Lieber hätte sie gewusst, wie es sich indessen mit Moritz von Vredow verhielt, doch da er unerwähnt geblieben war, vermied sie es, nach ihm zu fragen.

»Du musst ihn und alles, was dich, in welcher Weise auch immer, mit ihm verbunden hat, aus deinen Gedanken verbannen, hörst du, Elsa, denn diese haben sich derzeit wahrhaftig mit Wichtigerem zu befassen. Du könntest beispielsweise damit beginnen, seine Briefe zu verbrennen. Und was die Perlen angeht, Elsa, so rate ich dir, sie umgehend zurückzuschicken. Du hättest es sofort tun müssen.«

Als Antwort kam tränenerstickt aus den Kissen, dass sie die Briefe zu opfern bereit sei, aber noch nicht sofort und heute. Das Zurücksenden der Perlen, schluchzte sie, könnte als Affront aufgefasst werden, was sie unter allen Umständen vermeiden wollte.

»Es gibt schlimmere Affronts als den Hinweis darauf, dass wenigstens deine Würde intakt geblieben ist«, sagte Malvine. »Wenn du die Perlen partout nicht zurückgeben willst, dann spende sie meinethalben der Witwenversorgungsanstalt oder einem Waisenhaus – aber werde sie los!«

Die Locken standen ihr um den Kopf wie das Flittergold eines Rauschengels, als Elsa ruckartig aus den Kissen hochkam.

»Einem Waisenhaus? Warum hast du das gesagt?«

Erneut ergoss sich eine Flut von Halbsätzen aus ihr, deren Aussage Malvine nicht zu erfassen wusste, da es sich um fremde Frauen von Stand, geheimnisvolle Abmachungen, Begegnungen und Vorgänge handelte, die keinesfalls in Worte gefasst werden durften.

Malvine stand auf. Sie begann auf und ab zu gehen, während sie vergeblich den Sinn hinter dem Gestammel zu erfassen suchte.

Sie unterbrach Elsa erst, als Helenes Name fiel.

»Du wirst nicht umhinkommen, deine Schwester im Gefängnis aufzusuchen«, sagte sie. »Denn wenn du dich, wie ich vermute, dafür verantwortlich fühlst, dass sie dort gelandet ist, weißt du möglicherweise auch etwas, das ihr helfen kann, diesem Albtraum schnellstmöglich zu entkommen.«

Elsa starrte sie an wie eine Irre.

»Das ist ausgeschlossen, Malvine, du verstehst das nicht!«

»Allerdings kann ich nicht verstehen, dass du Helene nicht helfen willst.«

»Ich kann dort nicht hingehen«, flüsterte Elsa. »Das wäre viel zu gefährlich.«

»Gefährlich? Für wen? Für sie oder für dich?«

»Für uns beide, und für noch jemanden.«

Malvines Kopfschmerz raste einer kapitalen Migräne entgegen.

Warum nur hatte sie das hässliche Gefühl, dass Elsa allein um ihren Ruf fürchtete?

*

TAG NEUN

Die schlaflose Nacht auf der harten Pritsche ihrer Zelle hatte Helene damit zugebracht, alle Fragen, die man an sie gerichtet hatte, in einer endlosen Reihe an sich vorüberziehen zu lassen. Zuweilen tauchten die Gesichter der Männer, die sie befragt hatten, aus der Dunkelheit auf, lautlos wiederholend, was sie von ihr wissen wollten.

Zunächst war man ihr mit einer gewissen Ratlosigkeit begegnet, denn man hatte keine Erfahrung mit einer Delinquentin wie ihr, man kannte sich aus mit Vagabundinnen, Diebinnen und Huren, mit Kupplerinnen und Kindsmörderinnen allenfalls. Eine gebildete Bürgerstochter hingegen, mit allen zu erwartenden Manieren ausgestattet, stellte sie vor weitgreifende Rätsel. Eine geprüfte Hebamme, die Privatunterricht bei Universitätsgelehrten erhielt, um mit eingeschränkter Genehmigung des Ministeriums für Medizinalangelegenheiten die Doktorenwürde zu erlangen, war ihnen suspekt. Sie trauten ihr alles zu, besonders nach dem, was in ihrer Hebammentasche zu finden gewesen war.

Im Bureau des Polizeiintendanten, der persönlich das erste Verhör geführt hatte, legte man die Beweisstücke ihrer Schuld auf den Tisch. Man ließ sich die Gegenstände, bei denen es sich, neben den üblichen Inhalten einer Hebammentasche, um eine silberne Sonde zur Sprengung von Eihäuten und Pressschwämme unterschiedlicher Größe handelte, eingehend erläutern. Man fand sie gut informiert. Dass sie nicht erklären konnte, wie jene Dinge in ihre Tasche kamen, glaubte man ihr ebenso wenig wie die fadenscheinigen Begründungen dafür, warum sie Säuglingswäsche aus den Schränken der Charité entwendet hatte.

Geschwächt von den pausenlosen Verhören, die sich bis in die späten Abendstunden fortsetzten, beschwor Helene des Nachts immer wieder die Erinnerung an den Morgen, als sie die Sonde unbemerkt in den Instrumentenschrank zurückgelegt hatte.

Von drängendstem Interesse war für die Männer, wie sie, die Hebamme Helene Heuser, Gelehrtentochter – man kondolierte ihr hastig und verlegen, um anschließend strenger zu werden – und, das wussten die Theatergänger unter ihnen, Schwester der Hofschauspielerin Demoiselle Elsa Heuser, wie sie die Huren gefunden hatten oder aber die Huren sie.

»Fragen Sie Blunck«, hatte Helene gesagt und sehnte sich danach, dass er durch die Tür des Bureaus treten und bestätigen würde, dass sie gemeinsam das erste Opfer des Engelmachers gefunden hatten, dass sie an seiner Seite und allein durch ihn mit dem Bordellviertel Berlins bekannt geworden war und dass er für sie verdammt noch mal die Hand ins Feuer legen würde. Man versicherte ihr, man werde ihn zu gegebener Zeit anhören, und seitdem fragte Helene sich, wann das sein würde. Darüber war die Nacht vergangen, in der sie im Übrigen nicht frieren musste, da man den Eisenofen angefeuert und ihr mehr als nur eine Decke gegeben hatte. Alles in allem wohl, weil man eine unerklärliche Spur von Respekt empfand oder möglicherweise auch nur, weil sie soeben ihren Vater verloren hatte.

Durch das vergitterte Fenster ihrer Zelle, die sich im rückwärtigen Gebäudeteil der Stadtvogtei am Molkenmarkt befand, beobachtete Helene den Sonnenaufgang über der Spree, als man ihr den Besuch des Barons von Vredow ankündigte.

Sie hatte Moritz vertraut, seit sie ihm zum ersten Mal im Zimmer ihrer Schwester gegenübergetreten war, auf der Stelle ahnend, dass sie ihn würde lieben können wie einen älteren Bruder, den sie sich als Kind manchmal heimlich gewünscht hatte, wenn sie sich wieder einmal wie eine ältere Schwester gefühlt hatte, obwohl sie doch die jüngere war.

Daher überraschte es sie nicht, dass er kam. Als er, wegen seines hohen Wuchses gebeugt, durch die dickwandige Türöffnung der Zelle trat, musste sie haltlos weinen, und wie viel Trost sie brauchte, bemerkte sie erst, als er sie in die Arme schloss.

»Es macht sich bezahlt, dass Staatsrat Le Coq ein Freund meines Vaters gewesen ist«, sagte Moritz. »Endlich ist er einmal für etwas gut, mein Herr Vater, und somit Friede seiner Asche.«

Sofort bereute er seine Taktlosigkeit, die doch nur vermeintlich eine war, und entlockte Helene damit völlig unbeabsichtigt ein Lächeln. Sie hatte ihn wirklich sehr gern.

»Es gibt eine Person, um die ich sehr fürchte«, sagte sie leise, während sie sein blütenweißes Taschentuch entgegennahm. »Genauer gesagt, sind es eine und zwei noch sehr unvollständige Personen, die möglicherweise in Gefahr sind und aus Berlin fortgebracht werden müssen.«

»Ich fürchte an erster Stelle um Sie, Helene«, sagte Moritz. »Wie ich den Staatsrat verstanden habe, wird es außerordentlich schwierig sein, Sie von diesen Verdächtigungen reinzuwaschen.«

(»Nahezu unmöglich«, waren Le Coqs genaue Worte gewesen, doch natürlich hätte Moritz sie das zu jenem Zeitpunkt niemals wissen lassen.)

»Man muss den wahren Täter finden«, sagte Helene.

Und noch während sie ihn bat, mit Blunck in Kontakt zu treten, erübrigte sich ihre Bitte ebenso wie das Ringen mit der Frage, ob sie Moritz über den Brief einweihen sollte, den Eveline bei Elsa gefunden und den sie unverzeihlicherweise verbrannt hatte (was ihr ein weiteres beängstigendes Detail in Erinnerung brachte).

Blunck, der sich Förmlichkeiten wie üblich sparte und damit wohlweislich gar nicht erst auf den Tod ihres Vaters zu sprechen kam, wurde von dem Sergeanten, der sich bei Helenes Verhaftung neben dem Sektionstisch erbrochen hatte, in die Zelle eingelassen.

Er wollte vor allem eines wissen: wo Helene sich in der Nacht aufgehalten hatte, als Wanda Reinboth von Lula in die Charité gebracht worden war. Beim Aktenstudium und in Kenntnis der Vernehmungsprotokolle warf sich ihm die gleiche Frage auf, wie sie die Kriminalinspektoren immer wieder aufs Neue an Helene gestellt hatten. Warum nämlich sie nicht Zeugnis über den Abend und die nachfolgende Nacht des Paganini-Konzerts ablegte, wenn sie damit ihre Unschuld beweisen konnte?

Wortlos nahm er hin, dass sie im Interesse anderer Personen darauf nicht antworten konnte.

Stattdessen gab er ihr etwas zu lesen, denn er hatte erwirkt, wonach sie verlangte, seit sie mit den Ursachen ihrer Festnahme konfrontiert worden war. Dass sie den Brief zu sehen bekam, der sie beschuldigte.

Helene erkannte die Schrift sofort. Sie zog Blunck ebenso ins Vertrauen wie Moritz, der sich abwenden musste und sehr mit sich zu kämpfen hatte.

*

TAG ZEHN

Es schneite seit den frühesten Morgenstunden, und es hatte Elsa zu der verzweifelten Hoffnung bewogen, man würde nicht fahren können. Doch die Equipage kam pünktlich, sie abzuholen, und der unablässig in feinen Flocken herabtreibende Schnee bot auf der Landstraße kein ernst zu nehmendes Hindernis.

Seit die Depesche mit dem königlichen Siegel eingetroffen war, hatte ein Schreckensbild das nächste in Elsas Gedanken abgelöst. Malvine las das Schreiben zuerst, dann Hersilie.

Sie hatte nach Luft geschnappt.

»Seine Majestät, der König, wünscht dich in Paretz zu sehen, ärmstes Kind.«

Sie lieh ihr den weißen Pelz. Malvines Ratschläge bis zur Abfahrt blieben, da sie von so vielem nicht wusste, derart vage, dass sie Elsas Nervosität bis hin zur Unerträglichkeit steigerten.

Und nun, während die brandenburgische Landschaft gleißend an ihr vorüberzog, kam Elsa zu der überraschenden Erkenntnis, dass es ihr guttat, allein zu sein. Zum ersten Mal seit Tagen und Nächten konnte sie wieder klar denken, da sich kein Mensch um sie kümmerte und sorgte.

Sie musste die Verzagtheit abschütteln, die sie seit der Verhaftung Helenes ergriffen hatte, ihre lähmende Angst. Beim König konnte sie nur etwas erreichen, wenn sie ihm aufrecht entgegentrat. Alles andere war eine Frage des richtigen Zeitpunkts.

Er empfing sie im kleinen Gartensaal des Landguts, das sie zum ersten Mal sah und dessen Schlichtheit sie überraschte. Man ließ heiße Schokolade bringen, und wie ausgiebig Seine Majestät die gute Milch der eigenen Meierei lobte, machte Elsa ebenso Mut wie die fröhlichen Farben der gestickten Schmetterlinge auf den Kattunstoffen der Möbel. Während ihr in den sommerlichen Dekorationen des Zimmers neben dem Kaminfeuer langsam wärmer wurde, blickte der König hinaus in den verschneiten Park. Er gab seiner Hoffnung auf weiße Weihnachten Ausdruck, bevor er sich zu ihr umwandte und auf ihren Vater zu sprechen kam.

Er fand, dass es ihre Aufgabe war, ihn zu beerdigen. Er würde sie freigeben, sagte er, ab sofort, damit sie seinen Leichnam nach Marburg überführen konnte. Das Gretchen würde fürs Erste eine andere spielen. Dem Intendanten habe er entsprechende Order gegeben. Man überlegte, die Stich aus Wien zurückkommen zu lassen.

Es blieb Elsa nur eines. Sie warf sich dem König zu Füßen.

Dass sie spielen müsse, um nicht an ihrem Schmerz zu zerbrechen, flehte sie. Schon ihre Mutter beerdigen zu müssen habe sie beinahe umgebracht. Seine Majestät erinnere sich womöglich an ihre schwere Erkrankung, die sie auf Gut Vredow nur knapp überlebt habe. Und ihre kleine Schwester, die sich aufgrund schlimmster Irrtümer in Gewahrsam befand, könne sie keinesfalls allein zurücklassen, nicht für einen einzigen Tag. Sie hatten doch nur noch einander auf dieser Welt. An dieser Stelle musste sie die letzten Bemühungen um Contenance aufgeben. Die Wucht des Schmerzes, den sie wahrhaftig fühlte, riss sie mit sich fort, bis der König seinen steifen Rücken beugte, um ihr aufzuhelfen.

»Fatale Sache, dieser Verdacht gegen Ihre Schwester«, sagte er, wobei er sich einige Male zu räuspern hatte, denn er ertrug es nicht, wenn eine Frau in seiner Gegenwart weinte. »Ließ mir sagen, es gibt Zweifel an ihrer Schuld. Sie hat Fürsprecher. Fehlt jedoch an Beweisen ihrer Unschuld. Fatal in der Tat.«

Seine Majestät wandte sich wieder den Fenstern zu. Es hatte aufgehört zu schneien. An der Seite des Königs trocknete Elsa ihre Tränen.

»Dann soll sie spielen in Gottes Namen.«

Sie beschämte ihn nicht mit weiteren Ausbrüchen ihrer talentvollen Empfindsamkeit, sondern dankte ihm ruhig und ergeben. Gemeinsam mit ihm sah sie die Sonne aus den Wolken hervorbrechen und wie sie den Schnee auf den Bäumen zum Glitzern brachte. Es machte sie ruhig, diesen Anblick mit ihm zu teilen. Plötzlich war sie überzeugt, dass sie auch für Helene alles würde erreichen können. Sie wusste nur noch nicht, wie.

»Wie befindet sich Ihre Gemahlin, die Fürstin, in diesen Tagen?«, fragte sie.

Der Monarch zeigte sich erleichtert, dass sie auf einen anderen Gegenstand zu sprechen kam.

»Sie war eine kurze Zeit unpässlich«, sagte er. »Konnte niemanden bei sich dulden als nur die von Helmer. Wieder ausgezeichnet, ihr Zustand. Ist beim Schlittschuhlaufen. Vergnügt.«

Sie hatten das Dorf Paretz eben hinter sich gelassen, als die Kutsche plötzlich zum Stehen kam.

Sie hörte Männerstimmen, ohne ein Wort zu verstehen, und erschrak zu Tode, als sich der Wagenschlag öffnete. Ein Furcht einflößender Mann mit Augenklappe ließ sich grußlos ihr gegenüber in die Polster fallen.

»Wir haben zu reden«, sagte er.

Erst, als die Kutsche sich mit einem Ruck in Bewegung setzte, erkannte sie Moritz, der neben ihnen ritt und ein zweites Pferd am Zügel mit sich führte.

*

Malvine betrachtete den Säugling in ihrer Armbeuge, während sie auf die junge Frau wartete, die mit dem Brief in Händen hinaufgerannt war. Sie hörte sie oben poltern.

Ein kalter Windstoß ließ Holzasche vom Herdfeuer auffliegen, als der Kutscher, ein ländlicher, sehr robuster Mensch, lauter als unbedingt nötig von draußen kam, um einen letzten zu verstauenden Strohkoffer zu holen. Da der Mann es offenbar in seiner Eile nicht für nötig hielt, die Tür zu verschließen, trat Malvine näher an die Wiege, um das darin schlafende zweite Kind vor der eindringenden Eiseskälte abzuschirmen.

Was sie hier tat, in diesem von Mühlen voll gestellten Teil Berlins, tat sie allein, weil Moritz von Vredow sie darum gebeten hatte. Und obwohl er ihr das kränkende Versprechen abgenommen hatte, keine Fragen zu stellen. Doch wie oft hatte schließlich Elsa diesen herrlichen Menschen gekränkt? Es galt, einiges gutzumachen an ihm.

Endlich nun kam jene Person, die es fortzubringen galt, die Stiegen wieder heruntergerannt und warf einen Gegenstand ins Feuer, in dem Malvine eben noch eine Schreibkladde erkannte, bevor diese in Flammen aufging.

»Hier steht, dass ich es machen soll«, sagte sie.

Sie hielt ihr Helenes Brief hin.

»Nun kommen Sie schon«, sagte Malvine und seufzte. »Ich glaube Ihnen.«

Sie war sehr verwundert über sich selbst.

*

TAG VIERZEHN

Es war der Vorabend des dritten Advent, als Elsa im Königlichen Schauspielhaus das Gretchen gab, und den Berlinern trieb es die heißesten Tränen in die Augen.

Auch Moritz, der lange darüber nachgedacht hatte, ob er Elsa, oder den Prinzen, mit ihrer gemeinsamen Wahrheit konfrontieren sollte und letztlich davon abgekommen war, liebte sie mehr denn je, allein für das, was sie auf der Bühne vollbrachte. Allerdings musste er sich verbieten, an ihr gemeinsames Kind zu denken, denn das machte ihn unendlich traurig.

Während er ihr zusah, und ohne dass er sich zwingen musste, vielleicht auch kraft seines Verstandes, wusste er die Erkenntnis herbeizuführen, dass ihr Talent womöglich für einen gewissen Defekt ihres Charakters verantwortlich war.

Und Elsa im Übrigen erkannte, als sie ihn recht nah bei der Bühne in einem der rotsamtenen Fauteuils entdeckte, wie beharrlich, mit welch unerschütterlichem und doch so sanftem Willen er in diesem Jahr ihren Irrungen gegenüber Präsenz gezeigt hatte. Wie ihr das Herz überlief, gab sie gleich in ihr Spiel.

Den Monolog des in Ketten gelegten Gretchens widmete sie eindeutig, ganz und gar nur Helene, womit sie die letzten Zweifler von ihrer Kraft zur Tragik überzeugte. So litt jeder einzelne Mensch im Theater mit ihr.

O lass uns knien, die Heiligen anzurufen!
Sieh: unter diesen Stufen,
Unter der Schwelle
Siedet die Hölle!

In den Salons schwor man noch tagelang, aus der Königsloge ersticktes Weinen vernommen zu haben. Nur der König hatte, wie stets bei großen Dramen, die Flucht in den Schlaf angetreten.

»Sie spielte einem das Herz aus der Brust und gab dem Gretchen ihre ganze verletzliche Seele«, würde Saphir später schreiben. »Was bleibt uns, als sie dafür zu lieben, dass sie uns ihren inneren Reichtum zeigte?«

Es sollte das Schönste sein, was Elsa je zu Ohren gekommen war, allerdings – doch das würde die Bedeutsamkeit der Botschaft für sie keineswegs schmälern – erst Wochen später.

*

VOSSISCHE ZEITUNG, BERLIN, 16. DECEMBER 1828

(...) Nach fünfundzwanzig Vorhängen, während derer man Demoiselle Elsa Heuser und ihre Kunst feierte, fand der Abend im Schauspielhaus zu seinem wahren, unerwarteten und grausamen Höhepunkt.

Wie sollten jene Augenblicke, als die Gemahlin Seiner Majestät des Königs, Auguste Fürstin von Harrach, die Bühne betrat, alles in schwärzesten Schatten stellen!

Um Demoiselle Heuser ihre tiefe Verehrung und Anerkennung auszudrücken, hatte die Fürstin sich – durch die Kulissen geleitet vom Intendanten – auf die Bühne begeben, da es ihr Wunsch war, der Gefeierten eine goldene Kette umzulegen, die sie eigens für sie in Dresden hatte anfertigen lassen.

Vor den Augen aller, die im Parkett und in den Logen dieser Geste mit frenetischem Beifall huldigten, gelangte aus den Kulissen der gegenüberliegenden Seite unversehens ein Mensch auf die Bühne, der seinem Gehstock ein langes Messer entriss.

Mit einem Aufschrei wie aus einer einzigen Kehle hob es das Publikum aus den Sitzen, als der Mann – kleinwüchsig, in Livree und mit einem Buckel gestraft – in albtraumhafter Behändigkeit auf die Gemahlin des Königs zustürzte. Wir alle, der Verfasser eingeschlossen, sahen das Schlimmste kommen, wir hatten die Hände vor die Gesichter geschlagen, indessen erste Damen das Bewusstsein verloren, und glaubten wahrhaftig, das Sterben der Fürstin erleben zu müssen.

Doch es kam anders!

Was Elsa Heuser tat, wird sie auf ewig unvergesslich machen. Wie im Tanz umfing sie die Fürstin und drehte sie auf die Seite. Sie empfing den Stich des Messers wie eine Märtyrerin. Es wird sie uns für immer die Göttliche nennen lassen. Und während noch das ganze Haus schrie vor Schrecken, sprang ein junger beherzter Mensch, bei dem es sich, wie wir erfuhren, um Baron Moritz von Vredow handelte, über die Fauteuils. Doch bevor es ihm gelang, die Bühne zu erreichen, hatten wir mit anzusehen, wie der Attentäter sich selbst richtete.

Die Fürstin wurde von Adjutanten des Königs und der Prinzen in Sicherheit gebracht. Es erwies sich zudem als glücklich, dass Staatsrat Professor Hufeland im Theater war, um sich den schweren Verletzungen Demoiselle Heusers zu widmen.

Polizeipräsident Staatsrat Le Coq, ebenfalls in einer der Logen anwesend, ließ am Morgen nach dem schockierenden Geschehen wissen, dass Valentin von Buch der Täter gewesen war, seines Zeichens Schlosshauptmann des Königlichen Palais. Nach dem Tod der anbetungswürdigen Königin Luise fristete er, so ließ man verlauten, hier bei Hofe ein Dasein in Abgeschiedenheit.

Berlin betet nun für Elsa Heuser. Die Tat wird uns ein grausames Rätsel bleiben.

VOSSISCHE ZEITUNG, BERLIN, 18. DECEMBER

Möglicherweise ausgelöst durch das unfassliche Attentat auf die Gemahlin Seiner Majestät am Premierenabend des Goethe'schen Faust, meldete sich am Tage darauf in der Stadtvogtei eine ungenannte Dame von Stand.

Sie gab an, Helene Heuser, die ihr als Schwester der schwer verletzten Hofschauspielerin bekannt geworden war, unlängst um Hilfe ersucht zu haben. Am Abend des Paganini-Konzerts habe die in der Vogtei zu Unrecht Inhaftierte ihr diese zukommen lassen. Sie entband sie von einem unehelich empfangenen Kind, das sich indessen auf dem Gut eines Freundes in der Pflege einer Amme befände.

Nachdem der *chirurgus forensis* Blunck im Anschluss an eine mysteriöse Kutschenfahrt mit erhellenden Neuigkeiten über den Engelmacher aufwarten konnte, suchten die Patrouillen nun wieder nach einer Person männlichen Geschlechts.

Und obwohl er seine Quelle nicht preisgab, gewährte man ihm Einsicht in den geheimen Polizeibericht, der die Vernehmung jener jungen Dame protokollierte, die bei Hofe um ihre Entlassung gebeten hatte.

Dem Staatsrat und damit den Akten lag ein Brief mit dem Siegel der Fürstin Auguste von Harrach vor. Fräulein von Helmer, hieß es darin, entließe man mit Bedauern und größtem Kummer. Von der charakterlichen Unfehlbarkeit der vormaligen Hofdame sei man trotz allem Vorgefallenen zutiefst überzeugt.

Die Behörden ersuche man vertrauensvoll um Diskretion, da man ihr eine unbescholtene Zukunft ermöglichen wolle. Fräulein von Helmer hege den Wunsch, als Gouvernante nach London zu gehen, um ihre Englischkenntnisse aufzubessern.

Den Rest hatte Blunck zu erledigen. Er war schneller und gründlicher als die Polizeibehörden, vor allem erhielt er kostbare Unterstützung. Es mochte daran liegen, dass es in nahezu jedem Bordell eine Hure gab, die den anderen beim Frühstück aus der Zeitung vorlesen konnte, vielleicht aber auch daran, dass bald Weihnachten war. Blunck jedenfalls konnte sich mit einem Mal der Mithilfe jeder einzelnen Hure versichern, die er je visitiert hatte. (Was die Binsenweisheit bestätigte, dass in jeder Hure ein romantischer Charakter schlummert.)

Als Erstes stellte er die kalte Pauline, wobei ihm Lula mit einem entscheidenden Hinweis, den sie vor jedem Gericht dieser verdammten Erde zu bezeugen bereit war, zu Hilfe kam. Pauline gestand, dem Engelmacher zwei, höchstens drei Frauen zugeführt zu haben. Sie strich das Geld ein, das er nicht wollte. Angefangen habe es mit einer, die kein Mamsellchen war, eine Feine, die nach Rosen und Mandeln roch. Der Mann hingegen, obwohl er nicht über die Maßen schmutzig gewirkt habe, stank immer wie eine tote Ratte. Und dann dieses Tuch!

*

TAG ZWEIUNDZWANZIG

Hähnlein hatte darum gebeten, bei der Vernehmung des zum Prosektor beförderten Anatomiedieners anwesend zu sein. Man fand dies ungewöhnlich, doch da an diesem Fall alles ungewöhnlich war, wurde er zugelassen, zumal seine Anwesenheit für die medizinischen Details der Vernehmung hilfreich sein konnte.

Was Hähnlein mit anhören musste, bestürzte ihn vor allem, weil es die Geschichte eines chancenlosen Mannes war.

Simon Reichel, der ohne seine Vermummung harmlos, ja vollkommen unauffällig aussah, an dem Hähnlein erstmalig die Augenfarbe (Grau) bemerkte und dass sein dunkelblondes Haar ihm bis in den Kragen fiel, gab über sein Leben zu Protokoll, dass er vor dreiundzwanzig Jahren in Berlin als unehelicher Sohn einer Näherin und eines Medizinstudenten geboren worden war.

Seine Mutter, berichtete Reichel, schuftete sich die Finger blutig, damit ihr Sohn die Pfarrschule besuchen konnte, und dass er sich als guter Schüler erwies, sah sie als Erbe seines Vaters an. Der Pfarrer versuchte ihn im Grauen Kloster unterzubringen, doch an der renommierten Lehranstalt für das gehobene Bürgertum zeigte man kein Interesse daran, ein begabtes Kind aus den Armenvierteln Berlins zu fördern.

Der freundliche Pfarrer vermittelte ihm eine Lehre als Apothekengehilfe, wo Simon das Lesen von Ärztehandschriften und medizinisches Vokabular erlernte. Er las sich durch die Bibliothek des Apothekers und absolvierte eine mustergültige Prüfung. Für seine Verhältnisse war er weit gekommen. Er hätte zufrieden sein können. Doch er war es nicht.

Simon Reichel konnte den Traum, wie sein Vater zu werden, nicht aufgeben, und so suchte er die Nähe zu Ärzten. Dies gelang ihm am besten in der Charité. Er verdingte sich als Anatomiediener im Totenhaus. Alles, was er lernen konnte, saugte er begierig auf und schrieb es akribisch nieder.

Die Ärzte lernten ihn wegen seiner Sorgfalt schätzen, und Simon Reichel träumte wieder davon weiterzukommen.

Während der Semester gab er sein Gespartes her, um sich bei einer Frau, die man an der Königsmauer als Schottische Marie kannte, einen Anzug zu leihen. Er mischte sich unter die Studenten und besuchte die Vorlesungen an der Universität. Niemand fragte ihn etwas, und damit sich niemand an ihn erinnern würde, gewöhnte er sich an, bei der Arbeit im Totenhaus ein schwarzes Tuch über Mund und Nase zu tragen.

Zu Beginn des Jahres hörte er den Habilitationsvortrag des jungen Siebold, was ihm den Impuls gab, sich mit der künstlichen Frühgeburt zu befassen. Er beschaffte sich alles, was es darüber zu lesen gab, und sparte für die Instrumente. Der Drang, sich auszuprobieren, wurde immer stärker. An den weiblichen Leichen der Charité machte er sich mit Anatomie vertraut. Er fühlte sich fähig. Er hielt sich für begabt.

Das Schicksal wollte es, so gab Simon Reichel es wörtlich zu Protokoll, dass er eines Tages beim Verlassen der Universität zwei Studenten darüber reden hörte, dass eine junge Schauspielerin jemanden suchte, der einer Freundin behilflich sein konnte. Er hörte mit, wo sie sich mit der Kleinen treffen würden – um ihr Gesuch abzulehnen und doch ihren Spaß mit ihr zu haben –, und sobald sie allein auf dem Weg nach Hause war, sprach er sie an.

Seinen ersten sowie drei weitere Eingriffe nahm er im Haus einer Bordellwirtin vor, mit der er im Leihhaus der Schottischen Marie bekannt geworden war. Es lag ihr an allem, woran sie verdienen konnte. Wohl deshalb, sagte Simon Reichel, nannte man sie die kalte Pauline. Sie führte ihm die Frauen zu, bis auf die erste, bei der es sich um eine Dame der Gesellschaft gehandelt haben musste, was ihn auf der Stelle in Schwierigkeiten brachte, denn die kleine Habermann (der Name fiel ihm an dieser Stelle seines Berichtes wieder ein) fing ihn an der Universität ab und machte ihm Vorwürfe, weil ihre Freundin, wie sie behauptete, nahezu ums Leben gekommen war. So brachte er sie um ihres. Er fing sie ab, als sie nach den Proben das Theater verließ. Er folgte ihr durch den Tiergarten, bis sich eine Möglichkeit ergab. Ihre Leiche vergrub er mit den Händen bei den Rhododendren nahe der Luiseninsel, denn er musste weitermachen.

»Warum?«, fragte einer der entgeisterten Kriminalkommissare. »Wie lange hatten Sie vor, damit fortzufahren?«

Bis er die Traktion vollkommen beherrschte.

Auch Hähnlein bat sich eine Frage aus.

»Was brachte Sie auf den Gedanken, ausgerechnet Helene Heuser an allem die Schuld zu geben?«

Zum ersten und zum letzten Mal – bevor er Wochen später zum Tod durch den Strang verurteilt wurde – sah man Simon Reichel die Nerven verlieren. Sie an der Seite ihres Vaters bei den Sektionen beobachten zu müssen hatte ihm alles vor Augen geführt, was er niemals erreichen konnte. Es war ihm unerträglich, welche Privilegien diese Frau genoss.

Sein Hass war unermesslich.

Man sorgte dafür, dass Helene und Reichel einander nicht begegnen mussten, während man ihn hinter Gitter brachte und Blunck sie zur Droschke vor der Vogtei begleitete, wo Professor Hähnlein sie in Empfang nahm.

Sie fuhren Unter den Linden. Ein leichter Wind fegte den Schnee von den Bäumen, als die Droschke in die Französische Straße abbog.

»Wie fassungslos wir noch immer sind!«, sagte Hähnlein. »Wer hätte dies jemals vermuten können? Er war all die Zeit in unmittelbarer Nähe. Er hat uns beobachtet, während wir uns an den Leichen seiner Opfer quälende Fragen stellten. Fast muss man davon ausgehen, dass er es genossen hat. Glauben Sie mir, zwei Sergeanten waren nötig, um Novak davon abzuhalten, sich mit dem nächstbesten Skalpell auf den Mann zu stürzen.«

Als die Droschke vor Hersilies Haus hielt, wartete Eveline bereits in der geöffneten Tür.

»Der Zustand Ihrer Schwester sollte Sie nicht erschrecken«, sagte Hähnlein, der vor Helene ausgestiegen war. »Hufeland visitiert sie täglich. Die königliche Familie besteht darauf.«

Helene war wie betäubt. Sie dachte daran, was Blunck gesagt hatte, als er sie aus der Zelle holte.

»Ich hoffe, Sie lassen sich nicht abhalten zu erreichen, was Sie verdammt noch mal wollen, nur weil das Schicksal verrückt gespielt hat.«

Sie ergriff Hähnleins ausgestreckte Hand und stieg aus.

BERLIN, IM JANUAR 1829

Niemandem war eingefallen, Finlay Gordon zu schreiben. Wohin auch, wer hätte wissen sollen, wo er sich aufhielt?

Eine unerträgliche Zeitspanne von zahllosen Wochen hatte er unter der Überzeugung gelitten, Helene für immer verloren zu haben. Täglich musste er sich zwingen, dem verzweifelten Empfinden dieses ungeheuren Verlusts nicht in drängenden Briefen Ausdruck zu verleihen, dabei wäre es ihm gleichgültig gewesen, sich zu entwürdigen. Doch er scheute sich davor, Helene zu belästigen.

Dann eines Abends, als er in einem Speisehaus an der Themse eine seiner einsamen Mahlzeiten einnahm, fiel ihm ein zerlesenes Exemplar des *Guardian* in die Hände, und in einer Randnotiz las er mit wachsendem Entsetzen über einen haarsträubenden Kriminalfall in Berlin.

Er schrieb gar nicht erst.

Finlay traf an dem Tag in Berlin ein, als Rosalie Klemm an Typhus starb.

*

Der alten Rosalie war es gelungen, ihren Willen durchzusetzen, sogar schriftlich. Sie hatte ihren Sohn und Professor Hähnlein unterzeichnen lassen.

Nur in einem Punkt gestattete man es sich, von den testamentarischen Verfügungen Rosalies abzuweichen. Man versagte ihr die öffentliche Leichenöffnung im Anatomischen Theater, denn da sie nun einmal darauf bestanden hatte, dass Helene Heuser die Leitung der Sektion übernehmen sollte, hätte dies ein zähes Ringen mit der preußischen Bürokratie nach sich gezogen, das der Leichnam trotz des klirrenden Winters nicht überstanden hätte, ohne in die verschiedenen Stadien unwiderruflichen Verfalls überzugehen. Im Übrigen scheute man sich nach den Aufregungen des vergangenen Jahres, weitere Aufmerksamkeit auf den Umstand zu lenken, dass eine junge Frau an der Charité unter den Fittichen einiger ihr in väterlicher Sorge wohlgesinnter Gelehrter ihrem privaten Studium der Medizin nachging.

Bei der Leichenöffnung im Totenhaus der Charité zeigte sich, dass sowohl Rosalie als auch Professor Clemens Heuser mit ihren Vermutungen richtiggelegen hatten.

(Im Übrigen hatte Clemens noch im Dezember seine letzte Reise in Malvines Begleitung angetreten, da sie befand, seine Töchter mussten aneinander gesunden. Des Weiteren eröffnete es ihr die unerwartete Gelegenheit, sich eines neuen Schützlings anzunehmen. Der junge Siebold hatte darum gebeten, sie in dieser kummervollen Mission begleiten zu dürfen. Denn dass er vorhatte, sich im Gebärhaus zu Marburg um den vakanten Posten des Direktors zu bewerben, beruhte schließlich auf einer Empfehlung des verehrten Gelehrten, die dieser ihm in einem Brief hatte zukommen lassen, bevor die Krankheit ihn ergriff.)

Beim ersten Blick in Rosalies Bauchhöhle offenbarte sich den Anwesenden der Sektion – Heuser, Hähnlein und Novak – das Wesen der runden Geschwulst, die Helene ertastet hatte. Der Fötus war fest umschlossen von verschrumpften, gehärteten Eihäuten. Er schlief nahe den Windungen des Darmes. Die linke Hand lag auf dem unteren Teil der Hinterhauptgegend, die rechte auf der winzigen Stirn. Die unteren Extremitäten zeigten sich in den Gelenken gebeugt, die Knie befanden sich bei den Schläfen, die Fußsohlen den Hinterbacken genähert. Nach Durchschneidung der Eihüllen kam eine namentlich an den behaarten Teilen des Kopfes angehäufte feste Substanz zum Vorschein, die Apotheker Klemm bei der chemischen Analyse seines versteinerten Geschwisters als Gemenge aus phosphor- und kohlensaurem Kalk benennen würde. Die Haupthaare waren lang, wie man sie zuweilen bei Ungeborenen trifft. Es war ein Kind weiblichen Geschlechts, das Rosalie beinahe vierzig Jahre lang in sich getragen hatte.

*

Elsa befand sich indessen, dem besonderen Wunsch der Fjodorowna folgend, vollständig genesen auf der Reise an den Zarenhof nach Petersburg, wo man ihrem Gastspiel mit höchsten Erwartungen entgegensah. Derzeit, auf der langwierigen Kutschfahrt durch die fremden, eisigen Landschaften, war sie glücklich darüber, Moritz an ihrer Seite zu haben. Es machte die Schönheit seines Charakters aus, dass er alles sehr ernst nahm. Vielleicht war es unvorsichtig gewesen, ihm auf der Bühne des Königlichen Theaters, als er sie in seinen Armen hielt, das Versprechen abzunehmen, sie niemals mehr zu verlassen. Schließlich hatte ein Wahnsinniger sie soeben niedergestochen, und sie glaubte sterben zu müssen, endgültig diesmal. Vielleicht jedoch, dachte Elsa, als sie, in Pelze gehüllt, an seiner Schulter schläfrig wurde, vielleicht konnte sie sich einfach daran gewöhnen, dass er niemals aufgeben würde.

*

Auch Sidonie war sich über manches nicht sicher, etwa darüber, ob es ihr tatsächlich gefiel, sich mit den Kindern unter dem strengen Schutz der Cecilie von Vredow zu befinden, die – wie es schien – das gesamte verdammte Tugendreglement auswendig kannte. Während es sie erleichterte, dass die Hausdame des imposanten Gutes, eine spröde Frau namens Schröder, sich im Besonderen des kleinen Petja annahm, wusste sie hingegen nicht sehr genau, ob sie es weiterhin erstrebenswert finden sollte, eine Dame zu werden. Es schien ihr recht mühsam und weit weniger aufregend, als sie es sich vorgestellt hatte. Aufregend hingegen waren die sengenden Blicke des Gutsverwalter-Sohnes, die ihr schon die eine oder andere schlaflose Nacht bereitet hatten.

*

Am letzten Tag des Monats Januar heirateten Helene und Finlay in einer kleinen, sehr privaten Zeremonie. Vorerst würde ihr Eheleben aus einer Reihe von Reisen und Abschieden bestehen. Denn Finlay hatte man in London die Leitung der Gebärabteilung des Guy's Hospital übertragen, wohingegen Helene damit begonnen hatte, bei Professor Hähnlein ihre Doktorarbeit über das Steinkind der Rosalie Klemm zu schreiben. (Selbstredend würde ihre Promotion rein formalen Charakters sein.)

Auf welche Weise sich ihr gemeinsames Leben gestalten würde, stand in den Sternen. Somit befanden sich ihre

Geschicke in unmittelbarer Obhut ihrer vorbildlichen Eltern.

Immer wenn Helene von ihrem Bett in Köpkes Mansarde in den Himmel über Berlin blickte, hatte sie nicht den geringsten Zweifel daran, dass alles, was sie mit Finlay verband, sie glücklich machen würde.

Dank an

Marion Maria Ruisinger
Thomas Schnalke
Matthias David
Yvonne Schwittai
Brigitte Lößl
Heike Lutter
Betty Auer
Waltraud Pulz

immer an
Britta Hansen
Barbara Raschig
Gesine & Stefan Cantz

sowie im Besonderen an
Stefan Fischer